LEAL

RBA MOLINO

LEAL

VERONICA ROTH

Traducción de Pilar Ramírez Tello

RBA

Título original: *Allegiant*.
Autora: Veronica Roth.

© Veronica Roth, 2013.
Publicado por acuerdo con HarperCollins Children's Books,
una división de HarperCollins Publishers.
© de la traducción, Pilar Ramírez Tello, 2014.
© de esta edición, RBA Libros, S.A., 2014.
Avda. Diagonal, 189 - 08018 Barcelona
www.rbalibros.com

Diseño de cubierta original: Joel Tippie.
© del símbolo de la cubierta: Rhythm & Hues Design, 2012.
Adaptación de la cubierta: Auradigit.

Primera edición: febrero de 2014.
Novena edición: octubre de 2014.

RBA MOLINO
REF: MONLI61
ISBN: 978-84-272-0686-1
DEPÓSITO LEGAL: B-145-2014

VÍCTOR IGUAL, S.L. • FOTOCOMPOSICIÓN

Para Jo,
mi guía y mi apoyo.

Toda pregunta que pueda responderse debe responderse
o, al menos, analizarse.
Es necesario enfrentarse a los procesos mentales
ilógicos cuando se presenten.
Las respuestas incorrectas deben corregirse.
Las respuestas correctas deben afirmarse.

—Del manifiesto de Erudición.

CAPÍTULO UNO

TRIS

No paro de dar vueltas por nuestra celda de la sede de Erudición mientras sus palabras me resuenan en la cabeza: «Mi nombre será Edith Prior, y hay muchas cosas que estoy deseando olvidar».

—Entonces ¿no la habías visto nunca? ¿Ni siquiera en foto? —me pregunta Christina, que tiene la pierna herida apoyada en una almohada.

Recibió el disparo durante nuestro desesperado intento de revelar el vídeo de Edith Prior a la ciudad. En aquel momento no teníamos ni idea de lo que habría en él, ni de que haría temblar los cimientos de nuestra sociedad, de las facciones, de nuestras identidades.

—¿Es tu abuela, tu tía o qué? —sigue preguntando.

—Ya te he dicho que no —respondo, volviéndome al llegar a la pared—. Prior es... era el apellido de mi padre, así que tendría que ser alguien de su familia. Pero Edith es un nombre de Abnegación, y los parientes de mi padre tenían que ser de Erudición, así que...

—Así que debe de ser mayor —concluyó Cara por mí, recostando la cabeza en la pared. Desde este ángulo se parece mucho a su hermano Will, mi amigo, el que maté de un tiro. Después se endereza, y el fantasma de Will desaparece—. De hace unas cuantas generaciones. Una antepasada.

—Antepasada.

La palabra me suena a viejo, como un ladrillo que se desmorona. Toco una pared de la celda al darme la vuelta: el panel es blanco y frío.

Mi antepasada, y esta es la herencia que me ha dejado: libertad de las facciones y el conocimiento de que mi identidad como divergente es más importante de lo que imaginaba. Mi existencia es una señal que nos indica que tenemos que abandonar esta ciudad y ofrecer nuestra ayuda a quien haya ahí fuera.

—Quiero saberlo —dice Cara, pasándose la mano por el rostro—. Necesito saber cuánto tiempo llevamos aquí. ¿Podrías dejar de moverte un minuto?

Me detengo en el centro de la celda y la miro con las cejas arqueadas.

—Lo siento —masculla.

—No pasa nada —dice Christina—. Llevamos demasiado tiempo aquí dentro.

Hace días que Evelyn controló el caos del vestíbulo de la sede de Erudición dando un par de órdenes y encerró a todos los prisioneros en las celdas de la tercera planta. Una mujer sin facción apareció para curarnos las heridas y distribuir analgésicos, y hemos comido y nos hemos duchado varias veces, pero nadie nos ha dicho qué está pasando fuera. A pesar de que lo hemos preguntado con insistencia.

—Suponía que Tobias vendría a vernos —comento, dejándome caer en el borde de mi catre—. ¿Dónde está?

—A lo mejor todavía está enfadado porque le mentiste y trabajaste con su padre a sus espaldas —responde Cara.

Le lanzo una mirada asesina.

—Cuatro no sería tan mezquino —asegura Christina, no sé si para regañar a Cara o para consolarme—. Seguro que algo le impide venir. Te pidió que confiaras en él.

En medio del caos, mientras todos gritaban y los abandonados intentaban empujarnos hacia las escaleras, me enganché al dobladillo de su camisa para no perderlo. Él me agarró por las muñecas, me apartó y me dijo: «Confía en mí. Ve adonde te digan».

—Eso intento —respondo.

Y es cierto, intento confiar en él, pero todo mi cuerpo, cada fibra de mi ser, me pide liberarme, no solo de esta celda, sino de la prisión de la ciudad que espera al otro lado.

Necesito ver qué hay detrás de la valla.

CAPÍTULO DOS

TOBIAS

No soy capaz de recorrer estos pasillos sin recordar los días que pasé aquí prisionero, descalzo, sintiendo un dolor punzante cada vez que me movía. Y con ese recuerdo llega otro, el de esperar a que mataran a Beatrice Prior, el de mis puños contra la puerta, el de sus piernas sobre los brazos de Peter cuando me dijo que solo estaba drogada.

Odio este lugar.

No está tan limpio como cuando era el complejo de Erudición; ahora se notan los estragos de la guerra, los orificios de bala en las paredes y los vidrios rotos de las bombillas destrozadas por todas partes. Camino sobre huellas sucias y bajo luces parpadeantes hasta llegar a su celda, y me permiten entrar sin hacer preguntas porque llevo el símbolo de los abandonados (un círculo vacío) en una banda negra que me rodea el brazo, además de parecerme mucho a Evelyn. Tobias Eaton era un nombre del que avergonzarse, pero ahora es poderoso.

Tris está acuclillada en el suelo, hombro con hombro con Christina y en diagonal a Cara. Mi Tris debería parecer pálida y pequeña (al fin y al cabo, es pálida y pequeña), pero nada más lejos de la realidad: ella sola llena toda la habitación.

Sus ojos redondos encuentran los míos, y se pone de pie de un salto para rodearme con fuerza la cintura y apretar la cara contra mi pecho.

Le aprieto el hombro con una mano y, con la otra, le acaricio el pelo, todavía sorprendido al ver que se le acaba a la altura del cuello, en vez de extenderse por debajo. Me alegré cuando se lo cortó porque era el pelo de una guerrera y no de una chica y, además, sabía que era lo que necesitaba.

—¿Cómo has entrado? —me pregunta con su voz grave y clara.

—Soy Tobias Eaton —respondo, y ella se ríe.

—Claro, siempre se me olvida.

Se aparta lo justo para mirarme. Noto su mirada vacilante, como si Tris fuera un montón de hojas a punto de acabar esparcidas por el viento.

—¿Qué sucede? ¿Por qué has tardado tanto?

Su voz suena desesperada, suplicante. Por muchos recuerdos horribles que me traiga este lugar, para ella es aún peor: su recorrido a pie hacia la ejecución, la traición de su hermano, el suero del miedo... Tengo que sacarla de aquí.

Cara levanta la vista, interesada. Me siento incómodo, como si hubiese cambiado de piel y ya no me quedase bien. Odio tener público.

—Evelyn ha cerrado la ciudad a cal y canto —respondo—. Nadie da un paso sin su consentimiento. Hace unos días pronunció un discurso sobre unirnos contra los opresores: la gente de fuera.

—¿Opresores? —repite Christina.

Se saca una ampolla del bolsillo y se bebe el contenido: analgésicos para la herida de bala de la pierna, supongo.

Me meto las manos en los bolsillos.

—Evelyn (y muchos otros, en realidad) cree que no deberíamos abandonar la ciudad solo por ayudar a un puñado de gente que nos metió aquí para poder utilizarnos. Quieren arreglar la ciudad y resolver nuestros problemas en vez de marcharnos para resolver los de otros. No lo dijo con estas palabras, claro. Sospecho que esa opinión le conviene mucho a mi madre, ya que, mientras estemos todos aquí encerrados, ella está al mando. En cuanto nos vayamos, dejará de estarlo.

—Genial —comenta Tris, poniendo los ojos en blanco—. Era de esperar que eligiera la opción más egoísta.

—Tiene parte de razón —dice Christina, con la ampolla en la mano—. No digo que no quiera salir de la ciudad y ver lo que hay fuera, pero aquí dentro ya tenemos bastante. ¿Cómo vamos a ayudar a unas personas que no conocemos de nada?

Tris se lo piensa mientras se muerde el interior de la mejilla.

—No lo sé —reconoce.

Veo en mi reloj que son las tres en punto. Llevo demasiado tiempo aquí dentro, lo bastante para que Evelyn sospeche. Le dije que vendría para romper con Tris y que no tardaría mucho. No estoy seguro de que me creyera.

—Escuchad, en realidad he venido a advertiros: van a empezar los juicios de los prisioneros. Os inyectarán suero de la verdad y, si funciona, os condenarán por traidores. Creo que a todos nos gustaría evitar eso.

—¿Por traidores? —pregunta Tris con el ceño fruncido—. ¿Cómo puede ser un acto de traición revelar la verdad a todos nuestros conciudadanos?

—Fue un acto de desafío a vuestros líderes —respondo—. Evelyn y sus seguidores no quieren abandonar la ciudad. No os darán las gracias por mostrar el vídeo.

—¡Son como Jeanine! —exclama Tris, y hace un gesto enérgico, como si quisiera golpear algo y no tuviera nada a mano—. Están dispuestos a hacer cualquier cosa con tal de ocultar la verdad y ¿para qué? ¿Para ser los reyes de su diminuto mundo? Es ridículo.

No quiero decirlo, pero parte de mí está de acuerdo con mi madre: no les debo nada a las personas que están fuera de la ciudad, sea divergente o no. No estoy seguro de querer ofrecerme a ellos para solucionar los problemas de la humanidad, con independencia de lo que eso signifique.

Pero sí quiero irme, estoy tan desesperado por marcharme como un animal que desea escapar de una trampa: salvaje y rabioso, dispuesto a morder hasta el hueso.

—Sea como sea —digo con cautela—, si el suero de la verdad funciona con vosotros, os encarcelarán.

—¿Si funciona? —pregunta Cara con los ojos entornados.

—Divergente —dice Tris, señalándose la cabeza—, ¿recuerdas?

—Fascinante —responde Cara mientras se recoge un mechón suelto en el moño que le cubre la nuca—, pero atípico. Por mi experiencia, sé que la mayoría de los divergentes son incapaces de resistirse al suero de la verdad. Me pregunto por qué tú sí.

—Te lo preguntas tú y se lo preguntan todos los eruditos que me han clavado una aguja —le espeta Tris.

—¿Podemos centrarnos en el tema que nos preocupa, por favor? Me gustaría evitar tener que organizaros una fuga de la cárcel —digo.

De repente estoy desesperado por que alguien me consuele, así que alargo la mano para coger la de Tris, y ella enreda sus dedos en los míos. No somos de los que se tocan sin más; cada punto de contacto entre nosotros nos resulta importante, un subidón de energía y alivio.

—De acuerdo, de acuerdo —dice ella, ahora con más amabilidad—. ¿Qué tienes en mente?

—Cuando os toque a vosotras tres, conseguiré que Evelyn te deje testificar a ti primero, Tris. Solo tienes que inventarte una mentira que exonere a Christina y a Cara, y después contarla cuando te inyecten el suero de la verdad.

—¿Qué clase de mentira serviría?

—Eso te lo dejo a ti, dado que mientes mejor que yo —respondo.

En cuanto lo digo, sé que acabo de tocar un tema peliagudo entre los dos. Me ha mentido muchas veces. Me prometió que no se entregaría para morir en el complejo de Erudición cuando Jeanine exigió el sacrificio de un divergente, pero lo hizo de todos modos. Me dijo que se quedaría en casa durante el ataque erudito, y después me la encontré en la sede de Erudición, trabajando con mi padre. Entiendo por qué hizo todas esas cosas, pero eso no significa que esté todo arreglado.

—Sí —dice, mirándose los zapatos—. Vale, algo se me ocurrirá.

Le pongo una mano en el brazo.

—Hablaré con Evelyn sobre el juicio e intentaré que lo celebren pronto.

—Gracias.

Siento el impulso, ya familiar, de salir de mi cuerpo y hablar directamente con su mente. Me doy cuenta de que es el mismo impulso que me hace desear besarla cada vez que la veo, porque un solo centímetro de distancia entre nosotros me resulta insoportable. Nuestros dedos, apenas entrelazados hace un instante, ahora se aferran con fuerza; la palma de su mano está pegajosa de sudor; la mía, rugosa de agarrarme a demasiados asideros en demasiados trenes en movimiento. Ahora sí que parece pálida y pequeña, pero sus ojos me traen a la memoria imágenes de cielos abiertos que, en realidad, nunca he visto, salvo en sueños.

—Si vais a besaros, hacedme un favor y decídmelo para que mire a otro lado —dice Christina.

—Vamos a besarnos —responde Tris, y lo hacemos.

Le toco la mejilla para ralentizar el beso, sosteniendo sus labios en los míos para sentir cada uno de los puntos en los que se tocan y cada uno de los puntos en los que se alejan. Saboreo el aire que compartimos en el segundo posterior al beso, y el roce de su nariz contra la mía. Intento pensar en algo que decir, pero es demasiado íntimo, así que me lo trago. Un instante después decido que me da igual.

—Ojalá estuviéramos solos —le digo al salir de la celda.

—Yo deseo eso mismo casi siempre —responde, sonriendo.

Al cerrar la puerta, veo a Christina que finge vomitar, a Cara riéndose y a Tris con las manos inertes junto a los costados.

CAPÍTULO TRES

TRIS

—Creo que sois todos unos idiotas.

Tengo las manos cerradas sobre el regazo, como un niño que duerme, el cuerpo lleno de suero de la verdad y los párpados cargados de sudor.

—Deberíais darme las gracias, no interrogarme.

—¿Deberíamos darte las gracias por desafiar las órdenes de los líderes de tu facción? ¿Por intentar evitar que los líderes de tu facción mataran a Jeanine Matthews? Te comportaste como una traidora.

Evelyn Johnson escupe las palabras como si fuera una serpiente. Estamos en la sala de reuniones de la sede de Erudición, donde tienen lugar los juicios. Llevo prisionera al menos una semana.

Veo a Tobias medio oculto en las sombras, detrás de su madre. Ha procurado no mirarme a los ojos desde que me senté en la silla y cortaron la brida de plástico que me sujetaba las muñecas. Por un momento, sus ojos encuentran los míos y sé que ha llegado el momento de empezar a mentir.

Es más fácil ahora que sé cómo hacerlo. Tan fácil como apartar el peso del suero de mi mente.

—No soy una traidora —aseguro—. En aquel momento creía que Marcus seguía órdenes de los osados y los abandonados. Como no podía unirme a la lucha como soldado, decidí ayudar de otro modo.

—¿Por qué no podías ser soldado?

La luz fluorescente brilla detrás del pelo de Evelyn. No le veo la cara y no puedo concentrarme en nada durante más de un segundo antes de que el suero de la verdad amenace con volver a vencerme.

—Porque... —Me muerdo el labio, como si intentara detener las palabras. No sé dónde aprendí a actuar tan bien, pero supongo que no difiere mucho de mentir, cosa para la que siempre he demostrado talento—. Porque no era capaz de empuñar una pistola, ¿vale? No después de disparar... de dispararle. A mi amigo Will. No era capaz de empuñar un arma sin sufrir un ataque de pánico.

Evelyn entorna aún más los ojos. Sospecho que no me tiene ningún aprecio, ni el más mínimo.

—Así que Marcus te dijo que trabajaba siguiendo mis órdenes —dice— y, a pesar de conocer su más que tensa relación con los osados y los abandonados, ¿te lo creíste?

—Sí.

—Ahora entiendo por qué no elegiste Erudición —comenta entre risas.

Me cosquillean las mejillas. Me gustaría darle una bofetada, como estoy segura de que le gustaría hacer a muchas de las personas de la sala, por mucho que no se atrevan a reconocerlo. Evelyn nos tiene a todos atrapados en la ciudad, controlados por abandonados armados que patrullan las calles. Sabe que el que tiene las armas ostenta el poder, y con Jeanine Matthews muerta, no queda nadie para intentar arrebatárselo.

De un tirano a otro: así es el mundo que conocemos ahora.

—¿Por qué no se lo contaste a nadie? —me pregunta.

—No quería reconocer mi debilidad. Y no quería que Cuatro supiera que estaba trabajando con su padre. Sabía que no le gustaría. —Noto que las palabras me salen de dentro, impulsadas por el suero de la verdad—. Te traje la verdad sobre nuestra ciudad y la razón por la que estamos en ella. Si no vas a darme las gracias, al menos deberías hacer algo al respecto, ¡en vez de sentarte sobre este caos que has creado y fingir que es un trono!

La sonrisa burlona de Evelyn se retuerce como si hubiese comido algo desagradable. Se inclina para acercárseme a la cara y, por primera vez, veo lo vieja que es: distingo las arrugas que le enmarcan los ojos y la boca, y la palidez enfermiza adquirida tras años de comer menos de la cuenta. Aun así, es guapa, como su hijo. Estar a punto de morir de hambre no ha podido con ella.

—Estoy haciendo algo al respecto: estoy construyendo un nuevo mundo —responde, y baja la voz aún más, tanto que apenas la oigo—. Yo era abnegada, conozco la verdad desde hace mucho más tiempo que tú, Beatrice Prior. No sé qué intentas hacer, pero te prometo que no tendrás un lugar en mi nuevo mundo, y menos con mi hijo.

Sonrío un poco. No debería, pero, con este peso en las venas, me cuesta más reprimir los gestos y las expresiones que las palabras. Ella cree que Tobias le pertenece. No sabe la verdad: que Tobias no pertenece a nadie, más que a sí mismo.

Evelyn se endereza y cruza los brazos.

—El suero de la verdad ha revelado que, aunque seas idiota, no eres una traidora. Este interrogatorio ha terminado. Puedes irte.

—¿Qué pasa con mis amigas? —preguntó, arrastrando las sílabas—. Christina, Cara. Ellas tampoco hicieron nada malo.

—Pronto nos encargaremos de ellas.

Me levanto, aunque estoy débil y mareada por culpa del suero. La sala está abarrotada de gente, hacinada, y tardo unos segundos en encontrar la salida, hasta que alguien me coge del brazo, un chico con cálida piel morena y de amplia sonrisa: Uriah. Me guía hasta la puerta y todos se ponen a hablar.

Uriah me conduce por el pasillo hasta la fila de ascensores. Las puertas del ascensor se abren al pulsar el botón, y yo lo sigo al interior, todavía tambaleante. Cuando se cierran las puertas, le pregunto:

—¿Crees que me he pasado con lo que he dicho sobre el caos y el trono?

—No, ella espera que seas impulsiva. De no haberlo sido, habría sospechado.

Noto como si todo mi cuerpo vibrara, lleno de energía, ansiosa por dar el siguiente paso. Soy libre. Vamos a encontrar el modo de salir de la ciudad. Se acabó esperar dando vueltas por la celda, exigiendo de los guardias respuestas que no obtendré.

Aunque, esta mañana, los guardias sí que me contaron algunas cosas sobre el nuevo orden de los abandonados. Han obligado a los antiguos miembros de las facciones a mudarse cerca de la sede de Erudición y mezclarse, no más de cuatro miembros de una misma facción en cada vivienda. También tenemos que combinar la ropa: tras el edicto, me han dado hace un rato una camisa amarilla de Cordialidad y unos pantalones negros de Verdad.

—Vale, es por aquí...

Uriah me saca del ascensor. Esta planta de la sede de Erudición es toda de cristal, incluso las paredes. La luz del sol se refracta en ellas y proyecta fragmentos de arcoíris por el suelo. Me protejo los ojos con una mano y sigo a Uriah hasta una habitación larga y estrecha con camas a ambos lados. Junto a cada cama hay un armario de cristal para la ropa y los libros, y una mesita.

—Antes era el dormitorio de los iniciados de Erudición —me explica Uriah—. He reservado camas para Christina y Cara.

Sentadas en una cama al lado de la puerta hay tres chicas con camisa roja (de Cordialidad, supongo) y, en el otro extremo del cuarto, veo a una mujer mayor tumbada en otra cama, con las gafas colgándole de una oreja. Seguramente erudita. Sé que debería intentar dejar de clasificar a la gente por facciones, pero es una vieja costumbre difícil de superar.

Uriah se deja caer en una de las camas, en el rincón del fondo. Me siento en la de al lado, contenta de estar libre y en paz, por fin.

—Zeke dice que a veces los abandonados se toman su tiempo para procesar las exoneraciones, así que tardarán un poco en salir —comenta Uriah.

Es un alivio que todas las personas que me importan salgan de prisión esta noche. Pero entonces recuerdo que Caleb sigue dentro, ya que era un conocido lacayo de Jeanine Matthews, y los abandonados jamás lo exonerarán. Lo que no sé es hasta dónde llegarán para destruir la marca que dejó Jeanine en esta ciudad.

«Me da igual», pienso, pero, incluso mientras lo hago, sé que es mentira. Sigue siendo mi hermano.

—Bien —le digo—. Gracias, Uriah.

Él asiente y apoya la cabeza en la pared para levantarla.

—¿Cómo estás? —le pregunto—. Quiero decir... Lynn...

Uriah era amigo de Lynn y de Marlene, y ahora las dos están muertas. Me da la sensación de que yo debería comprenderlo; al fin y al cabo, también he perdido a dos amigos: a Al por culpa de las presiones de la iniciación y a Will por culpa de la simulación del ataque y de mis acciones, demasiado apresuradas. Sin embargo, no quiero fingir que los dos sufrimos por igual. En primer lugar, Uriah conocía a sus amigas mucho mejor que yo a los míos.

—No quiero hablar de ese tema —responde, sacudiendo la cabeza—. Ni tampoco pensar en él. Solo quiero mantenerme en movimiento.

—Vale, lo entiendo. Pero..., si necesitas algo...

—Sí —responde, y sonríe, levantándose—. Estás bien aquí, ¿no? Le dije a mi madre que iría a visitarla esta noche, así que tengo que irme pronto. Ah, casi se me olvida: Cuatro dijo que quiere reunirse contigo más tarde.

—¿En serio? —pregunto, enderezándome de golpe—. ¿Cuándo? ¿Dónde?

—Después de las diez, en el Millennium Park. En el césped. —Sonríe—. No te emociones tanto, que te va a estallar la cabeza.

CAPÍTULO CUATRO

TOBIAS

Mi madre siempre se sienta en los filos de las cosas: de las sillas, de las cornisas, de las mesas... Como si sospechara que tendrá que salir huyendo en cualquier momento. Esta vez es en el filo del antiguo escritorio de Jeanine en la sede de Erudición, con las puntas de los pies apoyadas en el suelo y la luz brumosa de la ciudad iluminándola por detrás. Es una mujer de hueso envuelto en músculo.

—Creo que tenemos que hablar sobre tu lealtad —dice, pero no suena como si me acusara de nada, solo parece cansada.

Por un momento parece tan raída que me da la impresión de poder ver a través de ella, pero entonces se endereza y la sensación desaparece.

—A fin de cuentas, fuiste tú el que ayudó a Tris y sacó el vídeo a la luz —afirma—. Nadie más lo sabe, pero yo sí.

—Mira —respondo, echándome hacia delante para apoyar los codos en las rodillas—, no sabía lo que había en aquel archivo. Confiaba más en el buen criterio de Tris que en el mío propio. Eso es lo que pasó.

Creía que decirle a Evelyn que había roto con Tris haría que mi madre confiara más en mí, y estaba en lo cierto: se había comportado con más amabilidad y franqueza desde que le conté aquella mentira.

—¿Y ahora que has visto la grabación —pregunta Evelyn— qué opinas? ¿Crees que deberíamos abandonar la ciudad?

Sé lo que quiere que responda: que no veo razón alguna para unirme al mundo exterior. Sin embargo, no se me da bien mentir, así que digo una verdad a medias.

—Es algo que me asusta. No estoy seguro de que sea inteligente salir de la ciudad conociendo los peligros que pueden acecharnos ahí fuera.

Ella se lo piensa un momento mientras se muerde el interior de la mejilla. Es una costumbre que aprendí de ella: antes me dejaba la piel en carne viva mientras esperaba el regreso de mi padre, sin saber qué versión de él me encontraría, si el Marcus admirado por Abnegación o el que me propinaba palizas.

Me paso la lengua por las cicatrices de los mordiscos y me trago el recuerdo como si fuera bilis.

Evelyn se baja del escritorio y se acerca a la ventana.

—Me han llegado informes muy inquietantes sobre una organización rebelde que ha surgido entre nosotros —me cuenta, arqueando una ceja—. La gente siempre se organiza en grupos, es un hecho de la vida, pero no esperaba que ocurriera tan deprisa.

—¿Qué clase de organización?

—La clase de organización que quiere abandonar la ciudad —responde—. Esta mañana han hecho público una especie de manifiesto: se hacen llamar los leales. —Al ver mi expresión de confusión, añade—: Porque «son leales» al propósito original de nuestra ciudad, ¿lo pillas?

—El propósito original... ¿Te refieres a lo que se decía en el vídeo de Edith Prior? ¿Que deberíamos enviar a la gente fuera cuando tuviéramos un número importante de divergentes?

—Eso, sí. Pero también se refieren a lo de vivir en facciones. Los leales afirman que debemos estar en facciones porque así ha sido desde el principio. —Sacude la cabeza—. Algunas personas siempre temerán los cambios, pero no podemos consentirlo.

Con las facciones desmanteladas, una parte de mí se siente como si me hubieran liberado de un largo encierro. No tengo que evaluar si todo lo que pienso o elijo encaja en una ideología estrecha de miras. No quiero que vuelvan las facciones.

No obstante, Evelyn no nos ha liberado, como ella cree: solo nos ha convertido a todos en abandonados. Le da miedo lo que decidamos si nos concediera una verdadera libertad. Y eso significa que, piense yo lo que piense sobre las facciones, me alivia saber que alguien, en alguna parte, la está desafiando.

Procuro no expresar nada, pero el corazón me late cada vez más deprisa. He tenido que ir con cuidado para ganarme el favor de Evelyn. No me cuesta mentir a los demás, pero es más complicado con ella, la única persona que conoce todos los secretos de nuestro hogar abnegado, la violencia que se oculta entre sus muros.

—¿Qué vas a hacer con ellos? —le pregunto.

—Pues mantenerlos bajo control, ¿qué si no?

La palabra «control» hace que me yerga de golpe, tan rígido

como la silla que tengo debajo. En esta ciudad, «control» significa agujas, sueros y ver sin mirar; significa simulaciones, como la que estuvo a punto de obligarme a matar a Tris o la que convirtió en ejército a los osados.

—¿Con simulaciones? —pregunto muy despacio.

Ella frunce el ceño.

—¡Claro que no! ¡No soy Jeanine Matthews!

Su arranque de rabia me pone furioso.

—No olvides que apenas te conozco, Evelyn.

Ella hace una mueca.

—Entonces, permite que te diga que nunca recurriré a simulaciones para salirme con la mía. Antes preferiría la muerte.

Es posible que sea la muerte lo que use: está claro que asesinar a los opositores los mantendría con la boca cerrada, que acallaría su revolución antes incluso de que empezara. Sean quienes sean los leales, tengo que encontrarlos lo antes posible.

—Puedo averiguar quiénes son —le digo.

—Estoy segura de eso, ¿por qué crees que te he hablado de ellos?

Hay razones de sobra para que me lo haya contado: para probarme, para pillarme, para transmitirme información falsa... Sé lo que es mi madre: es una persona para la que el fin justifica los medios, como mi padre; como yo, a veces.

—Pues lo haré, los encontraré.

Me levanto, y sus dedos, frágiles como ramitas, se cierran en torno a mi brazo.

—Gracias.

Me obligo a mirarla. Tiene los ojos cerca de la nariz, que es de punta aguileña, como la mía. La piel es de un color intermedio, más oscura que la mía. Por un instante la veo vestida de gris Abnegación, con la espesa melena recogida por detrás con una docena de horquillas, sentada al otro lado de la mesa del comedor. La veo agachada frente a mí, arreglando los botones que me he abrochado mal antes de ir al colegio, y de pie junto a la ventana, observando la calle uniforme por si llega el coche de mi padre, con las manos entrelazadas (no, apretadas) y los nudillos blancos por la tensión. Entonces nos unía el miedo, y ahora que ya no tiene miedo, parte de mí desea saber cómo sería que nos uniera la fuerza.

Noto una punzada de dolor, como si la hubiera traicionado, traicionado a la mujer que antes era mi única aliada, así que me vuelvo antes de retirarlo todo y disculparme.

Salgo de la sede de Erudición entre un grupo de gente, confundido, buscando automáticamente con los ojos los colores de las facciones, cuando lo cierto es que ya no hay ninguno. Yo llevo una camiseta gris, vaqueros azules y zapatos negros. Ropa nueva, aunque debajo de ella mantengo mis tatuajes osados. Es imposible borrar mis elecciones. Y menos estas.

CAPÍTULO CINCO

TRIS

Pongo la alarma del reloj a las diez y me quedo dormida enseguida, sin tan siquiera cambiar de postura para ponerme más cómoda. Unas cuantas horas después, no son los pitidos de la alarma lo que me despierta, sino el grito de frustración de otra persona del dormitorio. Apago la alarma, me paso los dedos por el pelo y, medio andando, medio corriendo, voy hasta una de las escaleras de emergencia. La salida de abajo da al callejón, donde seguramente no me detendrá nadie.

Una vez fuera, el aire fresco me despierta. Tiro de las mangas hasta que me cubren los dedos para mantenerlos calientes. Por fin acaba el verano. Hay unas cuantas personas junto a la entrada de la sede de Erudición, pero ninguna me ve cruzar a hurtadillas Michigan Avenue. Ser pequeña tiene sus ventajas.

Veo a Tobias de pie en el centro del césped, vestido con una mezcla de colores: camiseta gris, vaqueros azules y una sudadera negra con capucha, de modo que cubre todas las facciones para las que mi prueba de aptitud me juzgó cualificada. Tiene una mochila a los pies.

—¿Cómo lo he hecho? —le pregunto cuando llego lo bastante cerca para que me oiga.

—Muy bien —responde—. Evelyn te sigue odiando, pero han liberado a Christina y a Cara sin interrogarlas.

—Bien —digo, sonriendo.

Tobias tira de la parte delantera de mi camiseta, justo por encima del estómago, y me arrastra hacia él para darme un dulce beso.

—Vamos —dice al apartarse—, tengo un plan para esta noche.

—¿Ah, sí?

—Sí. Bueno, me he dado cuenta de que nunca hemos tenido una cita de verdad.

—El caos y la destrucción tienden a fastidiar las citas de la gente.

—Me gustaría experimentar el fenómeno «cita».

Camina de espaldas hacia la descomunal estructura metálica del otro extremo del césped, así que lo sigo.

—Antes de conocerte, solo salía en citas en grupo, y normalmente eran un desastre. Siempre acababan con Zeke enrollándose con la chica con la que quería enrollarse, mientras que yo me quedaba allí, sin hablar, incómodo, al lado de alguna chica a la que había conseguido ofender poco antes.

—No eres muy simpático —le digo, sonriendo.

—Mira quién habla.

—¡Oye! Podría ser simpática si quisiera.

—Hmmm —medita él, dándose golpecitos en la barbilla—. Pues dime algo agradable.

33

—Eres muy atractivo.

Él sonríe y veo el reflejo de sus dientes en la oscuridad.

—Me gusta que seas simpática.

Llegamos al final del césped. La estructura metálica es grande y más extraña de cerca de lo que parecía de lejos. En realidad es un escenario, y sobre él se arquean unas enormes placas metálicas que se enroscan en distintas direcciones, como si fuera una lata de aluminio tras una explosión. Rodeamos una de las láminas de la derecha hasta la parte de atrás del escenario, que se yergue en ángulo desde el suelo. Allí, unas vigas de metal soportan las placas por detrás. Tobias se sujeta bien la mochila en los hombros y se agarra a una de las vigas para empezar a trepar.

—Esto me suena —comento.

Una de las primeras cosas que hicimos juntos fue escalar la noria, pero aquella vez fui yo la que lo obligó a trepar más arriba, y no al revés.

Me remango y lo sigo. Todavía me duele el hombro por la herida de bala, pero está curada casi del todo. De todos modos, soporto la mayor parte del peso con el brazo izquierdo e intento empujar con los pies siempre que puedo. Bajo la mirada para contemplar el enredo de barras que tengo debajo y, más allá de ellas, el suelo, y me río.

Tobias trepa hasta un punto en el que dos chapas metálicas se unen formando una uve y dejan espacio de sobra para que se sienten dos personas. Retrocede para meterse entre las dos chapas y me agarra por la cintura para ayudarme cuando me acerco. En realidad no necesito la ayuda, pero no se lo digo: estoy demasiado ocupada disfrutando del contacto de sus manos.

Tobias saca de la mochila una manta para taparnos y dos vasos de plástico.

—¿Prefieres tener la cabeza despejada o atontada? —me pregunta mientras mira en la mochila.

—Hmmm... Despejada —respondo, ladeando la cabeza—. Creo que tenemos que hablar de un par de cosas, ¿no?

—Sí.

Saca una botellita que contiene un líquido burbujeante y, mientras abre la tapa, dice:

—Lo he robado de la cocina de Erudición. Al parecer, es delicioso.

Sirve un poco en cada vaso y le doy un sorbo. Sea lo que sea, es dulce como el jarabe, sabe a limón y me da un poco de dentera. El segundo trago es mejor.

—Cosas de las que hablar —dice.

—Eso.

—Bueno... —empieza él, mirando el vaso con el ceño fruncido—. Vale, entiendo por qué te uniste a Marcus y por qué creíste que no podías contármelo, pero...

—Pero estás enfadado porque te mentí. Varias veces.

Tobias asiente sin mirarme.

—Ni siquiera es por lo de Marcus, la cosa viene de antes. No sé si entiendes cómo me sentí al despertarme solo y saber que te habías ido... —Sospecho que quiere decir «a morir», pero no es capaz de pronunciar esas palabras—. A la sede de Erudición.

—No, seguramente no.

Le doy otro sorbo a la bebida dulzona y la retengo en la boca antes de tragarla.

35

—Mira, antes... pensaba en dar la vida por algo, pero no entendí bien lo que significaba «dar la vida» hasta que estuve allí y casi la pierdo. —Levanto la mirada y, por fin, me mira—. Ahora lo sé. Sé que quiero vivir. Sé que quiero ser sincera contigo. Pero..., pero no puedo hacerlo, no lo haré si no confías en mí o si me hablas de ese modo tan paternalista que utilizas a veces...

—¿Paternalista? Estabas haciendo cosas ridículas y arriesgadas...

—Sí, ¿y de verdad crees que ayudó hablarme como si fuera una niña estúpida?

—¿Qué iba a hacer? ¡No atendías a razones!

—¡Puede que no necesitara razones! —exclamo, echándome hacia delante, incapaz de seguir fingiendo que estoy relajada—. Me sentía como si la culpa me comiese viva, y lo que necesitaba era tu paciencia y tu amabilidad, no tus gritos. Ah, y tampoco necesitaba que me ocultaras tus planes, como si yo no fuera capaz de soportar...

—No quería cargarte con más peso del que ya llevabas.

—Entonces ¿crees que soy fuerte o no? —pregunto, frunciendo el ceño—. Porque pareces pensar que puedo soportar que me regañes, pero nada más. ¿Qué significa eso?

—Claro que creo que eres fuerte —responde, negando con la cabeza—. Es que... no estoy acostumbrado a delegar en la gente. Estoy acostumbrado a encargarme de todo yo solo.

—Soy de fiar. Puedes confiar en mí. Y puedes permitirme juzgar por mí misma lo que soy capaz de soportar o no.

—Vale —responde, asintiendo—, pero se acabaron las mentiras. Para siempre.

—De acuerdo.

Me siento rígida y exprimida, como si me hubiesen metido en un cuerpo que me queda pequeño. Como no quiero que la conversación acabe así, le cojo la mano.

—Siento haberte mentido. De verdad.

—Bueno, yo tampoco quería que pensaras que no te respeto.

Seguimos con las manos entrelazadas un buen rato. Me recuesto en la chapa metálica. Sobre mí, el cielo está vacío y oscuro, las nubes ocultan la luna. Encuentro una estrella más allá, al moverse las nubes, aunque parece ser la única.

Sin embargo, cuando vuelvo a echar la cabeza atrás, veo la hilera de edificios que recorre Michigan Avenue como si fuera una fila de centinelas vigilándonos.

Guardo silencio hasta que me abandona esa sensación de rigidez. En su lugar, ahora siento alivio. No me suele costar tan poco superar la ira, pero las últimas semanas han sido raras para los dos, y me alegra dar rienda suelta a las sensaciones a las que me había aferrado: a la rabia, al miedo a que me odie y a la culpa por haber colaborado con su padre a sus espaldas.

—Esta porquería está asquerosa —comenta mientras apura el vaso y lo deja sobre el metal.

—Es verdad —respondo, mirando lo que queda del mío. Me lo bebo de un trago y hago una mueca cuando las burbujas me queman la garganta—. No sé de qué presumen tanto los eruditos: la tarta osada es mucho mejor.

—¿Cuál sería la comida especial de los abnegados, si la tuvieran?

—Pan duro.

—Avena —sugiere él entre risas.

—Leche.

—A veces me da la impresión de que creo en todo lo que nos enseñaron —dice—, pero resulta obvio que no, teniendo en cuenta que te estoy cogiendo de la mano sin estar casado contigo.

—¿Qué enseñan los osados sobre... eso? —pregunto, señalando nuestras manos con la cabeza.

—Que qué enseñan los osados, mmm... —Sonríe—. Que hagas lo que quieras, pero que uses protección; eso enseñan.

Arqueo las cejas. De repente, noto calor en la cara.

—Creo que a mí me gustaría encontrar un punto intermedio —me dice—. Un punto entre lo que quiero y lo que creo que es más inteligente.

—Suena bien, pero ¿qué es lo que quieres?

Creo conocer la respuesta, pero me gustaría oírsela a él.

—Mmmm —responde, y sonríe.

Se inclina hacia delante, de rodillas, coloca las manos contra la chapa metálica de modo que mi cabeza queda entre sus brazos y me besa despacio en la boca, bajo la mandíbula, por encima de la clavícula. Me quedo quieta; temo moverme por si cometo alguna estupidez o a él no le gusta. Sin embargo, así me siento como una estatua, como si no estuviera del todo aquí, así que le toco la cintura, vacilante.

Entonces, sus labios se posan de nuevo en los míos y él se sube la camiseta bajo mis manos para que le toque la piel desnuda. Vuelvo a la vida, me aprieto más contra él, mis manos le suben por la espalda, se deslizan por sus hombros. Se le acelera la respiración, igual que a mí, y saboreo las burbujas de jarabe de limón que acabamos de beber, a la vez que huelo el viento en su piel, y lo único que quiero es más, más.

Le levanto la camiseta. Hace un momento tenía frío, pero ya no creo que ninguno de los dos lo tenga. Sus brazos me rodean la cintura, fuertes y seguros, y su mano libre se me enreda en el pelo. Me freno para saborear el momento: la suavidad de su piel marcada con tinta negra, la insistencia del beso y el aire frío que nos rodea a los dos.

Me relajo y ya no me siento como una especie de soldado divergente que desafía tanto a sueros como a líderes gubernamentales. Me siento más blanda, más ligera, como si estuviera bien reírse un poco cuando las puntas de sus dedos me rozan las caderas y Tobias me aprieta contra él, enterrando su cara en mi cuello para poder besarlo. Me siento yo misma, fuerte y débil a la vez... Con permiso para ser ambas cosas, al menos por un momento.

No sé cuánto tiempo pasa hasta que nos entra frío de nuevo y nos acurrucamos bajo la manta.

—Cada vez me cuesta más ser inteligente —me dice al oído, entre risas.

—Creo que así es como se supone que debe ser —respondo, sonriendo.

CAPÍTULO SEIS

TOBIAS

Algo se cuece.

Lo noto cuando me acerco a la cola de la cafetería con mi bandeja y lo veo en las cabezas apiñadas de un grupo de abandonados, inclinados sobre sus gachas de avena. Va a pasar algo y será pronto.

Ayer, cuando salí del despacho de Evelyn, me quedé un momento en el pasillo para espiar su siguiente reunión. Antes de que cerrara la puerta, la oí comentar algo sobre una manifestación. La pregunta a la que no dejo de darle vueltas es: ¿por qué no me lo contó?

Parece que no confía en mí. Eso significa que fingir ser su brazo derecho no se me da tan bien como creía.

Me siento con el mismo desayuno que todos los demás: un cuenco de avena con un poco de azúcar moreno por encima y una taza de café. Observo al grupo de abandonados mientras me lo llevo a la boca sin saborearlo. Uno de ellos (una chica de unos catorce años) no deja de mirar el reloj.

Cuando voy por la mitad del desayuno, oigo los gritos. La

chica nerviosa sin facción se levanta de un salto, como si hubiese recibido una descarga eléctrica, y todos van hacia la puerta. Los sigo, apartando a codazos a los más lentos para llegar al vestíbulo de la sede de Erudición, donde el retrato de Jeanine Matthews todavía yace en el suelo, hecho trizas.

Un grupo de abandonados ya se ha reunido en medio de Michigan Avenue. Una manta de nubes pálidas cubre el sol, de modo que la luz del día parece brumosa y opaca. Oigo gritar a alguien:

—¡Muerte a las facciones!

Otros repiten la frase y la convierten en un cántico hasta que me resuena en los oídos: «Muerte a las facciones, muerte a las facciones». Los veo levantar los puños en el aire, como osados excitables, aunque sin la alegría de esa facción. Tienen los rostros contraídos de rabia.

Doy empujones para meterme en el centro del grupo hasta que descubro qué es lo que rodean: los enormes cuencos de las facciones, los de la Ceremonia de la Elección, están volcados en el suelo, su contenido desparramado por la calle. Brasas, cristal, piedra, tierra y agua, todo mezclado.

Recuerdo haberme cortado la palma de la mano para añadir mi sangre a las brasas, mi primer acto de desafío contra mi padre. Recuerdo el subidón de energía dentro de mí y el alivio. Escapar. Aquellos cuencos fueron mi forma de escapar.

Edward está entre ellos, a sus pies hay fragmentos de cristal reducidos a polvo, y levanta un mazo sobre la cabeza. Lo descarga sobre uno de los cuencos volcados y abolla el metal. El polvo de carbón flota en el aire.

Tengo que contenerme para no correr hasta él. No debe destruirlo, ese cuenco no, no el de la Ceremonia de la Elección, el símbolo de mi triunfo. Esas cosas no deberían destruirse.

La multitud vocifera aún más, no solo hay abandonados con bandas negras en el brazo, sino gente de todas las antiguas facciones con los brazos desnudos. Un erudito (todavía se reconoce su facción gracias a la pulcra raya en el pelo) se abre paso entre los demás justo cuando Edward levanta el mazo para dar otro golpe. Agarra el mango con una de sus suaves manos manchadas de tinta, por encima de la de Edward, y los dos se empujan apretando los dientes.

Veo una cabeza rubia entre la multitud: Tris, vestida con una blusa azul suelta sin mangas, enseñando los bordes de los tatuajes osados de los hombros. Intenta correr hacia Edward y el erudito, pero Christina la detiene con ambas manos.

La cara del erudito se pone morada. Edward es más alto y más fuerte que él. No tiene ninguna oportunidad, es un idiota por haberlo intentado. Edward le arranca el mazo de las manos y vuelve a blandirlo, pero ha perdido el equilibrio, mareado de rabia, y el mazo golpea al erudito en el hombro con todas sus fuerzas, metal rompiendo hueso.

Por un momento solo oigo los gritos del erudito. Es como si todos contuvieran el aliento.

Después, la multitud estalla en un frenesí y corre hacia los cuencos, hacia Edward, hacia el erudito. Chocan unos contra otros y después contra mí, hombros, codos y cabezas que me golpean una y otra vez.

No sé hacia dónde correr: ¿hacia el erudito, hacia Edward o

hacia Tris? No puedo pensar, no puedo respirar. La multitud me lleva hacia Edward, así que lo agarro por el brazo.

—¡Suéltalo! —le grito para hacerme oír por encima del ruido.

Él me clava la mirada de su único ojo y enseña los dientes, intentando liberarse de mí.

Levanto la rodilla y la estrello contra su costado. Él se tambalea de espaldas y pierde el mazo. Me lo pego a la pierna y avanzo hacia Tris.

Está un poco más adelante, intentando llegar hasta el erudito. El codo de una mujer le da en la mejilla y la tira de espaldas. Christina aparta a la mujer de un empujón.

Entonces se oyen disparos. Uno, dos, tres.

La multitud se dispersa, todos huyen aterrados de la amenaza de las balas, y yo intento ver si hay alguien herido, pero el empuje de los cuerpos es demasiado fuerte. Apenas veo nada.

Tris y Christina están agachadas junto al erudito del hombro destrozado. Tiene la cara ensangrentada y la ropa manchada de huellas de zapatos. Le han alborotado el repeinado pelo erudito. No se mueve.

A unos cuantos metros de él, Edward yace en un charco de sangre. La bala le ha acertado en el estómago. También hay otras personas en el suelo, gente a la que no reconozco, gente aplastada o con balas en el cuerpo. Sospecho que las balas iban dirigidas a Edward y que los demás no eran más que espectadores inocentes.

Miro a mi alrededor como loco, pero no veo al tirador: sea quien sea parece haber desaparecido entre la multitud.

Dejo caer el mazo al lado del cuenco abollado y me arrodillo junto a Edward; las piedras de Abnegación se me clavan en las rodillas. El ojo bueno se mueve sin parar bajo el párpado: sigue vivo, de momento.

—Tenemos que llevarlo al hospital —le digo a quien quiera escuchar. Casi todos se han ido.

Vuelvo la vista atrás, hacia Tris y el erudito, que sigue sin moverse.

—¿Está...?

Ella le pone los dedos en el cuello para tomarle el pulso, y me mira con ojos muy abiertos y vacíos. Después sacude la cabeza: no, no está vivo. Era lo que me imaginaba.

Cierro los ojos. Los cuencos de las facciones se me han quedado grabados bajo los párpados, volcados, con su contenido esparcido por la calle. Los símbolos de nuestro antiguo modo de vida, destruidos. Un hombre muerto, otros heridos y ¿por qué?

Por nada. Por la estrechez de miras de Evelyn: una ciudad en la que a la gente le arrebatan las facciones contra su voluntad.

Quería que tuviéramos más de cinco elecciones. Ahora no tenemos ninguna.

Estoy seguro de que no puedo ser su aliado y de que nunca lo seré.

—Tenemos que irnos —dice Tris, y sé que no habla de Michigan Avenue ni de trasladar a Edward al hospital; se refiere a la ciudad.

—Tenemos que irnos —repito.

El hospital improvisado de la sede de Erudición huele a productos químicos, casi me raspa la nariz. Cierro los ojos y espero a Evelyn.

Estoy tan enfadado que ni siquiera quiero sentarme aquí, solo quiero hacer la maleta y marcharme. Ella ha debido de planear la manifestación, ya que, si no, no habría sabido nada de ella el día anterior. Y debía de saber que se descontrolaría, teniendo en cuenta la tensión que se respira en el ambiente. Pero lo hizo de todos modos. Para ella era más importante un gran gesto contra las facciones que la seguridad o la posible pérdida de vidas. No sé de qué me sorprendo.

Oigo las puertas del ascensor al abrirse, seguidas de su voz.

—¡Tobias!

Corre hasta mí y me coge las manos, que están pegajosas de sangre.

—¿Estás herido? —pregunta con los ojos muy abiertos, asustada.

Está preocupada por mí. La idea es como un alfilerazo de calor en el cuerpo: si se preocupa por mí es que debe de quererme. Todavía debe de ser capaz de amar.

—La sangre es de Edward. Ayudé a traerlo.

—¿Cómo está?

—Muerto —respondo, sacudiendo la cabeza.

No sé decirlo de otro modo.

Ella se encoge, me suelta las manos y se sienta en una de las sillas de la sala de espera. Mi madre acogió a Edward cuando él huyó de Osadía. Seguramente le enseñó a volver a ser un guerrero después de la pérdida de su ojo, su facción y sus cimientos. No

45

sabía que estuvieran tan unidos, aunque ahora sí que lo veo: en el brillo de las lágrimas en los ojos de mi madre y en el temblor de sus dedos. No la había visto demostrar tanta emoción desde que yo era niño y mi padre la estrellaba contra las paredes del salón.

Aparto el recuerdo como si lo metiera en un cajón demasiado pequeño para él.

—Lo siento —le digo, aunque sin saber si soy sincero o si solo lo digo para que siga pensando que estoy de su parte. Después pruebo a añadir—: ¿Por qué no me contaste lo de la manifestación?

—No sabía nada —responde, sacudiendo la cabeza.

Miente. Lo sé. Decido dejar que lo haga. Para que siga confiando en mí tengo que evitar los conflictos. O puede que no quiera insistir en el asunto con la muerte de Edward tan reciente. A veces me cuesta distinguir dónde acaba la estrategia y dónde empieza la compasión por mi madre.

—Bueno, puedes entrar a verlo, si quieres —le sugiero mientras me rasco la oreja.

—No —responde, como si estuviera cada vez más lejos—. Ya sé qué aspecto tienen los cadáveres.

—A lo mejor debería irme.

—Quédate —me pide, y pone una mano sobre la silla vacía que hay entre los dos—. Por favor.

Me acomodo a su lado y, a pesar de repetirme que no soy más que un agente encubierto que obedece a su supuesto líder, me siento como un hijo consolando a su madre.

Nuestros hombros se tocan, nuestros alientos siguen el mismo ritmo y no decimos nada.

CAPÍTULO SIETE

TRIS

Christina le da vueltas a una piedra negra mientras caminamos. Tardo unos segundos en darme cuenta de que, en realidad, se trata de un trozo de carbón del cuenco osado de la Ceremonia de la Elección.

—No quería sacar el tema, pero no dejo de pensar en ello —me dice—. De los diez iniciados trasladados que empezamos, solo quedamos vivos seis.

Más adelante está el edificio Hancock y, tras él, Lake Shore Drive, esa perezosa extensión de pavimento que una vez sobrevolé como un pájaro. Recorremos la acera agrietada una junto a la otra, con la ropa manchada de sangre seca de Edward.

Todavía no lo he asimilado: Edward, el trasladado con más talento que todos nosotros, con diferencia, el chico cuya sangre limpié del suelo del dormitorio, está muerto. Ahora sí que está muerto.

—Y de los simpáticos solo quedamos tú, yo... y probablemente Myra —comento.

No he visto a Myra desde que abandonó el complejo osado

con Edward, justo después de que un cuchillo de untar mantequilla le arrebatara el ojo al chico, pero no llegué a averiguar adónde había ido. De todos modos, creo que jamás cruzamos más de dos palabras seguidas.

Las puertas del edificio Hancock ya están abiertas, colgando de las bisagras. Uriah dijo que vendría antes para encender el generador y, efectivamente, cuando toco el botón del ascensor, se ilumina bajo mi uña.

—¿Has estado aquí antes? —le pregunto al subir al ascensor.

—No. Bueno, dentro no. No llegué a tirarme en tirolina, ¿recuerdas?

—Es verdad —respondo, apoyándome en la pared—. Deberías probarlo antes de irnos.

—Sí —coincide. Se ha pintado los labios de rojo. A mí me recuerda a las manchas de caramelo en las bocas de los niños cuando comen de forma descuidada—. A veces entiendo la postura de Evelyn. Han pasado tantas cosas horribles que no parece mala idea quedarse para... intentar arreglar este desastre antes de meternos en otro. —Sonríe un poco—. Pero, claro, no pienso hacerlo. Ni siquiera estoy segura de por qué. Curiosidad, supongo.

—¿Has hablado del tema con tus padres?

A veces se me olvida que Christina no es como yo, que no tengo ninguna lealtad familiar que me ate a un lugar concreto. Ella tiene madre y una hermana pequeña, las dos antiguos miembros de Verdad.

—Tienen que cuidar de mi hermana —responde—. No saben si ahí fuera estará a salvo; no quieren ponerla en peligro.

—Pero ¿estarán de acuerdo con que te marches?

—Estuvieron de acuerdo con que me uniera a otra facción, así que también lo estarán con esto. —Se mira los zapatos—. Solo quieren que viva con honradez, ¿sabes? Y aquí no puedo hacerlo. Simplemente, no puedo.

Las puertas del ascensor se abren y el viento nos golpea de inmediato, todavía cálido, aunque entreverado de aire frío. Oigo voces que salen del tejado, así que subo la escalera para llegar hasta ellas. La escalera rebota con cada uno de mis pasos, pero Christina me la sujeta hasta que llego arriba.

Nos encontramos con Uriah y Zeke, que lanzan guijarros por el tejado para oír el estrépito de las ventanas al romperse. Uriah intenta golpear el codo de Zeke antes de que lance para fastidiarle la puntería, pero Zeke es demasiado rápido.

—Hola —saludan al unísono cuando nos ven a Christina y a mí.

—Un momento, ¿es que sois familia? —pregunta Christina, sonriente.

Los dos se ríen, aunque Uriah parece estar atontado, como si no estuviera del todo conectado a este momento ni a este lugar. Supongo que es lo que pasa cuando se pierde a alguien como él perdió a Marlene, aunque a mí no me ocurrió lo mismo.

En el tejado no están las eslingas para la tirolina, ni tampoco hemos venido por eso. No sé por qué lo han hecho los demás, pero yo quería subir alto, ver hasta donde alcanzara la vista. Sin embargo, el terreno de la parte oeste permanece cubierto de negro, como tapado por una manta oscura. Por un momento creo distinguir un punto de luz en el horizonte, pero desaparece en un instante; no era más que una ilusión óptica.

Los demás también guardan silencio. Me pregunto si todos pensamos en lo mismo.

—¿Qué creéis que hay ahí afuera? —pregunta por fin Uriah.

Zeke se encoge de hombros.

—¿Y si hay más de lo mismo? —sugiere Christina—. Nada más que... una ciudad en ruinas, más facciones, más de todo.

—No puede ser —responde Uriah, negando con la cabeza—. Tiene que haber algo más.

—O puede que no haya nada —sugiere Zeke—. La gente que nos metió aquí podría estar muerta. Quizás esté todo vacío.

Me estremezco. Nunca había pensado en ello antes, pero tiene razón: no sabemos lo que ha pasado fuera desde que nos metieron aquí, ni cuántas generaciones han vivido y muerto desde que lo hicieron. Podríamos ser los últimos que queden.

—Da igual —digo, con más seriedad de lo que pretendía—. Da igual lo que haya fuera, tenemos que verlo por nosotros mismos. Y, cuando lo hagamos, nos enfrentaremos a lo que sea.

Nos quedamos aquí un buen rato. Recorro con la mirada los bordes desiguales de los edificios hasta que todas las ventanas iluminadas se funden en una línea. Después, Uriah pregunta a Christina por la revuelta, y nuestro momento de tranquilidad y silencio se acaba, como si se lo llevara el viento.

Al día siguiente, Evelyn se sitúa entre los restos del retrato de Jeanine Matthews en el vestíbulo de la sede de Erudición y anuncia reglas nuevas. Tanto los abandonados como los antiguos miembros de las facciones se reúnen allí y en la calle para escuchar lo que tiene que decir nuestra nueva líder, y los soldados abandonados se apostan junto a las paredes con los dedos en los gatillos de sus armas. Para mantenernos bajo control.

—Los sucesos de ayer me han dejado claro que ya no podemos confiar los unos en los otros —dice Evelyn, que parece pálida y exhausta—. Vamos a estructurar mejor la vida en nuestra ciudad hasta que la situación se estabilice. La primera medida será un toque de queda: todos deben regresar a sus viviendas asignadas a las nueve de la noche y no abandonarán su espacio hasta las ocho de la mañana del día siguiente. Habrá patrullas por las calles noche y día para mantenernos a salvo.

Resoplo, aunque intento ocultarlo con una tos. Christina me da un codazo en el costado y se lleva el dedo a los labios. No sé por qué le importa: Evelyn no puede oírme desde el otro extremo de la sala.

Tori, antigua líder de Osadía, destituida por Evelyn, está a pocos metros de ella, con los brazos cruzados. Hace una mueca de desdén.

—También ha llegado el momento de prepararnos para un estilo de vida distinto, sin facciones. A partir de hoy, todo el mundo empezará a aprender los oficios que han desarrollado los abandonados desde que tenemos uso de memoria. Después, todos haremos esos trabajos siguiendo un calendario de rotaciones, además de encargarnos de las demás tareas que antes realizaban las facciones. —Evelyn sonríe sin sonreír. No sé cómo lo hace—. Todos contribuiremos por igual a nuestra nueva ciudad, como debe ser. Las facciones nos dividieron, pero ahora estaremos unidos. Ahora y para siempre.

Los sin facción irrumpen en vítores. Me siento incómoda. No es que esté del todo en desacuerdo con ella, pero los mismos miembros de las facciones que se rebelaron contra Edward ayer tampoco aceptarán esto. Evelyn no controla la ciudad tanto como le gustaría.

No quiero tener que lidiar con la multitud después del anuncio de Evelyn, así que me adentro por los pasillos hasta dar con las escaleras traseras, las mismas por las que subimos para llegar al laboratorio de Jeanine no hace mucho. Entonces, los escalones estaban llenos de cadáveres. Ahora están limpios y frescos, como si no hubiera sucedido nada.

Cuando paso por la cuarta planta oigo un grito y un arrastrar de pies. Abro la puerta y me encuentro con un grupo de personas (jóvenes, son más jóvenes que yo) con brazaletes de tela negra que rodea a un chico que está en el suelo.

No es solo un chico, es un chico veraz, va vestido de blanco y negro de pies a cabeza.

Corro hacia ellos y, cuando veo que una abandonada alta echa el pie hacia atrás para propinarle otra patada, grito:

—¡Eh!

No sirve de nada, la patada acierta en el costado del chico, que gruñe mientras se aleja del golpe.

—¡Eh! —grito otra vez.

La chica por fin se vuelve. Es mucho más alta que yo (unos quince centímetros más), pero eso no me asusta, lo que estoy es enfadada.

—Retroceded —ordeno—. Alejaos de él.

—Está violando el código de vestimenta. Tengo todo el derecho del mundo y no acepto órdenes de amantes de las facciones —responde ella sin quitarle la vista de encima al dibujo de tinta que me asoma por la clavícula.

—Becks —dice el abandonado que hay junto a ella—, es la chica del vídeo Prior.

Aunque los otros parecen impresionados, la chica me mira con desprecio.

—¿Y?

—Tuve que hacer daño a mucha gente para superar la iniciación de Osadía. A ti también te lo haré, si no me queda más remedio.

Me bajo la cremallera de la sudadera azul y se la lanzo al veraz, que me mira desde el suelo mientras le chorrea sangre de la ceja. Se levanta sujetándose el costado con una mano y se echa la sudadera sobre los hombros, como si fuera una manta.

—Ea, ya no viola el código de vestimenta —digo.

La chica analiza mentalmente la situación y evalúa si quiere pelearse conmigo o no. Casi oigo lo que piensa: soy pequeña, así que soy una presa fácil, pero también soy osada, así que tampoco será tan sencillo vencerme. A lo mejor sabe que he matado a varias personas, o puede que no quiera meterse en líos. El caso es que pierde valor, noto su vacilación en la mueca de sus labios.

—Será mejor que te guardes las espaldas —me dice.

—Te garantizo que no me hará falta —respondo—. Ahora, salid de aquí.

53

Me quedo lo justo para comprobar que se dispersan y después sigo caminando.

—¡Espera! —me grita el chico de Verdad—. ¡Tu sudadera!

—¡Quédatela!

Doblo la esquina pensando que me llevará a otras escaleras, pero acabo en otro pasillo vacío, como el anterior. Me parece oír pisadas detrás de mí, así que me vuelvo, dispuesta a enfrentarme a la chica sin facción, pero no hay nadie.

Debo de estar volviéndome paranoica.

Abro una de las puertas del pasillo principal con la esperanza de dar con una ventana que me ayude a orientarme. Sin embargo, solo encuentro un laboratorio saqueado, con matraces y pipetas de ensayo esparcidas por las mesas. En el suelo hay papeles rotos. En el instante en que me agacho para recoger uno, se apagan las luces.

Me abalanzo sobre la puerta, pero una mano me agarra por el brazo y me arrastra a un lado. Alguien me pone un saco en la cabeza mientras otra persona me empuja contra la pared. Forcejeo e intento quitarme la tela de la cara mientras pienso: «Otra vez no, otra vez no». Consigo soltarme un brazo y acierto a darle un puñetazo a alguien en el hombro o en la barbilla, no estoy segura.

—¡Eh! —exclama una voz—. ¡Que eso duele!

—Lamentamos asustarte, Tris —añade otra voz—, pero el anonimato es esencial para nuestra operación. No queremos hacerte daño.

—¡Pues soltadme! —grito, casi gruñendo.

Todas las manos que me sujetan se apartan de golpe.

—¿Quiénes sois?

—Somos los leales —responde la voz—. Somos muchos y ninguno a la vez...

No puedo evitar reírme. A lo mejor es la conmoción o el miedo. Los latidos de mi corazón empiezan a ralentizarse y las manos me tiemblan de alivio.

La voz prosigue:

—Hemos oído que no eres leal a Evelyn Johnson y sus lacayos sin facción.

—Eso es ridículo.

—No tanto como confiar tu identidad a alguien si no es necesario.

Intento ver a través de las fibras de la tela que me cubre la cabeza, pero es demasiado tupida y está demasiado oscuro. Aunque me cuesta, ya que no cuento con mi visión para orientarme, procuro apoyarme en la pared y relajarme. Aplasto el borde de una matraz con el pie.

—No, no le soy leal —respondo—. ¿Qué importancia tiene eso?

—Significa que quieres marcharte —dice la voz, y me emociono—. Queremos pedirte un favor, Tris Prior: mañana, a medianoche, tenemos una reunión y queremos que traigas a tus amigos osados.

—Vale, dejad que os pregunte una cosa: si mañana veré quiénes sois, ¿por qué no puedo quitarme ahora esta cosa de la cabeza?

Eso parece descolocar a la persona que habla.

—En un día pueden surgir muchos peligros —responde la

voz—. Te veremos mañana a medianoche, en el lugar donde confesaste.

La puerta se abre de repente, el saco me golpea en las mejillas, y oigo pisadas que corren por el pasillo. Cuando por fin me quito el saco de la cabeza, el pasillo está en silencio. Miro la tela: es una funda de almohada azul oscuro con unas palabras pintadas en ella: «La facción antes que la sangre».

Sean quienes sean, está claro que les gusta impresionar.

«El lugar donde confesaste».

Solo puede ser un sitio: la sede veraz, donde sucumbí al suero de la verdad.

Cuando por fin regreso al dormitorio por la noche, encuentro una nota de Tobias debajo del vaso de agua que hay en la mesita de noche.

VI:

El juicio de tu hermano será mañana por la mañana, en privado. No puedo ir sin levantar sospechas, pero te haré llegar el veredicto en cuanto pueda. Después podemos elaborar un plan.

Pase lo que pase, esto acabará pronto.

IV

CAPÍTULO OCHO

TRIS

Son las nueve de la mañana. Es posible que en estos instantes estén decidiendo el veredicto de Caleb, mientras me ato los zapatos, mientras estiro las sábanas por cuarta vez en el día de hoy. Me paso las manos por el pelo. Los abandonados solo celebran juicios a puerta cerrada cuando creen que el veredicto es obvio, y Caleb era la mano derecha de Jeanine antes de que la mataran.

No debería preocuparme el veredicto, ya está decidido: ejecutarán a los colaboradores más estrechos de Jeanine.

«¿Por qué debería importarte? —me pregunto—. Te traicionó. No intentó detener tu ejecución».

No me importa. Me importa. No lo sé.

—Oye, Tris —dice Christina, golpeando el marco de la puerta con los nudillos. Uriah espera detrás de ella; todavía sonríe constantemente, aunque ahora sus sonrisas parecen de agua, como si estuvieran a punto de derramársele por la cara—. ¿Tienes noticias? —me pregunta.

Compruebo de nuevo la habitación, a pesar de saber que está vacía. Todos están desayunando, como exige nuestro horario.

Les pedí a Christina y a Uriah que se saltaran una comida para poder contarles algo. Me gruñe el estómago.

—Sí —respondo.

Se sientan en la cama situada enfrente de la mía, y les cuento cómo me acorralaron en uno de los laboratorios eruditos la noche anterior, lo de la almohada, los leales y la reunión.

—¿Y solo le pegaste un puñetazo a uno? Me sorprendes —comenta Uriah.

—Bueno, me superaban en número —respondo a la defensiva.

No fue muy osado por mi parte confiar en ellos tan deprisa, pero son tiempos extraños. Y no estoy segura de hasta qué punto soy osada, de todos modos, ahora que ya no hay facciones.

Noto una curiosa punzada de dolor al pensarlo, justo en el centro del pecho. Cuesta más desprenderse de algunas cosas que de otras.

—Entonces ¿qué crees que quieren? —pregunta Christina—. ¿Solo salir de la ciudad?

—Eso parece, pero en realidad no tengo ni idea.

—¿Cómo sabemos que no se trata de la gente de Evelyn que intenta engañarnos para que la traicionemos?

—Eso tampoco lo sé, pero nos va a resultar imposible salir de la ciudad sin ayuda, y no pienso quedarme aquí para aprender a conducir autobuses e irme a la cama cuando me lo ordenen.

Christina mira a Uriah, preocupada.

—Oye, no hace falta que vengáis —les digo—, pero tengo que salir de aquí. Necesito averiguar quién era Edith Prior y quién nos espera al otro lado de la valla, si es que hay alguien. No sé por qué, pero lo necesito.

Respiro hondo. No entiendo del todo de dónde ha salido ese arranque de desesperación, pero, ahora que lo he reconocido, no puedo pasarlo por alto, es como si algo vivo hubiera despertado en mi interior después de largo tiempo. Se me retuerce en el estómago y en la garganta. Necesito marcharme. Necesito averiguar la verdad.

Por una vez desaparece la perenne sonrisita que siempre le baila a Uriah en los labios.

—Y yo —dice.

—Vale —responde Christina, que se encoge de hombros aunque su mirada aún denota preocupación—, vamos a la reunión.

—De acuerdo. ¿Podéis decírselo a Tobias? Se supone que debo guardar las distancias, teniendo en cuenta que hemos «roto». Nos vemos en el callejón a las once y media.

—Yo se lo diré, creo que hoy estoy en su grupo —dice Uriah—. Van a enseñarnos cómo funcionan las fábricas. Estoy deseándolo —añade, sonriendo—. ¿Se lo puedo contar también a Zeke? ¿O no es de confianza?

—Adelante, pero asegúrate de que no haga correr la voz.

Miro otra vez la hora: las nueve y cuarto. Seguro que ya han emitido el veredicto de Caleb; ya es casi la hora de que vayamos a aprender nuestros trabajos de abandonados. Me siento como si lo más nimio pudiera hacerme huir despavorida. La rodilla se me dispara sola.

Christina me pone una mano en el hombro, aunque no me

pregunta por ello, cosa que le agradezco. No sabría qué responder.

Christina y yo recorremos una complicada ruta por la sede de Erudición para volver a la escalera trasera y evitar las patrullas de abandonados. Me subo la manga para dejar la muñeca al aire: me he dibujado un mapa en el brazo porque, aunque sé llegar a la sede de Verdad desde aquí, no conozco los callejones que nos mantendrán fuera del alcance de los ojos curiosos.

Uriah nos espera al otro lado de la puerta. Va vestido de negro, aunque veo una pizca de gris Abnegación asomándole por el cuello de la sudadera. Es raro ver a mis amigos osados con colores de Abnegación, como si hubieran estado toda la vida conmigo. De todos modos, a veces esa es la impresión que tengo.

—Avisé a Cuatro y a Zeke, pero se reunirán con nosotros allí —explica Uriah—. Vamos.

Corremos juntos por el callejón hacia Monroe Street. Me resisto a la tentación de hacer una mueca con cada una de nuestras ruidosas pisadas. En estos momentos, es más importante llegar deprisa que llegar en silencio. Giramos en Monroe, y vuelvo la vista atrás por si hay patrullas. Veo figuras oscuras que se acercan a Michigan Avenue, pero desaparecen detrás de la hilera de edificios sin detenerse.

—¿Dónde está Cara? —susurro a Christina cuando llegamos a State Street y estamos lo bastante lejos de Erudición para poder hablar tranquilamente.

—No lo sé, creo que no la invitaron —responde Christina—. Y es raro, sé que quería...

—¡Chisss! —dice Uriah—. ¿Siguiente desvío?

Uso la luz del reloj para leer las palabras que me escribí en el brazo.

—¡Randolph Street!

Corremos rítmicamente, acompasamos nuestras pisadas y nuestro aliento. A pesar de que me arden los músculos, me sienta bien correr.

Cuando llegamos al puente, me duelen las piernas, pero al ver el Mercado del Martirio al otro lado del río pantanoso, abandonado y a oscuras, sonrío a pesar del dolor. Freno un poco al pasar el puente, y Uriah me echa un brazo sobre los hombros.

—Y ahora, a subir un millón de escalones —dice.

—A lo mejor han activado los ascensores.

—Ni en sueños —responde, negando con la cabeza—. Seguro que Evelyn controla el empleo de electricidad: es la mejor forma de averiguar si la gente se reúne en secreto.

Suspiro. Puede que me guste correr, pero odio subir escaleras.

Cuando por fin llegamos a lo alto de las escaleras, con la respiración entrecortada, faltan cinco minutos para las doce de la noche. Los demás se me adelantan mientras recupero el aliento cerca de los ascensores. Uriah tenía razón: no hay ni una sola luz encendida, aparte de los carteles de salida. Gracias a su brillo azul veo a Tobias salir de la sala de interrogatorios.

Desde nuestra cita solo hemos hablado a través de mensajes

encubiertos. Tengo que resistir el impulso de abalanzarme sobre él y acariciarle la curva de los labios, la arruga que se le forma en la mejilla al sonreír, y la dura línea de las cejas y la mandíbula. Pero faltan dos minutos para las doce, no nos queda tiempo.

Me rodea con sus brazos y me sujeta con fuerza unos segundos. Su aliento me hace cosquillas en la oreja, y cierro los ojos para relajarme. Huele a viento, a sudor y a jabón, a Tobias y a libertad.

—¿No deberíamos entrar? —pregunta—. Sean quienes sean, seguramente llegarán puntuales.

—Sí.

Me tiemblan las piernas del agotamiento. No quiero ni pensar en tener que bajar las escaleras después para volver corriendo a Erudición.

—¿Averiguaste algo sobre Caleb? —le pregunto.

Hace una mueca.

—Será mejor que lo dejemos para después.

Es la única respuesta que necesito.

—Lo van a ejecutar, ¿verdad? —pregunto en voz baja.

Él asiente y me da la mano. No sé qué sentir; intento no sentir nada.

Justos entramos en la sala en la que una vez nos interrogaron drogados con el suero de la verdad. «El lugar donde confesaste».

Han dispuesto un círculo de velas encendidas sobre una de las balanzas dibujadas en el suelo. En el cuarto hay una mezcla de rostros familiares y desconocidos: Susan y Robert están juntos, hablando; Peter está solo a un lado, con los brazos cruzados; Uriah y Zeke están con Tori y otros cuantos osados; Christina está con su madre y su hermana; y, en un rincón, veo a dos eruditos nerviosos. La ropa nueva no puede borrar lo que nos separa: está demasiado arraigado.

Christina me llama.

—Esta es mi madre, Stephanie —me dice, señalando a una mujer con mechones grises en su pelo oscuro y rizado—. Y mi hermana, Rose. Mamá, Rose, estos son mi amiga Tris y mi instructor de iniciación, Cuatro.

—Obviamente —responde Stephanie—. Vimos su interrogatorio hace varias semanas, Christina.

—Ya lo sé, estaba siendo educada...

—La educación es un engaño...

—Sí, sí, ya lo sé —la interrumpe Christina, poniendo los ojos en blanco.

Me fijo en que su madre y su hermana se miran con cautela, enfado o las dos cosas a la vez. Después, su hermana se vuelve hacia mí y dice:

—Entonces, tú fuiste la que mató al novio de Christina.

Sus palabras me dejan helada por dentro, como si una veta de hielo me partiera por la mitad. Quiero responder, defenderme, pero no encuentro las palabras.

—¡Rose! —exclama Christina, mirándola con el ceño fruncido.

A mi lado, Tobias se pone rígido, se tensa. Está listo para pelear, como siempre.

—Lo mejor es dejar las cosas claras desde el principio para no perder el tiempo —dice Rose.

—Y os preguntáis por qué abandoné mi facción —comenta

Christina—. Ser sincero no significa decir lo que quieras siempre que quieras. Significa que lo que elijas decir tiene que ser cierto.

—Mentir por omisión sigue siendo mentir.

—¿Queréis la verdad? La verdad es que me hacéis sentir incómoda y prefiero no estar con vosotras. Nos vemos después.

Me coge por el brazo, y nos aleja a Tobias y a mí de su familia sin dejar de sacudir la cabeza.

—Lo siento, chicos. No son de las que perdonan fácilmente.

—No pasa nada —respondo, aunque no es cierto.

Creía que, al recibir el perdón de Christina, superaría la parte más difícil de la muerte de Will. Sin embargo, cuando matas a alguien a quien quieres, la parte más difícil no acaba nunca. Simplemente, se hace más sencillo no pensar en lo que has hecho.

En mi reloj ya han dado las doce. Se abre una puerta del otro lado de la sala, y entran dos siluetas delgadas. La primera es Johanna Reyes, antigua portavoz de Cordialidad, fácilmente identificable por la cicatriz que le cruza la cara y por la chispa de color amarillo que le asoma por debajo de la chaqueta negra. La segunda es otra mujer, aunque no distingo su rostro, aunque sí veo que va de azul.

Noto un escalofrío de terror. Se parece a... Jeanine.

«No, la vi morir. Jeanine está muerta».

La mujer se acerca. Es escultural y rubia, como Jeanine. Unas gafas le cuelgan del bolsillo delantero y lleva el pelo recogido en una trenza. Una erudita de pies a cabeza, pero no es Jeanine Matthews.

Cara.

¿Cara y Johanna son las líderes de los leales?

—Hola —saluda Cara, y todas las conversaciones se cortan en seco. Sonríe con una sonrisa forzada, como si se tratara de un mero convencionalismo social—. Se supone que no debemos estar aquí, así que intentaré ser breve. Algunos de vosotros (Zeke, Tori) nos habéis estado ayudando durante estos últimos días.

Me quedo mirando a Zeke. ¿Zeke ha estado ayudando a Cara? Supongo que se me olvidó que fue espía de Osadía, y que seguramente demostró su lealtad a Cara: parecían amigos antes de que ella abandonara la sede de Erudición, no hace tanto.

Me mira, arquea las cejas unas cuantas veces seguidas y sonríe.

—Algunos estáis aquí porque queremos pedir vuestra ayuda —sigue diciendo Johanna—. Y todos estáis aquí porque no confiáis lo suficiente en Evelyn Johnson como para permitir que decida el destino de esta ciudad.

Cara junta las palmas de las manos delante de ella.

—Creemos en que lo correcto es aceptar las directrices de los fundadores de la ciudad, y dichas directrices se han expresado de dos formas: la formación de las facciones y la misión de los divergentes, expresada por Edith Prior, de enviar gente al otro lado de la valla para ayudar a quien haya ahí fuera, una vez que la población divergente sea más numerosa. Creemos que, a pesar de que aún no lo es, la situación de nuestra ciudad es lo bastante grave como para enviar a alguien al otro lado.

»De acuerdo con las intenciones de los fundadores de nuestra ciudad, tenemos dos objetivos: derrocar a Evelyn y a los abandonados para poder restablecer las facciones, y enviar a algunos de nosotros al exterior para ver lo que hay. Johanna dirigirá la primera misión, y yo la segunda, que es en lo que nos centraremos esta noche. —Se mete un mechón suelto en la trenza—. No podremos ir muchos, ya que un grupo tan numeroso llamaría demasiado la atención. Evelyn no nos permitirá salir sin luchar, así que creo que lo mejor sería reclutar a gente que haya logrado sobrevivir a situaciones peligrosas.

Miro a Tobias: sin duda, nosotros hemos sobrevivido a situaciones peligrosas.

—Christina, Tris, Tobias, Tori, Zeke y Peter son mis elecciones —dice Cara—. Todos me habéis demostrado vuestras habilidades de un modo u otro, y por eso me gustaría pediros que me acompañarais al exterior de la ciudad. Por supuesto, no estáis obligados a acceder.

—¿Peter? —pregunto sin pensar.

No me imagino lo que Peter habrá hecho para «demostrarle sus habilidades» a Cara.

—Evitó que los eruditos te mataran —responde Cara amablemente—. ¿Quién crees que le proporcionó la tecnología para fingir tu muerte?

Arqueo las cejas; no había pensado en ello, ya que habían sucedido tantas cosas desde mi fallida ejecución que no me había parado a pensar en los detalles de mi rescate. Pero, por supuesto, Cara era la única desertora conocida de Erudición en aquellos momentos, la única persona a la que Peter podría haber pedido ayuda. ¿Quién más iba a hacerlo? ¿Quién más habría sabido cómo?

No pongo más objeciones; no quiero abandonar la ciudad con Peter, pero estoy tan desesperada por marcharme que tampoco deseo montar un numerito.

—Son muchos osados juntos —comenta con escepticismo una chica que está a un lado de la sala.

Tiene las cejas muy pobladas y juntas, y la piel pálida. Cuando vuelve la cabeza, veo una mancha de tinta negra detrás de la oreja. Una trasladada de Osadía a Erudición, sin duda.

—Cierto —responde Cara—, pero lo que necesitamos ahora son personas con las habilidades requeridas para salir de la ciudad ilesas, y creo que el entrenamiento osado los cualifica para esa tarea.

—Lo siento, pero creo que yo no puedo ir —dice Zeke—. No puedo dejar aquí a Shauna, no después de que su hermana... Bueno, ya sabéis.

—Iré yo —se ofrece Uriah, levantando la mano—. Soy osado, tengo buena puntería y no podéis negarme que resulto un placer para la vista.

Me río. A Cara no parece hacerle gracia, pero asiente con la cabeza.

—Gracias.

—Cara, tendrás que salir de la ciudad deprisa —dice la chica osada-convertida-en-erudita—, lo que significa que deberías contar con alguien que haga funcionar los trenes.

—Bien visto —responde Cara—. ¿Alguien sabe cómo conducir un tren?

—Pues yo, ¿no había quedado claro? —responde la chica.

El plan empieza a encajar. Johanna sugiere que nos llevemos

camiones de Cordialidad desde el final de las vías hasta salir de la ciudad, y se ofrece voluntaria para suministrarlos. Robert se ofrece a ayudarla. Stephanie y Rose se ofrecen voluntarios para vigilar los movimientos de Evelyn en las horas previas a la huida, y para informar sobre cualquier comportamiento poco usual en el complejo de Cordialidad con la ayuda de walkie-talkies. El osado que va con Tori se ofrece para buscarnos armas. La chica erudita señala todos los puntos débiles que se le ocurren, al igual que Cara, y no tardamos en resolverlos todos, como si acabáramos de construir una estructura segura.

Solo queda una pregunta, y la formula Cara:

—¿Cuándo nos vamos?

Y yo me ofrezco para responderla:

—Mañana por la noche.

CAPÍTULO
NUEVE

TOBIAS

El aire nocturno se me cuela en los pulmones, como si fuera uno de mis últimos alientos. Mañana abandonaré mi lugar y buscaré otro.

Uriah, Zeke y Christina se dirigen a la sede de Erudición, y yo le doy la mano a Tris para que se retrase un poco.

—Espera, vamos a alguna parte.

—¿A alguna parte? Pero...

—Solo un ratito.

Tiro de ella hacia la esquina del edificio. Por la noche casi puedo ver el aspecto que tenía el agua cuando llenaba el canal vacío: oscura y acariciada por diminutas olas a la luz de la luna.

—Estás conmigo, ¿recuerdas? No te van a detener.

Un tic en la comisura de sus labios, semejante a una sonrisa.

Al doblar la esquina, se apoya en la pared y me coloco frente a ella, con el río a mis espaldas. Lleva algo oscuro alrededor de los ojos para resaltar su color, vivo e impresionante.

—No sé qué hacer —me dice, apretándose la cara con las manos, metiéndose los dedos en el pelo—. Respecto a Caleb.

—¿No?

Aparta una mano para mirarme.

—Tris —sigo diciendo mientras coloco las manos a ambos lados de su cara, apoyadas en la pared, y me inclino sobre ella—, no quieres que muera. Lo sé.

—El caso es que... Estoy tan... enfadada —dice, cerrando los ojos—. Intento no pensar en él porque, cuando lo hago, solo quiero...

—Lo sé. Dios, claro que lo sé.

Me he pasado gran parte de mi vida soñando con matar a Marcus. Una vez hasta decidí cómo lo haría: con un cuchillo, para poder sentir cómo se enfriaba, para estar lo bastante cerca y ver cómo se le apagaba la mirada. Tomar aquella decisión me asustó tanto como antes lo había hecho la violencia de mi padre.

—Pero mis padres habrían querido salvarlo —dice, mirando al cielo—. Habrían dicho que es egoísta dejar que alguien muera solo porque te ha hecho daño. Perdonar, perdonar y perdonar.

—No importa lo que ellos quisieran, Tris.

—¡Sí que importa! —exclama, y se aparta de la pared—. Siempre importa. Porque Caleb les pertenece a ellos más de lo que me pertenece a mí. Y quiero que estén orgullosos de su hija. Es lo único que deseo.

Sus ojos pálidos se clavan en los míos, decididos. Nunca he tenido unos padres que me dieran ejemplo, unos padres ante los que querer estar a la altura, pero ella sí. Los veo en su interior, en su valentía y en la belleza que le dejaron grabada, como una huella.

Le toco la mejilla y deslizo los dedos por su pelo.

—Lo sacaré de ahí.

—¿Qué?

—Lo sacaré de su celda. Mañana, antes de irnos —explico, y asiento con la cabeza—. Lo haré.

—¿En serio? ¿Estás seguro?

—Claro que estoy seguro.

—Tobias... —dice, frunciendo el ceño—. Gracias. Eres... asombroso.

—No digas eso. Todavía no conoces mis motivos ocultos —respondo, sonriente—. Verás, en realidad no te he arrastrado hasta aquí para hablar de Caleb.

—¿Ah, no?

Le pongo las manos en las caderas y la empujo con cariño contra la pared. Ella me mira con sus ojos claros y ansiosos. Me inclino lo suficiente para saborear su aliento, pero retrocedo cuando ella hace lo mismo, provocándola.

Tris engancha los dedos en las trabillas de mis pantalones y tira de mí hacia ella, así que tengo que apoyarme en los antebrazos. Intenta besarme, pero muevo la cara para esquivarla, y la beso justo bajo la oreja y después a lo largo de la mandíbula hasta llegar al cuello. Tiene la piel suave y sabe a sal, como una carrera nocturna.

—Hazme un favor —me susurra al oído—: no vuelvas a tener motivos puros.

Me pone las manos encima y me toca en todos los lugares en los que estoy marcado, bajando por la espalda y los costados. Las puntas de sus dedos se deslizan por debajo de la cintura de mis vaqueros y me sujetan contra ella. Respiro contra su cuello, incapaz de moverme.

Finalmente, nos besamos, y es un alivio. Ella suspira, y yo no logro reprimir una sonrisa malvada.

La levanto del suelo, de modo que la pared soporte casi todo su peso, y ella me rodea la cintura con las piernas. Se ríe con otro beso, y yo me siento fuerte, aunque ella también; noto sus exigentes dedos alrededor de mis brazos. El aire nocturno se me cuela en los pulmones y es como si este fuera uno de mis primeros alientos.

CAPÍTULO
DIEZ

TOBIAS

Los edificios en ruinas del sector osado parecen umbrales a otros mundos. Más adelante, la Espira atraviesa el cielo.

Llevo la cuenta del paso del tiempo gracias al pulso que me late en las puntas de los dedos. El aire aún está cargado, aunque el verano se acerca a su fin. Antes me pasaba el día corriendo y luchando porque me importaban mis músculos. Ahora que mis pies me han salvado tantas veces, no puedo evitar ver el acto de correr y el de luchar como lo que son: una forma de escapar del peligro y seguir con vida.

Cuando llego al edificio, me paseo por la entrada para recuperar el aliento. Sobre mí, los paneles de cristal reflejan la luz en todas las direcciones. En algún lugar, ahí arriba, está la silla en la que me senté mientras dirigía la simulación del ataque, y también habrá una mancha de la sangre del padre de Tris en la pared. En algún lugar, ahí arriba, la voz de Tris penetró en la simulación en la que estaba inmerso, noté su mano contra mi pecho y regresé a la realidad.

Abro la puerta de la sala del paisaje del miedo y abro la cajita negra que llevaba en el bolsillo trasero, la caja con las jeringas. Es la caja que siempre he usado, la que tiene una parte acolchada para meter las agujas; es la prueba de que estoy mal de la cabeza... o de que soy valiente.

Me acerco la aguja al cuello y cierro los ojos al apretar el émbolo. La caja negra cae al suelo con gran estrépito, pero, cuando abro los ojos, ya ha desaparecido.

Estoy en lo alto del tejado del edificio Hancock, cerca de la tirolina que servía a los osados para jugar con la muerte. Hay nubes negras de lluvia y el viento me llena la boca cuando la abro para respirar. A mi derecha, la cuerda se rompe y, con el impulso del latigazo, destroza las ventanas inferiores.

Me concentro en el borde del tejado, atrapándolo en el centro de un diminuto agujero. Oigo mi aliento entrecortado a pesar del silbido del viento. Me obligo a acercarme al borde. La lluvia me golpea en los hombros y la cabeza, me arrastra hacia el suelo. Echo el peso hacia delante, solo un poco, y me caigo. Aprieto la mandíbula para ahogar mis gritos; me asfixio con mi propio miedo.

Después de aterrizar, no tengo ni un segundo para descansar antes de que los muros se cierren a mi alrededor, de que la madera se me pegue a la columna, a la cabeza y a las piernas. Claustrofobia. Me llevo los brazos al pecho, cierro los ojos e intento no dejarme llevar por el pánico.

Pienso en Eric y en su paisaje del miedo; él controlaba su terror con respiraciones profundas y lógica. Y Tris conjuraba armas de la nada para atacar a sus peores pesadillas. Pero yo no soy Eric ni Tris. ¿Qué soy? ¿Qué necesito para superar mis miedos?

Conozco la respuesta, por supuesto: necesito negarles el poder que ejercen sobre mí. Necesito saber que soy más fuerte que ellos.

Respiro y estrello las palmas de las manos contra las paredes que tengo a izquierda y derecha. La caja cruje y se rompe, las tablas caen al suelo de hormigón. Me yergo sobre ellas, a oscuras.

Amar, mi instructor durante la iniciación, nos enseñó que nuestros paisajes del miedo no paraban de moverse, que cambiaban con nuestro humor y con los susurros de nuestras pesadillas. Mi paisaje era siempre el mismo hasta hace cuestión de semanas, hasta que me demostré que era capaz de dominar a mi padre. Hasta que descubrí a alguien a quien me aterraba perder.

No sé qué veré ahora.

Espero un buen rato sin que nada cambie. La habitación sigue a oscuras, el suelo sigue frío y duro, mi corazón sigue latiendo más deprisa de lo normal. Bajo la mirada para comprobar la hora y descubro que tengo el reloj en la muñeca equivocada: normalmente lo llevo en la izquierda, no en la derecha, y la correa es gris, no negra.

Entonces me doy cuenta de que tengo los dedos cubiertos de un vello erizado, un vello que antes no tenía. Han desaparecido los callos de los nudillos. Bajo la vista y descubro que llevo pantalones y camisa grises; la zona del vientre es ahora más voluminosa y mis hombros son más delgados.

Me miro en el espejo que acaba de aparecer frente a mí. El rostro que refleja no es el mío, sino de Marcus.

Me guiña un ojo, y los músculos del mío se contraen, aunque

yo no se lo he pedido. Sin previo aviso, sus (mis) brazos se aba-
lanzan sobre el cristal y se cierran en torno al cuello de mi reflejo.
Pero entonces el espejo desaparece, y mis... sus... nuestras manos
nos rodean el cuello. Un cerco negro empieza a rodearlo todo.
Nos dejamos caer en el suelo y las manos parecen de hierro.

No puedo pensar. No se me ocurre la forma de salir de esta.

Grito de forma instintiva. El sonido me vibra en las manos.
Me imagino esas manos como realmente son las mías: grandes,
con dedos esbeltos y nudillos callosos por culpa de las horas pa-
sadas golpeando sacos de boxeo. Me imagino que mi reflejo es
agua que resbala por la piel de Marcus y reemplaza cada centímetro de su cuerpo con un centímetro del mío. Me rehago a mi
imagen y semejanza.

Estoy arrodillado en el hormigón, intentando respirar.

Me tiemblan las manos y me paso los dedos por el cuello, los
hombros y los brazos, para asegurarme.

Hace unas semanas en el tren, de camino a mi encuentro con
Evelyn, le conté a Tris que Marcus aún estaba en mi paisaje del
miedo, pero que había cambiado. Pasé bastante tiempo pensando en ello; era lo que ocupaba mis pensamientos cada noche,
antes de irme a dormir, y lo que reclamaba mi atención cada vez
que me despertaba. Le tenía miedo, lo sabía, pero de un modo
distinto: ya no era un niño atemorizado ante la amenaza que mi
padre aterrador representaba para mi seguridad. Ahora era un
hombre que temía la amenaza que suponía para mi carácter, para
mi futuro, para mi identidad.

Sin embargo, sabía que ese miedo no podía ni compararse
con el que siento ahora. A pesar de ser consciente de lo que se

avecina, me dan ganas de abrirme las venas para sacarme el suero del cuerpo antes de volver a verlo.

Un haz de luz aparece en el suelo de hormigón, delante de mí. Una mano con los dedos agarrotados alcanza la luz, seguida de otra mano y, después, de una cabeza con una mata de pelo despeinada. La mujer tose y se arrastra hacia el círculo de luz, centímetro a centímetro. Intento avanzar hacia ella para ayudarla, pero estoy paralizado.

La mujer vuelve la cara hacia la luz y veo que es Tris. La sangre que le mana de los labios le baja por la barbilla. Sus ojos rojos encuentran los míos.

—Ayuda —suplica entre resuellos.

Tose sangre en el suelo, y yo me lanzo hacia ella, porque sé que, si no lo hago pronto, la vida abandonará sus ojos. Unas manos me sujetan por los brazos, los hombros y el pecho; forman una jaula de carne y hueso, pero yo sigo forcejeando por llegar hasta Tris. Araño las manos que me frenan, pero solo consigo hacerme daño.

Grito su nombre y ella tose de nuevo; esta vez esputa más sangre. Chilla pidiendo ayuda, y yo grito llamándola a ella y no oigo nada. No siento nada, salvo el latido de mi corazón, salvo mi propio terror.

Tris cae al suelo, inmóvil, y se le ponen los ojos en blanco. Es demasiado tarde.

La oscuridad se ilumina. Veo los grafitis en las paredes de la sala del paisaje del miedo. Frente a mí están los espejos espía de la sala de observación y, en los rincones, las cámaras que graban todas las sesiones. Todo está en su sitio. Tengo el cuello y la

77

espalda cubiertos de sudor. Me seco la cara con el dobladillo de la camiseta y me acerco a la puerta del otro lado, dejando atrás la caja negra, la jeringa y la aguja.

No necesito volver a revivir mis miedos; lo que tengo que hacer ahora es superarlos.

Sé por experiencia que lo único que sirve para colarse en un lugar prohibido es la confianza. Como, por ejemplo, en las celdas de la tercera planta de la sede de Erudición.

Sin embargo, parece que aquí no funciona. Un hombre sin facción me detiene a punta de pistola antes de llegar a la puerta, y yo me pongo nervioso y empiezo a ahogarme.

—¿Adónde vas?

Pongo una mano encima de su arma y la aparto de mi brazo.

—No me apuntes con esa cosa. Cumplo órdenes de Evelyn: tengo que ver a un prisionero.

—No me han avisado de que hoy hubiera visitas fuera del horario establecido.

Bajo la voz para que crea que le voy a desvelar un secreto.

—Eso es porque ella no quiere que quede constancia.

—¡Chuck! —lo llama alguien desde las escaleras que tenemos al lado. Es Therese, que mueve la mano mientras baja—. Déjalo pasar, es legal.

Asiento con la cabeza para dar las gracias a Therese y sigo avanzando. Han limpiado los escombros del pasillo, pero no han sustituido las bombillas rotas, así que camino a través de manchas de oscuridad que parecen moratones. Me dirijo a la celda.

Cuando llego al pasillo norte, no voy directo a la celda, sino que me acerco a la mujer que está en un extremo. Es de mediana edad, tiene los ojos caídos y los labios fruncidos. Parece que todo la agota, yo incluido.

—Hola —la saludo—, soy Tobias Eaton. He venido a recoger a un prisionero por orden de Evelyn Johnson.

No cambia su expresión al oír mi nombre, así que, por un momento, temo que tendré que dejarla inconsciente para conseguir lo que quiero. Ella se saca un papel arrugado del bolsillo y lo alisa en la palma de la mano. Es una lista de nombres de prisioneros, junto con los correspondientes números de celda.

—¿Nombre?

—Caleb Prior.308A.

—Eres el hijo de Evelyn, ¿no?

—Ajá. Quiero decir, sí.

No parece la clase de persona a la que le gusta oír «ajá».

Me conduce hasta una puerta metálica lisa en la que pone 308A. Me pregunto para qué la usarían cuando nuestra ciudad no necesitaba tantas celdas. Introduce el código y la puerta se abre.

—Imagino que se supone que debo fingir no ver lo que estás a punto de hacer —me dice.

Debe de pensar que he venido a matarlo. Decido permitírselo.

—Sí.

—Pues hazme un favor y háblale bien de mí a Evelyn. No quiero tantos turnos de noche. Me llamo Drea.

—Por supuesto.

Hace una pelota con el papel y se lo guarda en el bolsillo

mientras se aleja. Mantengo la mano sobre el pomo de la puerta hasta que Drea llega a su puesto y se pone de lado para no mirarme. Me da la impresión de que lo ha hecho bastantes veces. ¿Cuánta gente habrá desaparecido de estas celdas por orden de Evelyn?

Entro. Caleb Prior está sentado a un escritorio metálico, inclinado sobre un libro, con el pelo echado a un lado.

—¿Qué quieres? —pregunta.

—Odio ser yo quien te lo diga... —empiezo a decir, pero hago una pausa. Hace unas horas decidí cómo quería manejar el asunto: quiero darle una lección a Caleb. Y eso supone contar algunas mentiras—. En realidad, no lo siento. Han adelantado unas semanas tu ejecución. A esta noche.

Eso consigue llamar su atención. Se agita en la silla y se me queda mirando con ojos de loco, como una presa ante un depredador.

—¿Es broma?

—Se me da muy mal hacer bromas.

—No —dice, sacudiendo la cabeza—. No, me quedan unas semanas, no es esta noche, no...

—Si te callas, te daré una hora para adaptarte a la nueva información. Si no te callas, te dejaré inconsciente y te pegaré un tiro en el callejón antes de que te despiertes. Tú decides.

Observar a un erudito mientras procesa algo es como contemplar el interior de un reloj: su mecanismo girando y en movimiento, ajustándose, trabajando al unísono para completar una función determinada, que, en este caso, es darle sentido a su inminente fallecimiento.

Los ojos de Caleb saltan a la puerta abierta que hay detrás de mí; entonces coge la silla, se vuelve y me la lanza. La pata me golpea con fuerza, lo que me frena lo justo para dejar que se me escape.

Lo sigo hasta el pasillo; los brazos me arden por el impacto. Soy más rápido que él, de modo que caigo sobre su espalda y lo derribo de cara mientras le junto las muñecas y se las sujeto con una brida de plástico. Él gruñe y, cuando lo pongo en pie, veo que tiene la nariz manchada de sangre.

Drea me mira un segundo, pero después se vuelve.

Lo arrastro por el pasillo, no por el que he entrado, sino por otro, hacia una salida de emergencia. Bajamos por unas escaleras estrechas en las que resuena el eco de nuestras pisadas, disonante y hueco. Al llegar abajo, llamo a la puerta de salida.

Zeke la abre con una sonrisa estúpida.

—¿Te ha dado problemas el guardia?

—No.

—Supuse que Drea aceptaría. No le importa nada.

—Me ha dado la impresión de que no es la primera vez que mira hacia otro lado.

—No me sorprende. ¿Este es Prior?

—En carne y hueso.

—¿Por qué está sangrando?

—Porque es idiota.

Zeke me ofrece una chaqueta negra con el símbolo de los abandonados en el cuello.

—No sabía que la idiotez hiciera que la gente empezara a sangrar espontáneamente por la nariz.

Echo la chaqueta sobre los hombros de Caleb y le abrocho uno de los botones del pecho. Entonces él evita mirarme a los ojos.

—Creo que es un nuevo fenómeno —explico—. ¿Está despejado el callejón?

—Sí, me he asegurado —responde Zeke, que me ofrece su arma con el mango por delante—. Cuidado, está cargada. Ahora te agradecería que me pegaras para resultar más convincente cuando les cuente a los abandonados que me la robaste.

—¿Quieres que te pegue?

—Venga, como si no lo estuvieras deseando. Tú hazlo, Cuatro.

Me gusta pegar a la gente, me gusta el estallido de poder y energía, y la sensación de que soy intocable porque puedo hacer daño a los demás. Sin embargo, también odio esa parte de mí porque es la parte de mí que es más inestable.

Zeke se prepara y cierro la mano en un puño.

—Hazlo deprisa, tarta de fresa.

Decido apuntar a la mandíbula, que es demasiado fuerte para romperse, pero lucirá un buen moratón. Cojo impulso y le doy justo donde pretendía. Zeke gruñe y se agarra la cara con las dos manos. Un relámpago de dolor me sube por el brazo, así que sacudo la mano.

—Genial —dice Zeke, escupiendo al lateral del edificio—. Bueno, supongo que eso es todo.

—Supongo.

—Seguramente no volveré a verte, ¿verdad? Quiero decir, sé que los demás puede que vuelvan, pero tú... —Deja la frase en el aire, pero recupera el hilo de pensamiento un instante después—. Me parece que estarás encantado de dejarlo todo atrás, solo eso.

—Sí, es probable que tengas razón —respondo, mirándome los zapatos—. ¿Seguro que no quieres venir?

—No puedo. Shauna no puede ir en silla de ruedas con vosotros y no pienso abandonarla, ¿sabes? —Se toca la mandíbula con cuidado, para comprobar los daños—. Asegúrate de que Uriah no beba demasiado, ¿de acuerdo?

—Sí.

—Hablo en serio —insiste, y a continuación baja la voz, como las pocas veces que no está de broma—. ¿Me prometes que cuidarás de él?

Desde que los conocí he tenido claro que Zeke y Uriah están más unidos que la mayoría de los hermanos. Perdieron a su padre cuando eran pequeños y sospecho que Zeke empezó a caminar por la fina línea que separa a los padres de los hermanos. Ni me imagino qué sentirá al ver marchar a Uriah, sobre todo teniendo en cuenta lo mucho que la muerte de Marlene lo ha sumido en la tristeza.

—Te lo prometo —le digo.

Sé que debería marcharme, pero tengo que alargar un poco más este momento, empaparme bien de su importancia. Zeke fue uno de los primeros amigos que hice en Osadía, tras sobrevivir a la iniciación. Después trabajó en la sala de control conmigo, vigilando las cámaras y escribiendo programas estúpidos que mostraban palabras en pantalla o jugando a las adivinanzas con números. Nunca me preguntó por mi nombre real, ni por qué un iniciado de primera categoría había acabado en seguridad e instrucción en vez de en liderazgo. No me exigía nada.

—Venga, vamos a abrazarnos de una vez —dice.

Mientras sigo sujetando el brazo de Caleb con una mano, rodeo a Zeke con el brazo que me queda libre y él hace lo mismo.

Cuando nos separamos, tiro de Caleb por el callejón y no logro evitar la tentación de gritar:

—¡Te echaré de menos!

—¡Y yo a ti, cariño!

Sonríe, y sus dientes blancos brillan en el crepúsculo. Son lo último que veo de él antes de volverme y salir corriendo bajo la lluvia.

—Vas a alguna parte —dice Caleb entre un aliento y otro—, tú y más personas.

—Sí.

—¿También mi hermana?

La pregunta despierta una rabia animal en mi interior, una rabia que no se satisface con palabras agudas ni insultos, sino golpeándole la oreja con la palma de la mano. Él hace una mueca y hunde los hombros, preparado para un segundo ataque.

Me pregunto si yo tendría el mismo aspecto cuando mi padre me pegaba.

—Ella no es tu hermana —le digo—. La traicionaste. La torturaste. Le arrebataste la única familia que le quedaba. Y para... ¿para qué? ¿Para proteger los secretos de Jeanine, para quedarte en la ciudad, a salvo? Eres un cobarde.

—¡No soy un cobarde! Sabía que...

—Volvamos a nuestro acuerdo anterior: mantén la boca cerrada.

—De acuerdo. Pero ¿adónde me llevas? Podrías matarme aquí mismo, ¿no?

Me detengo. Una sombra se mueve por la acera, detrás de nosotros, escabulléndose por el límite de mi campo visual. Me giro y levanto el arma, pero la forma desaparece en la entrada de un callejón.

Sigo caminando, tirando de Caleb y prestando atención por si escucho pisadas detrás de nosotros. Esparcimos fragmentos de cristal con los zapatos. Observo los edificios oscuros y los carteles de las calles, que cuelgan de las bisagras como las últimas hojas de otoño. Llego a la estación en la que cogeremos el tren y conduzco a Caleb por unos escalones metálicos que dan al andén.

Veo el tren que se acerca a bastante distancia, haciendo su último viaje a través de la ciudad. Antes creía que los trenes eran como una fuerza de la naturaleza, algo que seguía su camino al margen de lo que sucediera dentro de los límites de la ciudad, algo palpitante, vivo y poderoso. Ahora he conocido a los hombres y mujeres que los manejan, por lo que han perdido parte del misterio, aunque nunca perderé lo que significan para mí: mi primer acto como osado fue saltar al interior de uno, y después todos los días fueron una fuente de libertad, me ofrecieron la posibilidad de moverme por este mundo, tras haberme sentido atrapado en el sector de Abnegación, en una casa que era como una cárcel.

Cuando se acerca, corto con una navaja la brida que sujeta las muñecas de Caleb y lo sujeto por el brazo.

—Sabes hacerlo, ¿no? —le pregunto—. Métete en el último vagón.

Él se desabrocha la chaqueta y la deja caer al suelo.

—Sí.

Salimos corriendo desde un extremo del andén por los tablones desgastados, intentando mantenernos a la altura de la puerta abierta. Él no alcanza el asidero, así que lo empujo, trastabilla, consigue agarrarse y se mete en el último vagón. Me estoy quedando sin espacio (se me acaba el andén). Al final logro sujetarme al asidero y meterme dentro, dejando que los músculos absorban el tirón.

Tris está de pie en el interior del vagón y me dedica una sonrisita torcida. La chaqueta negra que lleva cerrada hasta el cuello le enmarca el rostro en un halo oscuro. Me agarra por el cuello de la camiseta y tira de mí para besarme. Cuando se aparta, dice:

—Siempre me ha encantado verte hacer eso.

Sonrío.

—¿Esto es lo que tenías en mente? —pregunta Caleb—. ¿Que ella estuviera presente cuando me mataras? Eso es...

—¿Matarlo? —me pregunta Tris, sin mirar a su hermano.

—Sí, le hice creer que iba a ejecutarlo —respondo lo bastante alto como para que Caleb me oiga—. Ya sabes, algo parecido a lo que te hizo a ti en la sede de Erudición.

—Entonces ¿no es... verdad?

El rostro, iluminado por la luna, adquiere una expresión conmocionada. Me doy cuenta de que tiene los botones de la camisa mal abrochados.

—No —respondo—. En realidad, acabo de salvarte la vida.

Empieza a decir algo, pero lo interrumpo.

—Será mejor que no me lo agradezcas todavía. Te llevamos con nosotros. Al otro lado de la valla.

Al otro lado de la valla, al lugar que intentó evitar con tanto ahínco que traicionó a su propia hermana. A mí me parece un castigo más adecuado que la muerte. La muerte es demasiado rápida y segura, mientras que, en el lugar al que vamos, nada es seguro.

Aunque parece asustado, no lo está tanto como me imaginaba. Entonces creo comprender su orden de prioridades: primero, su comodidad en un mundo hecho a su medida; segundo, y con bastante diferencia, las vidas de las personas a las que se supone que ama. Es uno de esos seres despreciables que no entienden lo despreciables que son, y que yo lo apabulle a insultos no cambiará ese hecho; nada puede hacerlo. En vez de enfadarme, me siento pesado, inútil.

No quiero seguir pensando en ello, así que le doy la mano a Tris y me la llevo al otro extremo del vagón, para ver cómo la ciudad desaparece detrás de nosotros. Nos colocamos uno al lado del otro, en la puerta abierta, cada uno agarrado a uno de los asideros. Los edificios dibujan patrones oscuros e irregulares en el cielo.

—Nos han seguido —digo.

—Tendremos cuidado.

—¿Dónde están los demás?

—En los primeros vagones. Quería estar a solas contigo. O lo más a solas posible.

Me sonríe. Son nuestros últimos momentos en la ciudad, claro que deberíamos pasarlos a solas.

—Voy a echar de menos este lugar —dice.

—¿En serio? Yo estoy más bien en plan: «Hasta nunca».

—¿No vas a echar nada de menos? ¿Ningún recuerdo agradable? —pregunta, dándome un codazo.

—Vale, unos cuantos —reconozco, sonriendo.

—¿Alguno que no tenga que ver conmigo? Eso ha sonado muy egocéntrico, pero ya sabes a qué me refiero.

—Claro, supongo —respondo, encogiéndome de hombros—. En fin, en Osadía conseguí llevar una vida distinta, cambiar de nombre. Llegué a ser Cuatro gracias al instructor de mi iniciación. Él me puso el nombre.

—¿En serio? —pregunta con la cabeza ladeada—. ¿Por qué no lo he conocido?

—Porque está muerto. Era divergente.

Me encojo de hombros de nuevo, pero no me resulta fácil contarlo. Amar fue la primera persona que se dio cuenta de que yo era divergente, y me ayudó a ocultarlo. Sin embargo, no logró ocultar su propia divergencia, y eso acabó con él.

Me toca el brazo, pero no dice nada. Me agito, incómodo.

—¿Ves? Demasiados malos recuerdos. Estoy listo para marcharme —le digo.

Me siento vacío, no por la tristeza, sino por el alivio, porque la tensión me abandona. Evelyn está en esa ciudad, al igual que Marcus y toda la pena, las pesadillas, los malos recuerdos y las facciones que me mantuvieron atrapado dentro de una única versión de mí mismo. Aprieto la mano de Tris.

—Mira —la aviso, señalando un lejano grupo de edificios—. Ahí está el sector de Abnegación.

Sonríe, pero tiene los ojos vidriosos, como si una parte latente en su interior luchara por salir y derramarse. El tren silba sobre las vías, una lágrima le resbala por la mejilla y la ciudad desaparece en la oscuridad.

CAPÍTULO ONCE

TRIS

El tren frena al acercarnos a la valla, una señal de la conductora para que no tardemos en saltar. Tobias y yo seguimos sentados en la puerta del vagón, que avanza perezosamente por las vías. Me echa un brazo sobre los hombros y me roza el pelo con la nariz, respirando hondo. Lo miro, observo la clavícula que asoma por el cuello de su camiseta y la breve curva del labio, y noto que algo se enciende dentro de mí.

—¿En qué estás pensando? —me pregunta al oído, en voz baja.

Regreso a la realidad. Lo observo continuamente, pero no siempre de ese modo, así que es como si me pillara haciendo algo vergonzoso.

—¡En nada! ¿Por qué?

—Por nada.

Tira de mí para acercarme a él, y apoyo la cabeza en su hombro y respiro con avidez el aire fresco. Sigue oliendo a verano, a hierba cociéndose al calor del sol.

—Parece que nos acercamos a la valla —comento.

Lo sé porque los edificios empiezan a desaparecer para dar paso a campos salpicados del brillo rítmico de las luciérnagas. Caleb está sentado detrás de mí, cerca de la otra puerta, abrazándose las rodillas. Sus ojos encuentran los míos en el peor momento, y me dan ganas de gritarle a su lado más oscuro para que por fin pueda oírme, para que por fin entienda lo que me hizo. Sin embargo, me limito a sostener su mirada hasta que no lo aguanta más y mira hacia otro lado.

Me levanto agarrándome al asidero para estabilizarme, y Tobias y Caleb hacen lo mismo. Al principio, Caleb intenta ponerse detrás de nosotros, pero Tobias lo empuja hacia delante, hasta el borde del vagón.

—Tú primero. ¡A mi señal! —grita—. Y... ¡ahora!

Empuja a Caleb lo justo para sacarlo del vagón, y mi hermano desaparece. Tobias va detrás, así que me quedo sola.

Es estúpido echar algo de menos cuando hay tantas personas a las que echar de menos, pero ya echo de menos este tren y todos los demás que me han llevado por la ciudad, por mi ciudad, una vez que fui lo bastante valiente como para subirme a ellos. Toco la pared del vagón una vez y salto. El tren se mueve tan despacio que me paso con el salto, demasiado acostumbrada a correr para compensar el impulso, y me caigo. La hierba seca me araña las palmas de las manos. Me pongo de pie para buscar a Tobias y a Caleb en la oscuridad.

Antes de encontrarlos, oigo a Christina:

—¡Tris!

Uriah y ella vienen hacia mí. Él lleva una linterna y parece más alerta que esta tarde, lo que es buena señal. Detrás de ellos hay más luces y más voces.

—¿Lo ha conseguido tu hermano? —pregunta Uriah.

—Sí.

Por fin veo a Tobias, que lleva a Caleb cogido del brazo y camina hacia nosotros.

—Teniendo en cuenta que eres erudito, no sé por qué no te entra en la cabeza que jamás me ganarás en una carrera —está diciendo Tobias.

—Tiene razón —añade Uriah—: Cuatro es rápido. No tanto como yo, pero sí más que un eructito como tú.

—¿Un qué? —pregunta Christina, entre risas.

—Eructito —responde Uriah—. Juego de palabras, ya sabes: erudito, eructito... ¿Lo captas? Como estirado.

—Los osados tienen una jerga muy rara. Tarta de fresa, eructito... ¿Hay una palabra para los veraces?

—Claro que sí: idiotas —responde Uriah, sonriendo.

Christina le da un empujón tan fuerte que se le cae la linterna. Tobias, riéndose, nos lleva con el resto del grupo, que está a pocos metros. Tori agita la linterna en el aire para captar la atención de todos y dice:

—De acuerdo, Johanna y los camiones están a diez minutos andando de aquí, así que vámonos ya. Y si oigo una palabra más, os muelo a palos. Todavía no estamos a salvo.

Nos acercamos como si fuéramos un cordón de zapato muy bien atado. Tori va un poco adelantada, y de espaldas, a oscuras, me recuerda a Evelyn: las extremidades esbeltas y enjutas, los hombros hacia atrás, tan segura de sí misma que da casi miedo. A la luz de las linternas distingo el tatuaje de un halcón en su nuca, lo primero de lo que le hablé cuando me hizo la prueba de aptitud. Me explicó que era un símbolo del miedo que había superado: el miedo a la oscuridad. ¿Todavía lo tendrá, a pesar de haber trabajado tanto para superarlo? Me pregunto si los miedos se superan alguna vez, o si simplemente pierden su poder sobre nosotros.

Se aleja cada vez más; más que caminar, corre. Está deseando marcharse, escapar del lugar en que asesinaron a su hermano, del lugar que le dio protagonismo solo para que la venciera una mujer sin facción que se suponía muerta.

Está tan adelantada que, cuando suenan los disparos, solo veo caer su linterna, no su cuerpo.

—¡Dividíos! —grita Tobias para hacerse oír por encima de los gritos y el caos—. ¡Corred!

Busco su mano en la oscuridad, pero no la encuentro. Saco el arma que me dio Uriah antes de marcharnos y la sostengo alejada de mi cuerpo, sin hacer caso del nudo que se me forma en la garganta al tocarla. No puedo correr a oscuras, necesito luz. Corro hacia el cuerpo de Tori, hacia su linterna caída.

Oigo sin oír los disparos, los gritos y las pisadas. Oigo sin oír el latido de mi corazón. Me agacho junto al haz de luz que ha dejado caer y recojo la linterna con la intención de seguir corriendo, pero, gracias a su luz, le veo la cara. Está reluciente de sudor y se le mueven los ojos detrás de los párpados, como si buscara algo, pero estuviese demasiado cansada para encontrarlo.

Una de las balas le ha acertado en el estómago, y la otra, en el pecho. No saldrá de esta. Por muy enfadada que esté con ella por luchar contra mí en el laboratorio de Jeanine, sigue siendo

Tori, la mujer que protegió el secreto de mi divergencia. Se me cierra la garganta al recordar cómo entré tras ella en la habitación de mi prueba de aptitud, con la mirada fija en su halcón tatuado.

Sus ojos se mueven y se centran en mí. Frunce las cejas, pero no habla.

Me pongo la linterna en el hueco entre el pulgar y el índice, y la cojo de la mano para apretarle los dedos sudorosos.

Oigo que se acerca alguien, y apunto linterna y pistola en la misma dirección. El haz ilumina a una mujer con un brazalete abandonado que me apunta con su arma a la cabeza. Disparo apretando tanto los dientes que me chirrían.

La bala le alcanza el estómago, y ella grita y dispara a ciegas.

Miro de nuevo a Tori, pero sus ojos están cerrados y ya no se mueve. Apunto con la linterna al suelo y corro para alejarme de ella y de la mujer a la que acabo de disparar. Me duelen las piernas y me arden los pulmones. No sé adónde voy, si me alejo del peligro o corro hacia él, pero sigo corriendo todo lo que puedo.

Por fin veo una luz a lo lejos. Al principio creo que es otra linterna, hasta que me acerco más y me doy cuenta de que es más grande y estable que la de una linterna: es un faro. Oigo un motor y me agacho entre la hierba alta para esconderme; apago la linterna y preparo el arma. El camión frena y alguien pregunta:

—¿Tori?

Suena a Christina. El camión es rojo y está oxidado: un vehículo de Cordialidad. Me enderezo y me apunto con la linterna para que me vea. El camión se detiene a poca distancia y Christina salta del asiento del pasajero para abrazarme. Lo revivo en mi cabeza para que sea real: el cuerpo de Tori cayendo, las manos de la mujer abandonada sobre el estómago. No funciona, no parece real.

—Gracias a Dios —dice Christina—. Entra, vamos a buscar a Tori.

—Tori está muerta —respondo sin más, y la palabra «muerta» lo hace real.

Me seco las lágrimas de las mejillas con las manos y me obligo a controlar mi respiración entrecortada.

—Dis-disparé a la mujer que la mató.

—¿Qué? —pregunta Johanna, frenética, asomándose desde el asiento del conductor—. ¿Qué has dicho?

—Que hemos perdido a Tori. Vi cómo pasaba.

El pelo le cubre la cara, así que no veo la expresión de Johanna, que toma aire con dificultad.

—Bueno, pues vamos a buscar a los otros.

Me meto en el camión. El motor ruge cuando Johanna pisa el acelerador, y salimos dando botes por la hierba a por los demás.

—¿Habéis visto a alguno? —les pregunto.

—A unos cuantos: Cara, Uriah —responde Johanna, sacudiendo la cabeza—. A nadie más.

Me agarro a la manilla de la puerta y la aprieto. Si hubiera puesto más empeño en buscar a Tobias... Si no me hubiera parado con Tori...

¿Y si Tobias no lo ha conseguido?

—Seguro que están bien —dice Johanna—. Tu chico sabe cómo cuidar de sí mismo.

Asiento, aunque sin convicción. Tobias sabe cuidarse, pero, en un ataque, sobrevivir es un accidente. No hace falta habilidad para estar en un sitio en el que no te encuentren las balas, ni para disparar a oscuras y acertar a un hombre al que no ves. Es cuestión de suerte o del destino, según lo que creas. Y yo no sé (nunca lo he sabido) en qué creo.

«Está bien, está bien, está bien».

«Tobias está bien».

Me tiemblan las manos, así que Christina me aprieta la rodilla. Johanna nos lleva al punto de encuentro, donde han visto a Uriah y a Cara. Me quedo mirando cómo sube el indicador de velocidad hasta estabilizarse en los 120 por hora. En la cabina nos chocamos, lanzadas de un lado a otro por el terreno irregular.

—¡Allí! —señala Christina.

Hay un grupo de luces delante de nosotros; no son más que puntitos de luz, como linternas, aunque hay otros redondos, como faros.

Nos acercamos y lo veo: Tobias está sentado en el capó de otro camión, con las manos empapadas de sangre. Cara está de pie frente a él con un botiquín de primeros auxilios. Caleb y Peter están sentados en la hierba, a pocos metros. Antes de que Johanna detenga el camión, abro la puerta y salgo corriendo hacia él. Tobias se levanta sin hacer caso de las órdenes de Cara de permanecer quieto, y chocamos; su brazo ileso me rodea la espalda y me levanta en el aire. Tiene la espalda mojada de sudor y, cuando me besa, sabe a sal.

Todos los nudos de tensión que se me habían formado desaparecen a la vez. Por un momento, es como si me rehicieran, como si fuera una persona nueva.

Tobias está bien. Estamos fuera de la ciudad. Está bien.

CAPÍTULO DOCE

TOBIAS

La herida de bala hace que me palpite el brazo como si fuera un segundo corazón. Los nudillos de Tris rozan los míos al levantar la mano para señalar algo a nuestra derecha: una serie de alargados edificios bajos iluminados por lámparas azules de emergencia.

—¿Qué son? —pregunta Tris.

—Los otros invernaderos —responde Johanna—. No necesitan mucha mano de obra, pero sirven para criar y cultivar en grandes cantidades: animales, materias primas para tela, trigo, etcétera.

Los cristales brillan a la luz de las estrellas y oscurecen los tesoros que me imagino en su interior: plantitas con bayas colgando de las ramas, filas de patatas enterradas en la tierra...

—No se los enseñáis a las visitas —comento—. Nosotros no los vimos.

—Cordialidad se guarda unos cuantos secretos —responde Johanna con orgullo.

La carretera que tenemos por delante es larga y recta, llena de grietas y baches. A ambos lados hay árboles nudosos, postes de alumbrado rotos y viejos tendidos eléctricos. De vez en cuando vemos un trozo aislado de acera con malas hierbas abriéndose paso a través del hormigón o una pila de madera podrida donde antes había una casa.

Cuanto más pienso en este paisaje que las patrullas de Osadía consideraban normal, más me imagino una vieja ciudad a mi alrededor, con edificios más bajos que los que dejamos atrás, aunque igual de numerosos. Una vieja ciudad que se transformó en terreno vacío para que los cordiales pudieran tener sus granjas. En otras palabras: una vieja ciudad demolida, reducida a cenizas y arrasada, donde desaparecieron hasta las carreteras para que la tierra silvestre se regenerara por encima de las ruinas.

Saco la mano por la ventana y el viento se me enreda en los dedos como si fueran mechones de cabello. Cuando era pequeño, mi madre fingía dibujar cosas en el viento y me las daba para que las usara, como martillos y clavos, o espadas o patines. Jugábamos a eso por las noches, en el patio delantero, antes de que Marcus llegara a casa. Servía para mitigar el miedo.

En la parte trasera del camión están Caleb, Christina y Uriah. Christina y Uriah están sentados tan cerca que sus hombros se tocan, pero cada uno mira en una dirección distinta, más como desconocidos que como amigos. Justo detrás de nosotros hay otro camión conducido por Robert, en el que van Cara y Peter. Se suponía que Tori iría con ellos. La idea me hace sentir hueco, vacío. Ella fue la que me hizo la prueba de aptitud y me ayudó a pensar, por primera vez, que podía abandonar Abnegación; que tenía que hacerlo. Creo que le debo algo, pero ha muerto antes de que pudiera saldar mi deuda.

—Aquí es —anuncia Johanna—: el límite exterior de las patrullas osadas.

No hay ni vallas ni muros que marquen la separación entre el complejo de Cordialidad y el mundo de fuera, pero recuerdo haber vigilado las patrullas osadas desde la sala de control para asegurarme de que no pasaran del límite, que está señalado por una serie de carteles con equis. Las patrullas estaban estructuradas de modo que los camiones se quedaran sin gasolina si iban demasiado lejos, un delicado sistema de comprobación que garantizaba nuestra seguridad y la suya..., y, ahora lo sé, también el secreto de los abnegados.

—¿Alguna vez se ha traspasado el límite? —pregunta Tris.

—Algunas veces —contesta Johanna—. Era responsabilidad nuestra solucionar esa situación cuando se producía.

Tris la mira, y ella se encoge de hombros.

—Todas las facciones tienen un suero —explica Johanna—. El osado induce realidades alucinatorias, el veraz obliga a contar la verdad, el cordial ofrece paz, el erudito mata... —Al llegar a este punto, Tris se estremece, pero Johanna continúa como si nada—. Y el abnegado reinicia la memoria.

—¿Reinicia la memoria?

—Como la de Amanda Ritter —intervengo—. Ella dijo: «Hay muchas cosas que estoy deseando olvidar», ¿recuerdas?

—Sí, eso es —dice Johanna—. Los cordiales están a cargo de administrar el suero de Abnegación a cualquier persona que traspase el límite, lo justo para que olviden la experiencia. Seguro que se nos han escapado algunos, pero no demasiados.

Guardamos silencio. Le doy vueltas a la información. Hay

algo profundamente equivocado en arrebatarle los recuerdos a alguien, aunque ahora sé que era necesario para mantener la ciudad a salvo todo el tiempo que hiciera falta. Lo noto en las tripas: si le arrebatas a alguien los recuerdos, cambias su personalidad.

Estoy tan nervioso que voy a estallar porque, cuanto más nos adentramos en el límite exterior de las patrullas osadas, más cerca estamos de descubrir qué hay más allá del único mundo que he conocido. Estoy aterrado, emocionado, confuso y cien cosas más a la vez.

Veo algo más adelante, a la luz de primera hora de la mañana, y cojo a Tris de la mano.

—Mira.

CAPÍTULO TRECE

TRIS

El mundo del otro lado está lleno de carreteras, edificios oscuros y tendidos eléctricos derribados.

No hay vida hasta donde me alcanza la vista; no hay movimiento, ni sonido, salvo el viento y mis pisadas.

Es como si el paisaje fuese una frase interrumpida, con un extremo flotando en el aire, inacabado, mientras que el otro es un tema completamente distinto. En nuestro lado de la frase hay tierra vacía, hierba y kilómetros de carretera. En el otro lado hay dos muros de hormigón con media docena de vías de tren entre los dos. Y, enmarcando las vías, edificios de madera, ladrillo y cristal con ventanas oscuras y árboles a su alrededor, tan asilvestrados que las ramas de unos y otros se han entretejido.

A la derecha hay un cartel que reza «90».

—¿Qué hacemos ahora? —pregunta Uriah.

—Seguir las vías —respondo, aunque tan bajo que solo yo lo oigo.

Salimos de las vías en el punto en que su mundo (¿el mundo de quién?) y el nuestro se dividen. Robert y Johanna se despiden brevemente, dan la vuelta a los camiones y regresan a la ciudad. Los observo marchar. No me imagino llegar tan lejos para tener que volver, pero supongo que tienen que hacer cosas en la ciudad. Johanna todavía tiene que organizar una rebelión leal.

El resto de nosotros (Tobias, Caleb, Peter, Christina, Uriah, Cara y yo) nos disponemos a caminar por las vías cargados con nuestras exiguas posesiones.

Las vías del tren no son como las de la ciudad. Estas están relucientes y suaves y, en vez de tablas perpendiculares a ellas, hay láminas de un metal con relieve. Más adelante veo uno de los trenes que circulan por ellas, abandonado junto al muro. Está chapado en metal por arriba y por delante, como un espejo, con ventanas tintadas en los laterales. Cuando nos acercamos veo que dentro hay filas de bancos con cojines granates. La gente no tiene que saltar para entrar y salir de estos trenes.

Tobias camina detrás de mí sobre una de las vías con los brazos extendidos a los lados para mantener el equilibrio. Los demás están algo desperdigados: Peter y Caleb cerca de un muro, Cara cerca del otro. Nadie habla mucho, salvo para señalar algo nuevo, un cartel, un edificio o una pista de cómo era este mundo cuando había gente en él.

Los muros de hormigón son lo que más me llama la atención: están cubiertos de extraños dibujos de gente con piel tan suave que apenas parece gente; o de botellas de colores con champú, acondicionador, vitaminas o sustancias desconocidas, palabras que no entiendo, como «vodka», «Coca-Cola» o «bebida energética». Los colores, las formas, las palabras y las imágenes son tan chillones y abundantes que me hipnotizan.

—Tris —me llama Tobias, poniéndome una mano en el hombro.

Me paro, y él ladea la cabeza y pregunta:

—¿Oyes eso?

Oigo pisadas y la conversación en voz baja de nuestros compañeros. Oigo mi respiración y la de él. Sin embargo, por debajo de todo eso me llega una vibración sorda de intensidad inconstante. Parece un motor.

—¡Paraos todos! —grito.

Sorprendentemente, todos lo hacen, incluso Peter, y nos reunimos en el centro de las vías. Veo que Peter saca el arma y la levanta, y yo hago lo mismo, uniendo las dos manos para que no me tiemble, recordando la facilidad con la que antes la blandía. Eso se acabó.

Algo aparece por la curva que hay más adelante: un camión negro, pero más grande que ningún otro que haya visto, lo bastante para llevar a más de doce personas en la parte de atrás, que está cubierta.

Me estremezco.

El camión va dando tumbos sobre las vías y se detiene a seis metros de nosotros. Veo al hombre que lo conduce: tiene la piel oscura y pelo largo recogido en un nudo.

—Dios —dice Tobias, y aprieta con fuerza la pistola.

Una mujer sale del asiento delantero. Diría que es de la edad de Johanna, con la piel cubierta de pecas y el pelo tan oscuro que parece negro. Salta al suelo y levanta las manos para que veamos que no va armada.

—Hola —saluda, y sonríe, nerviosa—. Me llamo Zoe. Este es Amar.

Señala con la cabeza al conductor, que también ha salido del camión.

—Amar está muerto —dice Tobias.

—No, no estoy muerto. Vamos, Cuatro —dice Amar.

El rostro de Tobias está rígido de miedo. No lo culpo: ver a un ser querido volver de entre los muertos no es algo que suceda todos los días.

Por mi cabeza pasan imágenes de todas las personas que he perdido: Lynn, Marlene, Will, Al.

Mi padre. Mi madre.

¿Y si siguen vivos, como Amar? ¿Y si la cortina que nos separa no es la muerte, sino una alambrada y algo de terreno?

No puedo evitar albergar esa esperanza, por muy tonta que sea.

—Trabajamos para la misma organización que fundó vuestra ciudad —dice Zoe mientras lanza una mirada asesina a Amar—. La misma de la que salió Edith Prior. Y...

Se mete la mano en el bolsillo y saca una fotografía bastante arrugada. La sostiene en alto y me busca con los ojos entre la gente y las armas.

—Creo que deberías echarle un vistazo a esto, Tris —me sugiere—. Daré un paso adelante y la dejaré en el suelo, después retrocederé. ¿De acuerdo?

Conoce mi nombre. Se me forma un nudo de miedo en la

garganta. ¿Cómo conoce mi nombre? Y no solo mi nombre, también mi apodo, el que elegí cuando me uní a Osadía.

—De acuerdo —respondo, pero tengo la voz ronca y apenas consigo pronunciar las palabras.

Zoe da un paso adelante, deja la fotografía en las vías del tren y regresa a su posición original. Abandono la seguridad de nuestro grupo y me agacho junto a la fotografía sin dejar de observar a Zoe. Después retrocedo con la foto en la mano.

En ella se ve a un grupo de gente delante de una alambrada, echándose el brazo por encima de los hombros o la espalda. Veo una versión más pequeña de Zoe, reconocible por las pecas, y a unas cuantas personas más a las que no identifico. Estoy a punto de preguntarle por qué quiere que mire la foto cuando reconozco a la joven de cabello rubio recogido por detrás y amplia sonrisa.

Mi madre. ¿Qué hace mi madre con esa gente?

Algo me oprime el pecho, no sé si tristeza, dolor o añoranza.

—Tenemos que explicaros muchas cosas —dice Zoe—, pero no es el mejor lugar para hacerlo. Nos gustaría llevaros a nuestro cuartel general. No está muy lejos de aquí.

Todavía con la pistola en alto, Tobias me toca la muñeca con la mano libre para acercarse la foto.

—¿Es tu madre? —me pregunta.

—¿Es mamá? —pregunta Caleb, y aparta a Tobias para ver la imagen por encima de mi hombro.

—Sí —respondo a ambos.

—¿Crees que deberíamos confiar en ellos? —me pregunta Tobias en voz baja.

Zoe no parece una mentirosa, ni tampoco suena como si lo fuera. Y si sabe quién soy y que nos encontraría aquí, seguramente sea porque tiene un modo de acceder a la ciudad, lo que seguramente signifique que no miente cuando afirma que pertenece al grupo del que salió Edith Prior. Y está Amar, que no le quita el ojo de encima a Tobias.

—Hemos venido porque queríamos encontrar a esta gente —respondo—. Tenemos que confiar en alguien, ¿no? Si no, no haremos más que caminar por un erial y morirnos de hambre.

Tobias me suelta la muñeca y baja la pistola. Yo hago lo mismo. Los demás nos imitan, poco a poco; Christina es la última en hacerlo.

—Vayamos a donde vayamos, podremos marcharnos en cualquier momento —exige Christina—. ¿De acuerdo?

—Os doy mi palabra —le asegura Zoe, poniéndose una mano en el pecho, justo encima del corazón.

Por el bien de todos nosotros, espero que su palabra tenga algún valor.

CAPÍTULO
CATORCE

TOBIAS

Me pongo de pie en el borde del camión, sujetándome a la estructura que soporta la cubierta de tela. Ojalá esta nueva realidad fuera una simulación que pudiera manipular si lograra encontrarle sentido. Pero no lo es, y no logro encontrarle sentido.

Amar está vivo.

«¡Adáptate!» era una de sus órdenes favoritas durante mi iniciación. La gritaba tan a menudo que a veces soñaba con ella; me despertaba como una alarma, me exigía más de lo que podía dar. «Adáptate». Adáptate más deprisa y mejor, adáptate a las cosas a las que nadie debería tener que adaptarse.

Como esta: abandonar un mundo completamente formado y descubrir otro.

O esta: descubrir que tu amigo muerto en realidad está vivo y conduce el camión en el que viajas.

Tris está sentada detrás de mí, en el banco que rodea las paredes del camión, con la foto arrugada en las manos. Mantiene los dedos sobre la cara de su madre, sin llegar a tocarla del todo. Christina está sentada a su derecha y Caleb, a su izquierda. Seguramente le permite quedarse ahí para que vea la foto, porque, a la vez, se nota que todo su cuerpo lo rechaza y se aprieta contra Christina.

—¿Es tu madre? —pregunta Christina.

Tris y Caleb asienten.

—Qué joven está en la foto. Y qué guapa —añade Christina.

—Sí que lo es. Lo era, quiero decir.

Esperaba que Tris sonara triste al decirlo, como si le doliera el recuerdo de la belleza perdida de su madre. Sin embargo, está nerviosa y tiene los labios fruncidos, como a la expectativa. Espero que no albergue falsas esperanzas.

—Déjame verla —dice Caleb, alargando una mano hacia su hermana.

En silencio, sin mirarlo, le pasa la foto.

Me vuelvo hacia el mundo del que nos alejamos: el final de las vías del tren. Las enormes extensiones de terreno. Y, a lo lejos, el Centro, apenas visible entre la niebla que cubre la silueta de la ciudad. Verla desde aquí me produce una sensación extraña, como si pudiera tocarla si alargo lo bastante la mano, a pesar de haberme alejado tanto de ella.

Peter se acerca al borde del camión y se agarra a la lona para no caerse. Las vías del tren se alejan de nosotros y ya no veo los campos. Los muros de ambos lados desaparecen poco a poco a medida que el terreno se allana, y surgen edificios por todas partes, algunos pequeños, como las casas de Abnegación, y otros grandes, como edificios de la ciudad, pero volcados de lado.

Árboles enormes y silvestres crecen más allá de las estructuras de cemento que debían mantenerlos controlados, y las raíces se extienden por la acera. En el borde de uno de los tejados hay una fila de pájaros negros, como los que se tatuó Tris en la clavícula. Cuando pasa el camión, los pájaros graznan y se desperdigan por el aire.

Es un mundo salvaje.

De repente es demasiado para mí y tengo que retroceder para sentarme en uno de los bancos. Me sujeto la cabeza con las manos y cierro los ojos para no absorber más información. Noto el fuerte brazo de Tris sobre la espalda, tirando de mí hacia su estrecha figura. Tengo las manos entumecidas.

—Tú céntrate en lo que está aquí y ahora —me sugiere Cara desde el otro lado del vehículo—. Por ejemplo, en el movimiento del camión. Te ayudará.

Lo intento. Pienso en lo duro que está el banco y en la vibración del camión, que ni siquiera para cuando estamos en terreno llano y que me retumba en los huesos. Detecto sus leves movimientos a izquierda y derecha, adelante y atrás, y procuro amortiguar cada bote sobre los raíles. Me concentro hasta que todo se oscurece a nuestro alrededor y no noto el transcurso de los minutos ni el pánico del descubrimiento, tan solo nuestro movimiento sobre la tierra.

—Creo que ahora sí que deberías mirar —me dice Tris con voz débil.

Christina y Uriah están donde estaba yo antes, asomados por el borde de la lona del camión. Miro por encima de sus hombros para saber adónde vamos. Hay una valla alta que se extiende a lo largo del paisaje, que parece vacío en comparación con la abundancia de edificios que vi antes de sentarme. La valla tiene barrotes negros verticales acabados en una punta que se curva hacia fuera, como si pretendieran atravesar a cualquiera que se atreva a trepar por ellos.

Unos cuantos metros más allá hay otra valla, una alambrada, como la que rodea la ciudad, con alambre de espinos enrollado en lo alto. La segunda valla emite un fuerte zumbido: una carga eléctrica. La gente que camina entre ambas divisiones lleva unas armas parecidas a nuestros fusiles de pintura, pero mucho más letales, unas máquinas potentes.

En un cartel de la primera valla se lee: «DEPARTAMENTO DE BIENESTAR GENÉTICO».

Oigo a Amar hablar con los guardias armados, aunque no sé qué les dice. Se abre una puerta en la primera valla para dejarnos pasar, y después, otra puerta en la segunda. Más allá de las dos vallas hay... orden.

Hasta donde alcanza la vista nos encontramos con edificios bajos separados por tramos de césped y árboles incipientes. Las calles que los conectan están bien cuidadas, con flechas que indican distintos destinos: «Invernaderos», todo recto; «Puestos de seguridad», a la izquierda; «Residencias de los funcionarios», a la derecha; «Complejo principal», todo recto.

Me levanto y me asomo para ver el complejo, para lo que tengo que sacar medio cuerpo del camión. El Departamento de Bienestar Genético no es alto, pero sí enorme, tan ancho que no veo los extremos, un mamut de cristal, acero y hormigón. Detrás del complejo hay unas cuantas torres altas con bultos que sobresalen por arriba. No sé por qué, pero verlas me recuerda la sala de control; me pregunto si servirán para eso.

Aparte de los guardias entre las vallas, hay poca gente fuera. La gente que hay se para a observarnos, pero nos alejamos tan deprisa que no logro distinguir sus expresiones.

El camión se detiene ante unas puertas dobles, y Peter es el primero en bajar. El resto nos repartimos por la acera, detrás de él, hombro con hombro, tan pegados que soy consciente de que respiran muy deprisa. En la ciudad nos dividíamos por facción, edad e historia, mientras que aquí no existen esas diferencias: somos todo lo que tenemos.

—Allá vamos —murmura Tris cuando Zoe y Amar se acercan.

«Allá vamos», me digo.

—Bienvenidos al complejo —dice Zoe—. Este edificio antes era el Aeropuerto O'Hara, uno de los aeropuertos con más tráfico del país. Ahora es la sede del Departamento de Bienestar Genético... Nosotros lo llamamos simplemente el Departamento, para abreviar. Es una agencia del Gobierno de Estados Unidos.

Se me pone cara de tonto. Conozco todas las palabras que utiliza (aunque no sé bien qué es un aeropuerto ni estados unidos), pero, al juntarlas, no les encuentro sentido. No soy el único que parece desconcertado: Peter arquea ambas cejas, como si preguntara algo.

—Lo siento —se disculpa Zoe—. Se me olvida lo poco que sabéis.

—Creo que es culpa vuestra que no sepamos nada, no nuestra —comenta Peter.

—Lo diré de otro modo —dice ella, sonriendo con amabilidad—: se me olvida la poca información que os hemos proporcionado. Un aeropuerto es un centro para viajes aéreos y...

—¿Viajes aéreos? —pregunta Christina, incrédula.

—Uno de los desarrollos tecnológicos que no necesitábamos saber cuando estábamos dentro de la ciudad —explica Amar—. Es seguro, rápido y asombroso.

—Vaya —comenta Tris.

Parece emocionada, mientras que a mí, al pensar en volar a toda velocidad por encima del complejo, me dan ganas de vomitar.

—En fin. Cuando se desarrollaron los experimentos, el aeropuerto se convirtió en este complejo, desde el que podemos supervisarlos de lejos —dice Zoe—. Voy a llevaros a la sala de control para que conozcáis a David, el jefe del Departamento. Veréis muchas cosas que no entenderéis, pero puede que lo mejor sea dar algunas explicaciones preliminares antes de que empecéis a preguntarme por todo. Así que tomad nota de lo que queráis saber, y después nos lo preguntáis a Amar o a mí.

Entonces se dirige a la entrada, y dos guardias armados le abren las puertas y la saludan con una sonrisa. El contraste entre el saludo amistoso y las armas que llevan apoyadas en los hombros casi da risa. Las armas son enormes, y me pregunto qué se sentirá al dispararlas, si notarán el mortífero poder que encierran con tan solo poner el dedo en el gatillo.

El aire fresco me acaricia la cara al entrar en el complejo. Hay ventanas que acaban en arco muy por encima de mi cabeza, y por ellas entra una luz pálida, aunque eso es lo más atractivo del lugar, porque el suelo de losetas ha perdido el brillo con la suciedad y los años, y las paredes son grises y aburridas. Delante de nosotros hay un mar de gente y maquinaria, y un cartel sobre todo ello en el que se lee: «CONTROL DE SEGURIDAD». No entiendo por qué necesitan tanta seguridad si ya están protegidos por dos vallas, una de ellas electrificada, y unas cuantas barreras de guardias armados, pero no es mi mundo, así que no lo cuestiono.

No, este no es mi mundo, en absoluto.

Tris me toca el hombro y señala un punto de la larga entrada.

—Mira eso.

En el otro extremo de la sala, detrás del control de seguridad, hay un gigantesco bloque de piedra con un aparato de cristal colgado encima. Es un claro ejemplo de esas cosas que veremos y que no comprenderemos. Tampoco entiendo el ansia que percibo en los ojos de Tris, que devoran todo lo que nos rodea como si pudiera alimentarse de ello. A veces me da la impresión de que somos iguales, pero otras veces, como ahora, choco contra nuestras diferencias como si fueran un muro.

Christina le dice algo a Tris, y las dos sonríen. Todo lo que oigo está distorsionado o amortiguado.

—¿Te encuentras bien? —me pregunta Cara.

—Sí —respondo automáticamente.

—Sabes que sería lógico y comprensible que estuvieras aterrado. No hace falta que insistas en tu imperturbable masculinidad en todo momento.

—En mi... ¿qué?

Ella sonríe y me doy cuenta de que está de broma.

Toda la gente del control de seguridad se aparta para formar un túnel que nos permita pasar. Delante de nosotros, Zoe anuncia:

—No se permiten armas dentro de las instalaciones, pero, si las dejáis en el control de seguridad, podréis recogerlas a la salida, si queréis. Después de soltarlas, pasaremos por los escáneres y se acabó.

—Esa mujer me irrita —comenta Cara.

—¿Qué? —pregunto—. ¿Por qué?

—No es capaz de separarse de sus conocimientos —responde mientras saca su arma—. No deja de decir cosas que parecen obvias, pero que, en realidad, no lo son.

—Es verdad, es irritante —digo, no muy convencido.

Veo que Zoe deja su arma en un contenedor gris y después entra en un escáner. Es una caja del tamaño de una persona con un túnel en medio, lo justo para que quepa un cuerpo. Saco mi arma, con el cargador lleno, y la dejo en el contenedor que me enseña el guardia de seguridad, junto a todas las demás.

Observo cómo pasa Zoe por el escáner, después Amar, Peter, Caleb, Cara y Christina. Me pongo en el borde, al lado de las paredes que me comprimirán, y empiezo a sentir pánico, las manos entumecidas y un nudo en el pecho. El escáner me recuerda a la caja de madera que me atrapa en mi paisaje del miedo para estrujarme los huesos.

No me dejaré llevar por el pánico, no puedo.

Obligo a mis pies a entrar en el escáner y me pongo en el centro, donde se han colocado todos los demás. Oigo que algo se mueve en las paredes de ambos lados, y suena un pitido agudo. Me estremezco y solo veo la mano del guardia, que me hace señas para que avance.

Ahora puedo escapar.

Salgo del escáner dando tumbos, y el aire se abre a mi alrededor. Cara se me queda mirando, aunque no dice nada.

Cuando Tris me da la mano después de pasar ella por el escáner, apenas la noto. Recuerdo el momento en que pasé por mi paisaje del miedo con ella, nuestros cuerpos apretados en la caja de madera que nos rodeaba, mi palma contra su pecho, notando el latido de su corazón. Eso me basta para devolverme a la realidad.

Uriah pasa por el control y Zoe nos invita a seguir adelante.

Más allá del control de seguridad, las instalaciones no son tan sórdidas como antes. Los suelos siguen siendo de loseta, pero están perfectamente pulidos y hay ventanas por todas partes. Por un largo pasillo veo varias hileras de mesas de laboratorio y ordenadores, lo que me recuerda a la sede de Erudición, aunque aquí hay más luz y no parece que escondan nada.

Zoe nos guía por un pasillo más oscuro, a la derecha. Cuando pasamos junto a otras personas, se paran para mirarnos, y sus ojos son como rayitos de calor que me ruborizan del cuello a las mejillas.

Caminamos un buen rato, adentrándonos en el complejo, hasta que Zoe se para y nos mira.

Detrás de ella hay un gran círculo de pantallas en blanco, como polillas alrededor de una llama. La gente del círculo está sentada ante escritorios bajos y escribe con energía en otras pantallas, que miran hacia fuera en vez de hacia dentro. Es una sala de control, aunque abierta, y no sé bien qué observan, ya que todas las pantallas están a oscuras. Alrededor de las pantallas que dan al interior hay sillas, bancos y mesas, como si la gente se reuniera allí para observar el espectáculo.

Frente a la sala de control hay un hombre mayor que sonríe, vestido con un uniforme azul oscuro, como todos los demás. Cuando ve que nos acercamos, abre las manos y nos da la bienvenida. Supongo que es David.

—Esto es lo que estábamos esperando desde el principio —dice el hombre.

CAPÍTULO QUINCE

TRIS

Me saco la foto del bolsillo. El hombre que está delante de mí, David, aparece en la foto, al lado de mi madre, con la piel más tersa y el estómago menos voluminoso.

Cubro el rostro de mi madre con la punta del dedo y pierdo toda la esperanza que albergaba: si ella, mi padre o mis amigos siguieran con vida, nos habrían estado esperando junto a las puertas. Ha sido una tontería pensar que lo que pasó con Amar (fuera lo que fuera) podría repetirse.

—Me llamo David. Como ya os habrá contado Zoe, soy el jefe del Departamento de Bienestar Genético. Os lo explicaré todo lo mejor que pueda. Lo primero que debéis saber es que la información que Edith Prior os proporcionó no es del todo cierta.

Al decir «Prior», me mira. Los nervios me hacen temblar. Desde que vi aquel vídeo me desespero por obtener respuestas, y estoy a punto de conseguirlas.

—Os dio la información que necesitabais para cumplir los objetivos de nuestros experimentos —dice David—. Y, en muchos casos, eso supone simplificar, omitir e incluso mentir sin más. Ahora que estáis aquí, no hace falta nada de eso.

—No dejáis de hablar de experimentos —interviene Tobias—. ¿Qué experimentos?

—Sí, bueno, ahora iba a llegar a eso —responde David, mirando a Amar—. ¿Por dónde empezaron cuando te lo explicaron a ti?

—Da igual por dónde empiece. En cualquier caso, no es fácil de asimilar —responde Amar mientras se tira de las cutículas.

David se lo piensa un momento y se aclara la garganta.

—Hace mucho tiempo, el Gobierno de Estados Unidos...

—¿Los estados qué? —pregunta Uriah.

—Es un país —responde Amar—. Uno muy grande. Tiene fronteras específicas y su propio ente gubernamental, y nosotros estamos en el centro de ese país. Podemos hablar de eso después. Siga, señor.

David se aprieta la palma de la mano con el pulgar y se la masajea, claramente desconcertado por todas las interrupciones.

Empieza de nuevo:

—Hace unos cuantos siglos, el Gobierno de este país estaba interesado en reforzar algunos comportamientos deseables en sus ciudadanos. Había estudios que indicaban que las tendencias violentas podían localizarse en parte en los genes de una persona. El primero de estos genes fue el llamado «gen asesino», pero hubo unos cuantos más, predisposiciones genéticas a la cobardía, la mentira, la estupidez... Todas las cualidades que, al final, contribuyen a la ruptura de una sociedad.

Nos enseñaron que las facciones se crearon para resolver un

problema, el problema de los fallos de nuestra naturaleza. Al parecer, la gente que describe David, fueran quienes fueran, creían también en ese problema.

Sé muy poco sobre genética, solo lo que veo que se ha transmitido de padres a hijos, tanto en mi cara como en la de mis amigos. No me imagino aislar un gen del asesinato, de la cobardía o de la mentira. Son conceptos demasiado nebulosos para que tengan un lugar concreto en el cuerpo humano. Pero no soy científica.

—Obviamente, hay varios factores que determinan la personalidad, incluida la educación y las experiencias vitales —sigue explicando David—, pero, a pesar de la paz y la prosperidad que habían reinado en este país durante casi un siglo, a nuestros antepasados les pareció ventajoso corregir estas cualidades indeseables para reducir el riesgo de que aparecieran en la población. En otras palabras, decidieron revisar la humanidad.

»Así nació el experimento de manipulación genética. Deben transcurrir varias generaciones para que una manipulación genética se manifieste, pero se seleccionó un gran número de personas, teniendo en cuenta su historial o su comportamiento, y a todas se les dio la oportunidad de ofrecer ese regalo a futuras generaciones, una alteración genética que haría que sus descendientes fuesen un poco mejores.

Miro a mi alrededor. Peter tiene los labios fruncidos para expresar su desdén. Caleb arruga el ceño. Cara tiene la boca abierta, como si estuviera hambrienta de respuestas y pretendiera comérselas conforme salen. Christina parece escéptica, con una ceja arqueada, y Tobias se mira los zapatos.

Es como si no escuchara nada nuevo, sino la misma filosofía que dio lugar a las facciones, solo que aquí impulsó a la gente a manipular sus genes en vez de a separarse en grupos según sus virtudes. Lo entiendo. Hasta cierto punto, incluso estoy de acuerdo. Sin embargo, no comprendo qué tiene que ver con nosotros, aquí y ahora.

—Pero cuando las manipulaciones genéticas empezaron a surtir efecto, las alteraciones tuvieron consecuencias desastrosas. Resultó que el intento no corrigió los genes, sino que los deterioró —explica David—. Si a una persona le arrebatas el miedo, la estupidez o la falsedad..., le quitas la compasión. Si le arrebatas la violencia, la dejas sin motivación o sin la capacidad de reafirmarse. Si le quitas el egoísmo, la dejas sin instinto de conservación. Pensadlo un momento y seguro que entendéis a qué me refiero.

Marco cada cualidad en mi cabeza conforme las menciona: miedo, poca inteligencia, falsedad, violencia, egoísmo. Está hablando de las facciones. Y tiene razón cuando dice que todas las facciones pierden algo al ganar una virtud: los osados son valientes, pero crueles; los eruditos son inteligentes, pero presumidos; los cordiales son pacíficos, pero pasivos; los veraces son sinceros, pero desconsiderados; los abnegados son altruistas, pero asfixiantes.

—La humanidad nunca ha sido perfecta, pero las alteraciones genéticas la dejaron peor que nunca. Esto se manifestó en lo que conocemos como la Guerra de la Pureza, una guerra civil que enfrentó a la población de genes defectuosos con el Gobierno y la población de genes puros. La Guerra de la Pureza trajo consigo un grado de destrucción inaudito en tierra estadounidense y acabó con casi la mitad de la población del país.

—Los recursos audiovisuales ya están listos —dice una de las personas sentadas a un escritorio en la sala de control.

Entonces aparece un mapa por encima de la cabeza de David. No reconozco la forma, así que no sé bien qué representa, pero está cubierto de parches de luces rosas, rojas y carmesí oscuro.

—Así era nuestro país antes de la Guerra de la Pureza —sigue diciendo David—. Y así quedó después...

Las luces empiezan a desaparecer, los parches se encogen como charcos que se secan al sol. Entonces me doy cuenta de que las luces rojas eran personas, personas que desaparecen, personas cuyas luces se apagan. Me quedo mirando la pantalla, incapaz de asimilar una pérdida de vidas tan significativa.

—Cuando por fin terminó la guerra, la gente exigió una solución permanente al problema genético. Por eso se creó el Departamento de Bienestar Genético. Armados con todos los conocimientos científicos a disposición de nuestro Gobierno, nuestros antecesores diseñaron experimentos para restaurar la pureza genética de la humanidad.

»Pidieron la colaboración de personas genéticamente defectuosas para que el Departamento pudiera alterar sus genes. Después los llevaron a entornos seguros para que se establecieran a largo plazo, equipados con versiones básicas de los sueros para ayudarlos a controlar su sociedad. Debían esperar a que pasara el tiempo, a que se sucedieran las generaciones, de modo que cada una de ellas produjera más humanos genéticamente curados. O, como vosotros los conocéis ahora, divergentes.

Desde que Tori me enseñó la palabra que describe lo que soy (divergente), he querido saber lo que significaba. Y esta es la respuesta más sencilla que he recibido: divergente significa que mis genes están curados. Que son puros y están completos. Debería sentirme aliviada por conocer al fin la verdadera respuesta, pero solo noto un cosquilleo en la cabeza; algo que me dice que hay un problema.

Creía que «divergente» explicaba todo lo que soy y todo lo que seré. A lo mejor me equivocaba.

Empieza a costarme respirar a medida que las revelaciones se abren paso por mi mente y mi corazón, a medida que David desvela secretos y mentiras. Me llevo la mano al pecho para intentar tranquilizarme.

—Vuestra ciudad es uno de esos experimentos para la curación de los genes y, hasta el momento, el que más éxito ha tenido gracias al asunto de la modificación del comportamiento. Es decir, a las facciones.

David nos sonríe como si fuera algo de lo que debiéramos estar orgullosos, pero yo no lo estoy. Nos crearon, dieron forma a nuestro mundo y nos dijeron en qué creer.

Si nos dijeron en qué creer y no llegamos a esa conclusión por nosotros mismos, ¿sigue siendo cierta? Me aprieto el pecho con más fuerza. Tranquila.

—Las facciones fueron el intento de nuestros antecesores por incorporar un elemento «educativo» al experimento. Descubrieron que la mera corrección genética no bastaba para cambiar el comportamiento de las personas. Se determinó que la solución más completa al problema del comportamiento creado por el daño genético era un nuevo orden social, combinado con la modificación genética. —David pierde la sonrisa al observarnos. No sé qué se esperaba, ¿que se la devolviéramos? Sigue hablando—. Las facciones se introdujeron después en casi todos nuestros experimentos, tres de los cuales siguen activos. Hemos hecho grandes esfuerzos por protegeros, observaros y aprender de vosotros.

Cara se pasa las manos por el pelo, como si buscara mechones sueltos. Como no encuentra ninguno, dice:

—Entonces, cuando Edith Prior dijo que debíamos determinar la causa de la divergencia y salir a ayudaros, era...

—Divergente es el nombre con el que decidimos llamar a los que han alcanzado el nivel deseado de curación genética —responde David—. Queríamos asegurarnos de que los líderes de vuestra ciudad los valorasen. No esperábamos que la líder de Erudición empezara a perseguirlos, ni que los abnegados le contaran lo que eran. Y, a pesar de lo que dijo Edith Prior, nunca pretendimos que nos enviarais un ejército divergente. Al fin y al cabo, en realidad no necesitamos vuestra ayuda. Solo necesitamos que vuestros genes curados permanezcan intactos y se transfieran a las generaciones futuras.

—Entonces, lo que trata de decirnos es que, si no somos divergentes, somos defectuosos —interviene Caleb.

Le tiembla la voz. Nunca me imaginé que vería a Caleb al borde de las lágrimas por algo como esto, pero así es.

«Tranquila», me repito, y respiro hondo de nuevo.

—Genéticamente defectuosos, sí —responde David—. Sin embargo, nos sorprendió descubrir que el componente de modificación del comportamiento de vuestra ciudad resultaba muy eficaz. Hasta hace poco, ayudó bastante con los problemas de comportamiento que dificultaban tanto la manipulación genética. Así que, en general, no se podía distinguir a simple vista si los genes de una persona estaban dañados o curados.

—Soy inteligente —dice Caleb—. Entonces, me está diciendo que, como mis antepasados fueron alterados para ser listos, yo, su descendiente, no puedo sentir compasión como los demás. Que yo y todas las personas genéticamente defectuosas estamos limitadas por nuestros genes. Mientras que los divergentes no lo están.

—Bueno —contesta David, encogiéndose de hombros—, piensa en ello.

Caleb me mira por primera vez en días, y yo le devuelvo la mirada. ¿Es esto lo que explica la traición de mi hermano? ¿Que sus genes son defectuosos? ¿Como si fuera una enfermedad que no puede curarse ni controlarse? No me parece correcto.

—Los genes no lo son todo —interviene Amar—. Las personas, incluso las genéticamente defectuosas, toman decisiones. Eso es lo que importa.

Pienso en mi padre, nacido erudito, no divergente; un hombre que no podía evitar ser inteligente, pero que eligió Abnegación y se embarcó en toda una vida de lucha contra su propia naturaleza hasta que, al final, se sintió satisfecho. Una persona en guerra consigo misma, como yo.

Esa guerra interna no parece producto del daño genético, sino completamente humana. Humanidad pura y dura.

Miro a Tobias, que está tan demacrado y tan encorvado que parece a punto de desmayarse. No es el único: Christina, Peter,

Uriah y Caleb también están aturdidos. Cara se pellizca el dobladillo de la camiseta y acaricia la tela con el ceño fruncido.

—Debéis procesar mucha información —comenta David.

Eso es quedarse corto.

A mi lado, Christina resopla.

—Y lleváis despiertos toda la noche —añade David, como si nadie lo hubiese interrumpido—, así que os enseñaré dónde podéis descansar y comer.

—Espere —lo detengo.

Pienso en la fotografía que llevo en el bolsillo y en cómo Zoe conocía mi nombre cuando me la dio. Pienso en lo que ha dicho David sobre observarnos y aprender de nosotros. Y pienso en las filas de pantallas en blanco que tengo frente a mí.

—Ha dicho que nos han estado observando. ¿Cómo?

Zoe frunce los labios. David señala con la cabeza a una de las personas de los escritorios. Entonces, las pantallas se encienden todas a la vez y en cada una de ellas vemos lo que graba una cámara distinta. En las que tengo más cerca, veo la sede de Osadía. El Mercado del Martirio. El Millennium Park. El edificio Hancock. El Centro.

—Siempre habéis sabido que los osados vigilan la ciudad con cámaras de seguridad —explica David—. Bueno, pues nosotros también tenemos acceso a esas cámaras.

Nos han estado observando.

Contemplo la posibilidad de marcharme.

Pasamos junto al control de seguridad de camino a donde

David nos lleve, y siento la necesidad de atravesarlo de nuevo, recoger mi arma y alejarme corriendo de este lugar en el que me han estado observando. Desde que era pequeña. Mis primeros pasos, mis primeras palabras, mi primer día de colegio, mi primer beso.

Me observaban cuando Peter me atacó. Cuando introdujeron a mi facción en una simulación y la convirtieron en un ejército. Cuando murieron mis padres.

¿Qué más han visto?

Lo único que me impide largarme es la fotografía que llevo en el bolsillo. No puedo irme hasta que descubra de qué conocían a mi madre.

David nos conduce por el complejo hasta una zona enmoquetada con macetas a ambos lados. El papel de la pared es viejo y está amarillento, se despega por las esquinas. Lo seguimos a una habitación grande de techos altos, suelos de madera y luces amarillas anaranjadas. Hay catres dispuestos en dos filas, con baúles al lado para guardar nuestras cosas y enormes ventanas con cortinas elegantes al otro lado del cuarto. Cuando me acerco a ellas, veo que están desgastadas y deshilachadas.

David nos cuenta que esta parte del complejo era un hotel que conectaba con el aeropuerto mediante un túnel, y que esta habitación antes era un salón de baile. De nuevo, la palabra no significa nada para nosotros, pero no parece darse cuenta.

—No es más que un alojamiento temporal, por supuesto. Cuando decidáis lo que queréis hacer, os buscaremos viviendas en otra parte, ya sea en este complejo o fuera. Zoe se asegurará de que os cuiden bien. Yo volveré mañana para ver cómo os va.

Miro a Tobias, que da vueltas delante de las ventanas, mordiéndose las uñas. No me había fijado en que tuviera esa costumbre. A lo mejor nunca había estado lo bastante angustiado para hacerlo.

Podría intentar consolarlo, pero necesito respuestas sobre mi madre y no quiero seguir esperando. Seguro que Tobias lo entenderá. Sigo a David hasta el pasillo y, justo al salir de la habitación, se apoya en la pared y se rasca la nuca.

—Hola —le digo—. Me llamo Tris. Creo que usted conocía a mi madre.

Él se sobresalta y me sonríe. Cruzo los brazos. Me siento como cuando Peter me quitó la toalla durante la iniciación de Osadía, solo por crueldad: expuesta, avergonzada y enfadada. A lo mejor no es justo dirigir todo eso contra David, pero no puedo evitarlo, ya que él es el líder del complejo y del Departamento.

—Sí, claro, te reconozco.

«¿Cómo? ¿Porque me has visto en esas espeluznantes cámaras que me seguían en todo momento?». Aprieto los brazos con más fuerza.

—Ya —digo, y espero un momento antes de continuar—. Necesito información sobre mi madre. Zoe me dio una foto suya, y usted estaba a su lado, así que supongo que podrá ayudarme.

—Ah, ¿puedo ver la foto?

Me la saco del bolsillo y se la ofrezco. La alisa con la yema de los dedos y esboza una sonrisa extraña al mirarla, como si la acariciara con los ojos. Cambio el peso de un pie al otro, me siento como una intrusa en un momento privado.

—Una vez volvió con nosotros, antes de ser madre —dice—. Fue cuando hicimos la foto.

—¿Que volvió? ¿Era una de ustedes?

—Sí —responde David sin más, como si esa palabra no fuera a cambiar todo mi mundo—. Ella era de aquí. La enviamos a la ciudad cuando era joven para resolver un problema con el experimento.

—Entonces, ella lo sabía —le digo, y me tiembla la voz, aunque no sé por qué—. Conocía la existencia de este lugar y lo que había al otro lado de la valla.

David parece desconcertado y frunce sus cejas tupidas.

—Sí, claro.

El temblor me recorre los brazos y las manos, y el resto de mi cuerpo no tarda en estremecerse, como si rechazara algún veneno que me he tragado, y ese veneno es el conocimiento, el conocimiento de este lugar, de sus pantallas y de las mentiras sobre las que se construía mi vida.

—Ella sabía que nos observabais en todo momento... ¡Que visteis cómo morían mi padre y ella, y cómo todos empezaban a matarse entre sí! ¿Y enviasteis a alguien a ayudarla o a ayudarme? ¡No! No; os limitasteis a tomar notas.

—Tris...

Intenta tocarme, pero yo le aparto la mano.

—No me llame así, no debería conocer ese nombre. No debería saber nada sobre nosotros.

Temblando, regreso al cuarto.

De vuelta en el interior, veo que los otros han elegido sus camas y han colocado sus cosas. Aquí estamos solos, sin intrusos. Me apoyo en la pared, junto a la puerta, y me restriego las palmas de las manos en los pantalones para secarme el sudor.

Nadie parece estar adaptándose bien. Peter está tumbado de cara a la pared. Uriah y Christina están sentados uno al lado del otro y charlan en voz baja. Caleb se masajea las sienes con las puntas de los dedos. Tobias se dedica a dar vueltas y a morderse las uñas. Y Cara está sola y se pasa la mano por la cara. Por primera vez desde que la conozco, parece alterada; ha perdido la armadura erudita.

Me siento frente a ella.

—No tienes buen aspecto.

Aunque normalmente lleva el pelo liso y perfecto, recogido en un moño, ahora está desgreñada. Me mira con rabia.

—Muy amable por tu parte.

—Lo siento, no quería que sonara así.

—Lo sé —responde, suspirando—. Soy... Soy erudita, ya sabes.

—Sí, lo sé —le digo, sonriendo un poco.

—No —insiste, sacudiendo la cabeza—. Eso es lo único que soy: erudita. Y ahora me han explicado que eso es el resultado de un defecto en mi genética... y que las facciones en sí no son más que una prisión mental para mantenernos bajo control. Justo lo que decían Evelyn Johnson y los abandonados. —Hace una pausa—. Entonces ¿para qué formar los leales? ¿Por qué molestarse en venir aquí?

No me había dado cuenta de lo mucho que Cara se había

aferrado a la idea de ser una leal, fiel al sistema de las facciones y a nuestros fundadores. Para mí no era más que una identidad temporal y poderosa, porque podía sacarme de la ciudad. Para ella, el vínculo debía de ser mucho más profundo.

—Sigue siendo bueno que hayamos venido. Hemos descubierto la verdad. ¿Eso no te parece valioso?

—Por supuesto que sí —responde Cara en voz baja—, pero significa que necesito encontrar otras palabras que me definan.

Justo después de la muerte de mi madre, me aferré a mi divergencia como si fuera una mano extendida para salvarme. Necesitaba que esa palabra me dijera quién era mientras todo lo demás se desmoronaba a mi alrededor. Sin embargo, ahora me pregunto si aún la necesito, si de verdad necesitamos esas palabras: osados, eruditos, divergentes, leales... O si no podemos ser simplemente amigos, amantes o hermanos, definidos por nuestras elecciones y por el amor y la lealtad que nos une.

—Será mejor que hables con él —me dice Cara, señalando a Tobias con la cabeza.

—Sí.

Cruzo la sala y me pongo frente a las ventanas para observar la parte visible del complejo, que no es más que el mismo cristal, el mismo acero, la misma hierba y las mismas vallas. Cuando me ve, deja de dar vueltas y se pone a mi lado.

—¿Estás bien? —le pregunto.

—Sí —responde, sentándose en el alféizar de cara a mí, para que estemos a la misma altura—. Bueno, no; la verdad es que no. Ahora mismo estoy pensando en que nuestra vida no ha tenido ningún sentido. Me refiero al sistema de facciones.

Se restriega la nuca. ¿Pensará en los tatuajes de su espalda?

—Nos dedicamos a él con todas nuestras fuerzas —sigue diciendo—. Todos nosotros. Incluso cuando no nos dábamos cuenta.

—¿En eso estás pensando? —pregunto, arqueando las cejas—. Tobias, nos estaban observando. Observaban todo lo que sucedía y todo lo que hacíamos. No intervinieron, se limitaron a invadir nuestra intimidad. En todo momento.

Él se masajea la sien con la punta de los dedos.

—Supongo. Pero eso no es lo que me preocupa.

Debo de haberlo mirado con incredulidad sin querer, porque sacude la cabeza.

—Tris, yo trabajaba en la sala de control de Osadía. Allí había cámaras por todas partes, siempre encendidas. En la iniciación intenté advertirte de que te observaban, ¿recuerdas?

Recuerdo que miraba al techo, a la esquina. Recuerdo sus crípticas advertencias, susurradas entre dientes. Pero no me daba cuenta de que me advertía sobre las cámaras; no se me había ocurrido hasta ahora.

—Antes me molestaba, pero me acostumbré hace mucho tiempo. Siempre creímos que estábamos solos, y ahora resulta que era verdad, que nos dejaron solos. Las cosas son como son.

—Supongo que no lo acepto. Si ves a alguien con problemas, debes ayudar. Sea un experimento o no. Y... Dios —añado, haciendo una mueca—. La de cosas que habrán visto.

Él sonríe un poco.

—¿Qué? —pregunto.

—Estaba pensando en algunas de las cosas que habrán visto —responde, y me pone una mano en la cintura.

131

Le lanzo una breve mirada asesina, aunque no soy capaz de mantenerla, no cuando Tobias me sonríe de ese modo, no cuando sé que intenta hacerme sentir mejor. Sonrío un poco.

Me siento a su lado en el alféizar con las manos metidas entre las piernas y la madera.

—¿Sabes? Que el Departamento creara las facciones no difiere mucho de lo que nosotros creíamos que había pasado: hace mucho tiempo, un grupo de personas decidió que el sistema de facciones era la mejor forma de vivir... o de que la gente viviera de la mejor forma posible.

Al principio no responde, se limita a morderse el labio por dentro y a mirarse los pies, que están bien juntos, en el suelo. Yo solo rozo el suelo con las puntas de los dedos, no doy para más.

—La verdad es que eso ayuda —reconoce—. Pero había tantas mentiras que cuesta distinguir lo que era cierto, lo que era real, lo que importa.

Le doy la mano y entrelazamos los dedos. Apoya su frente en la mía.

Entonces me descubro pensando: «Doy gracias a Dios por esto». Lo hago por costumbre, y es ahí cuando comprendo lo que le preocupa tanto. ¿Y si el Dios de mis padres y todo aquello en lo que creían no fuese más que algo urdido por un puñado de científicos para mantenernos bajo control? Y no solo me refiero a sus creencias sobre Dios y lo que haya ahí fuera, sino también al bien y el mal, y al altruismo. ¿Cambia todo eso porque ahora sepamos cómo se creó nuestro mundo?

No lo sé.

La idea me inquieta, así que lo beso despacio para disfrutar del calor y de la suave presión de su boca, y de su aliento al separarnos.

—¿Por qué siempre acabamos rodeados de gente? —pregunto.

—No lo sé, a lo mejor porque somos estúpidos.

Me río, y es la risa, no la luz, lo que espanta la oscuridad que se acumula en mi interior, lo que me recuerda que sigo viva, a pesar de encontrarnos en este lugar desconocido en el que todo lo que conozco se desmorona. Sé un par de cosas: sé que no estoy sola, que tengo amigos y que estoy enamorada; sé de dónde vengo; y sé que no quiero morir, y, para mí, eso es más de lo que podía decir hace algunas semanas.

Por la noche acercamos un poco más nuestros catres y nos miramos a los ojos hasta quedar dormidos. Cuando por fin se duerme Tobias, nuestros dedos están entrelazados por encima de las camas.

Sonrío y me dejo llevar por el sueño.

CAPÍTULO
DIECISÉIS

TOBIAS

El sol no se ha puesto del todo cuando nos quedamos dormidos, pero me despierto pocas horas después, a medianoche, con el cerebro demasiado activo para descansar, lleno de ideas, preguntas y dudas. Tris me soltó hace un rato, y ahora sus dedos rozan el suelo. Está despatarrada en el colchón, con el pelo sobre los ojos.

Me pongo los zapatos y salgo a caminar por los pasillos con los cordones sueltos, rebotando en la moqueta. Estoy tan acostumbrado al complejo de Osadía que me resulta raro oír el crujido de los suelos de madera bajo los pies; lo normal serían los ecos y roces del suelo de piedra, y el rugido y el latido del agua del abismo.

Cuando llevaba una semana de iniciación, Amar, temiendo que me quedara más aislado y me volviera obsesivo, me invitó a unirme a los osados mayores para una partida de Atrevimiento. En mi turno, regresamos al Pozo para hacerme mi primer tatuaje, el de las llamas osadas que me cubren las costillas. El dolor fue atroz. Disfruté de cada segundo.

Llego al final de un pasillo y me encuentro en un patio interior que huele a tierra mojada. Hay plantas y árboles por todas partes, flotando en el agua, igual que en los invernaderos de Cordialidad. En el centro de la habitación hay un árbol en un gigantesco tanque de agua elevado sobre el suelo, de modo que puedo ver el enredo de raíces de debajo. Resulta curiosamente humano, semejante a nervios.

—No prestas tanta atención como antes —dice Amar, que está detrás de mí—. Te he seguido desde el vestíbulo del hotel.

—¿Qué quieres? —pregunto mientras doy unos golpecitos con los nudillos en el tanque, lo que forma olas en el agua.

—Se me ocurrió que te gustaría oír una explicación sobre mi falsa muerte —dice.

—He estado pensando en ello. No nos permitieron ver tu cadáver. No es tan difícil fingir una muerte si no enseñas el cuerpo.

—Parece que ya lo tienes todo claro —dice Amar, dando una palmada—. Bueno, si no sientes curiosidad, me largo...

Cruzo los brazos.

Amar se pasa una mano por su negra melena y se la recoge detrás con una goma.

—Fingieron mi muerte porque yo era divergente y Jeanine había empezado a matar a los divergentes. Intentaron salvar a todos los que pudieron antes de que ella los identificara, pero era complicado, ya sabes, porque Jeanine siempre iba un paso por delante.

—¿Hay más?

—Unos cuantos.

135

—¿Alguno apellidado Prior?

Amar sacude la cabeza.

—No. Natalie Prior está muerta de verdad, por desgracia. Ella fue la que me ayudó a salir. También ayudó a otro tío... George Wu. ¿Lo conoces? Ahora está de patrulla, si no, habría venido conmigo a recogerte. Su hermana sigue dentro de la ciudad.

Al oír el nombre se me hace un nudo en el estómago.

—Dios mío —digo, y me apoyo en la pared del tanque.

—¿Qué? ¿Lo conoces?

Sacudo la cabeza.

No me lo puedo creer. Solo han transcurrido unas cuantas horas entre la muerte de Tori y nuestra llegada. En un día normal, unas cuantas horas pueden suponer largos momentos de aburrimiento, de tiempo perdido. Pero ayer, esas pocas horas supusieron una barrera impenetrable entre Tori y su hermano.

—Tori es su hermana —digo—. Intentó salir de la ciudad con nosotros.

—Intentó —repitió Amar—. Ah. Vaya. Eso es...

Los dos guardamos silencio un rato. George nunca se reunirá con su hermana, y ella murió pensando que Jeanine lo había asesinado. No hay nada que decir; al menos, no hay nada que merezca la pena decir.

Ahora que me he acostumbrado a la luz, veo que las plantas de esta sala se seleccionaron por su belleza, no por su utilidad: flores, enredaderas y racimos de hojas moradas o rojas. Las únicas flores que había visto hasta el momento eran las silvestres o las flores de los manzanos de los huertos cordiales. Estas son más extravagantes, brillantes y complejas, pétalos doblados sobre otros pétalos. No sé qué es este sitio, pero está claro que no necesita ser tan pragmático como nuestra ciudad.

—La mujer que encontró tu cadáver, ¿mintió... sin más? —pregunto.

—No se puede confiar en que la gente mienta con coherencia —responde, arqueando las cejas—. Mira, es una frase que pensé que nunca diría, pero es cierta. La reiniciaron: alteraron su memoria para incluirme a mí saltando de la Pira. Aunque el cadáver no era mío, estaba demasiado destrozado para que alguien se diera cuenta.

—La reiniciaron. Te refieres a que utilizaron el suero de Abnegación.

—Lo llamamos el suero de la memoria, ya que, técnicamente, no pertenece a Abnegación, pero sí, ese.

Estaba enfadado con él, aunque no sé bien por qué. Quizá solo estaba enfadado porque el mundo se había vuelto demasiado complicado, por no haber sabido ni un ápice de la verdad sobre él. O porque me había permitido llorar por alguien que, en realidad, no había fallecido, igual que lloré por mi madre durante los años en los que la creí muerta. Engañar a alguien para que sufra así es uno de los trucos más crueles que se me ocurren, y a mí me lo han hecho dos veces.

Sin embargo, al mirarlo, se desvanece la rabia, como cuando baja la marea, y, en vez de la rabia, tengo a mi instructor, a mi amigo, vivo de nuevo.

Sonrío.

—Así que estás vivo —digo.

—Y lo que es más importante, tú ya no estás enfadado —responde, señalándome.

Me agarra y me abraza, dándome palmaditas en la espalda con una mano. Intento corresponder a su entusiasmo, pero no es algo que me salga naturalmente. Cuando nos separamos, me arde la cara y, a juzgar por sus carcajadas, estoy rojo como un tomate.

—Los estirados siempre serán estirados —comenta.

—Lo que tú digas. Entonces ¿te gusta este sitio?

Amar se encoge de hombros.

—No es que tenga muchas opciones, pero sí, me gusta. Trabajo en seguridad, obviamente, porque es lo único que me enseñaron. Me encantaría contar contigo, aunque es probable que seas demasiado bueno para eso.

—Todavía no me he resignado a quedarme —respondo—, pero gracias, supongo.

—Ahí fuera no hay nada mejor. Las demás ciudades (vamos, los sitios donde vive casi todo el país, unas grandes zonas metropolitanas, como nuestra ciudad) están sucias y son peligrosas, a no ser que conozcas a la gente adecuada. Aquí al menos hay agua limpia, comida y seguridad.

Cambio el peso de un pie al otro, incómodo. No quiero pensar en quedarme aquí, en convertir esto en mi hogar. Ya me siento atrapado por mi propia decepción. Esto no es lo que me imaginaba cuando escapé de mis padres y de sus malos recuerdos. Sin embargo, no quiero enturbiar la paz con Amar ahora que por fin me parece haber recuperado a mi amigo, así que me limito a decir:

—Tendré en cuenta el consejo.

—Mira, hay otra cosa que deberías saber.

—¿El qué? ¿Más resurrecciones?

—No es exactamente una resurrección si nunca estuve muerto, ¿no? —responde Amar, sacudiendo la cabeza—. No, es sobre la ciudad. Alguien lo ha oído hoy en la sala de control: el juicio de Marcus será mañana por la mañana.

Sabía que se avecinaba, sabía que Evelyn lo dejaría para el final, que saborearía cada momento que él pasara bajo los efectos del suero de la verdad como si fuera su última comida. Lo que no me esperaba es que tendría la oportunidad de verlo, si así lo deseaba. Creía que por fin me había librado de ellos, de todos ellos, para siempre.

—Oh.

Es lo único que soy capaz de decir.

Estoy entumecido y confuso cuando regreso al dormitorio y me meto en la cama. No sé qué haré.

CAPÍTULO
DIECISIETE

TRIS

Me despierto justo antes de que salga el sol. Nadie más se mueve en sus catres... Tobias tiene un brazo sobre los ojos, y los zapatos puestos, como si se hubiera levantado para darse un paseo por la noche. Christina tiene la cabeza bajo la almohada. Me quedo tumbada unos minutos, buscando dibujos en el techo, hasta que me levanto, me pongo los zapatos y me paso los dedos por el pelo para peinarlo.

Los pasillos del complejo están vacíos, salvo por unos cuantos rezagados. Supongo que estarán acabando el turno de noche, porque están inclinados sobre sus pantallas, con las barbillas en las manos, o apoyados sobre sus escobas y apenas capaces de recordar cómo se barre. Me meto las manos en los bolsillos y sigo los carteles para llegar a la entrada. Quiero echarle un vistazo más de cerca a la escultura que vi ayer.

A la persona que construyó este lugar le encantaba la luz. Hay cristal en la curva del techo de cada pasillo y a lo largo de todos los muros bajos. Incluso ahora, que aún no ha amanecido del todo, hay iluminación natural de sobra.

Busco en el bolsillo trasero la tarjeta que Zoe me dio anoche, en la cena, y paso por el control de seguridad con ella en la mano. Entonces veo la escultura, unos cuantos metros más allá de las puertas por las que entramos ayer; es una estructura sombría, enorme y misteriosa, como un ser vivo.

Está compuesta por un enorme bloque de piedra oscura, cuadrado y basto, como las rocas del fondo del abismo. Una gran grieta lo atraviesa por el centro, y hay vetas de roca más clara cerca de los bordes. Colgado sobre el bloque hay un tanque de cristal de las mismas dimensiones, lleno de agua. La luz que han colocado sobre el centro del tanque brilla a través del agua y se refracta al moverse esta. Oigo un ruido, una gota de agua que salpica la piedra. Sale de un tubo que recorre el centro del tanque. Al principio creo que el tanque tiene una fuga, hasta que veo que cae otra gota, después una tercera y una cuarta, todas siguiendo un intervalo regular. Se juntan unas cuantas gotas y después bajan por un estrecho canal en la piedra. Debe de ser intencionado.

—Hola —me saluda Zoe desde el otro lado de la escultura—. Lo siento, estaba a punto de ir a por ti al dormitorio, pero vi que venías hacia aquí. ¿Te has perdido?

—No, quería venir aquí.

—Ah.

Se coloca a mi lado y cruza los brazos. Es más o menos igual de alta que yo, aunque anda más recta, así que parece más alta.

—Sí, es bastante rara, ¿verdad? —comenta.

Mientras habla, me quedo mirando las pecas de sus mejillas; son como los dibujos de la luz del sol a través de un denso follaje.

—¿Significa algo? —le pregunto.

—Es el símbolo del Departamento de Bienestar Genético —responde—. El bloque de piedra es el problema al que nos enfrentamos. El tanque de agua es nuestro potencial para cambiar el problema. Y la gota de agua es lo que en realidad somos capaces de hacer en un momento dado.

No puedo evitarlo: me río.

—No es muy alentador, ¿no?

Ella sonríe.

—Es una forma de verlo. Yo prefiero considerarlo de otro modo: si somos lo bastante constantes, con el tiempo, hasta las gotitas de agua pueden cambiar la roca para siempre. Y nunca volverá a ser como antes.

Entonces señala el centro del bloque, donde hay una pequeña marca que parece un cuenco tallado en la piedra.

—Eso, por ejemplo, no estaba cuando instalaron esta mole.

Asiento con la cabeza y me quedo mirando cómo cae la siguiente gota. Aunque desconfío del Departamento y de todos sus miembros, la tranquila chispa de esperanza que genera la escultura empieza a hacerme efecto. Es un símbolo práctico que comunica la actitud paciente que ha permitido a esta gente quedarse aquí tanto tiempo, observando y esperando. Pero tengo que preguntarlo.

—¿No sería más eficaz descargar toda el agua de golpe?

Me imagino la ola de agua chocando contra la roca y derramándose por el suelo de baldosas hasta formar un charco alrededor de los zapatos. Hacer algo poco a poco resolverá un problema con el tiempo, pero me da la impresión de que, si de verdad consideras que existe un problema, debes empeñarte en resolverlo con todas tus fuerzas, es lo que te pide el cuerpo.

—Puede que momentáneamente —responde—, pero después no quedaría agua para hacer nada más, y el daño genético no puede resolverse solo con una gran descarga.

—Eso lo entiendo. Lo que me preguntaba es si es bueno resignarse tanto a ir pasito a pasito cuando podrían darse pasos más grandes.

—¿Como cuáles?

Me encojo de hombros.

—En realidad, supongo que no lo sé, aunque merece la pena pensar en ello.

—Me parece justo.

—Entonces... ¿Has dicho que me estabas buscando? ¿Por qué?

—¡Ah! —exclama Zoe, dándose un toque en la frente—. Se me había olvidado: David me pidió que te buscara y te llevara a los laboratorios. Tiene algo que perteneció a tu madre.

—¿A mi madre? —repito en un tono demasiado agudo y ahogado.

Ella me aleja de la estatua y me dirige de nuevo hacia el control de seguridad.

—Una advertencia: puede que la gente se te quede mirando —me avisa Zoe al pasar por el escáner de seguridad.

Ahora hay más personas que antes en los pasillos: supongo que es la hora a la que empiezan a trabajar.

—Aquí conocen tu cara —sigue explicando Zoe—. La gente del Departamento suele ir a ver las pantallas y, en los últimos meses, has estado metida en muchos asuntos interesantes. Muchos de los jóvenes te consideran una heroína.

—Ah, genial —respondo notando un sabor amargo en la boca—. El heroísmo era mi principal objetivo, no lo de intentar no morirme, ya sabes.

—Lo siento —dice Zoe, deteniéndose—. No quería restar importancia a todo lo que has pasado.

Me sigue incomodando la idea de que todos nos hayan estado observando, como si necesitara taparme o esconderme donde no puedan seguir mirándome. Sin embargo, es algo que no está en manos de Zoe, así que no digo nada.

Casi todas las personas que deambulan por los pasillos visten variaciones del mismo uniforme: lo hay en azul oscuro o verde apagado, y algunos llevan las chaquetas, los monos o las sudaderas abiertos, de modo que se ven las camisetas de mil colores que llevan debajo, algunas con dibujos.

—¿Significan algo los colores de los uniformes? —pregunto a Zoe.

—La verdad es que sí: el azul oscuro es para los científicos o investigadores y el verde para el personal auxiliar, que es el que se encarga del mantenimiento y demás.

—Así que son como nuestros abandonados.

—No, no; la dinámica es distinta. Aquí todos hacen lo que pueden para ayudar en la misión. Todo el mundo es valioso e importante.

Tiene razón: la gente se me queda mirando. La mayoría solo lo hace unos segundos más de la cuenta, pero algunos me señalan y otros llegan a decir mi nombre, como si les perteneciera.

144

Me hacen sentir entumecida, como si no pudiera moverme como deseo.

—Gran parte del personal auxiliar pertenecía al experimento de Indianápolis, otra ciudad no muy lejos de aquí. Pero, para ellos, la transición ha sido algo más sencilla de lo que será para vosotros, ya que en Indianápolis no contaban con los componentes de modificación del comportamiento de vuestra ciudad. —Hace una pausa—. Con las facciones, quiero decir. Al cabo de unas cuantas generaciones, cuando vuestra ciudad no se hizo pedazos, como ocurrió con las otras, el Departamento puso en marcha la idea de las facciones en las ciudades más nuevas (San Luis, Detroit y Mineápolis) y utilizó el experimento de Indianápolis, que era relativamente nuevo, como grupo de control. El Departamento siempre ubicaba los experimentos en el Medio Oeste porque hay más espacio entre las áreas urbanas. En el este, todo está más cerca.

—Entonces, en Indianápolis solo... ¿corregisteis sus genes y los metisteis en una ciudad? ¿Sin facciones?

—Tenían un complicado sistema de reglas, pero... sí, eso es básicamente lo que pasó.

—¿Y no funcionó demasiado bien?

—No —responde, frunciendo los labios—. Las personas genéticamente defectuosas que han sido condicionadas por el sufrimiento y no han aprendido a vivir de un modo distinto, como las facciones les habrían enseñado, son muy destructivas. Ese experimento no tardó en fallar; duró tres generaciones. Chicago (tu ciudad) y las otras ciudades con facciones han durado mucho más.

Chicago. Es muy extraño darle nombre a lo que siempre ha sido mi hogar, punto. Hace que la ciudad me parezca más pequeña.

—Entonces, lleváis haciendo esto mucho tiempo —comento.

—Bastante, sí. El Departamento se distingue de otras agencias gubernamentales en que estamos muy centrados en nuestro trabajo y nos encontramos en una ubicación relativamente remota y aislada. Transmitimos nuestros conocimientos y objetivos a nuestros hijos, en vez de confiar en nombramientos o contrataciones. Yo llevo toda la vida formándome para lo que hago.

A través de las abundantes ventanas veo un vehículo extraño: tiene forma de pájaro, dos estructuras que parecen alas y un morro puntiagudo, aunque con ruedas, como un coche.

—¿Eso es para viajar por el aire? —pregunto, señalándolo.

—Sí —responde, y sonríe—. Es un avión. Quizá podamos llevaros a dar un paseo en algún momento, si no es demasiado «osado» para ti.

No reacciono a su juego de palabras. Todavía no olvido del todo que me reconociera nada más verme.

David está de pie cerca de una de las puertas que hay más adelante. Levanta la mano para saludar cuando nos ve.

—Hola, Tris. Gracias por traerla, Zoe.

—De nada, señor —responde Zoe—. Les dejo, tengo mucho trabajo que hacer.

Ella me sonríe y se aleja. No quiero que se vaya. Ahora que se ha ido, me veo a solas con David y con el recuerdo de cómo le grité ayer. Él no me comenta nada al respecto, se limita a pasar su tarjeta por el sensor de la puerta para abrirla.

La habitación del otro lado es un despacho sin ventanas. Un joven, puede que de la edad de Tobias, está sentado a un escritorio, y hay otro vacío en la otra esquina del cuarto. El joven levanta la vista cuando entramos, toca algo en la pantalla de su ordenador y se levanta.

—Hola, señor —saluda a David—. ¿En qué puedo ayudarlo?

—Hola, Matthew. ¿Dónde está tu supervisor?

—Ha ido a por comida a la cafetería —responde Matthew.

—Bueno, a lo mejor me puedes ayudar tú. Necesito que cargues el archivo de Natalie Wright en una pantalla portátil. ¿Puedes hacerlo?

«¿Wright?», me pregunto. ¿Sería ese el nombre real de mi madre?

—Por supuesto —responde Matthew antes de volver a sentarse.

Después escribe algo en su ordenador y saca una serie de documentos que no veo bien desde donde estoy.

—Vale, acabo de empezar la transferencia. Tú debes de ser la hija de Natalie, Beatrice —dice, y apoya la barbilla en la mano mientras me mira con aire crítico. Sus ojos son tan oscuros que parecen negros y un poco rasgados en los extremos. No parece impresionado ni sorprendido de verme—. No te pareces mucho a ella.

—Tris —respondo automáticamente, aunque me resulta reconfortante que no conozca mi apodo; eso querrá decir que no se pasa el día mirando las pantallas, como si nuestras vidas en la ciudad fuesen una especie de entretenimiento—. Y sí, ya lo sé.

David acerca una silla arrastrándola por el suelo y da unas palmaditas en el asiento.

—Siéntate. Te voy a entregar una pantalla con todos los archivos de Natalie para que tu hermano y tú los leáis. Sin embargo, mientras se cargan, lo mejor será que te cuente la historia.

Me siento en el borde de la silla y él toma asiento detrás del escritorio del supervisor de Matthew, mientras da vueltas sobre el metal a una taza de café medio vacía.

—Deja que empiece diciendo que tu madre fue un descubrimiento fantástico. La localizamos casi por accidente dentro del mundo defectuoso, y sus genes eran casi perfectos —dice David, sonriendo—. La sacamos de una lamentable situación y la trajimos aquí, donde pasó varios años. Entonces descubrimos una crisis dentro de los muros de vuestra ciudad, y ella se ofreció voluntaria para entrar y resolverla. Seguro que ya sabes todo al respecto.

Me quedo en blanco unos segundos, parpadeando. ¿Mi madre venía de fuera de este lugar? ¿De dónde?

De nuevo soy consciente de que ella caminó por estos pasillos y observó nuestra ciudad por las pantallas de la sala de control. ¿Se sentaría en esta silla? ¿Tocarían sus pies estas baldosas? De repente es como si hubiera huellas invisibles de mi madre por todas partes, en cada pared, pomo y columna.

Me aferro al borde del asiento e intento organizar mis pensamientos lo bastante para preguntar:

—No, no sé nada. ¿Qué crisis?

—Pues que el representante de Erudición había empezado a asesinar a los divergentes, por supuesto. Su nombre era... ¿Norman?

—Norton —interviene Matthew—. El predecesor de Jeanine. Al parecer, transmitió a su sucesora la idea de asesinar a los divergentes justo antes de que sufriera un ataque al corazón.

—Gracias. En fin, que enviamos a Natalie a investigar la situación y detener la matanza. Ni nos imaginamos que se quedaría allí tanto tiempo, claro, pero resultaba útil: nunca habíamos pensado en contar con un infiltrado, y ella podía hacer muchas cosas que nos resultaban de gran ayuda. Además de montarse su propia vida, que, obviamente, te incluía a ti.

Frunzo el ceño.

—Pero seguían asesinando a los divergentes cuando yo era iniciada.

—Solo has tenido noticias de los que murieron, pero no de los que se salvaron. Algunos están aquí, en este complejo. Creo que ya has conocido a Amar, que es uno de ellos. Algunos de los divergentes rescatados quisieron distanciarse de vuestro experimento, ya que les resultaba demasiado difícil observar a las personas a las que amaban seguir con sus vidas, así que los entrenamos e integramos a la vida fuera del Departamento. Pero sí, tu madre realizó un trabajo de gran importancia.

También contó unas cuantas mentiras y muy pocas verdades. Me pregunto si mi padre sabría quién era, de dónde venía. Al fin y al cabo, él era un líder de Abnegación y, como tal, uno de los guardianes de la verdad. De repente se me ocurre algo horrible: ¿y si solo se casó con él porque se suponía que debía hacerlo, como parte de su misión en la ciudad? ¿Y si su relación fue una farsa?

—Entonces no nació en Osadía —digo mientras repaso las mentiras.

—Cuando entró en la ciudad por primera vez fue como osada, porque ya tenía tatuajes y habría costado explicarle eso a los nativos. Tenía dieciséis años, aunque dijimos que eran quince para que tuviera tiempo de adaptarse. Pretendíamos que ella... —Se detiene y se encoge de hombros—. Bueno, deberías leer sus archivos. Yo no le haría justicia a la perspectiva de una chica de dieciséis años.

Como si esperase esa señal, Matthew abre un cajón del escritorio y saca un trozo de cristal plano. Lo toca con un dedo y aparece una imagen: es uno de los documentos que acaba de abrir en su ordenador. Me entrega la tableta. Es más robusta de lo que esperaba, dura y resistente.

—No te preocupes, es casi indestructible —me dice David—. Seguro que querrás volver con tus amigos. Matthew, ¿te importaría acompañar a la señorita Prior al hotel? Tengo que ocuparme de algunos asuntos.

—¿Y yo no? —replica Matthew, pero después guiña un ojo—. Es broma, señor, yo la llevo.

—Gracias —le digo a David antes de marcharse.

—De nada —responde—. Avísame si tienes alguna pregunta.

—¿Lista? —me pregunta Matthew.

Es alto, quizá de la misma altura que Caleb, y lleva el pelo negro alborotado con mimo por delante, como si se pasara mucho tiempo peinándolo para que pareciera recién salido de la cama. Bajo el uniforme azul oscuro lleva una camiseta negra sencilla y un cordón negro al cuello. Se le mueve sobre la nuez cuando traga saliva.

Salgo con él de la oficina y bajamos de nuevo por el pasillo.

La multitud de antes se ha dispersado: deben de estar trabajando o desayunando. En este lugar hay vidas enteras, gente que duerme, come, trabaja, trae niños al mundo, educa familias y muere. Esto era antes el hogar de mi madre.

—Me pregunto cuándo perderás los nervios —comenta Matthew—. Después de descubrir tantas cosas a la vez, me refiero.

—No voy a perder los nervios —respondo, a la defensiva.

«Ya lo he hecho», pienso, pero no voy a reconocerlo.

—Yo los perdería, pero me parece bien.

Veo un cartel que pone: «Entrada al hotel». Me pego la pantalla al pecho, deseando volver al dormitorio y contarle lo de mi madre a Tobias.

—Mira, una de las cosas que hacemos mi supervisor y yo son pruebas genéticas —dice Matthew—. Me preguntaba si a ti y a ese otro tío (¿el hijo de Marcus Eaton?) os importaría pasaros para que analice vuestros genes.

—¿Por qué?

—Por curiosidad —responde, encogiéndose de hombros—. Hasta ahora no hemos podido analizar los genes de alguien de una generación tan tardía del experimento, y la manifestación de ciertas cosas resulta algo... extraña en Tobias y en ti.

Arqueo las cejas.

—Tú, por ejemplo, has demostrado una extraordinaria resistencia a los sueros; la mayoría de los divergentes no es capaz de resistirse a los sueros como tú —explica Matthew—. Y Tobias puede resistirse a las simulaciones, pero no muestra algunas de las características que esperamos ver en los divergentes. Después puedo explicároslo con más detalle.

Vacilo porque no estoy segura de querer ver mis genes ni los de Tobias, ni de querer compararlos, como si eso importara algo. Sin embargo, Matthew parece muy entusiasmado, casi como un niño, y la curiosidad es un concepto que comprendo.

—Le preguntaré si está dispuesto —digo—, pero yo lo estoy. ¿Cuándo?

—¿Te parece bien esta misma mañana? Puedo ir a recogeros dentro de una hora. De todos modos, no podéis entrar en los laboratorios sin mí.

Asiento con la cabeza. De repente me emociona la idea de saber más sobre mis genes. Es algo parecido a leer el diario de mi madre: me permitirá recuperar parte de ella.

CAPÍTULO
DIECIOCHO

TOBIAS

Es raro ver qué aspecto tienen por la mañana unas personas a las que no conoces demasiado, con ojos de sueño y arrugas de almohada en las mejillas; saber que Christina se despierta muy alegre, que Peter lo hace perfectamente peinado, mientras que Cara solo se comunica mediante una serie de gruñidos mientras se acerca al café centímetro a centímetro y pisada a pisada.

Lo primero que hago yo es ducharme y ponerme la ropa que nos han entregado, que no se distingue demasiado de las prendas a las que estoy acostumbrado, salvo en que los colores están mezclados como si aquí no significaran nada, y probablemente así sea. Me pongo una camiseta negra y vaqueros azules, e intento convencerme de que me parece normal, de que me siento normal, de que me adapto.

Hoy es el juicio de mi padre. Todavía no he decidido si voy a verlo o no.

Cuando regreso, Tris ya está vestida y sentada en el borde de uno de los catres, como si estuviera lista para levantarse de un salto en cualquier momento. Como Evelyn.

Cojo un *muffin* de la bandeja del desayuno que alguien nos ha traído y me siento frente a ella.

—Buenos días. Te has levantado temprano.

—Sí —responde mientras alarga un pie para meterlo entre los míos—. Zoe me encontró esta mañana al lado de esa gran escultura; David quería enseñarme una cosa.

Entonces coge la pantalla de cristal que está en el catre, junto a ella. La pantalla se ilumina al tocarla y muestra un documento.

—Son los archivos de mi madre. Escribía un diario... Un diario pequeño, por lo que veo, pero algo es algo —dice, y se rebulle, incómoda—. Todavía no he leído mucho.

—¿Y por qué no?

—No lo sé —responde; al dejar la pantalla en la cama, la pantalla se apaga automáticamente—. Creo que me da miedo.

Los niños abnegados rara vez conocen a sus padres de una forma realmente significativa, ya que los padres abnegados nunca se revelan como suelen hacerlo los padres cuando sus hijos alcanzan una edad concreta. Son muy reservados, se envuelven en una armadura de ropa gris y actos altruistas, convencidos de que compartir es señal de autocomplacencia. Lo que tiene Tris no le permitirá tan solo recuperar una parte de su madre, sino que será la primera ventana real a la personalidad de Natalie Prior.

Entonces comprendo por qué lo sostiene como si fuera un objeto mágico, algo que podría desaparecer en cualquier momento. Y por qué quiere aplazar el descubrimiento, ya que es igual que lo que me pasa a mí con el juicio de mi padre: podría averiguar algo que no desea saber.

Sigo su mirada por la sala hasta Caleb, que mastica cereales de mala gana, como un niño enfadado.

—¿Se lo vas a enseñar? —pregunto.

Ella no responde.

—Normalmente no defendería su causa en ninguna circunstancia —comento—, pero, en este caso... Esa información no te pertenece solo a ti.

—Lo sé —responde, tajante—. Claro que se lo enseñaré, pero primero quiero leerlo a solas.

No puedo discutírselo. Me he pasado casi toda la vida ocultando información y dándole vueltas en la cabeza. El impulso de compartir es nuevo para mí, mientras que el de esconder me es tan natural como respirar.

Tris suspira y me quita un trocito de *muffin* de la mano. Le doy un capirote en los dedos cuando se aparta.

—Oye, que hay muchos más ahí mismo, a tu derecha.

—Entonces no deberías preocuparte por perder un trocito del tuyo —responde, sonriendo.

—También es verdad.

Me sujeta por la camiseta y tira de mí hacia ella para besarme. Pongo una mano bajo su barbilla y la sostengo mientras le devuelvo el beso.

Entonces me doy cuenta de que me está robando otro trozo de *muffin*, así que me aparto y le lanzo una mirada asesina.

—En serio —le digo—, iré a traerte uno de la mesa. Solo tardaré un segundo.

Ella sonríe.

—Oye, hay una cosa que quería preguntarte —dice después—: ¿Estarías dispuesto a pasar por una pequeña prueba genética esta mañana?

La frase «una pequeña prueba genética» me parece un oxímoron.

—¿Por qué? —pregunto.

Pedirme ver mis genes es casi como pedirme que me desnude.

—Bueno, es por un chico que he conocido hace un rato, Matthew. Trabaja en uno de los laboratorios y dice que estaría muy interesado en echarle un vistazo a nuestro material genético para su investigación. Y me pidió que te lo preguntara a ti, concretamente, porque eres una especie de anomalía.

—¿Anomalía?

—Al parecer, tienes algunas de las características de los divergentes, pero no otras. No sé, siente curiosidad por el tema. No tienes por qué hacerlo.

Es como si el aire que me envuelve la cabeza se volviera más caliente y pesado. Para aliviar la incomodidad, me toco la nuca y me rasco el nacimiento del pelo.

En algún momento, dentro de una hora aproximadamente, Marcus y Evelyn aparecerán en las pantallas. De repente sé que no seré capaz de presenciarlo.

Así que, aunque en realidad no quiero permitir que un desconocido examine las piezas del puzle que constituye mi existencia, respondo:

—Claro, lo haré.

—Genial —dice ella, y se come otro trozo de mi *muffin*.

Un mechón de pelo le cae sobre los ojos y se lo aparto antes de que se dé cuenta. Ella me cubre la mano con la suya, que es cálida y fuerte, y esboza una sonrisa.

La puerta se abre, y por ella entra un joven de ojos oblicuos y rasgados, y pelo negro. Lo reconozco de inmediato: es George Wu, el hermano pequeño de Tori. Ella lo llamaba Georgie.

El joven sonríe alegremente, y yo siento el impulso de retroceder, de alejarme todo lo posible de su inminente tristeza.

—Acabo de volver —dice sin aliento—. Me dijeron que mi hermana salió con vosotros y...

Tris y yo nos miramos, preocupados. A nuestro alrededor, los demás ven a George junto a la puerta y guardan silencio, la misma clase de silencio que en los funerales de Abnegación. Incluso Peter, en vez de disfrutar del dolor ajeno, parece apabullado y no deja de llevarse las manos de la cintura a los bolsillos y vuelta a empezar.

—Y... —empieza de nuevo George—. ¿Por qué me miráis todos así?

Cara da un paso adelante, dispuesta a dar las malas noticias, pero no me imagino a Cara informándole con tacto, así que me levanto y me adelanto a ella.

—Tu hermana salió con nosotros, pero nos atacaron los abandonados y... ella no lo consiguió.

En esa frase faltan muchas cosas: lo rápido que fue, el ruido de su cuerpo al golpear la tierra y las carreras caóticas a oscuras, tropezando en la hierba. No regresé a por ella. Debería haberlo hecho: de todas las personas del grupo, a Tori era a la que conocía mejor, había experimentado la fuerza con la que agarraba la aguja de los tatuajes y sabía que su risa era ronca, como raspada con lija.

George se apoya en la pared para no caerse.

—¿Qué?

—Dio la vida por defendernos —añade Tris con una dulzura sorprendente—. Sin ella, ninguno de nosotros habría logrado salir.

—¿Está... muerta? —pregunta George débilmente.

Después apoya todo su cuerpo en la pared y se le hunden los hombros.

Veo a Amar en el pasillo con una tostada en la mano; pierde rápidamente la sonrisa al ver a George y deja la tostada en una mesa, junto a la puerta.

—Intenté buscarte antes para decírtelo —dice Amar.

Anoche, Amar dejó caer el nombre de George tan de pasada que creía que, en realidad, no se conocían mucho. Al parecer, me equivocaba.

A George se le ponen los ojos vidriosos y Amar lo rodea con un brazo. Los dedos de George se cierran con fuerza sobre la camiseta de Amar, con los nudillos blancos por la tensión. No lo oigo llorar, y quizá no lo haga, quizá solo necesita aferrarse a algo. Solamente me quedan recuerdos borrosos de mi propia tristeza cuando creía que mi madre había muerto, la sensación de que estaba aislado de todo lo que me rodeaba y la necesidad constante de intentar tragar algo. No sé cómo será para los demás.

Al final, Amar saca a George de la habitación, y yo me quedo mirándolos alejarse por el pasillo codo con codo, hablando en voz baja.

Apenas recordaba que había aceptado participar en una prueba genética cuando aparece otra persona en la puerta del dormitorio: un chico, o no tan chico, ya que parece más o menos de mi edad. Saluda a Tris con la mano.

—Ah, este es Matthew —dice Tris—. Supongo que tenemos que irnos ya.

Me da la mano y me lleva hacia la puerta. No recuerdo que Tris mencionara que el tal Matthew no era un científico arrugado. Me parece que no lo mencionó en absoluto.

«No seas estúpido», pienso.

Matthew me ofrece la mano.

—Hola, encantado de conocerte. Soy Matthew.

—Tobias —respondo, porque Cuatro suena raro en este sitio en el que la gente nunca se identificaría por el número de miedos que tiene—. Igualmente.

—Pues vamos a los laboratorios, ¿no? —dice—. Por aquí.

Esta mañana, el complejo está abarrotado de gente. Todos van vestidos con uniformes verdes o azul oscuro que se acaban a la altura de los tobillos o que caen varios centímetros por encima del zapato, según la altura de la persona. El complejo está lleno de zonas abiertas a las que dan los distintos pasillos, como cámaras cardiacas, cada una de ellas marcada con una letra y un número, y la gente parece moverse entre ellas, algunos con dispositivos de cristal como el que Tris trajo esta mañana, otros sin nada.

—¿De qué va lo de los números? —pregunta Tris—. ¿Es una forma de etiquetar cada zona?

—Antes eran puertas de embarque —responde Matthew—. Eso quiere decir que cada una tiene una puerta y una pasarela que conducía a un avión concreto que iba a un destino concreto. Cuando convirtieron el aeropuerto en complejo, arrancaron las sillas en las que los pasajeros esperaban su vuelo y las sustituyeron por equipos de laboratorio que sacaron, sobre todo, de los colegios de la ciudad. Esta zona del complejo es, básicamente, un laboratorio gigante.

—¿En qué trabajan? Creía que no hacíais más que observar los experimentos —comento mientras observo a una mujer que corre de un lado a otro del pasillo con una pantalla en equilibrio sobre las palmas de las manos, como una ofrenda.

Los rayos de luz se proyectan en ángulo sobre las baldosas relucientes después de atravesar las ventanas del techo. Al otro lado de las ventanas todo parece en calma, cada brizna de hierba está bien cortada y los árboles silvestres se agitan con la brisa a lo lejos. Cuesta imaginar que haya personas destruyéndose entre sí ahí fuera por culpa de «genes defectuosos» o que vivan bajo las estrictas normas de Evelyn en la ciudad que hemos abandonado.

—Algunos hacen eso. Todo lo que descubran en los experimentos que quedan debe registrarse y analizarse, así que hacen falta muchas personas. Pero algunos también trabajan en mejores formas de tratar el daño genético o en el desarrollo de los sueros para nuestro propio uso, en vez de en los experimentos: docenas de proyectos. Si se te ocurre una idea, solo tienes que reunir un equipo y proponérsela al consejo que dirige el complejo bajo el mando de David. Normalmente aprueban cualquier cosa que no sea demasiado arriesgada.

—Sí, claro, mejor no correr riesgos —comenta Tris, que pone los ojos en blanco.

—Tienen buenas razones para lo que hacen —responde Matthew—. Antes de introducir las facciones y, con ellas, los sueros, los experimentos solían estar en continua amenaza de ataque desde el interior. Los sueros ayudan a las personas de los experimentos a mantener las cosas bajo control, sobre todo el suero de la memoria. Bueno, supongo que ahora mismo nadie trabaja en eso: está en el laboratorio de armamento.

«Laboratorio de armamento». Pronuncia las palabras como si fueran frágiles, como si fueran sagradas.

—Así que el Departamento nos dio los sueros, al principio —dice Tris.

—Sí, y después los eruditos siguieron trabajando en ellos para perfeccionarlos. Incluido tu hermano. Si te soy sincero, algunos de nuestros avances se los debemos a ellos, gracias a nuestras observaciones desde la sala de control. Aunque no hicieron gran cosa con el suero de la memoria, el suero de Abnegación. Nosotros lo desarrollamos bastante más, ya que es nuestra arma más potente.

—Un arma —repite Tris.

—Bueno, protege a las ciudades de sus propias rebeliones; en primer lugar, borra los recuerdos de la gente, evitando tener que matarla; simplemente olvidan aquello por lo que luchaban. Y también podemos usarlo contra los rebeldes de la periferia, que está a una hora de aquí. A veces, los moradores de la periferia intentan asaltarnos, y el suero de la memoria los detiene sin matarlos.

—Eso... —empiezo.

—¿Sigue siendo horrible? —sugiere Matthew—. Sí, es verdad, pero los altos mandos de aquí piensan que es como nuestro soporte vital, nuestra respiración artificial. Ya hemos llegado.

Arqueo las cejas. Ha hablado contra sus líderes de una forma tan natural que casi ni me doy cuenta. Me pregunto si estamos en esa clase de lugar: un lugar en el que se pueden airear las discrepancias en público, en medio de una conversación normal, en vez de en secreto, entre murmullos.

Escanea su tarjeta en una puerta pesada a nuestra izquierda y entramos en otro pasillo, es estrecho e iluminado con una luz fluorescente pálida. Se detiene junto a una puerta marcada «SALA DE TERAPIA GENÉTICA 1». En el interior, una chica de piel marrón claro y mono verde está cambiando el papel que cubre la camilla de examen.

—Esta es Juanita, técnico de laboratorio. Juanita, estos son...

—Sí, ya sé quiénes son —responde, sonriendo.

Con el rabillo del ojo, veo que Tris se pone rígida, irritada al recordar que las cámaras han vigilado nuestras vidas. Sin embargo, no dice nada al respecto.

La chica me ofrece una mano.

—El supervisor de Matthew es la única persona que me llama Juanita, salvo Matthew, al parecer. Soy Nita. ¿Necesitas que te prepare dos pruebas?

Matthew asiente con la cabeza.

—Iré a por ellas —responde Nita.

Abre unos armarios que hay al otro lado de la habitación y empieza a sacar cosas. Todas están envueltas en plástico y papel, y tienen etiquetas blancas. La habitación se llena de los ruiditos de los envases al abrirse.

—¿Os gusta esto, chicos? —pregunta Nita.

—Cuesta adaptarse —respondo.

—Sí, ya te entiendo —dice, sonriéndome—. Yo vengo de otro de los experimentos, el de Indianápolis, el que falló. Oh, vosotros no sabéis dónde está Indianápolis, ¿verdad? No queda lejos de aquí, menos de una hora en avión. —Hace una pausa—. Eso tampoco os dirá nada. Bueno, en realidad no tiene importancia.

Saca una jeringa y una aguja de su envoltorio de plástico y papel, y Tris se pone tensa.

—¿Para qué es eso? —pregunta.

—Es lo que nos permitirá leer vuestros genes —explica Matthew—. ¿Estás bien?

—Sí —responde, aunque sigue en tensión—. Es que... no me gusta que me inyecten sustancias extrañas.

Matthew asiente con la cabeza.

—Te juro que solo sirve para leerte los genes. No hace nada más. Nita te lo puede asegurar.

Nita asiente.

—Vale, pero ¿puedo hacerlo yo? —pregunta Tris.

—Claro —responde Nita, que prepara la jeringa llenándola de lo que quieren inyectarnos antes de entregársela a Tris.

—Os daré una explicación resumida de cómo funciona esto —dice Matthew mientras Nita restriega el brazo de Tris con antiséptico.

Es un olor acre que hace que me pique el interior de la nariz.

—El fluido está lleno de microordenadores. Están diseñados para detectar marcadores genéticos específicos y transmitir los datos a un ordenador. Tardarán aproximadamente una hora en darme la información que necesito, aunque sería mucho más si tuvieran que leer todo vuestro material genético, obviamente.

Tris se introduce la aguja en el brazo y aprieta el émbolo.

Nita me pide que alargue el brazo y me pasa la gasa manchada de naranja por la piel. El líquido de la jeringa es gris plateado, como escamas de pez, y, cuando se introduce en mi cuerpo a través de la aguja, me imagino la tecnología microscópica abriéndose paso por mi cuerpo, leyéndome y analizándome. A mi lado, Tris se aprieta la herida con un algodón y me sonríe.

—Esos... ¿microordenadores? —Matthew asiente, y yo sigo con la pregunta—. ¿Qué buscan exactamente?

—Bueno, cuando nuestros predecesores en el Departamento introdujeron genes «corregidos» en vuestros antepasados, también incluyeron un rastreador genético, que básicamente es una cosa que nos dice si una persona ha alcanzado la curación genética. En este caso, el indicador es el hecho de ser consciente durante las simulaciones. Es algo que podemos analizar fácilmente para saber si vuestros genes se han curado o no. Es una de las razones por las que la gente de la ciudad pasa por la prueba de aptitud a los dieciséis años: si son conscientes durante la prueba quizá tengan genes curados.

Añado la prueba de aptitud a mi lista mental de cosas que antes eran importantes para mí y que ahora debo desechar porque era una farsa para que esta gente obtuviese la información o los resultados que buscaba.

No puedo creerme que ser consciente de que algo es una simulación, una capacidad que me hacía sentir único y poderoso, algo que por lo que mataron Jeanine y los eruditos, no sea más que una señal de curación genética para esta gente. Como una contraseña especial que les dice que pertenezco a su sociedad genéticamente restaurada.

Matthew sigue hablando.

—El único problema del rastreador genético es que ser consciente de una simulación y resistirse a los sueros no significa necesariamente que una persona sea divergente, indica una correlación importante. A veces se dan casos de personas que son conscientes de las simulaciones o que se resisten a los sueros, pero que siguen teniendo genes defectuosos. —Se encoge de hombros—. Por eso estoy interesado en tus genes, Tobias. Tengo curiosidad por saber si de verdad eres divergente o si tu dominio de las simulaciones te hace parecerlo.

Nita, que está despejando la mesa, aprieta los labios como si se estuviera mordiendo la lengua para no decir algo. De repente me pongo nervioso: ¿hay una posibilidad de que no sea divergente?

—Solo nos queda sentarnos a esperar —dice Matthew—. Voy a por el desayuno, ¿queréis que os traiga algo de comer?

Tris y yo sacudimos la cabeza.

—No tardaré. Nita, ¿les haces compañía?

Matthew se marcha sin esperar la respuesta de Nita, y Tris se sienta en la camilla, y el papel que la cubre cruje bajo ella y se rompe por el borde, por donde le cuelgan las piernas. Nita se mete las manos en los bolsillos del mono y nos mira. Tiene ojos oscuros, con el mismo brillo que un charco de aceite bajo la fuga de un motor. Me pasa una bola de algodón, y yo la aprieto contra la burbuja de sangre que me ha salido en el interior del codo.

—Entonces, tú también vienes de un experimento —comenta Tris—. ¿Cuánto llevas aquí?

—Desde que desmantelaron el experimento de Indianápolis, hará unos ocho años. Podría haberme integrado en la población de a pie, fuera de los experimentos, pero era demasiado abrumador. —Nita se apoya en la mesa—. Así que me presenté voluntaria para venir aquí. Antes era conserje, pero supongo que voy ascendiendo.

Lo dice con un deje de amargura. Sospecho que aquí, como en Osadía, hay un límite para sus ascensos, y que está llegando a él antes de lo que le gustaría. Igual que yo cuando elegí mi trabajo en la sala de control.

—¿Y en tu ciudad no había facciones? —le pregunta Tris.

—No, era el grupo de control: les ayudaba a averiguar si las facciones eran realmente eficaces en comparación. Pero sí que teníamos muchas reglas: toques de queda, horas de levantarse, reglamentos de seguridad... No se permitían armas. Cosas así.

—¿Qué pasó? —pregunto, y un segundo después me arrepiento de haberlo hecho, porque Nita pierde la sonrisa, como si los recuerdos le tiraran de las comisuras de los labios.

—Bueno, unas cuantas personas de dentro sabían cómo fabricar armas. Prepararon una bomba, ya sabéis, un explosivo, y la detonaron en el edificio del Gobierno. Murió mucha gente. Y después de eso, el Departamento decidió que nuestro experimento había fracasado. Borraron las memorias de los terroristas y nos reubicaron a los demás. Soy una de las pocas que quiso venir aquí.

—Lo siento —dice Tris en voz baja.

A veces se me olvida que tiene un lado dulce. Me pasé demasiado tiempo viendo solo su parte fuerte, la que resalta como los músculos fibrosos de sus brazos o la tinta negra que le vuela por la clavícula.

—No pasa nada, vosotros también habéis tenido lo vuestro —responde Nita—. Con lo que hizo Jeanine Matthews y todo eso.

—¿Por qué no han cerrado nuestra ciudad igual que hicieron con la tuya? —pregunta Tris.

—Puede que lo hagan, pero creo que el experimento de Chicago, en concreto, ha sido un éxito durante tanto tiempo que son reacios a deshacerse de él. Fue el primero con facciones.

Me quito el algodón del brazo. Veo el puntito rojo por el que entró la aguja, pero ya no sangra.

—Me gusta pensar que habría elegido Osadía —dice Nita—, pero no creo que tuviera agallas para eso.

—Te sorprenderían las agallas que puede tener una persona cuando no le queda más remedio —responde Tris.

Noto una punzada en el pecho: tiene razón, la desesperación te empuja a hacer cosas sorprendentes. Los dos lo sabemos.

Matthew regresa justo a la hora y se sienta frente al ordenador un buen rato para leer la pantalla. Deja escapar unos cuantos ruidos reveladores, como «hmmm» y «¡ah!». Cuanto más tarda en contarnos algo, lo que sea, más se me tensan los músculos y más noto los hombros como si fueran piedra en vez de carne. Por fin levanta la vista y gira la pantalla para que la veamos.

—Este programa nos ayuda a interpretar los datos de manera que los entendamos. Lo que veis aquí es una representación simplificada de una secuencia concreta de ADN perteneciente al material genético de Tris.

La imagen de la pantalla es una complicada masa de líneas y números, con ciertas partes en amarillo y rojo. Aparte de eso, no le encuentro mayor sentido, está más allá de mi capacidad de comprensión.

—Estas zonas marcadas sugieren genes curados. No las veríamos si los genes fueran defectuosos —añade, dando golpecitos en algunas zonas de la pantalla. No entiendo qué señala, pero no parece darse cuenta, está demasiado inmerso en su propia explicación—. Estas zonas marcadas de aquí indican que el programa también descubrió el rastreador genético, la consciencia de las simulaciones. La combinación de genes curados y conciencia de las simulaciones es justo lo que esperaría ver en un divergente. Ahora llega la parte extraña.

Toca de nuevo la pantalla, y esta cambia, aunque sigue resultándome igual de desconcertante que antes, una red de líneas, cadenas enredadas de números.

—Este es el mapa de los genes de Tobias —dice Matthew—. Como veis, tiene los componentes genéticos correctos para ser consciente de las simulaciones, pero no tiene los mismos genes «curados» que Tris.

Tengo la garganta seca, como si me hubieran dado malas noticias, aunque sigo sin comprender del todo cuáles son.

—¿Qué quiere decir eso? —pregunto.

—Quiere decir que no eres divergente. Tus genes siguen

siendo defectuosos, pero cuentas con una anomalía genética que te permite ser consciente de las simulaciones. En otras palabras, pareces un divergente sin serlo en realidad.

Proceso la información despacio, punto por punto. No soy divergente. No soy como Tris. Soy genéticamente defectuoso.

La palabra «defectuoso» me pesa dentro como si fuera de plomo. Supongo que siempre he sabido que algo no me funcionaba bien, pero creía que era por mi padre o por mi madre, por el dolor que me legaron como única herencia, transmitido de generación en generación. Y esto significa que la única cosa buena que tenía mi padre (su divergencia) no llegó hasta mí.

No miro a Tris, no puedo soportarlo. En vez de hacerlo, miro a Nita, que está seria, casi enfadada.

—Matthew —le dice—, ¿no quieres llevarte esos datos al laboratorio para analizarlos?

—Bueno, pensaba comentarlos primero con nuestros sujetos, aquí presentes.

—Creo que no es buena idea —dice Tris, aguda como la punta de un cuchillo.

Matthew responde algo que no oigo; estoy más pendiente del latido de mi corazón. Da otro golpecito en la pantalla, y la imagen de mi ADN desaparece y la deja en blanco, reducida a un trozo de cristal. Se marcha y nos invita a visitar su laboratorio si queremos más información. Tris, Nita y yo nos quedamos en el cuarto y guardamos silencio.

—No es para tanto —afirma Tris—. ¿Vale?

—¡Tú no eres quién para decirme que no es para tanto! —exclamo en un tono más elevado de lo que pretendía.

Nita se pone a toquetear las cosas de la mesa, asegurándose de que están alineadas, aunque no se han movido desde que hemos entrado.

—¡Claro que sí! —responde Tris—. ¡Eres la misma persona que hace cinco minutos, que hace cuatro meses y que hace dieciocho años! Esto no cambia lo que eres.

Percibo una verdad en sus palabras, pero ahora mismo me cuesta creerla.

—Entonces, me estás diciendo que esto no afecta a nada. Que la verdad no afecta a nada.

—¿Qué verdad? Esta gente te dice que tus genes tienen algo malo, ¿y tú te lo crees sin más?

—Estaba aquí mismo —respondo, señalando la pantalla—. Tú lo has visto.

—También te veo a ti —responde con aire feroz, agarrándome el brazo—. Y sé quién eres.

Sacudo la cabeza, sigo sin poder mirarla, no puedo mirar nada en concreto.

—Necesito... Necesito dar un paseo. Luego nos vemos.

—Tobias, espera...

Salgo, y parte de la presión que llevo dentro se libera en cuanto dejo de estar en ese cuarto. Camino por el abarrotado pasillo que me comprime como si fuese un pulmón y salgo a los iluminados salones del final. Ahora el cielo es azul brillante. Oigo pasos detrás de mí, pero son demasiado pesados para que sea Tris.

—Hola —dice Nita torciendo el pie, de modo que chirría sobre las baldosas—. No quiero presionar, pero me gustaría hablar contigo sobre todo esto del... daño genético. Si te interesa, reúnete conmigo aquí a las nueve. Y... no quiero ofender a tu chica ni nada de eso, pero lo mejor sería que no la trajeras.

—¿Por qué?

—Porque es GP, genéticamente pura. Así que no puede entender que... Bueno, cuesta explicarlo. Tú confía en mí, ¿vale? Será mejor para ella mantenerse al margen por ahora.

—De acuerdo.

—De acuerdo —responde ella, asintiendo—. Tengo que irme.

La veo correr de vuelta a la sala de terapia genética y después sigo caminando. No sé adónde voy exactamente, solo que, cuando ando, el exceso de información que he acumulado en los últimos días deja de moverse tan deprisa, deja de gritarme tan alto dentro de la cabeza.

CAPÍTULO DIECINUEVE

TRIS

No voy detrás de él porque no sé qué decirle.

Cuando descubrí que era divergente, creía que era como un poder secreto que nadie más poseía, algo que me hacía distinta, mejor y más fuerte. Ahora, tras comparar mi ADN con el de Tobias en una pantalla de ordenador, me doy cuenta de que «divergente» no significa tanto como yo creía. No es más que una palabra para una secuencia concreta de mi ADN, como una palabra para designar a todas las personas con ojos castaños o pelo rubio.

Apoyo la cabeza en las manos. El problema es que esta gente sigue pensando que significa algo, sigue pensando que significa que yo estoy curada y Tobias no. Y pretenden que confíe en eso sin más, que me lo crea.

Bueno, pues no. Y no sé bien por qué Tobias sí lo hace, por qué está tan dispuesto a creer que es defectuoso.

No quiero seguir pensando en ello. Salgo de la sala de terapia genética justo cuando Nita regresa.

—¿Qué le has dicho? —le pregunto.

Es guapa. Alta, pero no demasiado; delgada, pero no demasiado; y su piel tiene un color exquisito.

—Solo me he asegurado de que supiera a donde iba —responde—. Este lugar es confuso.

—Sí que lo es.

Me dirijo a... Bueno, en realidad no sé adónde voy, solo que lejos de Nita, la chica guapa que habla con mi novio sin estar yo presente. Aunque tampoco es que fuera una conversación muy larga.

Veo a Zoe al final del pasillo, y ella me hace señas con la mano para que me acerque. Parece más relajada que esta mañana, con la frente lisa en vez de arrugada y el pelo suelto. Se mete las manos en los bolsillos del mono.

—Acabo de contárselo a los demás —dice—: Hemos programado un viaje en avión dentro de dos horas para los que queráis. ¿Te apuntas?

El miedo y la emoción me retuercen el estómago, igual que antes de abrocharme las correas para lanzarme en tirolina desde lo alto del edificio Hancock. Me imagino volando por el aire en un coche con alas, la energía del motor, el ruido del viento a través de los huecos de las paredes y la posibilidad, aunque remota, de que algo falle y acabe cayendo en picado hacia mi muerte.

—Sí —respondo.

—Nos encontraremos en la puerta B14, ¡sigue los carteles! —me avisa, y sonríe con ganas al marcharse.

Miro a través de las ventanas que tengo encima: el cielo está despejado y pálido, del mismo color que mis ojos. Parece preñado de inevitabilidad, como si siempre hubiera estado esperándome, quizá porque yo disfruto de las alturas, mientras que otros las temen, o quizá porque, una vez que has visto las cosas que he visto yo, solo queda una frontera por explorar: la de arriba.

Las escaleras metálicas que bajan hasta el asfalto chirrían bajo cada una de mis pisadas. Tengo que echar la cabeza atrás para ver el avión, que es más grande de lo que esperaba y de color blanco plateado. Justo bajo las alas hay un cilindro enorme con paletas que giran en su interior. Me imagino que las paletas me succionan y me escupen por el otro lado, y me estremezco un poco.

—¿Cómo puede flotar en el aire algo tan grande? —pregunta Uriah detrás de mí.

Sacudo la cabeza: no lo sé y no quiero pensar en ello. Sigo a Zoe por otras escaleras, estas conectadas a un agujero en el lateral del avión. Me tiembla la mano cuando me agarro a la barandilla, y vuelvo la vista atrás por última vez por si Tobias nos ha alcanzado. No está aquí. No lo he visto desde la prueba genética.

Me agacho al meterme por el agujero, aunque es más alto que yo. Dentro del avión hay muchas filas de asientos cubiertos de tela azul desgarrada y deshilachada. Elijo una cerca de la parte delantera, junto a una ventana. Se me clava una barra metálica en la espalda: es como el esqueleto de una silla sin apenas carne que lo amortigüe.

Cara se sienta a mi lado, y Peter y Caleb se van al fondo del avión y se sientan juntos, al lado de la ventana. No sabía que fueran amigos. Parece adecuado, dado que ambos son despreciables.

—¿Cuántos años tiene esta cosa? —pregunto a Zoe, que está de pie cerca de la parte delantera.

—Bastantes —responde—, pero hemos renovado por completo lo más importante. Tiene un buen tamaño para lo que necesitamos.

—¿Para qué lo usáis?

—Sobre todo para misiones de vigilancia. Nos gusta estar al tanto de lo que ocurre en la periferia, por si supone una amenaza para lo que ocurre aquí. —Hace una pausa—. La periferia es grande, una especie de lugar caótico entre Chicago y la zona metropolitana regulada por el Gobierno más cercana, Milwaukee, que está a unas tres horas en coche de aquí.

Me gustaría preguntar qué ocurre exactamente en la periferia, pero Uriah y Christina se sientan a mi lado y pierdo la oportunidad. Uriah baja el reposabrazos entre los dos y se inclina sobre él para mirar por la ventana.

—Si los osados tuvieran conocimiento de la existencia de los aviones, todos harían cola para aprender a pilotarlos —dice—. Yo incluido.

—No, se amarrarían a las alas —sugiere Christina, pinchándole en el brazo con un dedo—. ¿Es que no conoces a nuestra facción?

A modo de respuesta, Uriah le pincha con el dedo en la mejilla; después se vuelve de nuevo hacia la ventana.

—¿Alguno de los dos ha visto a Tobias últimamente? —pregunto.

—No —responde Christina—. ¿Va todo bien?

Antes de poder contestar, una mujer mayor con arrugas en las comisuras de los labios se coloca en el pasillo, entre las filas de asientos, y da una palmada.

—¡Me llamo Karen y hoy voy a ser vuestra piloto! —anuncia—. Puede que asuste un poco, pero recordad: la probabilidad de estrellarnos es mucho menor que la de tener un accidente de tráfico.

—Igual que la probabilidad de sobrevivir si al final nos estrellamos —murmura Uriah, sonriendo.

Sus ojos oscuros están alerta y parece alegre como un chiquillo. No lo había visto así desde la muerte de Marlene. Vuelve a ser guapo.

Karen desaparece en la parte delantera del avión, y Zoe se sienta al otro lado del pasillo y de vez en cuando se vuelve para gritar instrucciones como: «¡Abrochaos los cinturones!» y «¡No os pongáis de pie hasta que alcancemos altitud de crucero!». No estoy segura de qué altitud es esa y ella no lo explica, muy en su línea. Ha sido casi un milagro que se acordara de explicar antes lo que era la periferia.

El avión empieza a retroceder, y me sorprende la fluidez con la que se mueve, como si ya flotáramos sobre el suelo. Después vira y se desliza por el asfalto, en el que han pintado docenas de líneas y símbolos. Cuanto más nos alejamos del complejo, más deprisa me late el corazón. Entonces, la voz de Karen habla por un intercomunicador:

—Preparaos para el despegue.

Me agarro a los reposabrazos cuando el avión se pone en

movimiento. El impulso me empuja contra la silla esquelética y la vista por la ventana se convierte en un borrón de color. Entonces lo siento: la propulsión, el ascenso del aparato, y veo que el suelo se estira bajo nosotros y todo se hace más pequeño. Se me abre la boca y se me olvida respirar.

Veo el complejo, que tiene la forma de una neurona, como en el dibujo de uno de mis libros de texto, y la valla que lo rodea. Alrededor de ella hay una red de carreteras de hormigón con edificios metidos con calzador entre ellas.

Entonces, de repente, ni siquiera veo las carreteras ni los edificios, porque bajo nosotros solo hay una sábana gris, verde y marrón, y, más allá, lo único que diviso por todas partes es tierra, tierra y tierra.

No sé qué me esperaba: ¿contemplar el lugar donde acaba el mundo, como un gigantesco barranco colgando del cielo?

Lo que no esperaba es saber que he sido una persona en una casa que ni siquiera se ve desde aquí. Que he caminado por una calle entre cientos (miles) de otras calles.

Lo que no esperaba era sentirme tan, tan pequeña.

—No podemos volar demasiado alto ni demasiado cerca de la ciudad porque no queremos llamar la atención, así que observaremos desde una gran distancia. A la izquierda del avión podréis ver parte de la destrucción causada por la Guerra de la Pureza, antes de que los rebeldes recurrieran al armamento biológico en vez de a explosivos —explica Zoe.

Tengo que parpadear para quitarme las lágrimas de los ojos y poder verlo. Al principio parece un grupo de edificios oscuros. Al examinarlo mejor, me doy cuenta de que estos no deberían haber sido oscuros, sino que están tan chamuscados que cuesta reconocerlos. Algunos están arrasados. Las aceras que los separan están hechas pedazos, como una cáscara de huevo rota.

Se parece a algunas partes de nuestra ciudad, pero, a la vez, no se parece. La destrucción de nuestra ciudad podrían haberla provocado personas. Esta destrucción tuvo que causarla otra cosa, algo más grande.

—¡Y ahora podréis echarle un vistazo rápido a Chicago! —avisa Zoe—. Veréis que parte del lago se drenó para construir la valla, pero que dejamos intacta la mayor superficie posible.

Mientras habla, veo las dos puntas del Centro, que parece de juguete a lo lejos, y la mellada línea de nuestra ciudad interrumpiendo el mar de hormigón. Y, más allá, una extensión marrón (el pantano) y, justo detrás, todo es... azul.

Una vez bajé en tirolina del edificio Hancock y me imaginé cómo sería el pantano lleno de agua, gris azulado y reluciente bajo el sol. Y ahora que puedo ver más allá que nunca, sé que varios kilómetros más adelante es justo como me imaginaba: el lago, a lo lejos, despide luz, marcado por la textura de las olas.

Todos guardan silencio en el avión, lo único que se oye es el rugido del motor.

—Vaya —dice Uriah.

—Chisss —responde Christina.

—¿Qué tamaño tiene en comparación con el resto del mundo? —pregunta Peter desde el otro extremo del avión. Parece ahogarse con cada palabra—. Me refiero a nuestra ciudad. En términos de terreno. ¿Qué porcentaje?

—Chicago ocupa unos quinientos ochenta y siete kilómetros

cuadrados —responde Zoe—. En nuestro planeta hay una extensión de terreno de poco más de quinientos millones de kilómetros cuadrados. El porcentaje es... tan pequeño que resulta insignificante.

Nos proporciona los datos tranquilamente, como si no significaran nada para ella. Sin embargo, para mí son como un puñetazo en el estómago y me siento comprimida, como si algo me aplastara. Tanto espacio... Me pregunto cómo serán las cosas fuera de este lugar; me pregunto cómo vivirán los demás.

Miro de nuevo por la ventana mientras respiro lenta y profundamente, demasiado tensa para moverme. Y, al contemplar la tierra, pienso en que esta es la demostración más convincente de que existe el Dios de mis padres, de que nuestro mundo es tan enorme que se escapa por completo a nuestro control, que no podemos ser tan importantes como nos creemos.

«Tan pequeño que resulta insignificante».

Es raro, pero hay algo en esa idea que me hace sentir casi... libre.

Aquella noche, mientras todos cenan, me siento en el alféizar de la ventana del dormitorio y enciendo la pantalla que me dio David. Me tiemblan las manos cuando abro el archivo titulado «Diario».

En la primera entrada leo:

David no deja de pedirme que escriba sobre mis experiencias. Creo que espera que sean horrendas, puede que incluso desee que lo sean. Supongo que en parte lo fueron, pero lo fueron para todo el mundo, así que no tengo nada de especial.

Crecí en una casa unifamiliar de Milwaukee, en Wisconsin. Nunca supe demasiado sobre quién vivía en el territorio que rodeaba nuestra ciudad (lo que aquí todos llaman «la periferia»), solo que se suponía que no debía ir por allí. Mi madre estaba en el cuerpo de seguridad; tenía un carácter explosivo y era difícil complacerla. Mi padre era profesor; era flexible, comprensivo e inútil. Un día se empezaron a pelear en el salón y las cosas se les fueron de las manos; él la agarró y ella le pegó un tiro. Aquella noche, mientras ella enterraba su cadáver en el patio de atrás, recogí una buena parte de mis pertenencias y salí por la puerta principal. No volví a verla.

En el lugar donde crecí, había tragedias por todas partes. La mayoría de los padres de mis amigos bebían hasta atontarse, gritaban demasiado o habían dejado de quererse hacía tiempo, y así eran las cosas; nadie le daba demasiada importancia. Así que, cuando escapé, seguro que no fui más que otra anécdota en la larga lista de sucesos horribles que habían pasado en nuestro barrio durante el último año.

Sabía que si iba a algún lugar oficial, como a otra ciudad, los del Gobierno me obligarían a volver a casa con mi madre, y no me sentía capaz de mirarla a los ojos sin ver la mancha de sangre que había dejado la cabeza de mi padre en la alfombra del salón, así que no fui a ningún sitio oficial. Me fui a la periferia, donde un buen puñado de gente vive en una pequeña colonia hecha de lonas y aluminio entre las ruinas de la posguerra, alimentándose de sobras y quemando viejos periódicos para calentarse porque el Gobierno no puede mantenerlos, ya que se gastan todos sus recursos en intentar recomponernos, como llevan haciendo desde hace más de un siglo, después de que la guerra nos destrozara. O no quieren mantenerlos. No lo sé.

Un día vi a un hombre adulto darle una paliza a uno de los niños de la periferia, así que le golpeé en la cabeza con una plancha metálica para detenerlo, pero se murió allí mismo, en plena calle. Yo solo tenía trece años. Hui. Me atrapó un tío que iba en una furgoneta, un tío que parecía policía, pero no me llevó a una cuneta para pegarme un tiro, ni me metió en la cárcel, sino que me habló de los experimentos de las ciudades y me explicó que mis genes estaban más limpios que los de la mayoría. Incluso me enseñó un mapa de mis genes en una pantalla para demostrarlo.

Sin embargo, maté a un hombre, igual que mi madre. David dice que no pasa nada porque fue sin querer y porque él estaba a punto de matar a aquel niño, pero estoy bastante segura de que mi madre tampoco pretendía matar a mi padre, así que ¿cuál es la diferencia entre hacerlo a posta o sin querer? Por accidente o con intención, el resultado es el mismo: una vida menos en el mundo.

Supongo que esa es mi experiencia. Y oír a David hablar de ella es como si todo hubiese pasado porque hace mucho, mucho tiempo la gente intentó jugar con la naturaleza humana y acabó empeorándola.

Supongo que tiene sentido. O eso me gustaría.

Me muerdo el labio inferior. Aquí, en el complejo del Departamento, la gente sigue en la cafetería, comiendo, bebiendo y riendo. En la ciudad, seguramente estarán haciendo lo mismo. La vida corriente me rodea, y yo estoy aquí sola con estas revelaciones.

Me aprieto la pantalla contra el pecho. Mi madre era de aquí. Este lugar es mi historia antigua y mi historia reciente. La percibo en las paredes, en el aire. La siento dentro de mí, dispuesta a no abandonarme nunca más. La muerte no logró eliminarla; ella es permanente.

El frío del cristal me atraviesa la camiseta y me hace estremecer. Uriah y Christina entran por la puerta del dormitorio, entre risas. Los ojos claros y las pisadas firmes de Uriah me alivian, y, de repente, los ojos se me llenan de lágrimas. Christina y él se asustan y se apoyan en la ventana, uno a mi izquierda y otro a mi derecha.

—¿Estás bien? —me pregunta Christina.

Asiento y parpadeo para ahuyentar las lágrimas.

—¿Qué habéis estado haciendo hoy? —pregunto.

—Después del viaje en avión nos fuimos un rato a ver las pantallas de la sala de control —responde Uriah—. Es muy raro observarlos actuar sin estar por allí. Más de lo mismo: Evelyn es idiota, igual que todos sus lacayos, etcétera. Pero ha sido como ver las noticias.

—Creo que prefiero no ver eso —le digo—. Demasiado... espeluznante e invasivo.

—No sé, si quieren ver cómo me rasco el culo o ceno, me parece que eso dice más de ellos que de mí —responde Uriah.

—¿Y cada cuánto exactamente te rascas el culo? —le pregunto, riendo.

Él me da un codazo.

—Nada más lejos de mi intención que desviar la conversación de los culos, ya que todos estaremos de acuerdo en que es un tema de suma importancia —dice Christina, esbozando una sonrisa—, pero estoy contigo, Tris: observar esas pantallas me hace sentir fatal, como si hiciera algo a escondidas. Creo que me mantendré alejada de ellas a partir de ahora.

Señala la pantalla que tengo en el regazo, cuya luz todavía brilla alrededor de las palabras de mi madre.

—¿Qué es eso?

—Resulta que mi madre era de aquí —respondo—. Bueno, era del mundo exterior, pero después vino aquí y, con quince años, la llevaron a Chicago como osada.

—¿Tu madre era de aquí? —repite Christina.

—Sí, es una locura. Y lo que es aún más raro: ella escribió este diario y lo dejó aquí. Eso es lo que estaba leyendo cuando habéis entrado.

—Vaya —dice Christina en voz baja—. Eso es bueno, ¿no? Quiero decir, que así sabrás más cosas sobre ella.

—Sí, es bueno. Y no, no sigo triste, podéis dejar de mirarme así.

La expresión de preocupación que había empezado a reflejar el rostro de Uriah desaparece de repente.

Suspiro.

—Es que no dejo de pensar... que, de algún modo, pertenezco a este sitio —les explico—. Como si pudiera ser mi hogar.

Christina frunce el ceño.

—Puede —dice, y me da la impresión de que no se lo cree, aunque es muy amable por su parte decirlo de todos modos.

—No sé —interviene Uriah, que se ha puesto serio—. No estoy seguro de poder volver a sentirme en casa en ningún sitio. Ni siquiera si volvemos.

A lo mejor tiene razón, a lo mejor somos extranjeros vayamos donde vayamos, ya sea en el mundo fuera del Departamento, aquí o en el experimento. Todo ha cambiado, y no va a parar de cambiar en el futuro próximo.

O puede que consigamos crear un hogar dentro de nosotros mismos, llevarlo con nosotros adonde vayamos. Así es como llevo a mi madre ahora.

Caleb entra en el dormitorio. En la camiseta lleva una mancha que parece de salsa, aunque creo que no se ha dado cuenta; ahora sé que esa mirada indica fascinación intelectual y, por un segundo, me pregunto qué habrá estado leyendo o viendo para ponerse así.

—Hola —saluda, y está a punto de acercárseme, pero debe de percatarse de mi cara de asco, porque se detiene en seco.

Tapo la pantalla con la mano, aunque no puede verla desde el otro lado del cuarto, y me quedo mirándolo, incapaz de contestar nada (o poco dispuesta a hacerlo).

—¿Crees que volverás a hablarme alguna vez? —pregunta con tristeza, con las comisuras de los labios caídas.

—Si lo hace, me muero del susto —dice Christina fríamente.

Aparto la mirada. La verdad es que a veces quiero olvidarme de todo lo sucedido y volver a ser como éramos antes de elegir facción. Aunque siempre me estuviera corrigiendo y recordándome que debía ser altruista, era mejor que esto: esta sensación de que debo protegerlo todo de él, incluso el diario de mi madre, para que no lo envenene como ha hecho con lo demás. Me levanto y lo meto bajo la almohada.

—Vamos —me dice Uriah—, ¿quieres ir a por algo de postre?

—¿No has comido ya?

—¿Y qué? —pregunta él, poniendo los ojos en blanco, mientras me echa un brazo por los hombros y me conduce hacia la puerta.

Los tres salimos juntos hacia la cafetería y dejamos a mi hermano atrás.

CAPÍTULO VEINTE

TOBIAS

—No sabía si vendrías —me dice Nita.

Cuando se vuelve para conducirme a donde vamos, veo que la camiseta amplia que lleva puesta tiene un buen escote por detrás y deja al descubierto un tatuaje en la espalda, aunque no distingo qué es.

—¿Aquí también tenéis tatuajes? —pregunto.

—Alguna gente. El de mi espalda son cristales rotos —dice, y hace una pausa como cuando intentas decidir si contar o no algo personal—. Me lo hice porque es un símbolo de algo que está roto, defectuoso. Es una... especie de broma.

Otra vez esa palabra: «defectuoso». La palabra que lleva apareciendo y desapareciendo de mi cabeza desde la prueba genética. Si es una broma, no tiene gracia, ni siquiera para Nita, que escupe la explicación como si le supiera amarga.

Recorremos uno de los pasillos de baldosas, que está casi vacío al ser el final de la jornada de trabajo, y bajamos por unas escaleras. Al descender, vemos luces azules, verdes, moradas y rojas bailando por las paredes, cambiando de un color a otro cada segundo. El túnel al que dan las escaleras es amplio y oscuro, solo contamos con esas extrañas luces para guiarnos. El suelo de esta zona es de baldosas viejas e, incluso a través de las suelas de los zapatos, noto que está cubierto de tierra y polvo.

—Esta parte del aeropuerto se reformó por completo y se amplió cuando se mudaron aquí —explica Nita—. Durante un tiempo, después de la Guerra de la Pureza, todos los laboratorios estuvieron bajo tierra para que fueran más seguros en caso de ataque. Ahora solo baja aquí el personal auxiliar.

—¿A ese personal es al que quieres presentarme?

—Sí. Pertenecer al personal auxiliar es algo más que un trabajo. Casi todos nosotros somos GD, genéticamente defectuosos, los restos de los experimentos fallidos de las ciudades o los descendientes de otros restos o de gente que han traído del exterior, como la madre de Tris, aunque sin su ventaja genética. Y todos nuestros científicos y líderes son GP, genéticamente puros, descendientes de la gente que se resistió al movimiento de ingeniería genética desde el principio. Hay algunas excepciones, por supuesto, pero tan pocas que podría enumerártelas si quisiera.

Estoy a punto de preguntarle el porqué de esa división tan estricta, pero puedo imaginármelo. Los llamados GP crecieron dentro de esta comunidad, un mundo saturado de experimentos, observaciones y aprendizaje. Los GD se criaron en los experimentos, donde solo tenían que aprender lo suficiente para sobrevivir hasta la siguiente generación. La división se basa en el conocimiento, en las cualificaciones. Sin embargo, como he aprendido de los abandonados, un sistema que depende de que los iletrados se encarguen del trabajo sucio sin ofrecerles la oportunidad de mejorar es un sistema injusto.

—Creo que tu chica tiene razón, ¿sabes? —dice Nita—. No ha cambiado nada: simplemente, ahora conoces mejor tus limitaciones. Todos los seres humanos las tienen, incluidos los GP.

—Entonces, mi avance tiene un límite... ¿Cuál es? ¿Mi compasión? ¿Mi conciencia? ¿Y eso debería hacerme sentir mejor?

Nita me examina atentamente y no responde.

—Esto es ridículo —añado—. ¿Por qué voy a permitir que alguien determine mis límites?

—Así son las cosas, Tobias. Es genética, nada más.

—Eso es mentira. Aquí se trata de algo más que de genes, y tú lo sabes.

Me dan ganas de largarme, de dar media vuelta y correr de vuelta al dormitorio. La rabia me hierve por dentro, me acalora, y ni siquiera entiendo bien contra quién se dirige. ¿Contra Nita, que simplemente ha aceptado que su genética la limita de algún modo o contra los que le han enseñado eso? Quizá contra todos.

Llegamos al final del túnel, y ella abre una pesada puerta de madera con el hombro. Más allá hay un mundo ajetreado y reluciente. La habitación tiene unas bombillitas colgadas de cuerdas, pero hay tantas cuerdas que una red amarilla y blanca cubre el techo. En un extremo de la sala hay un mostrador de madera con botellas brillantes detrás y un mar de vasos encima. Hay mesas y sillas a la izquierda, y un grupo de gente con instrumentos musicales a la derecha. La música flota en el ambiente, y los únicos sonidos que reconozco (de mi limitada experiencia con los cordiales) son los que proceden de las cuerdas de guitarra y los tambores.

Es como estar bajo un foco mientras todo el mundo me observa y espera a que me mueva, hable o lo que sea. Por un segundo no oigo nada con la música y las charlas, pero, al cabo de unos segundos, me acostumbro y oigo a Nita decir:

—¡Por aquí! ¿Quieres beber algo?

Estoy a punto de responder cuando alguien entra corriendo en la sala. Es bajo y lleva una camiseta que le queda dos tallas grande. Hace un gesto a los músicos para que dejen de tocar, cosa que hacen durante el tiempo suficiente para que él grite:

—¡Van a dar el veredicto!

Media sala se levanta y corre a la puerta. Miro a Nita para ver si me explica algo, y ella frunce el ceño.

—¿El veredicto de quién? —pregunto.

—El de Marcus, seguro.

Y echo a correr junto a ellos.

Salgo pitando por el túnel, metiéndome en los espacios abiertos entre la gente y empujando como si no hubiera nadie más. Nita me pisa los talones y me grita que pare, pero no puedo. Floto por encima de este lugar, de esta gente y de mi propio cuerpo, y, además, siempre se me ha dado bien correr.

Subo los escalones de tres en tres, agarrado a la barandilla para no perder el equilibrio. No sé por qué estoy tan ansioso. ¿Por la condena de Marcus? ¿Por su exoneración? ¿Acaso espero que Evelyn lo declare culpable y lo ejecute, o tengo la esperanza de que le perdone la vida? No lo sé. Para mí, cualquier resultado está hecho de la misma pasta: o la maldad de Marcus o la máscara de Marcus; o la maldad de Evelyn o la máscara de Evelyn.

No tengo que esforzarme por recordar dónde está la sala de control, ya que la gente del pasillo me conduce hasta ella. Cuando llego, me abro paso entre la multitud para llegar al frente, y allí están mis padres, aparecen en la mitad de las pantallas. Todos se apartan de mí entre susurros, salvo Nita, que se pone a mi lado mientras intenta recuperar el aliento.

Alguien sube el volumen para que todos oigamos sus voces. Crepitan, distorsionadas por los micrófonos, pero conozco la voz de mi padre; la oigo cambiar en los momentos oportunos, elevarse cuando toca. Casi soy capaz de predecir sus palabras antes de que las pronuncie.

—Te has tomado tu tiempo —dice con desprecio—. ¿Para saborear el momento?

Me pongo rígido: esta no es la máscara de Marcus, no es la persona que la ciudad conoce, el paciente y tranquilo líder de Abnegación que jamás haría daño a nadie, y menos que nadie a su hijo o a su esposa. Aquí tenemos al hombre que se sacaba el cinturón trabilla a trabilla y después se lo enrollaba en los nudillos. Es el Marcus que mejor conozco, y verlo, como ocurre en mi paisaje del miedo, me devuelve a la infancia.

—Claro que no, Marcus —responde mi madre—. Has servido bien a esta ciudad durante muchos años. No se trata de una decisión que ni yo ni mis asesores nos tomemos a la ligera.

Marcus no lleva puesta su máscara, pero Evelyn sí. Suena tan auténtica que casi me convence.

—Los antiguos representantes de las facciones y yo misma hemos meditado mucho sobre la situación. Tus años de servicio, la lealtad que has inspirado a los miembros de tu facción, los sentimientos que yo todavía pudiera albergar como tu exesposa...

Suelto un bufido.

—Sigo siendo tu marido —responde Marcus—. Los abnegados no permiten el divorcio.

—Lo hacen en casos de maltrato —contesta Evelyn, y vuelvo a notar esa sensación, el vacío y el peso.

No puedo creerme que haya reconocido eso en público.

Sin embargo, ella quiere que la gente de la ciudad la vea de cierto modo, no como la mujer que ha tomado el control de sus vidas, sino como la mujer a la que atacó Marcus, la víctima del secreto que su marido escondía dentro de su casa impoluta y su ropa gris planchada.

Ahora sé cuál será el veredicto.

—Lo va a matar —digo en voz alta.

—Por otro lado —sigue diciendo Evelyn, casi con dulzura—, también es cierto que has cometido delitos atroces contra esta ciudad. Has engañado a unos niños inocentes para que arriesguen sus vidas por ti. Al negarte a cumplir las órdenes de Tori Wu, la anterior líder de Osadía, y yo mismo, provocaste innumerables muertes en el ataque erudito. Traicionaste a los tuyos al no hacer lo acordado y al no luchar contra Jeanine Matthews. Traicionaste a tu facción al revelar lo que debía permanecer en secreto.

—Yo no...

—No he terminado —lo interrumpe Evelyn—. Dado tu historial de servicios a la comunidad, nos hemos decidido por una solución alternativa. A diferencia de lo ocurrido con otros antiguos representantes de las facciones, no te perdonaremos para poder contar con tu asesoramiento en temas relacionados con la ciudad. Tampoco te ejecutaremos por traidor. En vez de ello, te enviaremos al otro lado de la valla, más allá del complejo de Cordialidad, y no podrás regresar.

Marcus parece sorprendido. No lo culpo.

—Felicidades —dice Evelyn—: tendrás el privilegio de empezar de nuevo.

¿Debería sentirme aliviado porque no van a ejecutar a mi padre? ¿Enfadado porque, cuando estaba tan cerca de escapar por fin de él, vaya a venir a este mundo, donde seguirá pesando sobre mí?

No lo sé. No siento nada. Se me entumecen las manos, lo que me avisa de un ataque de pánico, aunque en realidad no lo siento, no como normalmente. Me abruma tanto la necesidad de estar en otra parte que me vuelvo y dejo atrás a mis padres, a Nita y a la ciudad en la que antes vivía.

CAPÍTULO VEINTIUNO

T R I S

Anuncian el simulacro de ataque por la mañana, a través de los altavoces, mientras desayunamos. Una nítida voz femenina nos indica que cerremos por dentro la puerta de la habitación en la que nos encontremos, tapemos las ventanas y permanezcamos sentados en silencio hasta que dejen de sonar las alarmas.

—El simulacro empezará exactamente a la hora en punto —dice.

Tobias está cansado y pálido, tiene círculos oscuros alrededor de los ojos. Se dedica a arrancarle trocitos a un *muffin* y, de vez en cuando, se los come, aunque a veces se le olvida.

La mayoría nos hemos levantado tarde, a las diez, sospecho que porque no había nada que nos lo impidiera. Cuando nos fuimos de la ciudad perdimos nuestras facciones y nuestra razón de ser. Aquí no tenemos nada que hacer, salvo esperar a que suceda algo, y eso, en vez de relajarme, me pone nerviosa y tensa. Estoy acostumbrada a tener siempre algo que hacer o algo contra lo que luchar. Intento recordar que debo relajarme.

—Ayer nos llevaron en avión —le cuento a Tobias—. ¿Dónde estabas?

—Tenía que dar un paseo y procesarlo todo —responde algo tenso e irritado—. ¿Cómo fue?

—La verdad es que fue asombroso. —Me siento frente a él para que nuestras rodillas se toquen entre las camas—. El mundo es... mucho más grande de lo que pensaba.

—Seguramente no me habría gustado —responde, asintiendo—. Por lo de las alturas, ya sabes.

No sé por qué, pero su reacción me decepciona. Quiero que me diga que le habría gustado estar allí conmigo, experimentarlo conmigo. O, al menos, que me hubiese preguntado a qué me refería con que había sido asombroso. Sin embargo, ¿solo se le ocurre decir que no le habría gustado?

—¿Te encuentras bien? —le pregunto—. Parece que no has dormido mucho.

—Bueno, lo de ayer fue toda una revelación —responde, apoyando la frente en la mano—. No puedes culparme por estar molesto.

—Claro que puedes estar molesto por lo que quieras —respondo, frunciendo el ceño—, pero, desde mi perspectiva, no creo que tenga tanta importancia. Sé que ha sido una sorpresa, pero, como te dije, sigues siendo la misma persona que ayer y que anteayer, da igual lo que diga toda esta gente.

—No estoy hablando de mis genes —responde, sacudiendo la cabeza—, sino de Marcus. No tienes ni idea, ¿no?

La pregunta parece una acusación, aunque no la pronuncia en ese tono. Se levanta para tirar el *muffin* a la basura.

Estoy dolida y frustrada. Claro que sabía lo de Marcus, era la comidilla de la habitación cuando me he despertado. Sin embargo, por algún motivo, creía que no le afectaría tanto que no ejecutaran a su padre. Al parecer, me equivocaba.

No ayuda que la alarma suene justo en este momento, lo que me impide decirle nada más. Es una sirena tan fuerte y aguda que me irrita los oídos y apenas me permite pensar, por no hablar de moverme. Me tapo la oreja con una mano y meto la otra mano bajo la almohada para sacar la pantalla en la que guardo el diario de mi madre.

Tobias cierra la puerta y las cortinas, y todos se sientan en sus catres. Cara se envuelve la cabeza en una almohada. Peter se queda sentado, con la espalda apoyada en la pared y los ojos cerrados. No sé dónde está Caleb (investigando lo que lo tenía tan ensimismado ayer, supongo) ni dónde están Christina y Uriah (puede que explorando el complejo). Ayer, después del postre, parecían decididos a descubrir todos y cada uno de los rincones de este lugar. Yo preferí descubrir los pensamientos de mi madre. Escribió varias entradas sobre sus primeras impresiones del complejo, la extraña limpieza de este sitio, que todo el mundo estaba siempre sonriendo, que se enamoró de la ciudad mientras la observaba desde la sala de control.

Enciendo la pantalla con la esperanza de que me distraiga del ruido.

Hoy me he presentado voluntaria para entrar en la ciudad. David dice que los divergentes están muriendo y que alguien tiene que evitarlo, porque se desperdicia nuestro mejor material genético.

Creo que es una forma bastante enfermiza de describirlo, pero David no lo dice en ese sentido: solo se refiere a que, si no fuesen divergentes los que mueren, no intervendríamos hasta alcanzar cierto grado de destrucción. Sin embargo, como son ellos, hay que encargarse de ese asunto inmediatamente.

«Solo unos cuantos años», me dijo. Aquí tengo pocos amigos, no tengo ningún familiar, y soy lo bastante joven como para que no les cueste introducirme. Solo hay que borrar y alterar los recuerdos de unas cuantas personas, y ya estoy dentro. Me introducirán en Osadía, para empezar, porque tengo tatuajes y eso no podría explicárselo de otro modo a la gente del experimento. El único problema es que, en mi Ceremonia de la Elección del año que viene, tendré que unirme a Erudición porque ahí es donde se halla el asesino, y no estoy segura de ser lo bastante lista para superar la iniciación. David dice que no importa, que puede modificar mis resultados, pero no me parece correcto. Aunque el Departamento piense que las facciones no significan nada, que no son más que una forma de modificar el comportamiento para ayudarnos a reparar el daño, esta gente cree en ellas, y me parece mal burlarme de su sistema.

Llevo ya un par de años observándolos, así que no necesito saber mucho más para integrarme. Seguro que, a estas alturas, conozco la ciudad mejor que ellos. Va a ser complicado enviar mis informes, ya que alguien podría darse cuenta de que me conecto a un servidor remoto en vez de a uno de la ciudad, así que seguramente no podré escribir tanto como ahora, si es que puedo escribir algo. Me costará separarme de todo lo que conozco, aunque quizá sea para bien. Quizá sea como empezar de nuevo.

No me vendría mal.

Tengo mucho que asimilar, pero acabo por releer la frase: «El único problema es que, en mi Ceremonia de la Elección del año que viene, tendré que unirme a Erudición porque ahí es donde se halla el asesino». No sé a qué asesino se refiere (¿quizá al predecesor de Jeanine Matthews?), pero lo más desconcertante es que no se unió a Erudición.

¿Qué le pasó para que se uniera a Abnegación?

La alarma deja de sonar y ahora lo oigo todo como amortiguado. Los demás salen poco a poco, pero Tobias se queda un momento más, tamborileando con los dedos en la pierna. No hablo con él; no estoy segura de querer oír lo que tenga que decir ahora mismo, cuando todavía estamos los dos con los nervios de punta.

Sin embargo, lo único que dice es:

—¿Puedo besarte?

—Sí —respondo, aliviada.

Él se agacha y me toca la mejilla antes de darme un beso muy dulce.

Bueno, Tobias sí que sabe cómo mejorar mi humor.

—No pensé en lo de Marcus, debería haberlo hecho —le digo.

—Ya pasó —responde él, encogiéndose de hombros.

Sé que no ha pasado. Con Marcus nunca pasa: cometió demasiados abusos. Pero no insisto.

—¿Más entradas del diario? —pregunta.

—Sí, solo algunos recuerdos del complejo, por ahora, aunque empieza a ponerse interesante.

—Bien, te dejaré leer.

Sonríe levemente, pero me doy cuenta de que está cansado y todavía algo molesto. No intento detenerlo. En cierto modo, es como si nos abandonáramos cada uno a nuestra pena, la suya por la pérdida de su divergencia y lo que esperara que le sucediera a Marcus en el juicio, y la mía, por fin, por la pérdida de mis padres.

Toco la pantalla para leer la siguiente entrada.

Querido David:

Arqueo las cejas. ¿Ahora se dirige a David?

Querido David:

Lo siento, pero las cosas no van a ser como planeamos. No puedo hacerlo. Sé que pensarás que soy una adolescente estúpida, pero es mi vida y, si voy a quedarme aquí unos cuantos años, tengo que hacerlo a mi modo. Seguiré cumpliendo con mi trabajo desde fuera de Erudición. Así que, mañana, en la Ceremonia de la Elección, Andrew y yo elegiremos Abnegación juntos.

Espero que no te enfades. Supongo que, aunque lo hagas, no me enteraré.

Natalie

Leo la entrada una y otra vez, dejando que calen las palabras. «Andrew y yo elegiremos Abnegación juntos».

Con la boca tapada, sonrío, apoyo la cabeza en la ventana y permito que las lágrimas caigan en silencio.

Mis padres se querían. Lo bastante para olvidarse de planes y facciones; lo bastante para desafiar el lema de «la facción antes que la sangre». No, el amor antes que la facción, siempre.

Apago la pantalla. No quiero leer nada que me fastidie este momento: me siento flotar en aguas tranquilas.

Qué raro es que, aunque debería estar triste, en realidad estoy recuperando a mi madre fragmento a fragmento, palabra a palabra, línea a línea.

CAPÍTULO VEINTIDÓS

Solo hay una docena más de entradas en el archivo, y no me cuentan todo lo que deseo saber, sino que me dejan con más preguntas. En vez de contener pensamientos e impresiones, todas están dirigidas a alguien.

Querido David:

Creía que eras más mi amigo que mi supervisor, pero supongo que me equivocaba.

¿Qué creías que sucedería cuando llegara aquí? ¿Que viviría soltera y sola para siempre? ¿Que no me sentiría unida a nadie? ¿Que no tomaría mis propias decisiones?

Lo dejé todo atrás para venir aquí y hacer lo que nadie quería hacer. Deberías agradecérmelo en vez de acusarme de perder de vista mi misión. Que te quede clara una cosa: no pienso olvidarme de por qué estoy aquí solo por haber elegido Abnegación y casarme. Me merezco una vida propia, la que yo elija, no la que el Departamento y tú decidáis por mí. Deberías saberlo mejor que nadie, deberías comprender que me atraiga todo esto después de todo lo que he visto y vivido.

Sinceramente, en realidad no creo que te importe que no eligiera Erudición, como se suponía. Más bien da la impresión de que estás celoso. Y si quieres que te siga informando, deberías disculparte por dudar de mí. Sin embargo, si no lo haces, no te enviaré más informes y, sin duda, no volveré a salir de la ciudad para visitaros. Tú decides.

Natalie

Me pregunto si estaría en lo cierto con David. No dejo de darle vueltas a la idea: ¿de verdad tendría celos de mi padre? ¿Fueron desapareciendo los celos con el tiempo? Solo puedo ver su relación a través de los ojos de mi madre, y no estoy segura de que sea la fuente de información más fiable sobre ese asunto.

Me doy cuenta de cómo se hace mayor gracias a sus entradas en el diario, en las que utiliza un lenguaje cada vez más refinado a medida que se aleja de la periferia en la que antes vivía; también sus reacciones se vuelven más moderadas. Está creciendo.

Miro la fecha de la siguiente entrada: es de unos cuantos meses después, pero no se dirige a David como algunas de las anteriores. El tono es distinto, no tan familiar, sino que es más directo.

Toco la pantalla y paso las entradas. Tardo diez toquecitos en llegar a una que está dirigida de nuevo a David. La fecha indica que la escribió dos años después.

Querido David:

Me llegó tu carta. Entiendo por qué no puedes ser tú el que siga recibiendo estos informes y respeto tu decisión, aunque te echaré de menos.

Te deseo toda la felicidad del mundo.

Natalie

Intento seguir leyendo, pero ya no hay más entradas. El último documento del archivo es un certificado de defunción. La causa de la muerte se establece como «múltiples heridas de bala en el torso». Me mezo un poco para expulsar de mi cabeza la imagen de mi madre derrumbándose en la calle. No quiero pensar en su muerte, lo que quiero es saber más sobre mi padre y ella, y sobre David y ella. Cualquier cosa que me distraiga de la forma en que acabó su vida.

Tan desesperada estoy por encontrar información (y acción) que, unas horas más tarde, voy a la sala de control con Zoe. Ella habla con el director de la sala sobre una reunión con David mientras yo me miro los pies, decidida a no ver lo que ocurre en las pantallas. Me da la sensación de que, si me permito mirar, aunque sea un segundo, me haré adicta a ellas, me perderé en el viejo mundo porque no sé cómo manejarme en el nuevo.

Sin embargo, mientras Zoe termina su conversación, no puedo contener la curiosidad y miro hacia la gran pantalla que cuelga sobre los escritorios. Evelyn está sentada en su cama, acariciando algo que tiene sobre la mesita de noche. Me acerco para ver qué es, y la mujer del escritorio que tengo frente a mí dice:

—Es la cámara de Evelyn, la vigilamos las veinticuatro horas del día.

—¿La podéis oír?

—Solo si subimos el volumen —responde la mujer—. Normalmente lo mantenemos apagado. Cuesta escuchar tanta cháchara todo el día.

—¿Qué es lo que toca? —pregunto, asintiendo.

—No lo sé, una especie de escultura —responde, encogiéndose de hombros—. Pero la mira mucho.

La reconozco de algo... Del dormitorio de Tobias, cuando dormí allí después de que estuvieran a punto de ejecutarme en la sede de Erudición. Es de cristal azul, una forma abstracta que parece agua que cae, congelada en el tiempo.

Me toco la barbilla con la punta de los dedos para buscar entre mis recuerdos. Tobias me contó que Evelyn se la había regalado de pequeño y le había pedido que la escondiera de su padre, que no aprobaría un objeto inútil, aunque bello, como abnegado que era. En aquel momento no le di demasiada importancia, pero, si Evelyn lo ha traído desde la sede de Erudición para ponérselo al lado de la cama, debe de significar algo para ella. A lo mejor es su forma de rebelarse contra el sistema de facciones.

En pantalla, Evelyn apoya la barbilla en la mano y se queda mirando la escultura un momento. Después se levanta, sacude las manos y sale del cuarto.

No, no creo que la escultura sea un símbolo de rebelión, sino un recuerdo de Tobias. No había caído en que, cuando Tobias salió de la ciudad conmigo, no era solo un rebelde que desafiaba a su líder: también era un hijo que abandonaba a su madre. Y ella sufre por su pérdida.

¿Sufre él?

Aunque su relación ha estado preñada de dificultades, esos vínculos nunca se rompen del todo. Es imposible.

Zoe me toca el hombro.

—¿Querías preguntarme algo?

Asiento y me aparto de las pantallas. Zoe era muy joven en la foto en la que está junto a mi madre, pero allí estaba, así que supongo que sabrá algo. Debería preguntárselo a David, pero, como jefe del Departamento, cuesta encontrarlo.

—Quería saber una cosa sobre mis padres. Estoy leyendo su diario, y supongo que no consigo imaginar cómo se conocieron o por qué se unieron los dos a Abnegación.

Zoe asiente, despacio.

—Te contaré lo que sé. ¿Te importa acompañarme a los laboratorios? Tengo que darle un mensaje a Matthew.

Se lleva las manos a la espalda y las apoya en la parte baja. Yo todavía tengo la pantalla que me dio David, llena de mis huellas dactilares y cálida de tanto tocarla. Entiendo por qué Evelyn no deja de tocar esa escultura: es lo único que le queda de su hijo, igual que esto es lo único que me queda de mi madre. Me siento más cerca de ella cuando lo tengo cerca.

Creo que por eso no se lo puedo entregar a Caleb, aunque tenga derecho a verlo: no sé si seré capaz de soltarlo.

—Se conocieron en clase —dice Zoe—. Tu padre, aunque

era muy listo, nunca terminó de comprender la psicología, y la profesora (una erudita, claro) era muy dura con él. Así que tu madre se ofreció a ayudarlo después de clase, y él le dijo a sus padres que estaba metido en un proyecto escolar. Siguieron así varias semanas y después empezaron a reunirse en secreto. Creo que uno de sus lugares favoritos era la fuente al sur del Millennium Park. ¿La Fuente de Buckingham? ¿Al lado del pantano?

Me imagino a mi madre y a mi padre sentados junto a una fuente, bajo la lluvia de agua, con los pies rozando el fondo de hormigón. Conozco la fuente de la que habla Zoe. Lleva sin funcionar bastante tiempo, así que, en realidad, no habría ninguna lluvia de agua, pero así es más bonita la imagen.

—La Ceremonia de la Elección se acercaba, y tu padre estaba deseando salir de Erudición porque había visto algo terrible...

—¿El qué? ¿Qué vio?

—Bueno, tu padre era muy amigo de Jeanine Matthews. La vio realizar un experimento con un abandonado a cambio de algo, comida o ropa, algo así. En fin, estaba probando el suero del miedo que después se incorporó a la iniciación osada. Hace tiempo, las simulaciones del miedo no las generaban los miedos individuales de una persona, sino miedos generales, como a las alturas, las arañas o lo que fuera. El caso es que Norton, el que entonces era representante de Erudición, estaba allí y permitió que el experimento continuara durante más tiempo de lo debido. El abandonado no volvió a ser el mismo. Y aquello fue la gota que colmó el vaso para tu padre.

Se detiene ante la puerta de los laboratorios para abrirla con su tarjeta de identificación. Entramos en la lóbrega oficina en la que David me dio el diario de mi madre. Matthew está sentado con la nariz a pocos centímetros de la pantalla del ordenador y los ojos entornados. Apenas nota nuestra presencia cuando entramos.

Me abruman las ganas de sonreír y llorar a la vez. Me siento en una silla al lado del escritorio vacío, con las manos cruzadas entre las piernas: mi padre era un hombre difícil, pero también era un hombre bueno.

—Tu padre quería salir de Erudición y tu madre no quería entrar, fuera cual fuera su misión, pero sí que quería estar cerca de Andrew, así que eligieron juntos Abnegación. —Hace una pausa—. Eso provocó un distanciamiento entre David y tu madre, como ya habrás visto. Al final, él se disculpó, pero dijo que no podía seguir recibiendo sus informes (no sé por qué, no quería decirlo) y, después de aquello, los informes se hicieron más cortos e informativos. Por eso no están en el diario.

—Pero consiguió llevar a cabo su misión desde los abnegados.

—Sí, y creo que allí era mucho más feliz de lo que lo habría sido en Erudición. Por supuesto, Abnegación resultó no ser mucho mejor, en algunos aspectos. Al parecer, no hay forma de escapar del daño genético. Hasta el líder de Abnegación estaba contaminado.

Frunzo el ceño.

—¿Te refieres a Marcus? —pregunto—. Porque es divergente. El daño genético no tiene nada que ver con eso.

—Un hombre rodeado de daño genético no puede evitar imitarlo en su propio comportamiento —responde Zoe—. Matthew,

David quiere que organices una reunión con tu supervisor para analizar uno de los últimos avances de los sueros. La última vez, a Alan se le olvidó por completo, así que me preguntaba si podrías acompañarlo.

—Claro —responde Matthew sin levantar la mirada del ordenador—. Conseguiré que acuerde una hora para la reunión.

—Perfecto. Bueno, tengo que irme. Espero que eso respondiera a tu pregunta, Tris.

Zoe sonríe y sale por la puerta.

Me siento y me encorvo, con los codos en las rodillas. Marcus era divergente, genéticamente puro, como yo. Pero no acepto que fuera mala persona solo porque estuviera rodeado de gente genéticamente defectuosa. Yo también lo estaba. Y Uriah. Y mi madre. Sin embargo, ninguno de nosotros la tomó con nuestros seres queridos.

—Su razonamiento tiene unas cuantas lagunas, ¿verdad? —comenta Matthew, que me observa desde detrás de su escritorio mientras tamborilea con los dedos en el brazo de su silla.

—Sí.

—Alguna gente de aquí intenta culpar de todo al daño genético. Es más fácil para ellos que aceptar la verdad: que no se puede saber todo de las personas y de las razones que las empujan a actuar como actúan.

—Todo el mundo necesita culpar a alguien de la situación de las cosas. Mi padre culpaba a los eruditos.

—Entonces supongo que no debería confesarte que Erudición siempre ha sido mi facción favorita —dice Matthew, sonriendo levemente.

—¿En serio? —pregunto, enderezándome—. ¿Por qué?

—No lo sé, supongo que estoy de acuerdo con ellos. Creo que si la gente continuara aprendiendo sobre el mundo que los rodea, tendría muchos menos problemas.

—He desconfiado de ellos toda la vida —respondo mientras apoyo la barbilla en la mano—. Mi padre odiaba a los eruditos, así que yo también aprendí a odiarlos y a odiar todo lo que hacían. Ahora empiezo a pensar que se equivocaba. O que no era... imparcial.

—¿Con los eruditos o con el conocimiento?

Me encojo de hombros.

—Las dos cosas. Muchos eruditos me ayudaron sin que yo se lo pidiera. —Will, Fernando, Cara... Todos eruditos, algunas de las mejores personas que he conocido, aunque fuera brevemente—. Estaban concentrados en hacer del mundo un lugar mejor. —Sacudo la cabeza—. Lo que hizo Jeanine no tuvo nada que ver con que la sed de conocimiento la condujera a una sed de poder, como me contó mi padre, sino con su terror a lo grande que era el mundo y lo indefensa que eso la hacía sentir. Puede que los osados fueran los que mejor lo entendieron.

—Hay un viejo dicho: el conocimiento es poder. Poder para hacer el mal, como Evelyn..., o poder para hacer el bien, como nosotros. El poder en sí no es malvado, así que el conocimiento en sí tampoco lo es.

—Supongo que me enseñaron a sospechar de las dos cosas, del poder y del conocimiento. Para los abnegados, el poder solo debería concederse a la gente que no lo quiere.

—Hay algo de cierto en ello —responde Matthew—, aunque puede que haya llegado el momento de olvidar esas suspicacias.

Mete la mano bajo el escritorio y saca un libro. Es grueso, con las tapas gastadas y los bordes raídos. El título reza: *Biología humana.*

—Es un poco rudimentario, pero este libro me ayudó a aprender lo que es ser humano —me explica—. Ser una maquinaria biológica tan complicada y misteriosa, y, lo más asombroso: ¡ser capaces de analizar esa maquinaria! Es algo especial, sin precedentes en la historia de la evolución. Nuestra capacidad para conocernos a nosotros y al mundo que nos rodea es lo que nos hace humanos.

Me pasa el libro y se vuelve hacia el ordenador. Me quedo mirando la tapa gastada y recorro el borde de las páginas con los dedos. Matthew consigue que la adquisición de conocimientos parezca algo secreto, bello y remoto. Me hace sentir que, si leo este libro, podré retroceder a través de todas las generaciones humanas hasta la primera, fuera cual fuera; que podré participar en algo mucho más grande y antiguo que yo.

—Gracias —le digo, y no es por el libro, sino por devolverme una cosa, algo que perdí antes de llegar a tenerlo.

El vestíbulo del hotel huele a limón confitado y lejía, una combinación acre que me deja la nariz ardiendo cada vez que respiro. Paso junto a una maceta con una flor decorativa que surge entre sus ramas y me dirijo al dormitorio que se ha convertido en nuestro hogar temporal. Mientras camino, limpio la pantalla con el borde de mi camiseta para intentar librarme de parte de las huellas.

Caleb está solo en el dormitorio, con el pelo alborotado y los ojos rojos de tanto dormir. Parpadea al verme cuando entro y tiro el libro de biología sobre mi cama. Noto un dolor punzante en el estómago y me aprieto contra el costado la pantalla con el diario de mi madre. «Es su hijo. Tiene el mismo derecho que tú a leer su diario».

—Si tienes algo que decir, dilo —me pide.

—Mamá vivía aquí —le suelto demasiado deprisa y demasiado alto, como si fuera un secreto guardado largo tiempo—. Venía de la periferia, ellos la trajeron aquí y aquí vivió un par de años. Después entró en la ciudad para evitar que los eruditos mataran a los divergentes.

Caleb parpadea. Antes de perder el valor, le ofrezco la pantalla.

—Aquí está su archivo. No es muy largo, pero deberías leerlo.

Se levanta y cierra la mano en torno al cristal. Es mucho más alto que antes, mucho más alto que yo. Durante un tiempo, cuando éramos niños, yo era la más alta, a pesar de ser casi un año menor. Fueron algunos de nuestros mejores años, los años en los que no me parecía que él fuera más grande, ni mejor, ni más altruista que yo.

—¿Cuánto hace que lo sabes? —pregunta, entornando los ojos.

—Da igual —respondo, y doy un paso atrás—. Te lo cuento ahora. Por cierto, puedes quedártelo, ya lo he terminado.

Él limpia la pantalla con la manga y navega con dedos diestros por la primera entrada del diario de nuestra madre. Suponía que se sentaría a leerlo, dando nuestra conversación por concluida, pero suspira.

—Yo también tengo que enseñarte una cosa. Es sobre Edith Prior. Ven.

Es su nombre, no el tenue vínculo que me une a mi hermano, lo que me empuja a seguirlo cuando empieza a alejarse.

Salimos del dormitorio, recorremos el pasillo y doblamos varias esquinas hasta llegar a una habitación que está alejada de todas las que he visto hasta ahora en el complejo del Departamento. Es larga y estrecha, las paredes están cubiertas de estantes repletos de libros gris azulado, todos idénticos, gruesos y pesados como diccionarios. Entre las dos primeras filas hay una larga mesa de madera con sillas. Caleb pulsa un interruptor y enciende una luz pálida que me recuerda a la sede de Erudición.

—He pasado mucho tiempo aquí dentro —me explica—. Es la sala de archivos, donde guardan algunos de los datos de los experimentos de Chicago.

Recorre los estantes de la derecha de la sala, pasando los dedos por los lomos de los libros. Después saca uno de los volúmenes y lo deja sobre la mesa, de modo que se abre y veo las páginas llenas de texto e imágenes.

—¿Por qué no lo guardan en los ordenadores?

—Supongo que esto es anterior al desarrollo de un sistema de seguridad sofisticado en su red —responde sin levantar la vista—. Los datos nunca desaparecen del todo, pero el papel sí se destruye para siempre, de modo que es posible librarse de esto si no quieres que la gente equivocada le ponga las manos encima. A veces es más seguro tenerlo todo impreso.

Sus ojos verdes se mueven de un lado a otro, buscando el lugar correcto, mientras sus dedos ágiles vuelven las páginas, como diseñados a tal efecto. Pienso en cómo ocultó esta parte de su personalidad, escondiendo libros entre el cabecero de la cama y la pared de nuestra casa abnegada, hasta que dejó caer su sangre en el agua erudita el día de nuestra Ceremonia de la Elección. Entonces debería haberme dado cuenta de que era un mentiroso que solo se debía lealtad a sí mismo.

Vuelvo a notar un pinchazo de dolor. Apenas puedo soportar estar aquí con él, encerrados tras una puerta, con la mesa como única separación.

—Ah, aquí —dice, tocando una página, y gira el libro para enseñármelo.

Parece la copia de un contrato, pero está escrito a mano con tinta:

Yo, Amanda Marie Ritter, de Peoria (Illinois), doy mi consentimiento para someterme a los siguientes procedimientos:

- El procedimiento de «curación genética», definido por el Departamento de Bienestar Genético como «un procedimiento de ingeniería genética diseñado para corregir los genes clasificados como "defectuosos" en la página tres de este formulario».
- El «procedimiento de reinicio», definido por el Departamento de Bienestar Genético como «un procedimiento de borrado

de memoria diseñado para que los participantes en los experimentos resulten más adecuados para los mismos».

Por la presente declaro que un miembro del Departamento de Bienestar Genético me ha informado exhaustivamente sobre los riesgos y beneficios de estos procedimientos. Entiendo que esto significa que el Departamento me proporcionará una historia nueva y una nueva identidad, para después introducirme en el experimento de Chicago (Illinois), donde permaneceré durante el resto de mis días.

Acepto reproducirme al menos dos veces para ofrecer a mis genes corregidos todas las oportunidades de supervivencia posibles. Entiendo que se me animará a hacerlo cuando me reeduquen, después del procedimiento de reinicio.

También acepto que mis hijos y los hijos de mis hijos, etc., continúen dentro del experimento hasta que el Departamento de Bienestar Genético lo dé por concluido. Se les enseñará la misma historia falsa que se me ofrecerá a mí tras el procedimiento de reinicio.

Firmado,

Amanda Marie Ritter

Amanda Marie Ritter. Ella era la mujer del vídeo, Edith Prior, mi antepasada.

Miro a Caleb, cuyos ojos se han iluminado con la luz del conocimiento, como si a través de cada uno de ellos pasara un cable electrificado.

Nuestra antepasada.

Saco una de las sillas y me siento.

—¿Era antepasada de papá?

Él asiente con la cabeza y se sienta frente a mí.

—De hace siete generaciones, sí. Una tía. Su hermano es el que siguió con el apellido Prior.

—Y esto es...

—Un formulario de consentimiento. Su consentimiento para unirse al experimento. Las notas finales dicen que esto era un primer borrador: ella fue una de las diseñadoras originales del experimento, miembro del Departamento. Solo había unos cuantos miembros del Departamento en el experimento original; la mayor parte de la gente que participó no trabajaba para el Gobierno.

Vuelvo a leer las palabras, intentando encontrarles sentido. Cuando la vi en el vídeo, me pareció muy lógico que se hiciera residente de nuestra ciudad, que se metiera de lleno en nuestras facciones, que se presentara voluntaria para dejarlo todo atrás. Sin embargo, eso era antes de saber cómo era la vida fuera de Chicago, y no parece tan horrible como la que describía Edith en su mensaje.

Nos ofreció una hábil manipulación en aquel vídeo, que estaba pensado para mantenernos controlados y dedicados a la visión del Departamento: el mundo de fuera de la ciudad está maltrecho, así que los divergentes tienen que salir a arreglarlo. No es del todo mentira, ya que la gente del Departamento cree que los genes curados arreglarán algunas cosas, que si nos integramos en la población y pasamos nuestros genes a nuestra descendencia, el mundo será un lugar mejor. Pero no necesitaban que los divergentes salieran de la ciudad como un ejército dispuesto a luchar contra la injusticia y salvarlos a todos, como sugería Edith. Me pregunto si ella se creería sus palabras o si solo lo dijo porque tenía que hacerlo.

En la siguiente página hay una foto suya, con los labios apretados y mechones de cabello castaño colgándole alrededor de la cara. Tuvo que ver algo terrible para presentarse voluntaria a que le borraran la memoria y le rehicieran toda la vida.

—¿Sabes por qué se unió? —pregunto.

Caleb niega con la cabeza.

—Los archivos indican (aunque son bastante vagos en ese sentido) que la gente se unió al experimento para que sus familias pudieran escapar de la pobreza extrema. Las familias de los participantes recibían una paga mensual por la colaboración del sujeto durante más de diez años. Sin embargo, resulta obvio que no era la motivación de Edith, ya que ella trabajaba para el Departamento. Sospecho que le sucedió algo traumático, algo que estaba empeñada en olvidar.

Frunzo el ceño mientras observo la fotografía. No me imagino qué grado de pobreza podría empujar a una persona a olvidarse de sí misma y de todos sus seres queridos para que su familia obtuviera una paga mensual. Puede que yo me alimentara de pan y verduras abnegadas durante casi toda la vida, sin lujos, pero jamás estuve tan desesperada. Su situación debía de ser mucho peor que lo que podía verse en la ciudad.

Tampoco logro imaginarme por qué Edith estaba tan desesperada. O puede que no tuviera a nadie por quien conservar la memoria.

—Me interesaba conocer los precedentes legales para dar un consentimiento en nombre de tus descendientes —dice Caleb—. Creo que es una extrapolación del consentimiento en nombre de un hijo menor de dieciocho años, aunque parece un poco extraño.

—Supongo que todos decidimos el destino de nuestros hijos a través de las decisiones que tomamos en la vida —respondo, en términos muy vagos—. ¿Habríamos elegido las mismas facciones si mamá y papá no hubiesen elegido Abnegación? —Me encojo de hombros—. No lo sé. A lo mejor no habríamos estado tan agobiados. A lo mejor seríamos personas distintas.

La idea se me mete en la cabeza como una serpiente: «Puede que nos hubiésemos convertido en mejores personas, en personas que no traicionan a sus hermanas».

Me quedo mirando la mesa que tengo delante. Durante los últimos minutos me ha resultado sencillo fingir que éramos de nuevo hermanos, pero la realidad (y la rabia) solo se pueden mantener a raya durante cierto tiempo antes de que la verdad te golpee de nuevo. Al levantar la cabeza para mirarlo, pienso en cuando lo miré de esa manera, cuando todavía era prisionera en la sede de Erudición. Pienso en que estaba demasiado cansada para seguir luchando contra él o para oír sus excusas; demasiado cansada para importarme que mi hermano me hubiera abandonado.

—Edith se unió a Erudición, ¿no? —pregunto con brusquedad—. ¿A pesar de adoptar un nombre abnegado?

—¡Sí! —exclama sin prestar atención a mi tono de voz—. De hecho, la mayoría de nuestros antepasados era de Erudición.

Hubo unos cuantos casos aislados en Abnegación y un par en Verdad, pero la corriente general es bastante constante.

Tengo frío, como si fuese a estremecerme y romperme en pedazos.

—Entonces, supongo que, en tu retorcida mente, esto es una excusa para lo que hiciste —digo con voz firme—. Para haberte unido a Erudición y serle fiel. Es decir, si se suponía que eras uno de ellos desde el principio, entonces lo de «la facción antes que la sangre» se convierte en algo aceptable, ¿no?

—Tris... —empieza a responder, y sus ojos me suplican comprensión, pero no lo entiendo. No lo haré.

—Así que ahora sé lo de Edith y tú sabes lo de nuestra madre —respondo, levantándome—. Bien, vamos a dejarlo así.

A veces, cuando lo miro, noto una chispa de compasión, aunque otras veces me dan ganas de retorcerle el cuello. Sin embargo, ahora mismo solo deseo escapar y fingir que esto no ha pasado nunca. Salgo de la sala de archivos, y el suelo chirría bajo mis zapatos cuando corro de vuelta al hotel. Corro hasta que huelo a limón dulce y me detengo

Tobias está de pie en el pasillo, en la puerta del dormitorio. Yo me he quedado sin aliento y noto los latidos del corazón en la punta de los dedos; estoy abrumada, sobrepasada por la pérdida, la sorpresa, la rabia y la añoranza.

—Tris —dice Tobias, que frunce el ceño, preocupado—. ¿Estás bien?

Sacudo la cabeza, todavía luchando por respirar, y lo aplasto contra la pared con mi cuerpo hasta que encuentro sus labios. Primero intenta apartarme, pero después debe de llegar a la conclusión de que no le importa si yo estoy bien o si él está bien, da igual. No hemos estado a solas desde hace días. Semanas. Meses.

Me pasa los dedos por el pelo y me aferro a sus brazos para mantener el equilibrio mientras nos aplastamos el uno contra el otro, como dos espadas en punto muerto. Es la persona más fuerte que conozco, pero también es mucho más cariñoso de lo que la gente cree; él es mi secreto, un secreto que guardaré durante el resto de mi vida.

Tobias se inclina y me besa con fuerza el cuello, y sus manos me acarician hasta cerrarse en torno a mi cintura. Engancho los dedos en las trabillas de su pantalón y cierro los ojos. En ese momento sé exactamente lo que quiero: quiero quitar todas las capas de ropa que hay entre nosotros, librarme de todo lo que nos separa, del pasado, del presente y del futuro.

Oigo pasos y risas al final del pasillo, así que nos separamos. Alguien (probablemente Uriah) silba, aunque apenas lo oigo por encima del latido de los oídos.

Tobias me mira a los ojos y es como la primera vez que lo miré de verdad durante mi iniciación, después de mi simulación del miedo; nos quedamos mirándonos demasiado tiempo, con demasiada intensidad.

—Cierra el pico —le digo a Uriah, sin apartar la mirada.

Uriah y Christina entran en el dormitorio, y Tobias y yo los seguimos, como si no hubiese sucedido nada.

CAPÍTULO
VEINTITRÉS

TOBIAS

Esa misma noche, cuando mi cabeza toca la almohada, aunque sin dejar de funcionar, oigo crujir algo bajo la mejilla: una nota escondida debajo de la almohada.

> T:
> Reúnete conmigo en la entrada del hotel a las once. Necesito hablar contigo.
> Nita

Echo un vistazo al catre de Tris: está despatarrada en la cama, boca arriba, y un mechón de pelo le tapa la nariz y la boca, de modo que se mueve cada vez que respira. No quiero despertarla, pero me parece raro ir a reunirme con una chica en plena noche sin contárselo. Sobre todo ahora que estamos tan decididos a ser sinceros entre nosotros.

Compruebo la hora: son las once menos diez.

«Nita no es más que una amiga. Puedes contárselo a Tris mañana. Puede que sea urgente».

Aparto las mantas y me pongo los zapatos (últimamente duermo con la ropa puesta). Paso junto al catre de Pete y el de Uriah. La boca de una botella asoma por debajo de la almohada de Uriah. La cojo entre los dedos y me la llevo a la puerta, donde la meto debajo de la almohada de uno de los catres vacíos. No he estado cuidando de él tan bien como prometí a Zeke.

En cuanto salgo al pasillo, me ato los cordones de los zapatos y me aliso el pelo con la mano. Dejé de cortármelo como un abnegado cuando quise que los osados me vieran como un posible líder, pero echo de menos el ritual del antiguo corte, el zumbido de la maquinilla y los movimientos cuidadosos de mis manos, que se guiaban por el tacto, más que por la vista. Cuando era pequeño, mi padre me lo cortaba en el pasillo de la planta de arriba de nuestra casa. Era descuidado con la cuchilla y me arañaba la nuca o me cortaba la oreja, pero nunca se quejaba por tener que hacerlo. Supongo que algo es algo.

Nita está dando golpecitos en el suelo con el pie. Esta vez viste una camiseta blanca de manga corta y se ha recogido el pelo. Sonríe, aunque la sonrisa no le llega a los ojos.

—Pareces preocupada —le comento.

—Eso es porque lo estoy. Ven, quiero enseñarte un sitio.

Me conduce por pasillos mal iluminados, vacíos salvo por algún que otro conserje. Todos parecen conocer a Nita y la saludan con la mano o sonríen. Ella se mete las manos en los bolsillos y evita mis ojos cada vez que nos miramos.

Pasamos por una puerta sin sensor de seguridad que la proteja. La habitación del otro lado es un círculo amplio con una lámpara de araña que marca el centro con sus cristales. Los suelos son de madera pulida, oscura, y las paredes, cubiertas de láminas de bronce, reflejan la luz. Hay nombres grabados en los paneles de bronce, docenas de nombres.

Nita se coloca bajo la araña y extiende los brazos abiertos para abarcar toda la sala con el gesto.

—Estos son los árboles genealógicos de Chicago —me dice—. Vuestros árboles genealógicos.

Me acerco a una de las paredes y leo los nombres, en busca de alguno que me resulte familiar. Al final encuentro uno: Uriah Pedrad y Ezekiel Pedrad. Al lado de cada nombre hay una pequeña inscripción que dice: «OO». También hay un punto al lado del nombre de Uriah que parece recién grabado. Supongo que indica que es divergente.

—¿Sabes dónde está el mío? —pregunto.

Ella cruza la sala y toca uno de los paneles.

—Las generaciones son matrilineales, por eso los archivos de Jeanine dicen que Tris es de «segunda generación»: porque su madre vino de fuera de la ciudad. No sé bien cómo lo averiguó Jeanine, pero supongo que nunca lo descubriremos.

Inquieto, me acerco al panel que lleva mi nombre, aunque no estoy seguro de qué tiene de aterrador ver mi nombre y el de mis padres grabados en bronce. Encuentro una línea vertical que conecta a Kristin Johnson con Evelyn Johnson, y una horizontal que conecta a Evelyn Johnson con Marcus Eaton. Bajo los dos nombres solo hay uno: Tobias Eaton. Las letritas que aparecen al lado de mi nombre son: «AO». También hay un punto, aunque ahora sé que, en realidad, no soy divergente.

—La primera letra es tu facción de origen —me explica— y

la segunda es la facción elegida. Pensaron que llevar un registro de las facciones ayudaría a seguir el rastro de los genes.

Las letras de mi madre: «EAS». Supongo que la ese es por «sin facción».

Las de mi padre: «AA», con un punto.

Toco la línea que me conecta a ellos y la línea que conecta a Evelyn con sus padres, y la línea que conecta a sus padres con mis abuelos. Sigo así hasta retroceder ocho generaciones, contando la mía. Es un mapa de lo que siempre he sabido: que estoy unido a ellos, atado para siempre a esta herencia hueca, por mucho que huya.

—Aunque te agradezco que me lo enseñes —le digo, cansado y triste—, no sé por qué tenía que ser en plena noche.

—Supuse que querrías verlo. Y, además, quería hablarte de otra cosa.

—¿Volver a asegurarme que mis limitaciones no me definen? —pregunto, sacudiendo la cabeza—. No, gracias, ya he tenido bastante.

—No, aunque me alegro de que lo hayas dicho.

Se apoya en el panel y cubre el nombre de Evelyn con el hombro. Doy un paso atrás; desde aquí le veo el anillo castaño claro que le rodea las pupilas, y no quiero estar tan cerca.

—La conversación que mantuvimos anoche, la del daño genético... En realidad era una prueba. Quería ver cómo reaccionabas a lo que dije sobre los genes defectuosos para averiguar si podía confiar en ti. Si aceptabas sin más lo que decía sobre las limitaciones, la respuesta era no. —Se me acerca un poco más, de modo que sus hombros ahora también tapan el nombre de

Marcus—. Verás, en realidad no comulgo con la idea de ser «defectuosa».

Pienso en el modo en que escupió, como si fuera veneno, la explicación del tatuaje de cristales rotos que lleva en la espalda. El corazón me late más deprisa, tanto que noto el pulso en la garganta. Su tono de voz ha pasado de alegre a amargo, y ya no se percibe la calidez en su mirada. Ahora me da miedo, temo lo que pueda decir, aunque también me entusiasma, ya que significa que no tengo por qué aceptar que soy más pequeño de lo que creía.

—Doy por sentado que tú tampoco comulgas con eso —dice.

—No.

—En este lugar hay muchos secretos. Uno de ellos es que, para el Departamento, un GD es prescindible. Otro es que algunos de nosotros no estamos dispuestos a aceptarlo sin más.

—¿Qué quieres decir con prescindible?

—Se han cometido delitos muy serios contra gente como nosotros —responde Nita—. Y se mantienen en secreto. Puedo enseñarte pruebas, pero después. Por ahora, lo que puedo contarte es que estamos trabajando contra el Departamento por buenas razones y que queremos que te unas a nosotros.

Entorno los ojos.

—¿Por qué? ¿Qué queréis de mí, exactamente?

—Ahora mismo quiero ofrecerte la oportunidad de ver cómo es el mundo al otro lado del complejo.

—¿Y qué obtienes a cambio?

—Tu protección. Voy a un lugar peligroso y no puedo contárselo a nadie del Departamento. Tú eres un extranjero, lo que significa que es más seguro confiar en ti. Además, sé que sabes defenderte. Y, si vienes conmigo, te enseñaré las pruebas que deseas ver.

Se lleva la mano al corazón, como si me diera su palabra. Soy muy escéptico, pero la curiosidad me puede. No me cuesta creer que el Departamento haga cosas malas, porque todos los Gobiernos que he conocido han hecho cosas malas, incluso la oligarquía abnegada, bajo el mando de mi padre. A pesar de esa razonable suspicacia, albergo dentro de mí la remota esperanza de no ser defectuoso, de valer más que los genes corregidos que pueda dejar en herencia a mis hijos, si los tuviera.

Así que decido seguir con esto, por ahora.

—Vale —respondo.

—Primero, antes de enseñarte nada, tienes que aceptar que no le contarás a nadie nada de lo que veas, ni siquiera a Tris. ¿Estás de acuerdo?

—Confío plenamente en ella. —Prometí a Tris que no le ocultaría ningún secreto, así que no debería meterme en situaciones en las que tenga que hacerlo—. ¿Por qué no se lo puedo contar?

—No digo que no sea de fiar, es que no tiene las habilidades que buscamos y no queremos poner en peligro a nadie, si no es necesario. Verás, el Departamento no quiere que nos organicemos. Si creemos que no somos «defectuosos», es como si dijéramos que todo lo que hacen (los experimentos, las alteraciones genéticas y demás) es una pérdida de tiempo. Y nadie quiere escuchar que el trabajo de toda su vida es una farsa.

Entiendo la idea, es como descubrir que las facciones es un

sistema artificial diseñado por científicos para mantenernos bajo control durante el mayor tiempo posible.

Nita se aparta de la pared y dice la única cosa capaz de hacerme aceptar:

—Si se lo cuentas, le arrebatarás la oportunidad de decidir por ella misma, que es lo que te estoy ofreciendo a ti. La obligarás a convertirse en conspiradora. Si se lo ocultas, la proteges.

Acaricio mi nombre, grabado en el panel: Tobias Eaton. Estos son mis genes, este follón me pertenece. No quiero meter a Tris.

—De acuerdo, enséñamelo.

Veo el haz de la linterna subir y bajar al ritmo de sus pasos. Acabamos de recoger una bolsa de un armario de la limpieza que había pasillo abajo; Nita estaba preparada para esto. Me conduce por los pasillos subterráneos del complejo, dejando atrás el lugar de reunión de los GD, hasta llegar a un pasillo sin electricidad. En cierto lugar se agacha y recorre el suelo con una mano hasta que da con un pestillo. Me pasa la linterna y retira el pestillo para levantar una trampilla.

—Es un túnel de escape —explica—. Lo excavaron cuando llegaron aquí, para tener siempre una salida en caso de emergencia.

Saca un tubo negro de la bolsa y retuerce la parte superior. El tubo despide unas chispas de luz rojas que le iluminan la piel. Lo deja caer por la trampilla del suelo y cae varios metros, dejándome una estela de luz en los párpados. Nita se sienta en el borde del agujero con la mochila bien sujeta a los hombros y se deja caer.

Sé que no es muy profundo, pero parece más con tanto espacio abierto debajo. Me siento y veo la silueta de mis zapatos, que es oscura por las chispas rojas de fondo, y bajo.

—Interesante —comenta Nita cuando aterrizo.

Levanto la linterna y ella avanza por el túnel con la barra encendida frente a ella. El túnel tiene el ancho justo para que caminemos codo con codo y la altura justa para no golpearme la cabeza. Huele fuerte, a podrido, como a moho y aire estancado.

—Se me había olvidado que te dan miedo las alturas —añade.

—Bueno, no hay mucho más que me dé miedo.

—¡No hace falta ponerse a la defensiva! —exclama, sonriendo—. La verdad es que siempre he querido preguntarte por eso.

Paso por encima de un charco y las suelas de los zapatos se me pegan al suelo arenoso.

—Tu tercer miedo —dice—, el de disparar a esa mujer. ¿Quién era?

Se apaga la barra, así que la linterna que llevo es nuestra única guía por el túnel. Muevo el brazo para crear más espacio entre nosotros, no quiero rozarme con ella en la oscuridad.

—No era nadie en concreto. Mi miedo era a dispararle.

—¿Te daba miedo disparar a la gente?

—No, me daba miedo ser tan capaz de matar.

Guarda silencio y yo la imito. Es la primera vez que he dicho esas palabras en voz alta, y ahora me doy cuenta de lo extrañas que son. ¿Cuántos jóvenes temen llevar un monstruo dentro? Se supone que una persona teme a los demás, no que se teme a sí misma. Se supone que una persona aspira a ser como su padre, no que le aterre la idea.

—Siempre me he preguntado cómo sería mi paisaje del miedo —susurra, como si rezara—. A veces creo que tengo muchos miedos, mientras que otras veces pienso que no hay nada que temer.

Asiento, aunque no me vea, y sigo avanzando mientras la linterna rebota, los zapatos raspan el suelo y el aire mohoso nos sopla en la cara desde el otro extremo del túnel.

Al cabo de veinte minutos de caminata, doblamos una esquina y huelo a viento fresco, lo bastante frío como para hacerme tiritar. Apago la linterna, y la luz de la luna del otro lado nos guía hasta la salida.

El túnel nos ha dejado en medio del páramo que recorrimos en coche para llegar al complejo, entre los edificios en ruinas y los árboles silvestres que se abrían paso a través del pavimento. Aparcado a pocos metros hay un viejo camión con la parte trasera cubierta por una lona andrajosa. Nita le da una patada a uno de los neumáticos para probarlo y después se sienta detrás del volante. Las llaves cuelgan del contacto.

—¿De quién es el camión? —pregunto al sentarme en el asiento del copiloto.

—De la gente a la que vamos a ver. Les pedí que lo aparcaran aquí.

—¿Y quiénes son?

—Unos amigos.

No sé cómo se orienta por el laberinto de calles que tenemos delante, pero lo hace, rodea las raíces de los árboles y las farolas caídas, y espanta con la luz de los faros a los animales que veo corretear con el rabillo del ojo.

Una criatura de patas largas y cuerpo marrón y esbelto cruza la calle delante de nosotros; es casi tan alto como los faros. Nita pisa los frenos para no atropellarlo. El animal mueve las orejas, y sus ojos oscuros y redondos nos observan con curiosidad y precaución, como un niño.

—Son bonitos, ¿verdad? —comenta Nita—. Antes de llegar aquí no había visto nunca un ciervo.

Asiento con la cabeza: es elegante, aunque indeciso e inseguro.

Nita toca el claxon con la punta de los dedos, y el ciervo se aparta del camino. Aceleramos de nuevo y llegamos a una carretera amplia y abierta que cruza las vías del tren por las que caminé para llegar al complejo. Veo las luces del complejo a lo lejos, el único punto brillante en este páramo oscuro.

Y nosotros vamos hacia el noroeste, en dirección contraria.

Transcurre bastante tiempo hasta que vuelvo a ver una luz eléctrica. Cuando lo hago, es en una calle estrecha y llena de baches. Las bombillas cuelgan de un cable enganchado en las viejas farolas.

—Nos paramos aquí —dice Nita, que da un volantazo y mete el camión en un callejón entre dos edificios de ladrillo.

Saca las llaves del contacto y me mira.

—Busca en la guantera: les pedí que nos dejaran armas.

Abro el compartimento que tengo delante y veo dos cuchillos encima de unos viejos envoltorios.

—¿Qué tal se te dan los cuchillos? —me pregunta.

Los osados enseñaban a los iniciados a lanzar cuchillos incluso antes de los cambios en la iniciación que hizo Max, cuando todavía no estaba yo. Nunca me gustó porque parecía una forma de alentar el gusto por la teatralidad de los osados, no una habilidad útil.

—No se me dan mal —respondo con una sonrisa de suficiencia—. Aunque nunca entendí por qué aprendíamos a usarlos.

—Al final va a resultar que los osados sirven para algo..., Cuatro —responde, esbozando una leve sonrisa.

Ella se queda con el cuchillo más grande y yo, con el pequeño.

Estoy tenso, le doy vueltas al mango entre los dedos mientras caminamos por el callejón. Sobre mí, las ventanas parpadean con distintos tipos de luz: llamas de velas o faroles. En cierto momento, levanto la vista y veo una cortina de pelo y unas cuencas oscuras que me devuelven la mirada.

—Aquí vive gente —comento.

—Es el borde de la periferia —responde Nita—. Estamos a unas dos horas en coche de Milwaukee, que es una zona metropolitana al norte de aquí. Sí, aquí vive gente. En los últimos tiempos, la gente no se aleja demasiado de las ciudades, ni siquiera los que quieren alejarse de la influencia del Gobierno, como la gente de aquí.

—¿Por qué quieren alejarse de la influencia del Gobierno?

Sé cómo es vivir sin la protección del Gobierno, he visto a los abandonados. Siempre tenían hambre, siempre pasaban frío en invierno y calor en verano, siempre luchaban por sobrevivir. No es una vida fácil: hay que tener una buena razón para elegirla.

—Porque son genéticamente defectuosos —responde Nita, mirándome—. La gente genéticamente defectuosa es técnicamente (legamente) igual que la gente genéticamente pura, pero solo sobre el papel, por así decirlo. En realidad, son más pobres, es más habitual que los condenen por un delito y es menos probable que consigan buenos trabajos... Cualquier cosa se convierte en un problema, y así ha sido desde la Guerra de la Pureza, hace más de un siglo. Para la gente que vive en la periferia, parece más atractivo apartarse por completo de la sociedad que intentar corregir el problema desde dentro, como yo pretendo.

Pienso en los fragmentos de cristal tatuados en su piel. Me pregunto dónde se lo hizo, de dónde viene esa mirada tan peligrosa y ese discurso tan dramático, lo que la convirtió en revolucionaria.

—¿Cómo piensas hacerlo?

Ella cuadra la mandíbula y responde:

—Quitándole al Departamento parte de su poder.

El callejón da a una calle más ancha. Algunas personas merodean por las esquinas, mientras que otras caminan por el centro en grupos tambaleantes, con botellas en la mano. Todas las personas que veo son jóvenes; al parecer, no hay demasiados adultos en la periferia.

Oigo gritos y ruido de cristales al romperse contra el suelo. Más adelante hay una multitud en círculo alrededor de dos figuras que se pegan puñetazos y patadas.

Hago ademán de acercarme, pero Nita me sujeta por el brazo y me arrastra hacia uno de los edificios.

—No es momento de hacerse el héroe.

Nos acercamos a la puerta del edificio de la esquina. Un hombre muy grande está a su lado, dándole vueltas a un cuchillo en la palma de la mano. Cuando subimos los escalones, detiene el movimiento del cuchillo y se lo lanza a la otra mano, que está cubierta de cicatrices.

Se supone que su tamaño, su destreza con el arma, sus cicatrices y su aspecto polvoriento deberían intimidarme, pero sus ojos son como los del ciervo: grandes, precavidos y curiosos.

—Hemos venido a ver a Rafi —dice Nita—. Somos del complejo.

—Podéis entrar, pero los cuchillos se quedan aquí —responde el hombre.

Su voz es más aguda y suave de lo que imaginaba. Podría ser un hombre dulce si estuviera en un lugar diferente, pero, tal como son las cosas, me doy cuenta de que no es dulce, ni siquiera sabe lo que es eso.

Aunque siempre he procurado no ser blando por considerarlo algo inútil, empiezo a pensar que nos estamos perdiendo algo importante si este hombre se ha visto obligado a rechazar su propia naturaleza.

—Ni de coña —responde Nita.

—Nita, ¿eres tú? —pregunta una voz desde dentro. Es una voz expresiva y musical. El hombre al que pertenece es bajo y esboza una amplia sonrisa cuando se acerca a la puerta—. ¿No te dije que los dejaras pasar? Entrad, entrad.

—Hola, Rafi —lo saluda ella, claramente aliviada—. Cuatro, este es Rafi. Es un hombre importante en la periferia.

—Encantado de conocerte —me saluda Rafi, y nos hace un gesto para que lo sigamos.

Dentro hay una gran habitación abierta iluminada por filas de velas y faroles. Hay muebles de madera por doquier, y todas las mesas están vacías, salvo una.

En la parte de atrás del local hay una mujer sentada; Rafi se sienta en la silla de al lado. Aunque no se parecen (ella es pelirroja y tiene una figura opulenta; los rasgos de Rafi son oscuros y está delgado como un alambre), sí que comparten la misma mirada, como dos piedras talladas con el mismo cincel.

—Armas sobre la mesa —pide Rafi.

Esta vez, Nita obedece y deja su cuchillo en el borde de la mesa, frente a ella. Se sienta. Yo hago lo mismo. Frente a nosotros, la mujer pone sobre la mesa su pistola.

—¿Quién es ese? —pregunta ella, señalándome con la cabeza.

—Es mi socio, Cuatro.

—¿Qué clase de nombre es Cuatro? —dice, aunque no utiliza el tono burlón que la gente suele darle a la pregunta.

—La clase de nombre que te ganas dentro del experimento de la ciudad —responde Nita—, por tener solo cuatro miedos.

Se me ocurre que quizá me haya presentado por ese nombre para tener la oportunidad de contarles de dónde vengo. ¿Eso le proporciona alguna ventaja? ¿Me convierte en alguien más fiable para ellos?

—Interesante. —La mujer se pone a tamborilear con el índice en la mesa—. Bueno, Cuatro, yo me llamo Mary.

—Mary y Rafi son los líderes de la rama del Medio Oeste de un grupo rebelde de GD —explica Nita.

—Llamarnos grupo nos hace parecer unas ancianitas jugando a las cartas —responde Rafi diplomáticamente—. Somos más bien un levantamiento. Tenemos gente por todo el país, hay un grupo por cada zona metropolitana y supervisores regionales para el Medio Oeste, el Sur y el Este.

—¿Hay un Oeste? —pregunto.

—Ya no —responde Nita en voz baja—. El terreno era demasiado difícil y las ciudades estaban demasiado separadas entre sí para que resultara sensato vivir allí después de la guerra. Ahora es zona silvestre.

—Entonces es cierto lo que cuentan —dice Mary, cuyos ojos al mirarme reflejan la luz como astillas de cristal—: la gente de los experimentos no sabe lo que hay fuera.

—Claro que es cierto, ¿por qué no iba a serlo? —pregunta Nita.

De repente me noto cansado, con un peso detrás de los ojos. En mi corta vida he formado parte de demasiados levantamientos: el de los abandonados y, ahora, al parecer, el de los GD.

—No es por cortar la conversación, pero no deberíamos pasar demasiado tiempo aquí —dice Mary—. Si no dejamos entrar a la gente, no tardarán en venir a husmear.

—Claro —responde Nita, y me mira—. Cuatro, ¿puedes asegurarte de que todo está tranquilo fuera? Tengo que hablar un momento en privado con Mary y Rafi.

De haber estado solos, le habría preguntado por qué no puedo estar presente en la charla o por qué se había molestado en dejarme entrar si podía haberme dejado montando guardia fuera desde el principio. Supongo que, en realidad, todavía no he accedido a ayudarla, y ella debía de querer que me conocieran por algún motivo. Así que me levanto, recojo mi cuchillo y me voy hacia la puerta, donde el guarda de Rafi vigila la calle.

La pelea de fuera ha perdido fuelle. Una única figura está tirada en el pavimento. Por un instante me da la impresión de que todavía se mueve, pero entonces me doy cuenta de que hay otra persona registrándole los bolsillos. No es una figura lo que hay tirado en la calle: es un cadáver.

—¿Muerto? —pregunto, casi en un susurro.

—Sí. Aquí, si no sabes defenderte, no sobrevives ni una noche.

—Entonces ¿por qué viene la gente? —pregunto, frunciendo el ceño—. ¿Por qué no vuelve a las ciudades?

Guarda silencio durante tanto tiempo que creo que no ha oído mi pregunta. Me quedo mirando al ladrón, que le da la vuelta a los bolsillos del cadáver, lo abandona y se mete sigilosamente en uno de los edificios cercanos. Al final, el guarda de Rafi dice:

—Aquí, si mueres, a lo mejor le importa a alguien. Por ejemplo a Rafi o a otro de los líderes. En las ciudades, si te matan, ten por seguro que a nadie le va a importar nada, no si eres GD. De lo peor que han acusado a un GP después de matar a un GD es de «homicidio involuntario». Y una mierda.

—¿Homicidio involuntario?

—Quiere decir que el delito se considera un accidente —explica la suave y cantarina voz de Rafi detrás de mí—. O que, al menos, no es tan grave como un asesinato premeditado, por ejemplo. Por supuesto, oficialmente todos somos iguales, ¿no? Pero rara vez se pone en práctica.

234

Se coloca a mi lado, de brazos cruzados. Al mirarlo veo a un rey supervisando su reino, un reino que a él le parece bello. Observo la calle, la calzada rota, el cuerpo inmóvil con los bolsillos del revés y las ventanas iluminadas por las llamas, y sé que la belleza que ve no es más que libertad: libertad para que te consideren un hombre completo en vez de un hombre defectuoso.

Una vez fui testigo de esa belleza cuando Evelyn me buscó y me sacó de mi facción para convertirme en una persona más completa. Pero era mentira.

—¿Eres de Chicago? —me pregunta Rafi.

Asiento sin dejar de mirar la calle oscura.

—Y ahora que has salido, ¿qué te parece el mundo?

—Más o menos lo mismo. La única diferencia es que las cosas que nos dividen son distintas, igual que las guerras que se luchan.

Las pisadas de Nita hacen crujir los tablones del suelo de la sala y, cuando me vuelvo, está justo a mi lado, con las manos metidas en los bolsillos.

—Gracias por organizar esto —dice, dirigiéndose a Rafi—. Tenemos que irnos.

Bajamos por la calle de nuevo y, cuando me vuelvo para mirar a Rafi, él tiene la mano levantada para despedirse.

Mientras caminamos hacia el camión oigo de nuevo gritos, aunque esta vez son de niño. Me llegan ruidos de pies arrastrándose y gemidos, y recuerdo cuando era pequeño y estaba acurrucado en mi dormitorio, limpiándome la nariz en la manga del pijama. Mi madre restregaba los puños con una esponja antes de echarlos a lavar. Nunca comentaba nada al respecto.

Cuando llego al camión, este lugar y este dolor ya no me despiertan ningún sentimiento, estoy listo para regresar al sueño del complejo, al calor, la luz y la falsa seguridad.

—Me cuesta comprender por qué este sitio es preferible a vivir en una ciudad —comento.

—Solo he estado en una que no fuera un experimento —responde Nita—. Hay electricidad, pero está racionada: cada familia tiene derecho a unas cuantas horas al día. Igual ocurre con el agua. Y hay muchos delitos, todos achacados al daño genético. También hay policía, pero no pueden hacer demasiado.

—Entonces, el complejo del Departamento es el mejor lugar para vivir.

—En cuanto a recursos, sí. Sin embargo, el mismo sistema social que existe en las ciudades también se encuentra en el complejo, aunque cueste un poco más verlo.

Me quedo mirando cómo desaparece la periferia por el espejo retrovisor; solo se distingue de los edificios abandonados que la rodean por esa tira de luces eléctricas colgada de un lado a otro de la estrecha calle.

Dejamos atrás casas oscuras con ventanas clausuradas con tablones, e intento imaginármelas limpias y relucientes, como seguramente estuvieron en algún momento del pasado. Tienen patios cercados que antes estarían verdes y bien cortados, ventanas que antes brillarían por las noches. Me imagino que las vidas aquí vividas tuvieron que ser pacíficas y tranquilas.

—¿De qué has venido a hablar, exactamente?

—He venido a concretar nuestros planes —responde Nita. A la luz del salpicadero descubro que tiene unos cuantos cortes en el labio inferior, como si se lo hubiera estado mordiendo—. Y quería que te conocieran, que le pusieran cara a la gente que participa de los experimentos de las facciones. Mary antes sospechaba que las personas como tú en realidad estaban confabuladas con el Gobierno, lo que, por supuesto, no es cierto. En cambio, Rafi... Él fue el primero que me demostró que el Departamento y el Gobierno nos mentían sobre nuestra historia.

Hace una pausa tras pronunciar estas palabras, como para ayudarme a comprender la importancia del descubrimiento, pero yo no necesito ni tiempo ni silencio, ni espacio para creerla. Mi Gobierno me ha mentido toda la vida.

—El Departamento habla sobre la edad dorada de la humanidad, antes de las manipulaciones genéticas, cuando todos eran genéticamente puros y reinaba la paz —sigue contando Nita—. Pero Rafi me enseñó viejas fotografías de guerra.

Espero un segundo.

—¿Y?

—¿Y? —repite ella, incrédula—. Si la gente genéticamente pura fue capaz de provocar guerra y destrucción en el pasado, igual que ahora se supone que hacen los genéticamente defectuosos, entonces ¿en qué se basa la idea de que tenemos que invertir tantos recursos y tiempo en corregir el daño genético? ¿De qué sirven los experimentos, salvo para convencer a la gente correcta de que el Gobierno está haciendo algo para mejorar nuestras vidas, aunque no sea cierto?

La verdad lo cambia todo, ¿no era por eso por lo que Tris estaba tan desesperada por hacer público el vídeo de Edith Prior que se alió con mi padre para hacerlo? Sabía que la verdad, fuera cual fuera, cambiaría nuestra lucha y nuestras prioridades para siempre. Y aquí, ahora, una mentira ha cambiado esa lucha, una mentira ha cambiado algunas prioridades para siempre. En vez de trabajar contra la pobreza que campa a sus anchas por el país, esta gente ha decidido trabajar contra el daño genético.

—¿Por qué? ¿Por qué gastar tanto tiempo y energía en luchar contra algo que, en realidad, no es un problema? —pregunto, frustrado.

—Bueno, la gente que lucha ahora contra ello lo hace porque le han enseñado que sí que es un problema. Rafi también me enseñó ejemplos de la propaganda del Gobierno sobre el daño genético —dice Nita—. Pero ¿al principio? No lo sé. Seguramente por cien causas distintas. ¿Prejuicios contra los GD? ¿Control? ¿Controlar a la población genéticamente defectuosa enseñándole que tiene algo malo y controlar a la genéticamente pura enseñándole que está curada y completa? Estas cosas no suceden de la noche a la mañana, ni tampoco por una única razón.

Apoyo la cabeza en la fría ventanilla y cierro los ojos. Me bulle demasiada información en el cerebro como para concentrarme en una única parte, así que me rindo y me duermo.

Cuando por fin regresamos por el túnel y vuelvo a mi cama, el sol está a punto de salir y los brazos de Tris cuelgan otra vez del borde de la cama, con las puntas de los dedos rozando el suelo.

Me siento frente a ella y me quedo un momento observando su cara dormida y pensando en lo que acordamos aquella noche, en el Millennium Park: se acabaron las mentiras. Ella me lo prometió y yo se lo prometí. Si no le cuento lo que he visto y oído esta noche, estaré rompiendo mi promesa. Y ¿para qué? ¿Para protegerla? ¿Por Nita, una chica a la que apenas conozco?

Le aparto el pelo de la cara con delicadeza, para no despertarla.

Ella no necesita mi protección, es lo bastante fuerte para defenderse por sí misma.

CAPÍTULO VEINTICUATRO

TRIS

Peter está al otro lado del cuarto, apilando libros para meterlos en una bolsa. Mientras mordisquea un boli rojo, sale del cuarto con la bolsa de libros, que le golpea la pierna mientras camina por el pasillo. Espero hasta no oírlos antes de volverme hacia Christina.

—He intentado no preguntártelo, pero me rindo —le digo—. ¿Qué pasa entre Uriah y tú?

Christina, que está tirada en su catre con una de sus largas piernas colgando del borde, me echa una miradita.

—¿Qué? Pasáis mucho tiempo juntos —insisto—. Un montón.

Hoy hace sol, la luz brilla a través de las cortinas blancas. No sé cómo, pero el dormitorio huele a sueño: a lavandería, zapatos, sudores nocturnos y café mañanero. Algunas camas están hechas, mientras que otras todavía tienen las sábanas arrugadas hechas una bola al fondo o a un lado. La mayoría fuimos osados, pero, aun así, me sorprende lo distintos que somos. Distintas costumbres, distintos temperamentos, distintas formas de ver el mundo.

—Puede que no me creas, pero no es eso —responde Christina, apoyándose en los codos—. Está sufriendo. Los dos nos aburrimos. Además, es Uriah.

—¿Y qué? Es guapo.

—Guapo, pero incapaz de mantener una conversación seria ni aunque le vaya la vida en ello —responde Christina, sacudiendo la cabeza—. No me malinterpretes, me gusta reírme, pero también quiero una relación que signifique algo, no sé si me entiendes.

Asiento con la cabeza: lo sé, y creo que mejor que la mayoría, porque Tobias y yo, en realidad, no somos gente bromista.

—Además, no todas las amistades se convierten en historias de amor. Yo todavía no he intentado besarte.

—Cierto —respondo entre risas.

—¿Y dónde has estado tú últimamente? —me pregunta, moviendo las cejas—. ¿Con Cuatro? ¿Dedicándoos a las... sumas? ¿A la multiplicación?

Me tapo la cara con las manos.

—Es el peor chiste que he oído.

—No esquives la pregunta.

—Nada de sumas, al menos todavía. Él ha estado un poco preocupado con lo del «daño genético».

—Ah, eso —dice, sentándose.

—¿Qué te parece a ti?

—No lo sé, supongo que me cabrea —contesta, y frunce el ceño—. A nadie le gusta que le digan que tiene algo malo, sobre todo si es una cosa como los genes, que no puede cambiarse.

—¿De verdad crees que tienes algo malo?

—Supongo que sí. Es como una enfermedad, ¿no? Te lo ven en los genes. No queda mucho margen para el debate, ¿verdad?

—No digo que tus genes no sean diferentes, lo que digo es que eso no significa que unos sean defectuosos y los otros no. Los genes de los ojos azules y los de los ojos castaños también son distintos, pero ¿los ojos azules son «defectuosos»? Es como si hubiesen decidido arbitrariamente que un tipo de ADN es malo y el otro, bueno.

—Basándose en la evidencia de que el comportamiento de los GD es peor —señala Christina.

—Cosa que podría deberse a muchos factores.

—No sé por qué discuto contigo cuando, en realidad, me gustaría que tuvieras razón —dice Christina, entre risas—. Pero ¿no crees que una gente tan lista como estos científicos del Departamento sería capaz de averiguar la causa del mal comportamiento?

—Claro que sí, pero creo que, por muy lista que sea, la gente suele ver lo que quiere ver, nada más.

—A lo mejor tú también tienes prejuicios porque tus amigos (y tu novio) son GD.

—A lo mejor. —Sé que es una explicación torpe, una que puede que ni siquiera me crea, pero la digo de todos modos—. Supongo que no encuentro ningún motivo para creer en el daño genético. ¿Eso hará que trate mejor a los demás? No. Puede que todo lo contrario.

Además, soy consciente de lo que le está haciendo a Tobias, de que lo hace dudar de sí mismo, y no me cabe en la cabeza que de ahí pueda salir algo bueno.

—No crees en las cosas porque vayan a mejorar tu vida, sino porque son ciertas —comenta Christina.

—Pero —digo, despacio, rumiándolo bien— observar el resultado de una creencia ¿no es una buena forma de evaluar si es cierta?

—Parece una forma de pensar típica de estirados —responde ella—. Supongo que mi forma de pensar es muy de veraces. Dios, en realidad no podemos escapar de nuestras facciones, por mucho que nos alejemos, ¿verdad?

Me encojo de hombros.

—A lo mejor no es tan importante escapar de ellas.

Tobias entra en el dormitorio, pálido y exhausto, como suele estar estos días. Tiene el pelo levantado por un lado, por culpa de la almohada, y lleva la misma ropa que ayer. Ha estado durmiendo vestido desde que llegamos al Departamento.

Christina se levanta.

—Vale, me voy. Os dejo... todo este espacio. Para vosotros solos.

Hace un gesto para señalar las camas vacías, me guiña un ojo ostensiblemente y sale del dormitorio.

Tobias esboza una sonrisa, aunque no lo bastante amplia para hacerme creer que de verdad está contento. En vez de sentarse a mi lado, se queda un momento a los pies de la cama, jugueteando con el borde de su camisa.

—Tengo que hablarte de una cosa —me dice.

—Vale —respondo, y noto una punzada de miedo en el pecho, como un pico en un monitor cardiaco.

—Quiero que me prometas que no te enfadarás —sigue—, pero...

—Pero sabes que no hago promesas estúpidas —termino la frase, con un nudo en la garganta.

—Sí.

Entonces se sienta en la curva que han dejado sus mantas en la cama sin hacer, evitando mirarme a los ojos.

—Nita me dejó una nota bajo la almohada para pedirme que me reuniera con ella anoche. Y lo hice.

Me pongo recta, y una ola de calor hirviente me recorre el cuerpo mientras pienso en la bonita cara de Nita, en sus elegantes pies caminando hacia mi novio.

—Una chica guapa te pide que te reúnas con ella por la noche, ¿y tú vas? ¿Y después me pides que no me enfade?

—Lo de Nita no es eso, en absoluto —dice a toda prisa, mirándome al fin—. Solo quería enseñarme una cosa. En realidad no cree en el daño genético, como me indujo a pensar. Tiene un plan para arrebatarle parte del poder al Departamento, para favorecer la igualdad de los GD. Fuimos a la periferia.

Me cuenta lo del túnel subterráneo que conduce al exterior, lo de la ciudad en ruinas de la periferia y la conversación con Rafi y Mary. Me explica lo de la guerra que el Gobierno mantuvo oculta para que nadie sepa que los «genéticamente puros» son capaces de ejercer una violencia increíble, y cómo viven los GD en las zonas metropolitanas bajo el control del Gobierno.

Mientras habla, crece mi desconfianza hacia Nita, aunque no sé de dónde viene: ¿del instinto en el que suelo confiar o de los celos? Cuando termina, me mira expectante, y yo frunzo los labios e intento decidirme.

—¿Cómo sabes que te ha contado la verdad? —le pregunto.

—No lo sé. Me prometió enseñarme pruebas. Esta noche.
—Me da la mano—. Me gustaría que vinieras.

—¿Y a Nita le parece bien?

—Me da igual —responde, deslizando sus dedos entre los míos—. Si de verdad necesita mi ayuda, tendrá que hacerse a la idea.

Me quedo mirando nuestros dedos entrelazados, el puño deshilachado de su camisa gris y la rodilla desgastada de sus vaqueros. No quiero estar con Nita y Tobias juntos, sabiendo que el supuesto daño genético de esa chica hace que tenga algo en común con él que yo nunca tendré. Sin embargo, es importante para Tobias, y yo deseo tanto como él saber si de verdad existen pruebas que demuestren los delitos del Departamento.

—Vale, iré, pero no pienses ni por un segundo que me creo que lo único que le interesa de ti sea tu código genético.

—Bueno, no creas ni por un segundo que estoy interesado en alguien que no seas tú.

Entonces apoya las manos en mi nuca y acerca mi boca a la suya.

El beso y sus palabras me consuelan, aunque no me quedo del todo tranquila.

CAPÍTULO
VEINTICINCO

TOBIAS

Tris y yo nos reunimos con Nita pasada la medianoche, en el vestíbulo del hotel, entre las macetas de plantas con sus flores abiertas, una naturaleza domada. Cuando Nita ve a Tris a mi lado, se le tensa el rostro como si acabara de morder algo amargo.

—Me prometiste que no se lo contarías —dice, señalándome—. ¿Qué ha pasado con lo de protegerla?

—Cambié de idea.

Tris se ríe, aunque sin mucho humor.

—¿Eso le dijiste? ¿Que así me protegía? Qué manipulación más hábil, bien hecho.

Arqueo las cejas y la miro. No había pensado en ello como en una manipulación, y eso me asusta un poco. Normalmente confío en ser capaz de averiguar los motivos ocultos de los demás o en inventármelos, pero estaba tan acostumbrado a mi deseo de proteger a Tris, sobre todo después de haber estado a punto de perderla, que ni siquiera lo pensé.

O estaba tan acostumbrado a mentirle en vez de contarle las verdades difíciles que agradecí la oportunidad de engañarla.

—No fue manipulación, era la verdad —responde Nita, que ya no parece enfadada, sino cansada.

Se pasa la mano por la cara y se alisa el pelo. No está a la defensiva, lo que quiere decir que quizá esté contándonos la verdad.

—Podrían detenerte solo por saber lo que sabes y no informar —añade—. Me pareció que lo mejor era evitar esa posibilidad.

—Bueno, demasiado tarde —respondo—. Tris se viene, ¿algún problema?

—Prefiero tener a los dos que no tener a ninguno, y estoy segura de que ese es el ultimátum implícito —dice Nita, poniendo los ojos en blanco—. Vamos.

Tris, Nita y yo recorremos el silencioso complejo hasta los laboratorios en los que trabaja ella. Nadie habla, y soy consciente de cada chirrido de mis zapatos, de cada voz a lo lejos, de cada chasquido de las puertas que se cierran. Es como si hiciéramos algo prohibido, aunque, técnicamente, no es así. Todavía no, al menos.

Nita se detiene junto a la puerta de los laboratorios y pasa su tarjeta. La seguimos por la sala de terapia genética en la que vi un mapa de mi código genético y continuamos adentrándonos en el corazón del complejo, que hasta ahora desconocía. Está oscuro y sucio, y las pelusas bailan por el suelo a nuestro paso.

Nita abre otra puerta con el hombro y entramos en un almacén. En las paredes hay cajones de metal mate etiquetados con números de papel con la tinta desgastada por el tiempo. En el centro del cuarto hay una mesa de laboratorio con un ordenador y un microscopio, y un joven con pelo rubio repeinado hacia atrás.

—Tobias, Tris, este es mi amigo Reggie —nos presenta Nita—. También es GD.

—Encantado de conoceros —nos saluda Reggie, sonriendo.

Le da la mano a Tris y después a mí. Tiene un apretón firme.

—Vamos a enseñarles primero las diapositivas —dice Nita.

Reggie da unos golpecitos en la pantalla del ordenador y nos hace gestos para que nos acerquemos.

—No muerdo —afirma.

Tris y yo intercambiamos una mirada, y nos colocamos detrás de Reggie en la mesa para ver la pantalla. Las imágenes empiezan a surgir una detrás de otra. Están en escala de grises, granulosas y distorsionadas, así que deben de ser muy antiguas. Solo tardo unos segundos en darme cuenta de que son fotografías de sufrimiento: niños esqueléticos con ojos enormes, zanjas llenas de cadáveres, enormes montones de papeles ardiendo.

Las fotografías pasan tan deprisa, como las páginas de un libro moviéndose con la brisa, que solo me quedo con breves impresiones de horrores. Después aparto la cara, incapaz de seguir mirando. Un profundo silencio crece en mi interior.

Al principio, cuando miro a Tris, su expresión es como un lago de aguas tranquilas, como si las imágenes no hubiesen creado olas. Sin embargo, le tiemblan los labios y tiene que apretarlos con fuerza para disimularlo.

—Mirad esas armas —comenta Reggie al sacar una foto en la

que aparece un hombre de uniforme apuntando con un fusil—. Son increíblemente antiguas, las de la Guerra de la Pureza eran mucho más avanzadas. Hasta el Departamento estaría de acuerdo. Tienen que ser de un conflicto antiquísimo entre personas genéticamente puras, ya que la manipulación genética no existía por aquel entonces.

—¿Cómo se oculta una guerra? —pregunto.

—La gente está aislada, muerta de hambre —responde Nita en voz baja—. Solo sabe lo que le han enseñado, solo ve la información que se le ofrece. Y ¿quién controla eso? El Gobierno.

—Vale —dice Tris, moviendo la cabeza y hablando demasiado deprisa, nerviosa—. Entonces mienten sobre vuestra... nuestra historia. Eso no quiere decir que sean el enemigo, solo que son un grupo de gente muy mal informada que intenta... mejorar el mundo. De una forma muy poco acertada.

Nita y Reggie se miran.

—El asunto es ese, que hacen daño a la gente —dice Nita.

Apoya las manos en el escritorio y se inclina sobre él, sobre nosotros, y de nuevo veo a la revolucionaria reuniendo fuerzas en su interior, tomando el control de sus facetas de joven, GD y trabajadora de laboratorio.

—Cuando los abnegados quisieron revelar la verdad de su mundo antes de lo debido —dice muy despacio— y Jeanine decidió silenciarlos..., el Departamento no dudó en proporcionarle un suero de simulación increíblemente avanzado: la simulación del ataque que esclavizó las mentes de los osados y culminó con la destrucción de los abnegados.

Me tomo un instante para asimilarlo.

—Eso no puede ser cierto —digo—. Jeanine me dijo que donde había una proporción mayor de divergentes (de genéticamente puros) era en Abnegación. Acabas de decir que el Departamento valora a los GP tanto como para enviar a alguien a salvarlos; ¿por qué ayudarían a Jeanine a matarlos?

—Jeanine se equivocaba —responde Tris, como si estuviera muy lejos—. Evelyn lo dijo: donde más divergentes había era entre los abandonados, no entre los abnegados.

Me vuelvo hacia Nita.

—Sigo sin entender por qué pondrían en peligro a tantos divergentes —insisto—. Necesito pruebas.

—¿Para qué te crees que hemos venido?

Nita enciende otra serie de luces que iluminan los cajones y se pasea por la pared de la izquierda.

—Tardé mucho tiempo en obtener permiso para entrar aquí —nos cuenta—. Tardé aún más en adquirir los conocimientos necesarios para comprender lo que veía. De hecho, me ayudó uno de los GP, un simpatizante.

Su mano se queda flotando sobre uno de los cajones bajos, del que saca una ampolla de líquido naranja.

—¿Te resulta familiar? —me pregunta.

Intento recordar la inyección que me pusieron antes de que comenzara la simulación del ataque, justo antes de la ronda final de la iniciación de Tris. Lo hizo Max, me clavó la aguja a un lado del cuello, como había hecho yo mismo docenas de veces. Justo antes de hacerlo, la ampolla de cristal reflejó la luz, y era naranja, igual que la que sostiene Nita.

—Los colores coinciden, ¿y?

Nita lleva la ampolla al microscopio. Reggie saca un portaobjetos de una bandeja cercana al ordenador y, con un cuentagotas, deja caer dos gotitas de líquido naranja en el centro. Después sella el líquido con un segundo portaobjetos. Lo coloca bajo el microscopio con cuidado, pero seguro: los movimientos de alguien que ha realizado la misma tarea cientos de veces.

Reggie da unos cuantos toquecitos en la pantalla y abre un programa llamado MicroScan.

—Esta información está a disposición de cualquiera que sepa cómo usar este equipo y tenga la contraseña de sistema, contraseña que el simpatizante GP tuvo a bien proporcionarme —explica Nita—. En otras palabras, no es tan difícil acceder a ella, pero a nadie se le ocurriría examinarla de cerca. Y los GD no tienen contraseñas de sistema, así que tampoco podrían saber nada del asunto. Este almacén se usa para experimentos obsoletos, fallos, desarrollos anticuados o cosas sin valor.

Mira a través del microscopio y utiliza una rueda para centrar la lente.

—Adelante —dice.

Reggie pulsa un botón del ordenador, y aparecen unos párrafos bajo la barra MicroScan situada en la parte superior de la pantalla. Señala un párrafo en el centro de la página y lo lee.

—«Suero de simulación v4.2. Coordina un gran número de objetivos. Transmite señales a larga distancia. No se incluye alucinógeno de la fórmula original; la realidad simulada la predetermina un jefe de programación».

Eso es todo.

Es el suero de la simulación del ataque.

—Bien, ¿por qué iba a tener esto el Departamento a no ser que lo desarrollaran aquí? —pregunta Nita—. Ellos fueron los que introdujeron los sueros en los experimentos, aunque después no solían manipularlos, permitían que los residentes de la ciudad los desarrollaran. Si Jeanine fue la que lo desarrolló, no se lo habrían robado. Si está aquí, es porque lo hicieron ellos.

Me quedo mirando el portaobjetos iluminado del microscopio, la gota naranja que nada bajo el ocular, y dejo escapar una respiración entrecortada.

Tris pregunta, sin aliento:

—¿Por qué?

—Abnegación estaba a punto de revelar la verdad a todos los de la ciudad, y ya habéis visto lo que pasa ahora que la ciudad conoce la verdad: Evelyn se ha convertido en una dictadora de facto, los abandonados aplastan a los miembros de las facciones y estoy segura de que las facciones se levantarán contra ellos tarde o temprano. Mucha gente morirá. Contar la verdad pone en peligro la seguridad del experimento, no cabe duda —explica Nita—. Así que, hace unos meses, cuando los abnegados estaban a punto de provocar esa destrucción e inestabilidad al enseñar el vídeo de Edith Prior, el Departamento debió de pensar que era mejor sufrir un gran número de bajas en Abnegación (aunque supusiera la pérdida de varios divergentes) antes que un gran número de bajas en toda la ciudad. Mejor acabar con las vidas de los abnegados que arriesgarse a perder el experimento. Así que se pusieron en contacto con alguien que sabían estaría de acuerdo con ellos: Jeanine Matthews.

Sus palabras me envuelven y se me clavan.

Apoyo las manos en la mesa del laboratorio para que me refresque las palmas y contemplo mi reflejo distorsionado en el metal. Puede que haya odiado a mi padre casi toda la vida, pero nunca odié a su facción. La tranquilidad, el sentimiento de comunidad y la rutina abnegadas siempre me habían parecido algo bueno; y ahora casi toda esa gente amable y desinteresada está muerta, asesinada a manos de los osados, que fueron controlados por Jeanine con el poder del Departamento para respaldarla.

La madre y el padre de Tris estaban entre ellos.

Tris permanece inmóvil, con las manos colgándole sin fuerza y poniéndosele rojas por el bombeo de sangre.

—Ese es el problema de su fe ciega en los experimentos —dice Nita a nuestro lado, como si deslizara las palabras en los huecos vacíos de nuestras mentes—: el Departamento da más valor a los experimentos que a las vidas de los GD. Es obvio. Y ahora las cosas podrían ponerse peor.

—¿Peor? —repito—. ¿Peor que matar a casi todos los abnegados? ¿Cómo?

—El Gobierno lleva amenazando con cerrar los experimentos desde hace casi un año —responde Nita—. Los experimentos fallan uno tras otro porque las comunidades no pueden vivir en paz, y David siempre acaba por encontrar soluciones para restablecerla en el último segundo. Si algo va mal con el experimento de Chicago, puede volver a hacerlo. Puede reiniciar todos los experimentos cuando quiera.

—Reiniciarlos —repito.

—Con el suero de la memoria de Abnegación —responde Reggie—. Bueno, en realidad es el suero de la memoria del

Departamento. Todos los hombres, mujeres y niños tendrán que empezar de nuevo.

—Borraran sus vidas —dice Nita secamente—, contra su voluntad, por resolver un «problema» genético que, en realidad, no existe. Esta gente tiene poder para hacerlo. Y nadie debería ostentar ese poder.

Recuerdo lo que pensé cuando Johanna me contó que los cordiales administraban el suero de la memoria a las patrullas osadas: que cuando le arrebatas los recuerdos a alguien, cambias su personalidad.

De repente me da igual cuál sea el plan de Nita, siempre que suponga golpear al Departamento con todas nuestras fuerzas. Lo que he averiguado en los últimos días me hace creer que este lugar no tiene nada que merezca la pena salvar.

—¿Cuál es el plan? —pregunta Tris con voz monótona, casi mecánica.

—Dejaré que mis amigos de la periferia entren por el túnel subterráneo —responde Nita—. Tobias, tú apagarás el sistema de seguridad mientras lo hago, para que no nos atrapen; es prácticamente la misma tecnología con la que trabajaste en la sala de control osada, no debería costarte. Después, Rafi, Mary y yo entraremos en el laboratorio de armamento y robaremos el suero de la memoria para que el Departamento no pueda usarlo. Reggie me ha estado ayudando a escondidas, pero él será el que nos abra el túnel el día del ataque.

—¿Qué vais a hacer con el suero de la memoria? —pregunto.

—Destruirlo —responde Nita sin titubear.

Me siento raro, vacío como un globo desinflado. No sé qué tenía en mente cuando Nita me habló de su plan, aunque no era esto. Esto me parece demasiado pequeño, demasiado pasivo como acto de venganza contra la gente responsable de la simulación del ataque, la gente que me dijo que había algo malo en mi misma esencia, en mi código genético.

—Y eso es lo único que pretendéis hacer —dice Tris, que por fin aparta la vista del microscopio y mira a Nita con los ojos entrecerrados—. Sabéis que el Departamento es responsable del asesinato de cientos de personas ¿y vuestro plan es... robarles su suero de la memoria?

—No recuerdo haberte invitado a dar tu opinión sobre mi plan.

—No estoy dando una opinión sobre tu plan —responde Tris—, te estoy diciendo que no me lo creo. Odias a esta gente, lo noto en tu forma de hablar de ellos. Sea lo que sea lo que pretendes hacer, creo que es mucho peor que robarles un poco de suero.

—El suero de la memoria es lo que utilizan para que los experimentos sigan funcionando. Es su principal fuente de poder sobre tu ciudad, así que quiero quitársela. Diría que, por ahora, es un golpe más que suficiente. —Nita habla con amabilidad, como si le explicara algo a un niño—. Nunca dije que eso fuera lo único que pretendía hacer. No siempre resulta mejor golpear con todas tus fuerzas a la primera oportunidad. Esto es una carrera de fondo, no un *sprint*.

Tris se limita a sacudir la cabeza.

—Tobias, ¿te apuntas? —me pregunta Nita.

255

Miro a Tris, que está tensa y rígida, y después a Nita, que se muestra relajada y dispuesta. No veo lo que ve Tris, ni lo que oye Tris. Y, cuando pienso en decir que no, es como si me desmoronara por dentro. Tengo que hacer algo, aunque sea poca cosa, y no entiendo por qué Tris no siente esa misma desesperación.

—Sí —respondo, y Tris se vuelve hacia mí para mirarme con incredulidad, con los ojos como platos. No le hago caso—. Puedo desactivar el sistema de seguridad. Necesitaré un poco de suero de la paz de Cordialidad; ¿tenéis acceso a eso?

—Yo sí —responde Nita, esbozando una sonrisita—. Te enviaré un mensaje con la hora. Vamos, Reggie, que estos dos necesitan... hablar.

Reggie se despide de mí con la cabeza, después de Tris, y Nita y él salen de la habitación y cierran con cuidado la puerta para no hacer ruido.

Tris se vuelve hacia mí con los brazos cruzados como dos barras sobre su cuerpo, para mantenerme fuera.

—No te entiendo —dice—. Está mintiendo. ¿Es que no lo ves?

—No lo veo porque no existe —respondo—. Soy capaz de distinguir a un mentiroso tan bien como tú. Y, en esta situación, creo que los celos enturbian tu criterio.

—¡No estoy celosa! —exclama, con el ceño fruncido—. Estoy siendo lista. Ella tiene pensado algo más gordo, y yo que tú huiría de alguien que me miente sobre algo en lo que quiere que participe.

—Bueno, pero yo no soy tú —respondo, sacudiendo la cabeza—. Dios, Tris, esta gente asesinó a tus padres, ¿y no vas a hacer nada al respecto?

—No he dicho que no vaya a hacer nada —dice en tono seco—, pero no tengo que tragarme el primer plan que me cuenten.

—Te traje aquí porque quería ser sincero contigo, ¡no para que sacaras conclusiones precipitadas sobre la gente y me ordenaras lo que tengo que hacer!

—¿Recuerdas lo que pasó la última vez que no confiaste en mis «conclusiones precipitadas»? —responde Tris, muy fría—. Al final descubriste que yo tenía razón. Tenía razón al decir que el vídeo de Edith Prior lo cambiaría todo, tenía razón sobre Evelyn y tengo razón sobre esto.

—Sí, tú siempre tienes razón. ¿La tenías cuando te metiste en situaciones peligrosas sin estar armada? ¿La tenías cuando me mentiste y te fuiste en plena noche a morir con los eruditos? O con Peter, ¿tenías razón con él?

—No me eches esas cosas en cara —responde, apuntándome con el dedo, y yo me siento como un niño al que regaña su padre—. Nunca dije que fuera perfecta, pero tú... tú ni siquiera eres capaz de ver más allá de tu desesperación. Seguiste a Evelyn porque estabas desesperado por tener un padre, y ahora sigues a Nita porque estás desesperado por creer que no eres defectuoso...

La palabra me provoca escalofríos.

—No soy defectuoso —digo en voz baja—. No puedo creerme que tengas tan poca fe en mí como para decirme que no confíe en mí mismo. Y no necesito tu permiso.

Me dirijo a la puerta y, cuando mi mano se cierra en torno al pomo, ella contesta:

—¡Di que sí! ¡Irte para ser el que tenga la última palabra es muy maduro!

—Igual que sospechar de los motivos de una persona solo porque sea guapa. Supongo que estamos empatados.

Salgo de la habitación.

No soy un niño desesperado e inestable que va regalando su confianza. No soy defectuoso.

CAPÍTULO
VEINTISÉIS

Pego la frente al ocular del microscopio: el suero marrón anaranjado nada delante de mí.

Estaba tan concentrada en descubrir las mentiras de Nita que apenas me paré a pensar sobre la verdad: para ponerle las manos encima a este suero, el Departamento tuvo que haberlo desarrollado para después, de algún modo, entregárselo a Jeanine. Me aparto. ¿Por qué colaboraría Jeanine con el Departamento si tan empeñada estaba en quedarse en la ciudad, lejos de ellos?

Sin embargo, supongo que el Departamento y Jeanine compartían un objetivo común: los dos querían que el experimento continuara; a los dos les aterraba la idea de lo que pasaría de no continuar; los dos estaban dispuestos a sacrificar vidas inocentes para conseguirlo.

Pensaba que este lugar podía ser mi hogar, pero el Departamento está lleno de asesinos. Me mezo sobre los talones como si me empujara una fuerza invisible y después salgo de la habitación con el corazón acelerado.

No hago caso de la gente que holgazanea por el pasillo. Me

limito a seguir adentrándome en el complejo, en el corazón de la bestia.

Me oigo decirle a Christina que este lugar podría ser mi hogar.

«Esta gente asesinó a tus padres», repite la voz de Tobias dentro de mi cabeza.

No sé adónde voy, solo que necesito espacio y aire. Con la tarjeta de identificación en la mano, paso medio corriendo, medio andando por el control de seguridad para llegar a la escultura. Ahora el tanque no está iluminado, aunque el agua sigue cayendo, una gota por cada segundo que pasa. Me quedo un momento parada, observándola. Entonces veo a mi hermano al otro lado del bloque de piedra.

—¿Estás bien? —me pregunta, indeciso.

No estoy bien. Empezaba a creer que había encontrado un lugar en el que quedarme, un lugar que no era tan inestable, corrupto y controlador como para tener que marcharme. Ya debería haber sabido que ese lugar no existe.

—No —respondo.

Él empieza a rodear el bloque de piedra para acercarse.

—¿Qué te pasa?

—¿Que qué me pasa? —repito, riéndome—. Te lo diré así: acabo de descubrir que no eres la peor persona que conozco.

Me pongo en cuclillas y me paso los dedos por el pelo. Me siento paralizada y aterrada ante mi parálisis. El Departamento es responsable de la muerte de mis padres, ¿por qué tengo que repetírmelo una y otra vez para creérmelo? ¿Qué me pasa?

—Ah —responde él—. Lo... ¿siento?

Solo consigo gruñir un poco.

—¿Sabes lo que me dijo mamá una vez? —me pregunta, y pronuncia la palabra «mamá» como si no la hubiese traicionado, lo que me hace apretar los dientes—. Me dijo que todo el mundo tiene una parte mala, y que el primer paso para amar a alguien es reconocer esa misma maldad dentro de nosotros, de modo que podamos perdonar.

—¿Eso quieres que haga? —digo débilmente mientras me levanto—. Puede que haya hecho cosas malas, Caleb, pero jamás te entregaría para que te ejecutaran.

—No puedes decir eso —responde, y suena como si me suplicara, como si me rogara que dijera que soy igual que él, no mejor—. No sabes lo convincente que era Jeanine...

Algo dentro de mí se rompe como una goma.

Le pego un puñetazo en la cara.

Solo puedo pensar en que los eruditos me quitaron el reloj y los zapatos y me condujeron a una mesa desnuda para arrebatarme la vida. Una mesa que bien podría haber preparado Caleb en persona.

Creía estar más allá de esta clase de rabia, pero, cuando él retrocede, tambaleante, con las manos en la cara, lo persigo, lo agarro por la pechera de la camisa y lo estrello contra la escultura de piedra mientras grito que es un cobarde y un traidor, y que lo mataré, que lo mataré.

Uno de los guardias se me acerca y solo tiene que ponerme una mano en el brazo para romper el hechizo. Suelto la camisa de Caleb y sacudo la mano, que me pica. Doy media vuelta y me alejo.

Hay un jersey beis sobre la silla vacía del laboratorio de Matthew; la manga roza el suelo. Todavía no he conocido a su supervisor y empiezo a sospechar que Matthew es el que hace todo el trabajo.

Me siento encima del jersey y me examino los nudillos. Algunos se han desgarrado por el puñetazo a Caleb y están salpicados de tenues moratones. Parece apropiado que el golpe nos haya dejado marcas a los dos. Así funciona el mundo.

Anoche, cuando regresé al dormitorio, Tobias no había llegado y yo estaba demasiado enfadada para dormir. En las horas que me mantuve despierta, mirando al techo, decidí que, aunque no iba a participar en el plan de Nita, tampoco iba a detenerlo. La verdad sobre la simulación del ataque había hecho crecer mi odio por el Departamento, así que quería verlo desmoronarse desde dentro.

Matthew está hablando de ciencias, pero me cuesta prestarle atención.

—... realizando algunos análisis genéticos, lo que está bien, pero antes estábamos desarrollando una forma de conseguir que el compuesto de la memoria se comportase como un virus. Con la misma velocidad de reproducción y la misma capacidad de propagarse por el aire. Y después desarrollamos una vacuna. Una temporal, una que solo dura cuarenta y ocho horas, pero, aun así...

Asiento con la cabeza.

—Así que... lo hicisteis para poder montar más fácilmente otros experimentos, ¿no? En vez de inyectar a todo el mundo el suero de la memoria, lo liberaríais por el aire y dejaríais que se propagase.

—¡Exacto! —Parece emocionarse al verme interesada en lo que dice—. Y es un modelo mucho mejor, porque tienes la opción de seleccionar a miembros concretos de la población a los que no quieres infectar: los inoculas, el virus se propaga en veinticuatro horas, pero no surte efecto en ellos.

Asiento de nuevo.

—¿Te encuentras bien? —pregunta Matthew, deteniendo el movimiento de la taza de café antes de llevársela a los labios; la deja en la mesa—. He oído que los guardias de seguridad tuvieron que separarte de alguien anoche.

—De mi hermano, Caleb.

—Ah —dice Matthew, arqueando una ceja—. ¿Qué ha hecho esta vez?

—La verdad es que nada. —Le doy un pellizco al jersey; los bordes están deshilachados, desgastados de viejos—. Estaba a punto de estallar, de todos modos; simplemente, apareció en el peor momento.

Con solo mirarlo ya sé cuál es su pregunta, y quiero explicárselo todo, todo lo que me enseñó y me contó Nita. Me pregunto si se puede confiar en él.

—Ayer oí algo —digo, tanteando el terreno—. Sobre el Departamento, mi ciudad y las simulaciones.

Él se endereza y me lanza una mirada extraña.

—¿Qué? —pregunto.

—¿Es algo que te contó Nita? —pregunta a su vez.

—Sí, ¿cómo lo sabes?

—La he ayudado un par de veces. La dejé entrar en aquel almacén. ¿Te contó algo más?

¿Matthew es el informante de Nita? Me quedo mirándolo. Jamás se me habría pasado por la cabeza que Matthew, el que se desvivió por explicarme la diferencia entre mis genes «puros» y los genes «defectuosos» de Tobias, estuviera ayudando a Nita.

—Algo sobre un plan —respondo lentamente.

Él se levanta y camina hacia mí, muy tenso. Me aparto de él por instinto.

—¿Van a hacerlo? ¿Sabes cuándo?

—¿Qué está pasando? ¿Por qué ayudaste a Nita?

—Porque todas esas tonterías del «daño genético» son ridículas. Es muy importante que respondas a mis preguntas.

—Van a hacerlo. Y no sé cuándo, pero creo que pronto.

—Mierda —dice Matthew, llevándose las manos a la cara—. De esto no puede salir nada bueno.

—Si no dejas de hacer comentarios crípticos, te pego un tortazo —respondo, poniéndome en pie.

—Estuve ayudando a Nita hasta que me dijo lo que ella y esa gente de la periferia pretendía hacer. Quieren entrar en el laboratorio de armamento y...

—Y robar el suero de la memoria, sí, lo sé.

—No —contesta, sacudiendo la cabeza—. No, no quieren el suero de la memoria, quieren el suero de la muerte. Es parecido al que tienen los eruditos, ese con el que te iban a inyectar cuando estuvieron a punto de ejecutarte. Van a usarlo para asesinar gente, mucha gente. Con abrir una lata de aerosol, ya está, ¿entiendes? Si se lo das a la gente adecuada, tendrás un estallido de anarquía y violencia, y eso es justo lo que quiere esa gente de la periferia.

Lo entiendo. Veo una ampolla inclinándose y a alguien apretando el botón de un aerosol. Veo cadáveres abnegados y eruditos despatarrados por calles y escaleras. Veo que los pedacitos de este mundo a los que hemos podido aferrarnos estallan en llamas.

—Creía que la ayudaba con algo más inteligente —dice Matthew—. De haber sabido que la ayudaba a empezar otra guerra, no lo habría hecho. Tenemos que hacer algo al respecto.

—Se lo dije —comento en voz baja, aunque no va dirigido a Matthew, sino a mí misma—. Le dije que Nita mentía.

—Puede que tengamos un problema con la forma en que tratamos a los GD en este país, pero no vamos a resolverlo asesinando a un puñado de gente. Venga, vamos al despacho de David.

No sé qué está bien y qué está mal. No sé nada de este país ni de la forma en que funciona, ni de lo que necesita cambiarse. Sin embargo, sé que un poco de suero de la muerte en manos de Nita y la gente de la periferia no es mucho mejor que un poco de suero de la muerte en el laboratorio del Departamento. Así que sigo a Matthew por el pasillo. Caminamos a toda prisa hacia la entrada principal por la que llegué a este complejo.

Cuando pasamos por el control de seguridad, veo a Uriah al lado de la escultura. Levanta una mano para saludarme y aprieta los labios en una línea que podría haber sido una sonrisa si le hubiera puesto más empeño. Por encima de su cabeza, la luz se refracta en el tanque de agua, el símbolo de la lucha lenta y absurda del complejo.

Acabo de pasar el control de seguridad cuando, de repente, estalla el muro que hay junto a Uriah.

Es como una flor de fuego saliendo de un capullo. Los fragmentos de cristal y metal salen disparados del centro de la flor, y el cuerpo de Uriah está entre ellos, es un proyectil inmóvil. Un ruido sordo me recorre como un temblor. Tengo la boca abierta; estoy gritando su nombre, aunque no me oigo por culpa del pitido en los oídos.

A mi alrededor, todos están agachados, con los brazos sobre la cabeza, pero yo estoy de pie, observando el muro del complejo: nadie entra por él.

Unos segundos después, todos empiezan a correr para alejarse de la explosión, mientras que yo me lanzo contra ellos, con los hombros por delante, para llegar hasta Uriah. Un codo me golpea en el costado y caigo de bruces, arañándome con algo duro y metálico: la esquina de una mesa. Me pongo de pie como puedo mientras me limpio la sangre de la ceja con una manga. La tela se desliza sobre mis brazos, y lo único que veo son extremidades, pelo y ojos muy abiertos, además del cartel que hay sobre sus cabezas: «Salida del complejo».

—¡Dad las alarmas! —grita uno de los guardias del control de seguridad.

Me agacho para pasar por debajo de un brazo y tropiezo de lado.

—¡Ya lo he hecho! —grita otro guardia—. ¡No funcionan!

Matthew me agarra por el hombro y me chilla al oído:

—¿Qué haces? ¡No vayas hacia...!

Avanzo más deprisa al encontrar un pasillo abierto, sin gente que me entorpezca el camino. Matthew corre detrás de mí.

—No deberíamos acercarnos al punto de la explosión. Quienquiera que sea, ya estará dentro del edificio —dice—. ¡Al laboratorio de armamento, ahora! ¡Vamos!

El laboratorio de armamento. Palabras sagradas.

Pienso en Uriah, tirado en el suelo, rodeado de cristal y metal. Mi cuerpo lucha por correr hacia él, cada uno de mis músculos me lo pide, pero sé que ahora mismo no puedo ayudarlo. Lo más importante es utilizar mis conocimientos sobre el caos y los ataques para evitar que Nita y sus amigos roben el suero de la muerte.

Matthew tenía razón: de esto no puede salir nada bueno.

Matthew va delante, metiéndose entre la gente como si nadara en una piscina. Intento concentrarme en su nuca para seguirlo, pero las caras que se acercan me distraen, las bocas y los ojos paralizados de terror. Lo pierdo unos segundos y después lo encuentro de nuevo, varios metros más adelante, doblando a la derecha en el siguiente pasillo.

—¡Matthew! —grito, y me abro paso entre otro grupo de gente.

Por fin lo alcanzo y lo agarro por la camisa. Él se vuelve y me da la mano.

—¿Estás bien? —pregunta, mirándome la herida que tengo por encima de la ceja.

Con las prisas, me había olvidado del corte. Me lo aprieto con la manga y me la mancha de rojo, pero asiento.

—¡Estoy bien! ¡Vamos!

Corremos codo con codo por el pasillo. Este no está tan lleno como los demás, aunque veo que quienes se han infiltrado ya han pasado por aquí: hay guardias tirados en el suelo, algunos vivos y otros muertos. Veo una pistola al lado de una fuente y me lanzo a por ella, soltando la mano de Matthew.

Cojo la pistola y se la ofrezco, pero él niega con la cabeza.

—Nunca he disparado una.

—Por Dios —exclamo, y pongo el dedo en el gatillo.

Es distinta de las armas de la ciudad: no tiene un cañón que se desplaza a un lado, ni la misma tensión en el gatillo, ni siquiera la misma distribución de peso. Por todo eso, es más fácil de sostener, ya que no me despierta los mismos recuerdos.

Matthew jadea, sin aliento. Yo también, aunque no lo percibo igual porque ya he corrido muchas veces en medio del caos. El siguiente pasillo por el que nos lleva está vacío, salvo por una soldado caída. No se mueve.

—No queda mucho —dice Matthew, y yo me llevo un dedo a los labios para indicarle que se calle.

Frenamos y avanzamos caminando, yo con el arma bien sujeta para que no se me resbale con el sudor. No sé cuántas balas tiene dentro, ni cómo comprobarlo. Cuando pasamos junto a la soldado, me detengo para buscar su arma. Encuentro una bajo la cadera, ya que, al caer, la mujer aterrizó sobre su muñeca. Matthew se queda mirándola sin parpadear mientras yo recojo el arma.

—Eh —le digo en voz baja—, sigue moviéndote. Después tendrás tiempo de asimilarlo.

Lo doy un codazo y abro la marcha por el pasillo. Aquí está todo en penumbra, barras y tuberías se cruzan por el techo. Oigo voces más adelante, y no necesito las instrucciones susurradas de Matthew para encontrarlas.

Cuando llegamos al sitio donde se supone que debemos doblar la esquina, me pego a la pared y echo un vistazo con precaución, para mantenerme tan oculta como me sea posible.

Hay unas puertas de cristal dobles que parecen tan pesadas como unas de metal, pero están abiertas. Al otro lado hay un pasillo estrecho en el que solo se ven tres personas de negro. Llevan ropa pesada y fusiles tan grandes que no estoy segura de ser capaz de levantar uno de ellos. Se cubren la cara con tela oscura para taparlo todo, salvo los ojos.

De rodillas ante las puertas dobles está David, al que apuntan con un fusil a la sien; le cae sangre por la barbilla. Y entre los invasores, con la misma máscara que ellos, hay una chica con una coleta oscura.

Nita.

CAPÍTULO VEINTISIETE

TRIS

—Déjanos entrar, David —dice Nita, aunque cuesta identificar su voz a través de la máscara.

Los ojos de David se mueven lentamente hacia un lado, hacia el hombre que le apunta con el arma.

—No creo que vayáis a dispararme —dice—, porque soy el único del edificio que conoce esa información, y vosotros queréis el suero.

—Puede que no te disparemos en la cabeza —dice el hombre— pero hay otros sitios.

El hombre y Nita se miran. Después, el hombre baja el arma y dispara a los pies de David. Cierro los ojos con fuerza cuando los gritos de David retumban por el pasillo. Puede que sea una de las personas que ofreció a Jeanine Matthews la simulación del ataque, pero no disfruto con sus gritos de dolor.

Me quedo mirando las armas que llevo, una en cada mano, y mis dedos pálidos sobre los gatillos negros. Me imagino podando todas las ramas perdidas de mis pensamientos para concentrarme solo en este lugar, en este momento.

Acerco la boca a la oreja de Matthew y masculло:

—Ve a por ayuda ahora mismo.

Matthew asiente y vuelve por el pasillo. Hay que reconocer que se mueve en silencio, sus pisadas no hacen ruido. Al final del pasillo vuelve la vista atrás antes de desaparecer por la esquina.

—Estoy harta de esta mierda —dice la mujer pelirroja—. Vamos a reventar las puertas.

—Una explosión activaría uno de los mecanismos de seguridad auxiliares —responde Nita—. Necesitamos el código.

Me asomo de nuevo y, esta vez, David me ve. Está pálido y sudoroso, y hay un buen charco de sangre alrededor de sus tobillos. Los demás miran a Nita, que se saca una caja negra del bolsillo y la abre, dejando al descubierto una jeringa y una aguja.

—Dijiste que esa cosa no funcionaba con él —dice el hombre de la pistola.

—Dije que podría resistirse, no que no funcionara del todo. David, esto es una mezcla muy potente del suero de la verdad y el suero del miedo. Voy a inyectártelo si no nos das el código de acceso.

—Sé que esto es culpa de tus genes, Nita —dice David débilmente—. Si te detienes ahora, puedo ayudarte, puedo...

Nita esboza una sonrisa torcida. Le clava la aguja en el cuello con una expresión de placer y empuja el émbolo. David se derrumba, se estremece y vuelve a estremecerse.

Entonces abre mucho los ojos y grita, mirando el aire vacío, y sé lo que está viendo, porque yo también lo vi en la sede de

Erudición, cuando me inyectaron el suero del terror: vi hacerse realidad mis peores miedos.

Nita se arrodilla frente a él y le agarra la cara.

—¡David! —grita con urgencia—. Puedo detenerlo ahora mismo si nos dices cómo entrar en esa habitación. ¿Me oyes?

Él jadea, y sus ojos no se centran en ella, sino en algo que hay detrás de su hombro.

—¡No lo hagáis! —exclama, y se lanza hacia delante, hacia el fantasma que el suero le está enseñando. Nita le pone un brazo en el pecho para evitar que se caiga, y él grita—. ¡No lo...!

Nita lo sacude.

—¡Los detendré si me dices cómo entrar!

—¡Ella! —dice David, con lágrimas en los ojos—. El... El nombre...

—¿El nombre de quién?

—¡Se nos acaba el tiempo! —exclama el hombre que apunta a David—. O conseguimos el suero o lo matamos...

—Ella —dice David, señalando hacia delante.

Señalándome a mí.

Extiendo los brazos, rodeando la esquina, y disparo dos veces. La primera bala da en la pared. La segunda acierta en el brazo del hombre, de modo que su enorme arma cae al suelo. La mujer pelirroja me apunta con su fusil (o apunta a la parte de mí que puede ver, medio escondida detrás de la pared) y Nita grita:

—¡No disparéis! Tris, no sabes lo que estás haciendo...

—Seguramente tienes razón —respondo, y disparo otra vez.

Esta vez lo hago con mano más firme y apunto mejor: le doy

a Nita en el costado, justo encima de la cadera. Ella grita dentro de su máscara y se agarra el agujero en la piel antes de caer de rodillas, con las manos cubiertas de sangre.

David se lanza hacia mí con una mueca de dolor al apoyar su peso en la pierna herida. Lo sujeto por la cintura con un brazo y lo giro para colocarlo entre los soldados que quedan y yo. Después le apunto a la cabeza con una de mis armas.

Todos se quedan paralizados. Noto el latido del corazón en la garganta, en las manos y detrás de los ojos.

—Si disparáis, le meto una bala en la cabeza —advierto.

—No serías capaz de matar a tu líder —dice la pelirroja.

—No es mi líder, me da igual que viva o muera. Pero si creéis que voy a permitir que os hagáis con ese suero de la muerte, estáis locos.

Empiezo a retroceder arrastrando los pies, con David gimiendo delante de mí, todavía bajo la influencia del cóctel de sueros. Agacho la cabeza y me pongo de lado para quedar a salvo detrás de él, sin dejar de apuntarle a la cabeza.

Llegamos al final del pasillo, y la mujer decide que es un farol. Dispara y acierta a David debajo de la rodilla, en la otra pierna. Él se derrumba con un grito, y quedo expuesta. Me tiro al suelo, golpeándome los codos, en el preciso instante en que una bala pasa silbando junto a mí y me vibra en la cabeza.

Entonces noto que algo caliente me resbala por el brazo izquierdo, veo sangre e intento apoyar los pies en el suelo para ganar tracción. La encuentro y disparo a ciegas al pasillo. Agarro a David por el cuello de la camisa y lo arrastro por el suelo mientras el dolor me recorre el brazo izquierdo.

Oigo carreras y gruño, pero no vienen por detrás, sino por delante. La gente me rodea, Matthew entre ellos, y alguien recoge a David y corre con él por el pasillo. Matthew me ofrece una mano.

Me pitan los oídos. No puedo creer que lo haya conseguido.

CAPÍTULO
VEINTIOCHO

TRIS

El hospital está atestado de gente, todos gritan o corren de un lado a otro cerrando cortinas. Antes de sentarme he buscado a Tobias por todas las camas, pero no estaba en ninguna. Todavía tiemblo de alivio.

Uriah tampoco está aquí, sino en una de las habitaciones, con la puerta cerrada; no es buena señal.

La enfermera que me aplica antiséptico en el brazo está sin aliento y echa un vistazo a su alrededor en vez de dirigir la vista a mi herida. Me dice que es un arañazo, nada de lo que preocuparse.

—Puedo esperar si necesitas hacer otra cosa —le digo—. De todos modos, tengo que buscar a alguien.

Ella frunce los labios y responde:

—Necesitas puntos.

—¡Es un arañazo!

—En el brazo no, en la cabeza —responde, señalándome la frente.

Con todo el caos, se me había olvidado el corte, pero todavía no ha dejado de sangrar.

—Vale.

—Te voy a inyectar un anestésico —dice mientras me enseña una jeringa.

Estoy tan acostumbrada a las agujas que ni reacciono. Me humedece la frente con antiséptico (aquí son muy cuidadosos con los gérmenes) y noto el pinchazo de la aguja, aunque desaparece rápidamente a medida que surte efecto el anestésico.

Observo a la gente que pasa corriendo junto a nosotras mientras ella me cose la piel: un médico se quita unos guantes de goma manchados de sangre; una enfermera lleva una bandeja con gasas y está a punto de resbalar en las baldosas; el familiar de un herido se retuerce las manos. El aire huele a productos químicos, papel viejo y cuerpos calientes.

—¿Alguna novedad sobre David? —pregunto.

—Vivirá, aunque tardará en volver a caminar —responde; entonces deja de fruncir los labios unos segundos—. Podría haber sido mucho peor si no hubieses estado allí. Ya estás lista.

Asiento con la cabeza. Desearía poder contarle que no soy una heroína, que lo he usado de escudo, como una pared de carne. Desearía poder confesarle que odio al Departamento y a David, y que soy capaz de permitir que revienten a balazos a alguien con tal de salvar la vida. Mis padres estarían avergonzados.

La enfermera me pone una venda sobre los puntos para proteger la herida, y recoge todos los envoltorios y los algodones mojados para tirarlos.

Antes de poder darle las gracias, se va a la siguiente cama, al siguiente paciente, a la siguiente herida.

Los heridos hacen cola en el pasillo que da a urgencias. Por lo que he visto, deduzco que detonaron otra bomba a la vez que la de la entrada. Las dos eran distracciones. Nuestros atacantes entraron por los túneles subterráneos, como Nita dijo. Lo que no mencionó fue que pensara abrir agujeros en las paredes.

Las puertas del final del pasillo se abren, y unas cuantas personas entran corriendo con una mujer joven (Nita) en brazos. La dejan en un catre, cerca de una de las paredes. Ella gruñe y se agarra un rollo de gasa con el que se aprieta la herida del costado. Curiosamente, veo su dolor como algo ajeno. Yo le disparé, tenía que hacerlo. Fin de la historia.

Mientras recorro el pasillo entre los heridos, me fijo en sus uniformes: todos van de verde. Salvo escasas excepciones, todos son personal auxiliar. Se sujetan brazos, piernas o cabezas ensangrentadas; algunas heridas son como las mías, y otras, mucho peores.

Contemplo mi reflejo en las ventanas que hay justo después del pasillo principal: tengo el pelo sucio y lacio, y la venda me tapa media frente. Llevo parte de la ropa manchada de sangre de David y mía. Necesito ducharme y cambiarme, pero primero tengo que encontrar a Tobias y a Christina. No he visto a ninguno de los dos desde antes de la invasión.

No tardo en encontrar a Christina: está sentada en la sala de espera cuando salgo de urgencias, moviendo tanto la rodilla que la persona que tiene al lado le lanza miradas asesinas. Levanta una mano para saludarme, pero sus ojos se apartan de los míos y se vuelven hacia las puertas justo después.

—¿Estás bien? —me pregunta.

—Sí. Todavía no hay noticias de Uriah. No he podido entrar en la habitación.

277

—Esta gente me vuelve loca, ¿sabes? No le dicen nada a nadie. No nos permiten verlo. ¡Es como si creyeran que él y todo lo que le suceda es solo cosa suya!

—Aquí funcionan de otra forma. Seguro que te contarán algo cuando tengan noticias concretas.

—Bueno, te lo contarán a ti —responde ella, frunciendo el ceño—, pero no estoy convencida de que a mí me hagan caso.

Hace unos días no habría estado de acuerdo con ella, ya que no estaba segura de hasta qué punto influía en su comportamiento la creencia en el daño genético. No sé bien qué hacer, no sé cómo hablar con ella ahora que tengo estas ventajas de las que ella no disfruta, y que ninguna de las dos puede hacer nada al respecto. Solo se me ocurre quedarme a su lado.

—Tengo que encontrar a Tobias, pero volveré después para sentarme a esperar contigo, ¿vale?

Ella me mira al fin y deja quieta la rodilla.

—¿No te lo han contado?

—¿El qué? —pregunto mientras se me forma un nudo en el estómago.

—Han detenido a Tobias —responde en voz baja—. Lo vi sentado con los invasores justo antes de venir aquí. Algunas personas lo vieron en la sala de control antes del ataque y dicen que estaba desactivando el sistema de alarma.

Me mira con tristeza, como si yo le diera lástima, pero yo ya sabía lo que había hecho Tobias.

—¿Dónde están?

Necesito hablar con él y sé lo que voy a decirle.

CAPÍTULO
VEINTINUEVE

TOBIAS

Me pican las muñecas por culpa de la brida de plástico con la que me las ha sujetado el guardia. Me toco la mandíbula con la punta de los dedos para ver si la tengo manchada de sangre.

—¿Estás bien? —me pregunta Reggie.

Asiento con la cabeza, ya que he sufrido heridas peores. He recibido golpes más fuertes que este, cuando el soldado me estrelló la culata del fusil en la mandíbula mientras me detenía, mirándome con rabia.

Mary y Rafi están sentados a unos cuantos metros, Rafi con un puñado de gasas para contener la sangre del brazo. Una guardia colocada entre ellos y nosotros nos mantiene separados. Al volverme hacia ellos, Rafi me mira a los ojos y asiente con la cabeza, como diciendo: «Bien hecho».

Si lo he hecho bien, ¿por qué me siento tan mal?

—Mira —me dice Reggie, moviéndose para acercarse más—, Nita y la gente de la periferia van a asumir toda la culpa. No pasará nada.

Asiento de nuevo, no muy convencido. Teníamos un plan

de emergencia para nuestra probable detención, y no me preocupa que tenga éxito o no. Lo que me preocupa es lo que están tardando en ocuparse de nosotros y lo informal que ha sido todo. Hemos estado sentados en este pasillo vacío desde que atraparon a los invasores, hace más de media hora, y nadie se ha acercado a contarnos lo que nos va a pasar ni a preguntarnos nada. Ni siquiera he visto todavía a Nita.

Noto un sabor amargo en la boca. No sé qué hemos hecho, pero parece haberlos alterado mucho, y no sé de nada que altere tanto a la gente como la pérdida de vidas.

¿De cuántas de esas muertes soy responsable por haber participado en esto?

—Nita me dijo que iban a robar el suero de la memoria —le digo a Reggie, temiendo mirarlo—. ¿Era verdad?

Reggie mira al guardia, que está a pocos metros. Ya nos han gritado una vez por hablar.

Pero conozco la respuesta.

—No era verdad, ¿no? —insisto.

Tris tenía razón: Nita mentía.

—¡Eh! —grita la guardia, acercándose para meter el cañón del fusil entre los dos—. Apartaos, las conversaciones no están permitidas.

Reggie se mueve hacia la derecha y mira a los ojos a la guardia.

—¿Qué está pasando? —pregunto—. ¿Qué ha pasado?

—Claro, como si no lo supieras —responde ella—. Mantén la boca cerrada.

La observo alejarse, y entonces veo a una chica rubia bajita aparecer al final del pasillo: Tris. Tiene la cabeza vendada y manchas de sangre con forma de dedos en la ropa. Lleva un trozo de papel apretado en el puño.

—¡Eh! —le dice la guardia—. ¿Qué estás haciendo aquí?

—Shelly —la interrumpe el otro guardia, que se ha acercado corriendo—, tranquila, es la chica que ha salvado a David.

La chica que ha salvado a David... ¿de qué exactamente?

—Ah —dice Shelly, bajando el arma—. Bueno, la pregunta sigue siendo válida.

—Me pidieron que os trajera noticias —dice Tris, y le da a Shelly el trozo de papel—. David está en reanimación. Vivirá, pero no saben cuándo volverá a caminar. La mayor parte de los demás heridos está siendo atendida.

El amargor que noto en la boca se acentúa: David no puede caminar. Y lo que han estado haciendo todo este tiempo es encargarse de los heridos. Toda esta destrucción, ¿para qué? Ni siquiera lo sé, no conozco la verdad.

¿Qué he hecho?

—¿Tienen un recuento de víctimas? —pregunta Shelly.

—Todavía no.

—Gracias por informarnos.

—Verás —responde Tris, cambiando el peso de pie—, necesito hablar con él.

Me señala con la cabeza.

—La verdad es que no podemos... —empieza a contestar Shelly.

—Solo un segundo, lo prometo. Por favor.

—Déjala, ¿qué daño va a hacer? —dice el otro guardia.

281

—Vale, te doy dos minutos.

Ella me señala otra vez con la cabeza, y yo uso la pared para apoyarme y ponerme de pie, con las manos todavía atadas frente a mí. Tris se acerca, pero no demasiado; el espacio y sus brazos cruzados forman una barrera entre nosotros, casi tan infranqueable como una pared. Tris mira a algún punto al sur de mis ojos.

—Tris...

—¿Quieres saber lo que han hecho tus amigos? —me pregunta con voz temblorosa, y yo no cometo el error de pensar que es por las lágrimas. No, es por la rabia—. No iban a por el suero de la memoria, sino a por veneno, a por el suero de la muerte. Para matar a un puñado de gente importante del Gobierno y empezar una guerra.

Bajo la mirada a mis manos, a las baldosas, a las puntas de sus zapatos. Una guerra.

—No sabía...

—Yo tenía razón. Tenía razón y no me escuchaste. Otra vez —dice ella en voz baja.

Me mira a los ojos y descubro que no deseo ese contacto visual que antes ansiaba, porque me destroza, pedazo a pedazo.

—Uriah estaba justo al lado de una de las bombas que detonaron para distraernos —sigue diciendo—. Está inconsciente y no saben si despertará.

Es extraño cómo una palabra, una frase, una oración puede convertirse en un puñetazo en la cabeza.

—¿Qué?

Solo veo la cara de Uriah cuando cayó en la red después de la Ceremonia de la Elección, su sonrisa atolondrada cuando Zeke y yo lo sacamos de la plataforma de la red. O lo recuerdo sentado en el salón de tatuajes, apartando la oreja para que Tori pudiera dibujarle una serpiente en la piel. ¿Que Uriah quizá no despierte? ¿Que Uriah puede desaparecer para siempre?

Y lo prometí. Le prometí a Zeke que cuidaría de él, le prometí...

—Es uno de los últimos amigos que me quedan —dice Tris con la voz rota—. No sé si seré capaz de volver a mirarte del mismo modo.

Se aleja y oigo la voz de Shelly ordenándome que me siente, pero parece una voz muy lejana. Caigo de rodillas, con las muñecas sobre las piernas. Intento encontrar el modo de escapar de esto, del horror de lo que he hecho, pero no hay ninguna lógica sofisticada que me libere; no hay salida.

Me tapo la cara con las manos e intento no pensar, intento no imaginarme nada de nada.

La luz que cuelga de la sala de interrogatorios se refleja en el centro de la mesa formando un círculo borroso. Mantengo la vista fija en ese círculo mientras recito la historia que me enseñó Nita, una historia que está tan cerca de la verdad que no me cuesta contarla. Cuando termino, el hombre que la registra escribe mi última frase en su pantalla y el cristal se ilumina con las letras que tocan sus dedos. Después, la mujer que actúa en nombre de David (Angela) dice:

—Entonces ¿desconocías la razón por la que Juanita te pidió que desactivaras el sistema de seguridad?

—Sí —respondo, y es cierto. No conocía la razón real, solo una mentira.

A los demás los someten al suero de la verdad, pero a mí no. La anomalía genética que me hace ser consciente de las simulaciones también indica que podría ser resistente a los sueros, así que mi testimonio con el suero de la verdad podría no resultar fiable. Mientras mi historia coincida con la de los demás, supondrán que es cierta. No saben que hace unas horas todos nos inoculamos contra el suero. El informante GP de Nita se lo había pasado hace meses.

—Entonces ¿cómo te convenció para hacerlo?

—Somos amigos. Ella es... era uno de los únicos amigos que tengo aquí. Me pidió que confiara en ella y me dijo que era por una buena causa, así que lo hice.

—¿Y qué opinas de la situación actual?

—Nunca me había arrepentido tanto de nada —contesto, mirándola al fin.

Los ojos relucientes y duros de Angela se ablandan un poco.

—Bueno, tu historia concuerda con la de los demás —dice, asintiendo—. Teniendo en cuenta que eres nuevo en la comunidad, que no conocías el plan de los atacantes y tu deficiencia genética, hemos decidido ser indulgentes. Tu sentencia es libertad condicional: harás trabajos para la comunidad y vigilaremos tu buen comportamiento durante un año. No se te permitirá entrar en ningún laboratorio o sala privada. No abandonarás los confines de este complejo sin permiso. Te pondrás en contacto una vez al mes con tu agente de la condicional, que te será asignado al final de este procedimiento. ¿Entiendes los términos?

Con las palabras «deficiencia genética» todavía en la cabeza, asiento y respondo:

—Sí.

—Entonces, hemos acabado. Puedes irte.

Se levanta, echando la silla atrás. El secretario también se pone de pie y guarda la pantalla en su bolsa. Angela toca la mesa para que la mire de nuevo.

—No seas demasiado duro contigo mismo —me dice—. Eres muy joven, ¿sabes?

No creo que mi juventud sea una excusa, pero acepto su intento de ser amable sin ponerle objeciones.

—¿Puedo preguntar qué le va a pasar a Nita?

Angela aprieta los labios.

—Cuando se recupere de sus graves heridas, la trasladaremos a nuestra prisión, donde pasará el resto de su vida.

—¿No la ejecutarán?

—No, no creemos en la pena de muerte en el caso de las personas genéticamente defectuosas —responde Angela mientras se dirige a la puerta—. Al fin y al cabo, no podemos esperar que tengan el mismo comportamiento que las de genes puros.

Esboza una sonrisa triste y sale de la habitación sin cerrar la puerta. Me quedo en mi asiento unos segundos, asimilando el escozor que me dejan sus palabras. Quería pensar que estaban equivocados conmigo, que no era más defectuoso que los demás, pero ¿cómo puede ser cierto si mis acciones han enviado a

Uriah al hospital, Tris ni siquiera es capaz de mirarme a los ojos y tanta gente ha acabado muerta?

Me tapo la cara y aprieto los dientes mientras lloro, soportando la ola de desesperación como si fuera un puño que me golpea. Cuando me levanto para marcharme, me duele la mandíbula, y los puños de mi camisa, que he usado para secarme las mejillas, están mojados.

CAPÍTULO
TREINTA

TRIS

—¿Has entrado ya?

Cara está a mi lado, con los brazos cruzados. Ayer trasladaron a Uriah de su habitación cerrada a otra con una ventana al pasillo, sospecho que para que no siguiéramos preguntando por él todo el rato. Christina está sentada junto a su cama, sosteniéndole una mano flácida.

Creía que estaría hecho trizas, como un muñeco de trapo descosido, pero está como siempre, salvo por las vendas y los arañazos. Es como si fuese a despertar en cualquier momento, entre sonrisas, para preguntarnos por qué lo miramos tanto.

—Estuve dentro anoche. No me parecía bien dejarlo solo.

—Algunas pruebas indican que, según el alcance del daño cerebral, puede oírnos y percibirnos hasta cierto punto —dice Cara—. Aunque me han dicho que su pronóstico no es bueno.

A veces me dan ganas de pegarle. Como si necesitara que me recordasen que es poco probable que Uriah se recupere.

—Sí.

Después de dejarlo anoche, me puse a dar vueltas sin rumbo

por el complejo. Debería haber estado pensando en mi amigo, dividido entre este mundo y el otro, pero estaba pensando en lo que le había dicho a Tobias. Y en cómo me sentí al mirarlo, como si se rompiera algo.

No le dije que era el fin de nuestra relación. Quería hacerlo, pero, al mirarlo, me resultó imposible. Vuelvo a notar que se me llenan los ojos de lágrimas, igual que cada hora, más o menos, desde ayer, así que las reprimo y me las trago.

—Entonces, salvaste al Departamento —dice Cara, volviéndose hacia mí—. Siempre estás metida en líos. Supongo que deberíamos darte las gracias por no perder los nervios en una crisis.

—No salvé al Departamento. No me interesaba en absoluto salvarlo. Simplemente evité que un arma cayera en manos peligrosas. —Espero un segundo—. ¿Me acabas de hacer un cumplido?

—Soy capaz de reconocer los puntos fuertes de los demás —contesta Cara, y sonríe—. Además, creo que nuestros problemas ya están resueltos, tanto a nivel lógico como a nivel emocional. —Se aclara un poco la garganta, y me pregunto si lo que la incomoda es reconocer por fin que tiene emociones, o si será otra cosa—. Parece que sabes algo del Departamento que te ha cabreado. Me pregunto si me lo podrías contar.

Christina apoya la cabeza en el borde del colchón de Uriah y deja caer su esbelto cuerpo de lado.

—Yo también me lo pregunto. Puede que nunca lo sepamos —respondo con ironía.

—Hmmm —dice Cara mientras le aparece entre las cejas la

arruga que se le forma cuando las frunce, una arruga que me recuerda tanto a la de Will que tengo que apartar la vista—. Quizá deba añadir un por favor.

—Vale. ¿Recuerdas el suero de la simulación de Jeanine? Bueno, pues no era suyo —digo, suspirando—. Vamos, te lo enseñaré. Será lo más sencillo.

Sería igual de sencillo contarle lo que vi en el viejo almacén, en el corazón de los laboratorios del Departamento, pero lo cierto es que quiero mantenerme ocupada para no pensar ni en Uriah ni en Tobias.

—Es como si los engaños no se acabaran nunca —comenta Cara mientras caminamos hacia el almacén—. Las facciones, el vídeo de Edith Prior... Todo mentira, diseñado para que nos comportáramos de cierto modo.

—¿Es eso lo que realmente piensas de las facciones? —pregunto—. Creía que te encantaba ser erudita.

—Me encantaba —dice. Se rasca la nuca y las uñas le dejan marcadas unas rayitas rojas—. Pero el Departamento me hizo sentir muy tonta por luchar por ello y por lo que defendían los leales. Y no me gusta sentirme tonta.

—Entonces crees que nada de eso mereció la pena. Lo de los leales.

—¿Tú sí?

—Nos sacó de allí y nos mostró la verdad, y era mejor que la comuna sin facciones que Evelyn tenía en mente, donde nadie puede elegir nada.

—Supongo. Es que me enorgullezco de ser una persona capaz de leer entre líneas, incluso en el tema de las facciones.

—¿Sabes lo que decían los abnegados del orgullo?

—Algo negativo, supongo.

Me río.

—Obviamente. Decían que ciega a las personas y les impide ver lo que realmente son.

Llegamos a la puerta de los laboratorios y llamo unas cuantas veces para que Matthew me oiga y nos deje entrar. Mientras espero a que abra la puerta, Cara me mira raro.

—Los viejos escritos eruditos dicen lo mismo, más o menos —comenta.

Jamás se me habría ocurrido que los eruditos dijeran algo sobre el orgullo, ni siquiera que se preocuparan por la moralidad. Parece que me equivocaba. Me gustaría preguntarle más cosas, pero entonces la puerta se abre y Matthew aparece en el pasillo, comiéndose un corazón de manzana.

—¿Puedes dejarme entrar en el almacén? —le pregunto—. Tengo que enseñarle una cosa a Cara.

Él arranca el último trozo del corazón de la manzana y asiente.

—Por supuesto.

Hago una mueca al imaginar el sabor amargo de las semillas de manzana, y lo sigo.

CAPÍTULO
TREINTA Y UNO

TOBIAS

No puedo volver a las miradas y las preguntas silenciosas del dormitorio. Sé que no debería regresar a la escena de mi gran crimen, aunque no sea una de las zonas seguras que me han prohibido, pero necesito saber lo que pasa dentro de la ciudad. Como si tuviera que recordar que existe un mundo más allá de este, un mundo donde no me odian.

Entro en la sala de control y me siento en una de las sillas. Cada pantalla de la red que tengo sobre mí enseña una zona distinta de la ciudad: el Mercado del Martirio, el vestíbulo de la sede de Erudición, el Millennium Park, el pabellón del exterior del edificio Hancock.

Me paso un buen rato observando a la gente que da vueltas por la sede de Erudición con los brazos cubiertos por sus brazaletes de abandonados y armas a las caderas, entablando conversaciones rápidas o entregando latas de comida para la cena, una vieja costumbre de los sin facción.

Entonces oigo que una de las personas de los escritorios de la sala de control le dice «ahí está» a uno de sus compañeros, y examino las pantallas para ver a qué se refieren. Entonces lo veo, de pie frente al edificio Hancock: Marcus, cerca de las puertas principales, mirando la hora.

Me levanto y doy un toquecito en la pantalla con el índice para activar el sonido. Al principio solo oigo el ruido del viento a través de los altavoces que hay bajo la pantalla, pero después oigo pasos: Johanna Reyes se acerca a mi padre. Él le ofrece la mano, pero ella no la acepta, y mi padre se queda con la mano flotando en el aire, un cebo en el que ella no picará.

—Sabía que te habías quedado en la ciudad —dice Johanna—. Te están buscando por todas partes.

Unas cuantas personas de la sala de control se reúnen detrás de mí para observar. Apenas me doy cuenta. Estoy observando el brazo de mi padre, que vuelve junto a su costado con la mano cerrada en un puño.

—¿He hecho algo para ofenderte? —pregunta Marcus—. Me puse en contacto contigo porque creía que éramos amigos.

—Yo creía que te habías puesto en contacto conmigo porque sabías que sigo siendo la líder de los leales y tú necesitas un aliado —responde Johanna, inclinando el cuello de modo que un mechón de pelo le cae sobre la cicatriz del ojo—. Y, según cuáles sean tus intenciones, sigo siendo eso, Marcus, pero creo que nuestra amistad ha terminado.

Marcus frunce el ceño. Mi padre tiene el aspecto de un hombre guapo que ha envejecido, se le han hundido las mejillas y las facciones se le han vuelto duras y estrictas. El pelo, cortado a ras del cuero cabelludo, al estilo abnegado, no ayuda a suavizar esa impresión.

—No lo entiendo —dice Marcus.

—Hablé con algunos de mis amigos veraces —responde Johanna—. Me contaron lo que dijo tu hijo cuando estaba bajo la influencia del suero de la verdad. Ese rumor tan desagradable que ha propagado Jeanine Matthews sobre tu hijo y tú... era cierto, ¿verdad?

Noto que se me calienta la cara y que me encojo, hundiendo los hombros.

Marcus niega con la cabeza.

—No, Tobias...

Johanna levanta una mano y habla con los ojos cerrados, como si no soportara mirarlo.

—Por favor. He visto cómo se comporta tu hijo, cómo se comporta tu mujer. Conozco el aspecto de la gente marcada por la violencia. —Se mete el pelo detrás de la oreja—. Nos reconocemos entre nosotros.

—No te habrás creído... —empieza a decir Marcus, negando con la cabeza—. Soy partidario de la disciplina, sí, pero solo quería lo mejor para...

—Un marido no debería «disciplinar» a su mujer —lo interrumpe Johanna—. Ni siquiera en Abnegación. Y en cuanto a tu hijo... Bueno, digamos que me lo creo de ti.

Los dedos de Johanna pasan por encima de la cicatriz de su mejilla. El ritmo de mi corazón me abruma: ella lo sabe, lo sabe, no porque me haya oído confesar mi vergüenza en la sala de interrogatorios de Verdad, sino porque lo sabe, porque lo ha experimentado en persona, estoy seguro. Me pregunto quién fue en su caso: ¿su madre? ¿Su padre? ¿Otra persona?

293

Parte de mí siempre se preguntó lo que haría mi padre si tuviera que enfrentarse a la verdad. Creía que pasaría de ser el humilde líder de Abnegación a convertirse en la pesadilla que yo vivía en casa, que quizá perdiera los nervios y se revelara como lo que es. Me resultaría satisfactorio ver una reacción así, pero no es lo que ocurre en realidad.

Se queda donde está, con una expresión de perplejidad y, por un momento, me pregunto si estará perplejo de verdad, si en su enfermo corazón se creerá sus propias mentiras sobre la disciplina. La idea forma una tormenta en mi interior, un rugir de truenos acompañado del silbido del viento.

—Ahora que he sido sincera —dice Johanna, algo más calmada—, puedes decirme por qué me has pedido que venga.

Marcus salta a un tema nuevo como si el anterior ni siquiera se hubiese discutido. Veo en él a un hombre compartimentado, capaz de cambiar de una faceta a otra a placer. Uno de esos compartimentos estaba reservado a mi madre y a mí.

Los empleados del Departamento acercan la cámara hasta que el edificio Hancock se convierte en un mero fondo negro detrás de los torsos de Marcus y Johanna. Me dedico a observar una viga que cruza la pantalla en diagonal, cualquier cosa con tal de no mirarlo.

—Evelyn y los abandonados son tiranos —dice Marcus—. La paz que experimentamos con las facciones, antes del primer ataque de Jeanine, puede restaurarse, estoy seguro. Y quiero intentar hacerlo. Creo que tú también.

—Sí. ¿Cómo crees que debemos hacerlo?

—Es la parte que quizá no te guste, pero espero que mantengas la mente abierta —responde Marcus—. Evelyn controla la ciudad porque controla las armas. Si le arrebatamos esas armas, no tendrá tanto poder y podremos enfrentarnos a ella.

Johanna asiente y raspa la acera con el zapato. Solo veo la parte lisa de su cara desde este ángulo, el pelo suave, aunque rizado, los labios carnosos.

—¿Qué quieres que haga? —pregunta.

—Que me permitas unirme a los leales —responde él—. Antes era líder de Abnegación y prácticamente líder de toda la ciudad. La gente acudirá a mi llamada.

—La gente ya ha acudido a la llamada —comenta Johanna—, y no por seguir a una persona concreta, sino por el deseo de reinstaurar las facciones. ¿Quién dice que te necesito?

—No es por minusvalorar tus logros, pero los leales siguen siendo demasiado insignificantes para ir más allá de una pequeña revuelta —dice Marcus—. Hay más abandonados de lo que creíamos. Me necesitas y lo sabes.

Mi padre sabe cómo persuadir a la gente sin usar su encanto, es algo que siempre me ha desconcertado. Ofrece sus opiniones como si fueran hechos y, por algún motivo, esa certeza tan absoluta hace que te lo creas. Ahora, esa cualidad me asusta porque sé lo que me contó a mí: que yo estaba roto, que no valía nada, que no era nada. ¿Cuántas de aquellas cosas me hizo creer?

Veo que Johanna empieza a creérselo, pensando en el grupito de gente que ha reclutado para la causa leal. Pensando en el grupo que envió al exterior de la valla, con Cara, y del que no ha vuelto a oír hablar. Pensando en lo sola que está y en la amplia experiencia como líder de Marcus. Me dan ganas de gritarle a través de las pantallas que no confíe en él, que solo quiere recuperar las facciones porque sabe que así podría recuperar su puesto como líder. Sin embargo, mi voz no llegaría hasta ella, ni siquiera estando allí, a su lado.

—¿Me prometes que harás todo lo posible por limitar la destrucción que causemos? —le pregunta Johanna con cautela.

—Claro que sí.

Ella asiente de nuevo, aunque esta vez lo hace para sí.

—A veces es necesario luchar por la paz —dice, más al pavimento que a Marcus—. Creo que esta es una de esas veces y también creo que será útil contar contigo para reunir a más gente.

Es el inicio de la rebelión leal que he estado esperando desde que oí que se había formado el grupo. Aunque me ha parecido inevitable desde que vi la forma de gobernar de Evelyn, me siento mal. Es como si las rebeliones no acabaran nunca: en la ciudad, en el complejo, por todas partes. Solo hay unos cuantos instantes de reposo entre ellas, y nosotros, como tontos, decimos que eso es la paz.

—Me aparto de la pantalla con la intención de dejar la sala de control atrás, de tomar un poco de aire fresco donde pueda.

Sin embargo, al alejarme, veo otra pantalla en la que se ve a una mujer de pelo oscuro dando vueltas por un despacho de la sede de Erudición. Evelyn, por supuesto; la muestran en las pantallas más importantes de la sala, tiene sentido.

Evelyn se mete las manos en el pelo y se tira de los gruesos mechones. Se deja caer en cuclillas, con papeles por todo el suelo, y pienso: «Está llorando». Pero no sé bien por qué lo pienso, porque no le tiemblan los hombros.

A través de los altavoces de la pantalla oigo que alguien llama a la puerta del despacho. Evelyn se endereza, se arregla el pelo, se seca la cara y dice:

—¡Adelante!

Entonces entra Therese con la banda negra torcida.

—Acabo de recibir un informe de las patrullas: dicen que no hay ni rastro de él.

—Genial —dice Evelyn, sacudiendo la cabeza—. Lo envío al exilio y él se queda en la ciudad. Debe de hacerlo por simple despecho.

—O se ha unido a los leales y ellos lo protegen —responde Therese, que se tira en una de las sillas de oficina. Se dedica a aplastar los papeles del suelo con la bota.

—Bueno, obviamente —dice Evelyn, que pone el brazo sobre la ventana y se apoya en él mientras contempla la ciudad del otro lado y, más allá de ella, el pantano—. Gracias por el informe.

—Lo encontraremos, no puede haber ido demasiado lejos. Juro que lo encontraremos.

—Solo quiero que desaparezca —contesta Evelyn con una vocecilla infantil.

Me pregunto si sigue temiéndolo, igual que yo aún lo temo, como una pesadilla que siempre acaba resurgiendo por la mañana. Me pregunto hasta qué punto nos parecemos mi madre y yo en el fondo, donde importa.

—Lo sé —responde Therese, y se marcha.

Me quedo de pie un rato observando a Evelyn mientras ella mira por la ventana sin dejar de mover los dedos, nerviosa.

Me siento como si me hubiese convertido en una persona a medio camino entre mi madre y mi padre, violento, impulsivo, desesperado y asustado. Como si hubiera perdido el control sobre lo que soy.

CAPÍTULO
TREINTA Y DOS

TRIS

David me llama a su despacho al día siguiente, y temo que recuerde que lo utilicé de escudo cuando retrocedía del laboratorio de armamento, que le apunté con una pistola a la cabeza y dije que no me importaba si vivía o moría.

Zoe se reúne conmigo en el vestíbulo del hotel y me lleva por el pasillo principal hasta otro pasillo largo y estrecho con ventanas a la derecha que dan a la flotilla de aviones colocados en fila sobre el hormigón. Una fina nevada salpica los cristales, los primeros pasos del invierno, aunque se derrite en pocos segundos.

Echo vistazos a hurtadillas a Zoe mientras caminamos, esperando descubrir cómo es cuando cree que nadie la mira, pero parece la misma de siempre: alegre pero eficiente. Como si el ataque no se hubiera producido.

—Estará en una silla de ruedas —dice cuando llegamos al final del pasillo estrecho—. Es mejor no darle demasiada importancia, a David no le gusta inspirar lástima.

—No me inspira lástima —respondo, intentando que no se

me note el enfado. Eso me haría resultar sospechosa—. No es la primera persona que recibe un balazo.

—Siempre se me olvida que has visto mucha más violencia que nosotros —responde Zoe mientras pasa su tarjeta por la siguiente barrera de seguridad.

Me quedo mirando a través del cristal a los guardias del otro lado: están completamente rígidos, con los fusiles al hombro, y miran adelante. Me da la impresión de que mantienen esa postura todo el día.

Me siento pesada y dolorida, como si mis músculos me comunicaran un dolor emocional más profundo. Uriah sigue en coma. No puedo mirar a Tobias cuando lo veo en el dormitorio, en la cafetería o en el pasillo sin ver también la pared estallando junto a la cabeza de Uriah. No sé bien cuándo mejorarán las cosas, si lo hacen, y no estoy segura de que estas heridas puedan curarse.

Pasamos junto a los guardias, y las baldosas se convierten en madera. En las paredes hay pequeños cuadros con marcos dorados y, justo en la puerta del despacho de David, hay un pedestal con un ramo de flores. No son más que detallitos, pero el efecto hace que mi ropa me parezca sucia.

Zoe llama y una voz responde:

—¡Adelante!

Ella me abre la puerta, pero no me sigue. El despacho de David es espacioso y cálido; en los huecos sin ventanas, las paredes están llenas de libros. A la izquierda hay un escritorio con pantallas de cristal colgadas encima y, a la derecha, un pequeño laboratorio con mobiliario de madera, en vez de metal.

David está sentado en una silla de ruedas y lleva las piernas tapadas con un material rígido, supongo que para mantener los huesos en su sitio y facilitar la curación. Aunque sé que tuvo algo que ver con la simulación del ataque y con todas aquellas muertes, me cuesta conectar esas acciones con el hombre que tengo delante. Me pregunto si eso ocurrirá con todos los hombres malvados: que parecen buenas personas, hablan como buenas personas y son tan simpáticos como las buenas personas.

—Tris.

David empuja la silla hacia mí y coge una de mis manos entre las suyas. Yo la mantengo allí a pesar de que tiene la piel seca como el papel y su mera presencia me repele.

—Eres muy valiente —dice, y después me suelta la mano—. ¿Cómo están tus heridas?

—Las he tenido peores —respondo, encogiéndome de hombros—. ¿Y las suyas?

—Tardaré un tiempo en volver a caminar, pero confían en que lo haga. De todos modos, algunos de los nuestros están desarrollando unos aparatos ortopédicos, de modo que yo sea su primer sujeto de prueba, en caso necesario —dice, arrugando los rabillos de los ojos—. ¿Podrías empujarme de nuevo hacia el escritorio? Todavía me cuesta maniobrar.

Lo hago: guío sus rígidas piernas hasta colocarlas bajo la mesa y dejo que el resto de su cuerpo las siga. Después de asegurarme de que está en la posición correcta, me siento en la silla que hay frente a él e intento sonreír. Para poder descubrir el modo de vengar a mis padres, tengo que conservar su confianza y su cariño. Y no lo haré frunciendo el ceño.

—En primer lugar, te he pedido que vinieras para darte las gracias —dice—. No creo que haya muchos jóvenes capaces de ir a por mí en vez de salir corriendo en busca de refugio, ni capaces de salvar el complejo como lo has hecho tú.

Pienso en la pistola con la que le apuntaba a la cabeza mientras lo amenazaba, y trago saliva.

—La gente con la que viniste y tú misma habéis pasado por un lamentable periodo de incertidumbre desde vuestra llegada. Para serte sincero, no estamos muy seguros de qué hacer con vosotros, pero se me ha ocurrido algo que me gustaría que hicieras tú. Soy el jefe oficial de este complejo, pero, aparte de eso, tenemos un sistema de gobierno parecido al de Abnegación, así que cuento con la ayuda de un pequeño grupo de consejeros. Me gustaría que empezaras a formarte para ese cargo.

Aprieto los brazos de la silla.

—Verás, vamos a tener que hacer algunos cambios por aquí después del ataque. Necesitamos defender mejor nuestra causa y creo que tú sabes cómo hacerlo.

No puedo discutírselo.

—¿Qué...? —empiezo a preguntar, pero tengo que aclararme la garganta—. ¿Qué supondría esa formación?

—Asistir a nuestras reuniones, en primer lugar, y aprender los entresijos de nuestro complejo: cómo funciona de arriba abajo, nuestra historia, nuestros valores y demás. No puedo permitir que formes parte del consejo en capacidad oficial siendo tan joven, y debes seguir cierta trayectoria (convertirte en ayudante de uno de los miembros actuales), pero te invito a recorrer ese camino, si lo deseas.

Son sus ojos, no su voz, los que hacen la pregunta.

Seguramente fueron los consejeros los que autorizaron la simulación del ataque y se aseguraron de que se entregara el suero a Jeanine en el momento preciso. Y él quiere que me siente entre ellos, que aprenda a convertirme en ellos. Aunque me sube la bilis a la garganta, no me cuesta responder.

—Por supuesto, será un honor —acepto, sonriente.

Si alguien te ofrece la oportunidad de acercarte a tu enemigo, tienes que aceptarla. Es algo que sé sin necesidad de que me lo enseñe nadie.

Debe de creerse mi sonrisa, porque la imita.

—Ya me parecía a mí que aceptarías —dice—. Es lo que quería para tu madre, antes de que se presentara voluntaria para entrar en la ciudad, pero creo que ella ya se había enamorado de aquel lugar desde lejos y no pudo resistirse.

—¿Enamorado... de la ciudad? —pregunto—. Hay gente para todo, supongo.

No es más que una broma y la hago sin ganas. A pesar de todo, David se ríe, así que decido que he dicho lo correcto.

—¿Estaba muy... unido a mi madre cuando ella vivía aquí? —pregunto—. He estado leyendo su diario, pero no se explaya demasiado.

—No, ¿verdad? Natalie siempre fue muy directa. Sí, tu madre y yo estábamos unidos.

Se le ablanda la voz al hablar de ella; ya no es el curtido líder del complejo, sino un anciano que reflexiona sobre un pasado más amable.

Un pasado en el que todavía no la había asesinado.

—Nuestras historias eran similares. A mí también me sacaron del mundo defectuoso cuando era pequeño. Mis padres eran dos personas muy disfuncionales que acabaron en la cárcel. En vez de sucumbir a un sistema de adopciones rebosante de huérfanos, mis hermanos y yo huimos a la periferia (el mismo lugar en el que se refugió tu madre unos años después) y solo yo salí de allí con vida.

No sé qué decir, no sé qué hacer con la compasión que surge dentro de mí por un hombre que ha hecho cosas terribles. Me quedo mirándome las manos y me imagino que mis entrañas son de metal líquido que se endurece al contacto con el aire para adoptar una forma que no volverán a abandonar.

—Tendrás que ir con nuestras patrullas mañana, así podrás ver la periferia por ti misma. Es importante para un futuro miembro del consejo.

—Estoy deseándolo —respondo.

—Estupendo. Bueno, odio tener que poner fin a nuestra reunión, pero debo recuperar el tiempo de trabajo perdido. Mandaré a alguien a avisarte sobre las patrullas; la próxima reunión del consejo es el viernes a las diez de la mañana, así que nos veremos pronto.

Estoy frenética, ya que no le he preguntado lo que quería preguntarle. Creo que en realidad nunca tuve la oportunidad. De todos modos, ahora ya es demasiado tarde. Me levanto y me voy hacia la puerta, pero él habla de nuevo.

—Tris, creo que debería ser sincero contigo si queremos confiar el uno en el otro.

Por primera vez desde que lo conozco, David parece tener...

miedo. Abre mucho los ojos, como un niño. La expresión desaparece en cuestión de segundos.

—Puede que en aquel momento estuviera bajo la influencia de un cóctel de sueros, pero sé lo que les dijiste para que no nos dispararan. Sé que les advertiste de que me matarías para proteger lo que contenía el laboratorio de armamento.

Se me hace tal nudo en la garganta que apenas puedo respirar.

—No te asustes —añade—. En realidad, es una de las razones por las que te ofrezco esta oportunidad.

—¿P-por qué?

—Demostraste poseer una cualidad indispensable para mis consejeros: la de hacer sacrificios por el bien común. Si queremos ganar esta batalla contra el daño genético, si queremos salvar los experimentos para que no los cierren, tendremos que sacrificarnos. Lo entiendes, ¿verdad?

Aunque me enfurezco, me obligo a asentir con la cabeza. Nita ya nos había contado que los experimentos corrían peligro, así que no me sorprende oír que es cierto. Sin embargo, la desesperación de David por salvar el trabajo de su vida no es excusa para asesinar a toda una facción, a mi facción.

Me quedo un momento con la mano en el pomo de la puerta para recuperar la compostura, hasta que decido arriesgarme.

—¿Qué habría pasado si hubieran detonado otro explosivo para entrar en el laboratorio de armamento? —pregunto—. Nita dijo que dispararía un dispositivo de seguridad, aunque a mí me parecía la solución más evidente a su problema.

—Habrían liberado un suero por el aire... Un suero del que

305

no protegen las máscaras porque se absorbe por la piel —responde David—. Uno al que ni siquiera son inmunes los genéticamente puros. No sé cómo supo Nita de su existencia, ya que no es de dominio público, pero supongo que ya lo averiguaremos.

—¿Qué hace ese suero?

Su sonrisa se convierte en una mueca.

—Solo te diré que es tan malo que Nita preferiría pasar el resto de su vida en la cárcel antes que entrar en contacto con él.

Tiene razón: no hace falta que diga más.

CAPÍTULO
TREINTA Y TRES

TOBIAS

—Mira quién es —dice Peter cuando entro en el dormitorio—. El traidor.

Hay varios mapas extendidos sobre su catre y el de al lado. Son blancos, celestes y verde pálido, y me atraen mediante un extraño magnetismo. En cada uno de ellos, Peter ha dibujado un círculo irregular: alrededor de nuestra ciudad, alrededor de Chicago. Está marcando los límites de los sitios en los que ha estado.

El círculo es más pequeño en cada mapa hasta convertirse en un punto rojo, como una gota de sangre.

Después retrocedo, temiendo su significado: que soy demasiado pequeño.

—Si te crees moralmente superior, te equivocas —le digo a Peter—. ¿Por qué tantos mapas?

—Me cuesta hacerme a la idea, al tamaño del mundo —responde—. Algunas personas del Departamento me están ayudando a aprender más sobre el tema. Planetas, estrellas y masas de agua, cosas así.

Lo dice como si nada, pero, por los garabatos frenéticos de

los mapas, soy consciente de que es algo importante, obsesivo. También yo estaba así de obsesionado con mis miedos, intentando encontrarles sentido, una y otra vez.

—¿Ayuda? —pregunto.

Me doy cuenta de que nunca he mantenido una conversación con Peter sin chillarle. No es que no se mereciera los gritos, sino que no sé nada sobre él. Apenas recuerdo su apellido de la lista de iniciados. Hayes. Peter Hayes.

—Más o menos.

Recoge uno de los mapas más grandes en el que se ve todo el globo, aunque aplastado como masa de pan. Lo observo hasta descifrar las formas, las extensiones azules de agua y los trozos multicolores de tierra. En uno de los trozos hay un punto rojo. Lo señala.

—Ese punto cubre todos los lugares en los que hemos estado. Podríamos cortar esa zona de tierra y hundirla en el océano, y nadie se daría cuenta.

—Vale, ¿y? —pregunto, notando de nuevo ese miedo a mi tamaño.

—¿Y? Que todo lo que me ha preocupado hasta ahora, todo lo que he dicho o hecho, no importa nada. ¿Cómo va a importar? —Sacude la cabeza—. No importa.

—Claro que sí. Toda esa tierra está llena de personas, todas diferentes, y las cosas que se hacen entre sí importan.

Él vuelve a sacudir la cabeza y, de repente, me pregunto si así es como se consuela: convenciéndose de que todo lo malo que ha hecho no importa. Entiendo que el planeta descomunal que a mí me aterra a él le parezca un refugio, un enorme espacio en el que desaparecer, en el que no destacar ni ser responsable de sus actos.

Se agacha para atarse los cordones de los zapatos.

—Bueno, ¿tu grupito de admiradores te ha condenado al ostracismo?

—No —respondo automáticamente—. Puede —añado—. Pero no son mis admiradores.

—Por favor, son como el Culto de Cuatro.

No puedo evitar reírme.

—¿Celoso? ¿Te gustaría tener tu propio Culto de Psicópatas?

Él arquea una ceja.

—Si fuera un psicópata, ya te habría matado mientras duermes.

—Y añadido mis globos oculares a tu colección de globos oculares, sin duda.

Peter también se ríe, y me doy cuenta de que estoy intercambiando bromas y palabras con el iniciado que apuñaló a Edward en el ojo e intentó matar a mi novia..., si es que todavía es mi novia. Sin embargo, también es el osado que nos ayudó a acabar con la simulación del ataque y que salvó a Tris de una muerte horrible. No estoy seguro de cuál de esas acciones debería pesar más en mi mente. A lo mejor debería perdonárselo todo, permitir que empiece de cero.

—Deberías unirte a nuestro grupito de gente odiada —dice Peter—. Hasta ahora, Caleb y yo somos los únicos miembros, pero dado lo fácil que es ponerse a malas con esa chica, estoy seguro de que creceremos.

Me pongo rígido.

—Tienes razón, es fácil ponerse a malas con ella, solo hace falta intentar asesinarla.

Noto un nudo en el estómago: yo he estado a punto de asesinarla. Si se hubiese encontrado más cerca de la explosión, quizá ahora estaría como Uriah, enganchada a unos tubos en el hospital, con la mente en silencio.

Con razón no sabe si desea seguir saliendo conmigo o no.

Se acaba el momento de relajación, no puedo olvidarme de lo que hizo Peter porque Peter no ha cambiado. Sigue siendo la misma persona dispuesta a matar, mutilar y destruir para llegar a lo más alto de su clase de iniciados. Y tampoco puedo olvidar lo que hice yo. Me levanto.

Peter se apoya en la pared y cruza los dedos sobre el estómago.

—Solo digo que, si Tris decide que alguien no merece la pena, todos la imitan. Es un talento poco común para alguien que no era más que otra estirada aburrida, ¿verdad? Y quizá sea demasiado poder para una sola persona, ¿no?

—No es que tenga talento para controlar las opiniones de los demás, es que, normalmente, tiene razón sobre la gente.

—Lo que tú digas, Cuatro —responde, cerrando los ojos.

Estoy a punto de reventar de la tensión. Salgo del dormitorio y me alejo de los mapas con sus círculos rojos, aunque no sé bien adónde ir.

A mí Tris siempre me ha parecido magnética de un modo que no sé describir y del que ella no era consciente. Nunca la he temido ni odiado por eso, como le pasa a Peter, aunque yo siempre he estado en una posición privilegiada en la que no me sentía amenazado por ella. Ahora que he perdido esa posición, noto que una parte de mí me empuja hacia el resentimiento, lo noto con tanta claridad como si fuese una mano la que me tirara del brazo.

Me encuentro de nuevo en el jardín del patio interior y, esta vez, hay luz detrás de las ventanas. Las flores se ven salvajes y preciosas a la luz del día, como criaturas feroces suspendidas en el tiempo, inmóviles.

Cara entra corriendo en el patio con el pelo desordenado flotándole sobre la frente.

—Aquí estás. Da miedo lo fácil que es perder a la gente en este lugar.

—¿Qué pasa?

—Bueno... ¿Estás bien, Cuatro?

Me muerdo tan fuerte el labio que noto una punzada.

—Estoy bien, ¿qué pasa?

—Tenemos una reunión y se requiere tu presencia.

—¿Quiénes, exactamente?

—GD y simpatizantes de los GD que no quieren que el Departamento se libre de ciertas cosas —responde, y ladea la cabeza—. Pero con mejores planes que los últimos con los que te aliaste.

Me pregunto quién se lo habrá contado.

—¿Sabes lo de la simulación del ataque?

—Mejor aún: reconocí el suero de la simulación en el microscopio cuando Tris me lo enseñó —dice Cara—. Sí, lo sé.

Niego con la cabeza.

—Bueno, esta vez no pienso volver a involucrarme.

—No seas tonto. La verdad que te contaron sigue siendo verdad. Esta gente sigue siendo responsable de la muerte de casi toda Abnegación, de la esclavitud mental de los osados y de la destrucción completa de nuestra forma de vida, y hay que hacer algo al respecto.

No estoy seguro de querer encontrarme en el mismo cuarto que Tris, sabiendo que quizá estemos a punto de romper, como si me balanceara al borde de un precipicio. Es más fácil fingir que no sucede cuando no estoy con ella. Sin embargo, Cara lo ha expuesto con tanta sencillez que no me queda más remedio que estar de acuerdo: sí, hay que hacer algo al respecto.

Me toma de la mano y me conduce por el pasillo del hotel. Sé que está en lo cierto, pero me incomoda participar en otro intento de resistencia. Aun así, ya estoy medio metido en él, y parte de mí está deseando una oportunidad de volver a ponerse en movimiento, en vez de quedarse plantada frente a las graba-ciones de vigilancia de nuestra ciudad, como hasta ahora.

Una vez que se asegura de que la sigo, Cara me suelta la mano y se mete los mechones rebeldes detrás de las orejas.

—Todavía me resulta difícil no verte de azul —comento.

—Creo que ha llegado el momento de dejar todo eso atrás —responde—. Aunque pudiera volver, llegados a este punto, ya no querría.

—¿No echas de menos las facciones?

—Pues sí, la verdad —responde, mirándome.

Ha pasado algún tiempo desde la muerte de Will, así que ya no lo veo cuando la miro, solo veo a Cara. La conozco desde hace más tiempo que a él. Tiene una pizca de su buen humor, así que me da la impresión de que puedo bromear con ella sin ofenderla.

—En Erudición podía progresar. Había tanta gente dedicada al descubrimiento y a la innovación que era maravilloso. Pero ahora que sé lo grande que es el mundo... Bueno, supongo que he crecido demasiado para mi facción, como consecuencia.

—Frunce el ceño—. Lo siento, ¿ha sonado arrogante?

—¿A quién le importa?

—A algunas personas. Me alegra saber que no eres una de ellas.

Entonces me fijo, como no podía ser de otro modo, en que algunas de las personas junto a las que pasamos de camino a la reunión me lanzan miradas desagradables o me esquivan. Ya me habían odiado y evitado antes, al ser hijo de Evelyn Johnson, la tirana sin facción, pero ahora me molesta más. Ahora sé que he hecho algo para merecerme ese odio: los he traicionado a todos.

—No les hagas caso —dice Cara—. No saben lo que es tomar una decisión difícil.

—Seguro que tú no lo habrías hecho.

—Pero solo porque me enseñaron a ser cautelosa cuando no poseo toda la información, mientras que a ti te enseñaron que los riesgos traen consigo grandes recompensas —explica, mirándome de lado—. O, en este caso, ninguna recompensa.

Se detiene frente a la puerta del laboratorio de Matthew y su supervisor, y llama. Matthew abre y le da un mordisco a la manzana que sostiene en la mano. Lo seguimos hasta la habitación en la que descubrimos que yo no era divergente.

Allí está Tris, al lado de Christina, que me mira como si yo fuera comida podrida que hay que tirar a la basura. Y en la esquina, junto a la puerta, está Caleb, con la cara llena de moratones. Estoy a punto de preguntar qué le ha pasado cuando me doy cuenta de que los nudillos de Tris también están morados y que ella procura no mirarlo.

Ni mirarme a mí.

—Creo que ya estamos todos —dice Matthew—. Vale..., bien... Hmmm. Tris, esto se me da fatal.

—La verdad es que sí —responde ella con una sonrisa, y yo noto una punzada de celos. Se aclara la garganta—. Bueno, sabemos que esta gente es responsable del ataque contra Abnegación y que no se les puede seguir confiando la seguridad de nuestra ciudad. Sabemos que queremos hacer algo al respecto y que el anterior intento de hacer algo fue... —Me mira a los ojos, y su mirada me horada hasta empequeñecerme— poco acertado. Podemos hacerlo mejor.

—¿Qué propones? —pregunta Cara.

—Ahora mismo solo sé que quiero que todos sepan lo que son —responde Tris—. Estoy segura de que no todo el complejo sabe lo que han hecho sus líderes y creo que deberíamos mostrárselo. A lo mejor eligen líderes nuevos, unos que no traten a la gente de los experimentos como objetos prescindibles. Se me ocurre que quizá una «infección» generalizada, por así decirlo, del suero de la verdad...

Recuerdo el peso del suero de la verdad llenándome todos los huecos vacíos, los pulmones, el estómago y la cara. Recuerdo que me parecía imposible que Tris hubiese sido capaz de levantar ese peso lo bastante como para mentir.

—No funcionará —digo—. Son GP, ¿recuerdas? Los GP pueden resistirse al suero de la verdad.

—Eso no es del todo cierto —interviene Matthew, que se dedica a pellizcar y retorcer la cuerda que lleva al cuello—. No tenemos a tantos divergentes que se resistan al suero. De hecho, en los últimos tiempos, solo a Tris. La capacidad para resistirse al suero parece mayor en algunas personas. Por ejemplo, como pasa contigo, Tobias. —Se encoge de hombros—. Por eso es por lo que te hemos invitado a ti, Caleb. Tú ya has trabajado con los sueros, seguramente los conoces tan bien como yo. A lo mejor somos capaces de desarrollar un suero de la verdad al que sea más difícil resistirse.

—No quiero volver a hacer esa clase de trabajo —responde Caleb.

—Venga, cierra el... —empieza a decir Tris, pero Matthew la interrumpe.

—Por favor, Caleb —le pide.

Caleb y Tris se miran. La piel de su cara y la de los nudillos de Tris es casi del mismo color, entre morado, azul y verde, como dibujada con tinta. Es lo que pasa cuando chocan dos hermanos: se hieren de la misma forma. Caleb se deja caer contra el borde de la encimera, apoyando la cabeza en los armarios metálicos.

—Vale —responde—. Siempre que me prometas no usarlo contra mí, Beatrice.

—¿Por qué iba a hacerlo? —pregunta Tris.

—Yo puedo ayudar —dice Cara, levantando una mano—. También he trabajado con los sueros, como erudita.

315

—Genial —responde Matthew, dando una palmada—. Mientras tanto, Tris hará de espía.

—¿Y yo? —pregunta Christina.

—Esperaba que Tobias y tú pudierais pegaros a Reggie —dice Tris—. David no quiere contarme nada sobre las medidas de seguridad auxiliares del laboratorio de armamento, pero no creo que Nita fuera la única que las conocía.

—¿Quieres que me pegue al tío que colocó los explosivos que dejaron a Uriah en coma? —pregunta Christina.

—No tenéis que haceros amigos —responde Tris—, solo tienes que hablarle de lo que sabe. Tobias te ayudará.

—No necesito a Cuatro, puedo hacerlo yo sola.

Se mueve sobre la mesa de examen y rasga el papel que tiene debajo de los muslos mientras me lanza otra mirada desagradable. Sé que ve la cara apagada de Uriah cada vez que me mira. Se me forma un nudo en la garganta, como si se me hubiera atascado algo dentro.

—En realidad sí me necesitas, porque él ya confía en mí —le digo—. Y esa gente es muy reservada, así que hay que ser sutil.

—Yo puedo ser sutil —replica Christina.

—No, no puedes.

—Él tiene razón... —canturrea Tris, con una sonrisa.

Christina le da un puñetazo en el brazo, y Tris se lo devuelve.

—Entonces, arreglado —dice Matthew—. Deberíamos reunirnos de nuevo después de que Tris asista a la reunión del consejo, que es el viernes. Venid a las cinco.

Se acerca a Cara y a Caleb, y les dice algo sobre compuestos químicos que no acabo de comprender. Christina sale y me empuja con el hombro al pasar a mi lado. Tris me mira a los ojos.

—Deberíamos hablar —le digo.

—Vale —responde, y la sigo al pasillo.

Nos ponemos junto a la puerta hasta que se van los demás. Lleva los hombros gachos, como si intentara hacerse aún más pequeña, esfumarse. Cada uno nos hemos puesto en una pared del pasillo, demasiado lejos. Intento recordar la última vez que nos besamos, pero no puedo.

Por fin nos quedamos solos, y el pasillo, en silencio. Las manos empiezan a cosquillearme y a entumecerse, como me ocurre siempre que tengo un ataque de pánico.

—¿Crees que serás capaz de perdonarme algún día? —pregunto.

Ella niega con la cabeza, pero responde:

—No lo sé. Creo que es lo que tengo que averiguar.

—Sabes... Sabes que no quería hacerle daño a Uriah, ¿verdad? —le pregunto, y me fijo en los puntos de sutura de su frente—. Ni a ti. Tampoco quería hacerte daño a ti.

Se dedica a dar pataditas en el suelo, y el cuerpo sigue el ritmo de su pie.

—Lo sé.

—Tenía que hacer algo. Tenía que hacerlo.

—Mucha gente salió herida —dice—. Solo porque tú no hiciste caso de lo que te dije, porque (y eso es lo peor, Tobias) creías que yo actuaba por mezquindad y por celos. Como la chica tonta de dieciséis años que soy, ¿no? —añade, negando con la cabeza.

—Jamás te definiría como tonta o como mezquina —respondo, muy serio—. Creía que no pensabas con claridad, sí. Eso es todo.

—Es lo mismo una y otra vez, ¿no? No me respetas tanto como dices. A la hora de la verdad, sigues creyendo que no puedo pensar con racionalidad...

—¡No es eso! —exclamo, encendido—. Te respeto más que a nadie, pero, ahora mismo, me pregunto qué te molesta más: que yo tomara una decisión estúpida o que no tomara tu decisión.

—¿Qué se supone que significa eso?

—Significa que, aunque afirmaras que solo querías que fuéramos sinceros entre nosotros, en realidad creo que querías que siempre estuviera de acuerdo contigo.

—¡No puedo creerme que digas eso! Te equivocaste...

—¡Sí, me equivoqué! —He empezado a gritar, y no sé de dónde sale la rabia, solo sé que me da vueltas dentro, violenta, feroz y más fuerte que en los últimos días—. Me equivoqué, ¡cometí un terrible error! ¡El hermano de mi mejor amigo está prácticamente muerto! Y ahora tú te comportas como un padre y me castigas por no haber seguido tus órdenes. ¡Bueno, pues no eres mi padre, Tris, no puedes decirme lo que debo hacer o elegir...!

—Deja de gritarme —me interrumpe en voz baja, y me mira al fin. Antes veía todo tipo de cosas en sus ojos: amor, deseo y curiosidad. Pero ahora solo veo rabia—. Para.

La tranquilidad de su voz ahoga toda la ira que llevo dentro, así que me relajo y me apoyo en la pared que tengo detrás mientras me meto las manos en los bolsillos. No quería gritarle, no quería enfadarme.

Sorprendido, veo que las lágrimas empiezan a resbalarle por las mejillas. Hace mucho tiempo que no la veo llorar. Tris se sorbe los mocos, traga saliva e intenta sonar normal, aunque no lo consigue.

—Solo necesito tiempo —dice, ahogándose con cada palabra—, ¿vale?

—Vale.

Se seca las mejillas con las palmas de las manos y se aleja por el pasillo. Me quedo mirándole el pelo rubio hasta que desaparece por la esquina y me siento desnudo, como si no quedara nada para protegerme del dolor. Su ausencia es lo que más me hiere.

CAPÍTULO
TREINTA Y CUATRO

TRIS

—Ahí está —dice Amar cuando me acerco al grupo—. Ven, te daré tu chaleco, Tris.

—¿Mi... chaleco?

Tal como me prometió David ayer, voy a la periferia esta tarde. No sé qué esperar, y eso me suele poner nerviosa, aunque estos últimos días me han dejado tan machacada que no siento gran cosa.

—Chaleco antibalas. La periferia no es nada segura —explica.

Después mete la mano en una caja que hay junto a las puertas y rebusca entre una pila de gruesos chalecos negros hasta encontrar el del tamaño adecuado. Sale con uno que me parece demasiado grande.

—Lo siento, no tenemos mucha variedad. Este servirá. Sube los brazos.

Me guía para meterme el chaleco y me aprieta las correas de los costados.

—No sabía que estarías aquí —comento.

—Bueno, ¿qué creías que hacía en el Departamento? ¿Dar vueltas por ahí contando chistes? —Sonríe—. Descubrieron la forma de darle uso a mi experiencia como osado. Formo parte del equipo de seguridad, igual que George. Normalmente nos encargamos de la seguridad del complejo, pero siempre que alguien quiere ir a la periferia, me presento voluntario.

—¿Hablabas de mí? —dice George, que está con el grupo de gente que hay junto a las puertas—. Hola, Tris. Espero que no te haya contado nada malo.

George echa un brazo sobre los hombros de Amar, y los dos se sonríen. George tiene mejor aspecto que la última vez que lo vi, aunque la pena le ha dejado huella en el rostro: le ha robado las arrugas en los rabillos de los ojos cuando sonríe y los hoyuelos de las mejillas.

—Estaba pensando que deberíamos darle un arma —dice Amar, y me mira—. Normalmente no armamos a los miembros en potencia del consejo porque no tienen ni idea de cómo usarlas, pero está bastante claro que tú sí.

—No pasa nada, no necesito...

—No, seguro que eres mejor tiradora que la mayoría —me interrumpe George—. No nos vendría mal otro osado a bordo. Deja que vaya a por un arma.

Unos cuantos minutos después estoy armada y caminando con Amar hacia el camión. Él y yo nos metemos en la parte trasera, mientras que George y una mujer llamada Ann se ponen en el centro, y dos agentes de seguridad mayores llamados Jack y Violet se suben en la parte delantera. La parte de atrás del camión está cubierta de un material negro duro. Las puertas traseras se ven opacas y negras desde fuera, pero desde dentro son transparentes, así que podemos ver lo que pasa. Estoy sentada entre Amar y las pilas de equipo que nos tapan la vista de la parte delantera del camión. George se asoma entre el equipo y sonríe cuando arranca el camión, pero, aparte de eso, estamos solos Amar y yo.

Observo cómo el complejo desaparece detrás de nosotros. Conducimos por los jardines y los edificios anexos que lo rodean y, asomándose detrás del borde del complejo, están los aviones, blancos e inmóviles. Llegamos a la valla y las puertas se abren para nosotros. Oigo a Jack hablar con el soldado de la valla exterior para contarle nuestros planes e indicarle el contenido del vehículo (una serie de palabras que no entiendo) antes de que nos permitan salir a lo desconocido.

—¿Cuál es el objetivo de esta patrulla? —pregunto—. Aparte de enseñarme cómo funcionan las cosas, claro.

—Siempre mantenemos vigilada la periferia, que es la zona genéticamente defectuosa más cercana al complejo. Casi siempre por motivos científicos, para estudiar cómo se comportan los GD —explica Amar—. Sin embargo, después del ataque, David y el consejo decidieron que necesitábamos una vigilancia más intensiva para evitar que vuelva a suceder.

Dejamos atrás la misma clase de ruinas que vi cuando abandonamos la ciudad. Los edificios se derrumban bajo su propio peso y las plantas crecen libres sobre la tierra, abriéndose paso a través del hormigón.

No conozco a Amar y no confío del todo en él, pero tengo que preguntarlo:

—Entonces ¿te lo crees todo? ¿Eso de que el daño genético es el culpable de... esto?

Todos sus antiguos amigos del experimento eran GD. ¿De verdad se creerá que son defectuosos, que tienen algo malo?

—¿Tú no? Tal como yo lo veo, la Tierra lleva aquí muchísimo tiempo, más de lo que imaginamos. Y antes de la Guerra de la Pureza nadie había hecho esto, ¿no? —pregunta, agitando la mano para señalar el mundo de fuera.

—No lo sé, me cuesta creerlo.

—Qué visión más negativa que tienes de la naturaleza humana.

No respondo.

—De todos modos —continúa—, si algo así hubiera pasado en nuestra historia, el Departamento lo sabría.

Eso me suena muy inocente para alguien que vivía en mi ciudad y ha visto, al menos en pantalla, cuántos secretos escondíamos los unos a los otros. Evelyn intentó controlar a la gente controlando las armas, pero Jeanine era más ambiciosa: sabía que, cuando controlas la información o la manipulas, no necesitas tener a la gente esclavizada, sino que se quedan donde están por voluntad propia.

Eso es lo que hace el Departamento (y seguramente todo el Gobierno): condicionan a los ciudadanos para que estén contentos bajo su control.

Viajamos en silencio un rato, solo se oyen los ruidos del equipo al moverse y el motor que nos acompaña. Al principio examino cada edificio junto al que pasamos y me pregunto qué contendría antes, pero después todos empiezan a parecerme el mismo. ¿Cuántas ruinas distintas hay que ver antes de resignarse a aceptar que no son más que ruinas, en general?

—Ya casi hemos llegado a la periferia —dice George desde la parte central del camión—. Vamos a parar aquí y avanzaremos a pie. Que todos cojan parte del equipo y se pongan en camino, salvo Amar, que solo tiene que cuidar de Tris. Tris, puedes salir a echar un vistazo, pero quédate con Amar.

Es como si todas mis terminaciones nerviosas estuvieran demasiado cerca de la superficie y el más leve toque las hiciera arder. Mi madre se retiró a la periferia después de ser testigo de un asesinato, allí fue donde la encontró el Departamento y la rescató porque sospechaban que su código genético era bueno. Ahora soy yo la que iré a ese lugar, el lugar en que, en cierto modo, todo empezó.

El camión se detiene y Amar abre las puertas. Lleva el arma en una mano y me hace señas con la otra. Salto detrás de él.

Aquí hay edificios, pero no son tan prominentes como los hogares improvisados construidos con restos de metal y lonas de plástico, apilados unos al lado de los otros como si se sostuvieran entre sí. En los estrechos pasillos que forman hay gente, casi todo niños, que venden cosas en bandejas, cargan con cubos de agua o cocinan en fogatas al aire libre.

Cuando los más cercanos nos ven, un niño sale corriendo y grita:

—¡Redada! ¡Redada!

—No te preocupes —dice Amar—, creen que somos soldados. A veces hacen redadas para llevarse a los niños a los orfanatos.

Apenas presto atención al comentario y empiezo a caminar por uno de los pasillos mientras la gente sale corriendo o se encierra en sus chozas de puertas de cartón o de lona. Los veo a través de las grietas entre las paredes, y sus casas no son más que una pila de comida y suministros a un lado, y colchonetas al otro. Me pregunto qué harán en invierno. O qué usarán de baño.

Pienso en las flores del interior del complejo, en los suelos de madera y en todas las camas vacías del hotel y pregunto:

—¿Alguna vez los ayudáis?

—Creemos que la mejor forma de ayudar a nuestro mundo es arreglar sus deficiencias genéticas —responde Amar, como si recitara de memoria—. Alimentar a la gente no sirve más que para poner una tirita en una herida abierta: puede que detenga la hemorragia un rato, pero, al final, la herida seguirá ahí.

No puedo responder, me limito a negar con la cabeza y seguir caminando. Empiezo a comprender por qué mi madre se unió a Abnegación cuando se suponía que debía ser erudita. Si de verdad hubiera deseado seguridad contra la creciente corrupción de los eruditos, se habría unido a Cordialidad o a Verdad. Sin embargo, eligió la facción en la que podía ayudar a los desfavorecidos y dedicó casi toda su vida a asegurarse de que los abandonados no quedaran desprotegidos.

Debían de recordarle a este lugar, a la periferia.

Vuelvo la cabeza para que Amar no me vea las lágrimas.

—Vámonos al camión —le pido.

—¿Estás bien?

—Sí.

Los dos damos media vuelta para regresar, pero entonces oímos los disparos.

Y, justo después, un grito:

—¡Ayuda!

Todos se dispersan.

—Es George —dice Amar, y sale corriendo por uno de los pasillos a nuestra derecha.

Lo persigo hasta las estructuras metálicas, pero es demasiado rápido y este lugar es un laberinto, así que lo pierdo en cuestión de segundos y me quedo sola.

Por mucha compasión automática abnegada que me despierte la gente de este sitio, también les tengo miedo. Si son como los abandonados, seguro que están tan desesperados como ellos, y desconfío de la gente desesperada.

Una mano se cierra en torno a mi brazo y me arrastra hacia atrás, hasta una de las chozas de aluminio. Dentro, todo está teñido del azul de la lona que tapa las paredes y que aísla la estructura del frío. El suelo está cubierto de contrachapado y, frente a mí, hay una mujer baja y delgada de cara mugrienta.

—Será mejor que no te quedes ahí fuera —me dice—. Atacarán a cualquiera, por joven que sea.

—¿Quiénes?

—Hay mucha gente enfadada en la periferia —responde la mujer—. La rabia hace que algunos quieran matar a cualquiera que consideren un enemigo. A otros los hace más constructivos.

—Gracias por la ayuda. Me llamo Tris.

—Yo soy Amy. Siéntate.

—No puedo, mis amigos están ahí fuera.

—Entonces deberías esperar a que las hordas de gente corran hacia ellos y así los sorprendes por detrás.

Parece buena idea.

Me dejo caer en el suelo y se me clava el arma en la pierna. El chaleco antibalas es tan rígido que cuesta ponerse cómoda, pero hago lo que puedo para parecer relajada. Oigo gente correr y gritar. Amy abre un poco la esquina de la lona para mirar.

—Entonces, tus amigos y tú no sois soldados —dice Amy, mirando afuera—. Lo que significa que sois de Bienestar Genético, ¿no?

—No. Es decir, ellos sí, pero yo soy de la ciudad. Vamos, de Chicago.

Amy arquea mucho las cejas.

—Joder. ¿La han desmantelado?

—Todavía no.

—Es una pena.

—¿Una pena? —le pregunto, frunciendo el ceño—. Estás hablando de mi hogar, ¿sabes?

—Pues tu hogar está perpetuando la creencia de que hay que arreglar a las personas con genes defectuosos... Que son defectuosas, punto. Y no lo son. No lo somos. Así que, sí, es una pena que sigan existiendo los experimentos. No me disculparé por decirlo.

No lo había visto de ese modo. Para mí, Chicago tiene que seguir existiendo porque la gente que he perdido vivía allí, porque la forma de vida que antes adoraba sigue allí, aunque desarticulada. Pero no me daba cuenta de que la misma existencia de Chicago pudiera resultar dañina para los habitantes de fuera, que solo quieren que los consideren personas completas.

—Tienes que irte —dice Amy, soltando la lona—. Seguramente estén en uno de los puntos de encuentro, al noroeste de aquí.

—Gracias de nuevo.

Ella asiente con la cabeza, y yo me agacho para salir de su improvisado hogar, oyendo las tablas crujir bajo mis pies.

Avanzo deprisa entre los pasillos, aliviada de que todos se desperdigaran al llegar nosotros, porque así no tengo a nadie que me impida pasar. Salto por encima de un charco de..., bueno, no quiero saber de qué, y salgo a una especie de patio en el que un chico alto y desgarbado apunta a George con un arma.

Un grupito de gente rodea al chico del arma. Se han repartido entre ellos el equipo de vigilancia que George llevaba y están destruyéndolo, golpeándolo con zapatos, rocas o martillos.

George me mira, pero yo me llevo un dedo a los labios a toda prisa. Estoy detrás del grupo; el chico del arma no me ha visto.

—Baja el arma —dice George.

—¡No! —responde el chico; sus ojos no dejan de saltar de George a la gente que tiene a su alrededor—. Me ha costado mucho conseguirla, no te la voy a dar ahora.

—Entonces..., deja que me vaya. Puedes quedártela.

—¡No hasta que nos digas dónde os habéis estado llevando a los nuestros!

—No nos hemos llevado a ninguno de los vuestros —responde George—. No somos soldados, solo somos científicos.

—Sí, claro, ¿con un chaleco antibalas? Si no es mierda de soldado, soy el crío más rico del país. Ahora ¡dime lo que quiero saber!

Retrocedo hasta quedar detrás de una de las chozas y saco el arma por el borde de la estructura.

—¡Eh! —grito.

El grupo entero se vuelve para mirarme, pero el chico del arma no deja de apuntar a George, como esperaba.

—Te tengo en mi mira —digo—. Vete ahora y te dejaré marchar.

—¡Le dispararé! —grita el chico.

—Yo te dispararé a ti. Estamos con el Gobierno, pero no somos soldados. No sabemos dónde están los vuestros. Si lo dejas marchar, nos iremos sin hacer ruido. Si lo matas, te garantizo que vendrán soldados para detenerte, y ellos no serán tan generosos como nosotros.

En ese momento, Amar sale al patio, detrás de George, y alguien del grupo chilla:

—¡Hay más!

Todos se desperdigan. El chico del arma se mete en el pasillo más cercano y nos deja en paz a George, Amar y a mí. De todos modos, mantengo el arma pegada a la cara, por si deciden volver.

Amar rodea a George con sus brazos y George le da unos golpes cariñosos con el puño en la espalda. Amar me mira por encima del hombro de George.

—¿Todavía crees que el daño genético no tiene la culpa de estos problemas?

Paso junto a una de las chabolas y veo a una niña agachada al otro lado de la puerta, abrazándose las rodillas. Me ve a través de la grieta de las capas de lona y gime un poco. Me pregunto por qué han llegado a tenerles tanto miedo a los soldados. Supongo que por la misma razón por la que un chaval está tan desesperado como para apuntarles con una pistola.

—Sí, todavía.

Conozco a los verdaderos culpables.

Cuando regresamos al camión, Jack y Violet están montando la cámara de vigilancia que la gente de la periferia no ha robado. Violet tiene una pantalla en las manos en la que se ve una larga lista de números, y se la está recitando a Jack, que los programa en su pantalla.

—¿Dónde os habíais metido, chicos? —pregunta Jack.

—Nos atacaron —responde George—. Tenemos que irnos ya.

—Por suerte, ese era el último grupo de coordenadas —dice Violet—. Ya nos vamos.

Nos metemos de nuevo en el camión. Amar cierra las puertas y yo dejo mi arma en el suelo con el seguro puesto, contenta de poder librarme de ella. Esta mañana, cuando me desperté, no me imaginaba que después apuntaría a alguien con un arma peligrosa. Tampoco me imaginaba que sería testigo de semejantes condiciones de vida.

—Es la abnegada que llevas dentro —comenta Amar—. Por eso odias ese lugar, lo noto.

—Es por muchas cosas que llevo dentro.

—También lo noté en Cuatro. Abnegación produce una gente muy seria, gente que siempre se fija en cosas como la necesidad. Me he fijado en que las personas que se trasladan a Osadía acaban desarrollando personalidades parecidas, según su procedencia. Los eruditos que se trasladan a Osadía tienden a convertirse en personas crueles y brutales. Los veraces se convierten en personas escandalosas, en enganchados a la adrenalina de las peleas. Y los abnegados que se trasladan a Osadía se convierten en... No sé, en soldados, supongo. En revolucionarios. Eso podría ser Cuatro si confiara más en sí mismo —añade—. Si no desconfiara tanto de sus posibilidades, creo que sería un líder alucinante. Siempre lo he pensado.

—Creo que tienes razón. Solo se mete en líos cuando se convierte en seguidor. Como pasó con Nita. O con Evelyn.

«Y tú, ¿qué? —me pregunto—. Tú también querías convertirlo en seguidor».

«No, no es verdad», me respondo, pero no sé si me lo creo.

Amar asiente.

Las imágenes de la periferia se me siguen apareciendo como si fuera hipo. Veo a mi madre de niña, agachada en una de esas chabolas, peleando por conseguir armas porque eran la única forma de estar algo segura, ahogándose en humo para calentarse en invierno. No sé por qué estaba tan dispuesta a abandonar el lugar después de que la rescataran. El complejo la absorbió y después trabajó para él el resto de su vida. ¿Es que se olvidó de sus orígenes?

No es posible, ya que se pasó toda la vida intentando ayudar a los abandonados. A lo mejor no era por cumplir con sus deberes de abnegada, a lo mejor se debía a un deseo de ayudar a personas como las que había dejado atrás.

De repente no soporto seguir pensando en ella, ni en aquel lugar, ni en las cosas que he visto. Me aferro al primer pensamiento que me viene a la cabeza, para distraerme.

—Entonces ¿Tobias y tú erais muy amigos?

—¿Es que alguien puede ser muy amigo suyo? —responde Amar, negando con la cabeza—. Aunque el apodo se lo puse yo. Lo vi enfrentarse a sus miedos y me di cuenta de la cantidad de problemas que arrastraba, así que pensé que le vendría bien una nueva vida, por eso empecé a llamarlo Cuatro. Pero no, no diría que éramos muy amigos. No tanto como me habría gustado.

Amar apoya la cabeza en la pared del camión y cierra los ojos, sonriendo un poco.

—Ah. ¿Es que te... gustaba?

—¿Por qué me preguntas eso?

—Por la forma en que hablas de él —respondo, encogiéndome de hombros.

—Ya no me gusta, si es lo que de verdad quieres saber. Pero sí, en algún momento me gustó, y estaba muy claro que el sentimiento no era recíproco, así que retrocedí. Preferiría que no contaras nada.

—¿A Tobias? Claro que no.

—No, me refiero a que no se lo cuentes a nadie. Y no hablo solo de lo de Tobias.

Se queda mirando la nuca de George, ahora visible por encima de la carga, que ha menguado bastante.

Arqueo una ceja para mirarlo. No me sorprende que George y él se sintieran atraídos: los dos son divergentes que han tenido

332

que fingir su muerte para sobrevivir; los dos eran forasteros en un mundo desconocido.

—Entiéndelo —sigue diciendo Amar—, el Departamento está obsesionado con la procreación, con lo de pasar los genes a tu descendencia. Y George y yo somos GP los dos, así que cualquier relación que no produzca un código genético más fuerte... Bueno, es algo que no promueven, nada más.

—Ah. No te preocupes por mí, no estoy obsesionada con la producción de genes fuertes —respondo, esbozando una sonrisa irónica.

—Gracias.

Guardamos silencio unos segundos y contemplamos las ruinas, que se emborronan cuando el camión gana velocidad.

—Creo que eres buena para Cuatro, ¿sabes? —dice.

Me miro las manos, cerradas sobre el regazo. No tengo ganas de explicarle que estamos a punto de romper. No lo conozco y, aunque lo conociera, no querría hablar del tema. Solo consigo responder:

—Oh.

—Sí, veo lo que despiertas en él. No te das cuenta porque no lo has experimentado, pero Cuatro sin ti es una persona muy distinta. Es... obsesivo, explosivo, inseguro...

—¿Obsesivo?

—¿Cómo llamarías si no a una persona capaz de entrar una y otra vez en su propio paisaje del miedo?

—No sé, decidido —respondo, y hago una pausa—. Valiente.

—Sí, claro, pero también un poco loco, ¿no? Quiero decir que la mayoría de los osados preferiría saltar al abismo antes que seguir entrando en su paisaje del miedo. Una cosa es la valentía y otra, el masoquismo, y la línea que los separa se volvió algo difusa para él.

—Conozco esa línea.

—Lo sé —responde él, sonriendo—. De todos modos, solo digo que cuando restriegas a una persona contra otra, aparecen los problemas, pero veo que lo que vosotros dos tenéis merece la pena, eso es todo.

—¿Restregar a una persona contra otra? ¿En serio? —pregunto, arrugando la nariz.

Amar junta las palmas de las manos y se las restriega para ilustrarme la idea. Me río, pero no logro abstraerme de la punzada de dolor en el pecho.

CAPÍTULO
TREINTA Y CINCO

TOBIAS

Me acerco al grupo de sillas más cercano a las ventanas de la sala de control y busco por las distintas cámaras de la ciudad hasta que doy con mis padres. Encuentro primero a Evelyn, que está en el vestíbulo de Erudición hablando en voz baja con Therese y un abandonado, su segundo y su tercero al mando desde que me fui. Subo el volumen del micrófono, pero solo me llegan murmullos.

A través de las ventanas de la parte de atrás de la sala veo el mismo cielo nocturno vacío que el que cubre la ciudad, solo interrumpido por las lucecitas azules y rojas que marcan las pistas de aterrizaje de los aviones. Es raro pensar que tenemos eso en común cuando aquí todo lo demás es tan diferente.

La gente de la sala de control ya sabe que fui yo el que desactivó el sistema de seguridad la noche anterior al ataque, aunque no fuera el que inoculó suero de la paz a uno de los trabajadores del turno de noche para conseguirlo; esa fue Nita. Sin embargo, en su mayoría, pasan de mí siempre que me mantenga alejado de sus escritorios.

En otra pantalla voy repasando de nuevo las cámaras en busca de Marcus o Johanna, de cualquier cosa que me diga lo que está pasando con los leales. Toda la ciudad está vigilada: el puente cerca del Mercado del Martirio, la Espira, la calle principal del sector Abnegado, el Centro, la noria y los campos cordiales, en los que ahora trabajan todas las facciones. Sin embargo, no veo nada en ninguna de las cámaras.

—Vienes mucho por aquí —me dice Cara al acercarse—. ¿Te da miedo el resto del complejo? ¿O es otra cosa?

Tiene razón, he estado viniendo mucho a la sala de control. No es más que algo para pasar el rato mientras espero el veredicto de Tris, mientras espero a que se materialice nuestro plan para atacar al Departamento, mientras espero a que pase algo, lo que sea.

—No, solo vigilo a mis padres.

—¿A los padres que odias? —Se pone a mi lado, con los brazos cruzados—. Sí, entiendo que quieras invertir todas tus horas de vigilia en observar a unas personas con las que no quieres tener nada que ver. Es completamente lógico.

—Son peligrosos. Y lo son más aún porque nadie más que yo sabe lo peligrosos que son.

—¿Y qué vas a hacer desde aquí si cometen un acto terrible? ¿Enviarles señales de humo?

Le lanzo una mirada asesina.

—Vale, vale —responde, y levanta las manos como si se rindiera—. Solo intento recordarte que ya no estás en su mundo, sino en este. Nada más.

—Tienes razón.

Los eruditos nunca me han parecido demasiado perceptivos en temas de relaciones o de emociones, pero los perspicaces ojos de Cara ven todo tipo de cosas: mi miedo, mi búsqueda de distracción en el pasado. Es un poco inquietante.

Repaso uno de los ángulos de la cámara, me detengo y vuelvo atrás. La escena está a oscuras, por la hora, pero veo gente que se agrupa como una bandada de aves en torno a un edificio que no reconozco. Sus movimientos están sincronizados.

—Están haciéndolo —dice Cara, emocionada—. Los leales están atacando de verdad.

—¡Eh! —grito a una de las mujeres de la sala. La mayor, la que siempre me mira mal cuando entro, levanta la cabeza—. ¡Cámara veinticuatro! ¡Deprisa!

Da un toquecito en la pantalla y todos los presentes en el área de vigilancia la rodean. La gente que camina por los pasillos se detiene para ver qué sucede, y yo me vuelvo hacia Cara.

—¿Puedes ir a por los otros? Creo que les gustaría verlo.

Ella asiente, eufórica, y sale corriendo de la sala de control.

Las personas que se agrupan alrededor del edificio desconocido no llevan uniforme ni ninguna otra forma de identificarse, aunque tampoco visten los brazaletes de los sin facción, y van armados. Intento distinguir una cara, cualquier cosa que reconozca, pero está demasiado borroso. Los observo colocarse, haciéndose gestos con brazos negros que se mueven por una noche más negra aún.

Me meto una uña entre los dientes, impaciente por que suceda lo que sea. Unos minutos después aparece Cara con los demás detrás. Cuando llegan a la multitud congregada frente a las pantallas principales, Peter dice:

—¡Perdón!

Lo hace lo bastante alto para que la gente se vuelva. Cuando ven quién es, se apartan para que pase.

—¿Qué ocurre? —me pregunta cuando se acerca—. ¿Qué está pasando?

—Los leales han formado un ejército —respondo, señalando a la pantalla de la izquierda—. Hay gente de todas las facciones, incluso de Cordialidad y Erudición. He estado observándolos mucho últimamente.

—¿Eruditos? —pregunta Caleb.

—Los leales son los enemigos de los nuevos enemigos: los abandonados —responde Cara—. Lo que hace que los eruditos y los leales tengan un objetivo común: derrocar a Evelyn.

—¿Has dicho que hay cordiales en un ejército? —pregunta Christina.

—En realidad no participan en la violencia, pero sí que trabajan con ellos.

—Los leales asaltaron el primer almacén de armas hace unos días —comenta la joven sentada al escritorio más cercano a nosotros, volviéndose a medias—. Este es el segundo. De ahí sacaron esas armas. Después del primer asalto, Evelyn reubicó casi todas las armas, pero este almacén no lo trasladó a tiempo.

Mi padre sabe lo que sabe Evelyn: que solo necesitas el poder necesario para que te tema la gente. Las armas sirven para eso.

—¿Qué pretenden? —pregunta Caleb.

—A los leales los motiva el deseo de regresar a su objetivo original en la ciudad —responde Cara—. Ya sea enviar a un grupo de personas al exterior, como pedía Edith Prior (en aquel momento nos pareció importante, aunque después he descubierto que lo que pedía no importaba) o reinstaurar las facciones a la fuerza. Se preparan para un ataque contra el baluarte de los abandonados. Es lo que hablamos Johanna y yo antes de marcharme. No hablamos de aliarnos con tu padre, Tobias, pero supongo que Johanna es capaz de tomar sus propias decisiones.

Casi se me olvida que Johanna era la líder de los leales antes de irnos. Ahora no estoy seguro de que le importe si las facciones sobreviven o no, aunque sí que le importa la gente. Me doy cuenta por la forma en que observa la pantalla, ilusionada, pero también asustada.

Incluso por encima de la cháchara de las personas que nos rodean, oigo los disparos cuando empiezan; no son más que chasquidos a través de los micrófonos. Le doy unos cuantos toquecitos al cristal, y el ángulo de la cámara apunta al interior del edificio cuya entrada acaban de forzar los invasores. En una mesa, sobre una pila de cajitas (munición) hay unas cuantas pistolas. Nada comparado con las armas de la gente de aquí, tan abundantes, pero, en la ciudad, sé que es muy valioso.

Varios hombres y mujeres con brazaletes abandonados protegen la mesa, pero caen muy deprisa, superados en número por los leales. Reconozco una cara familiar entre ellos: Zeke, que estrella la culata de su arma en la mandíbula de un sin facción. Vencen a los abandonados en cuestión de dos minutos, los derriban con balas que solo veo cuando ya han horadado carne. Los leales se reparten por la habitación pasando por encima de los cadáveres como si no fueran más que escombros y reúnen todo lo que pueden. Zeke coloca las armas sueltas en la mesa con una expresión muy dura que le he visto pocas veces.

Ni siquiera sabe lo que le ha pasado a Uriah.

La mujer del escritorio toca unos cuantos puntos de la pantalla. En una de las pantallas más pequeñas que hay sobre ella se ve una imagen, una parte de la grabación de vigilancia que acabamos de ver, congelada en un momento concreto. Da otro toquecito, y la imagen se acerca a sus objetivos, un hombre con el pelo muy corto y una mujer con una melena larga oscura que le tapa una parte de la cara.

Marcus, por supuesto, y Johanna..., armada.

—Entre ellos han conseguido el apoyo de casi todos los miembros fieles a las facciones. Aun así, lo sorprendente es que los leales siguen sin superar en número a los abandonados. —La mujer se echa atrás en la silla y sacude la cabeza—. Había muchos más abandonados de lo que esperábamos. Al fin y al cabo, cuesta conseguir un recuento preciso de la población cuando está desperdigada.

—¿Johanna? ¿Liderando una rebelión? ¿Con un arma? No tiene sentido —dice Caleb.

Johanna me dijo una vez que, de haber sido por ella, habría apoyado el ataque contra los eruditos en vez de permanecer pasiva, como había decidido el resto de su facción. Sin embargo, se encontraba a la merced de su facción, que estaba aterrada. Ahora, con las facciones desmanteladas, parece que se ha convertido en algo más que la portavoz de Cordialidad, e incluso en algo más que la líder de los leales: se ha convertido en soldado.

—Tiene más sentido de lo que crees —respondo, y Cara asiente conmigo.

Me quedo mirando cómo vacían el cuarto de armas y munición, y cómo se marchan deprisa, dispersándose como semillas al viento. Me siento más pesado, como si llevara una nueva carga. Me pregunto si la gente que me rodea (Cara, Christina, Peter e incluso Caleb) se sienten igual. La ciudad, nuestra ciudad, está más cerca que nunca de su destrucción total.

Podemos fingir que ya no pertenecemos a aquel lugar mientras vivimos relativamente a salvo aquí, pero no es cierto. Siempre perteneceremos a Chicago.

CAPÍTULO
TREINTA Y SEIS

TRIS

Está oscuro y nieva cuando llegamos a la entrada del complejo. Los copos de nieve soplan por la carretera como si fueran de azúcar glas. No es más que nieve de principios de otoño; desaparecerá por la mañana. Me quito el chaleco antibalas en cuanto salgo y se lo entrego a Amar junto con el arma. Ahora me resulta incómodo sostenerla. Antes pensaba que esa incomodidad desaparecería con el tiempo, pero ahora no estoy tan segura. Quizá no desaparezca nunca, y puede que sea lo mejor.

El aire caliente me rodea al cruzar las puertas. Después de ver la periferia, el complejo parece más limpio que antes. La comparación me perturba. ¿Cómo puedo caminar por estos suelos relucientes y llevar esta ropa almidonada cuando sé que la gente de ahí fuera envuelve sus casas en lonas para conservar el calor?

Sin embargo, cuando llego al dormitorio del hotel, la sensación de inquietud ya ha desaparecido.

Busco a Christina o a Tobias, pero no están. Solo veo a Caleb y a Peter; Peter con un gran libro en el regazo, garabateando notas en un cuaderno, y Caleb leyendo el diario de nuestra madre en pantalla, con ojos vidriosos. Intento no fijarme en eso.

—¿Alguno de los dos ha visto...? —empiezo a preguntar, pero ¿con quién quiero hablar, con Christina o con Tobias?

—¿A Cuatro? —pregunta Caleb, decidiéndolo por mí—. Lo he visto antes en la sala de los árboles genealógicos.

—La sala de... ¿qué?

—Tienen los nombres de nuestros antepasados expuestos en una sala. ¿Me dejas un trozo de papel? —le pregunta a Peter.

Peter arranca una hoja del final del cuaderno y se la da a Caleb, que garabatea algo en ella: indicaciones.

—Hace un rato encontré los nombres de nuestros padres. Están a la derecha del cuarto, segundo panel contando desde la puerta.

Me entrega las indicaciones sin levantar la vista. Me quedo mirando las letras, pulcras y regulares. Antes de pegarle, Caleb habría insistido en acompañarme él mismo, desesperado por contar con la oportunidad de explicarse. Sin embargo, últimamente me guarda las distancias, ya sea porque me teme o porque por fin se ha rendido.

Ninguna de las dos opciones me hace sentir bien.

—Gracias. Hmmm... ¿Qué tal tu nariz?

—Bien. Creo que el moratón resalta el color de mis ojos, ¿no?

Sonríe un poco, igual que yo, pero está claro que ninguno de los dos sabe qué hacer después, porque los dos nos quedamos sin palabras.

—Espera, hoy no has estado en el complejo, ¿verdad? —pregunta al cabo de un segundo—. Algo está sucediendo en la ciudad. Los leales se han levantado contra Evelyn y han atacado uno de sus almacenes de armas.

Lo miro. Llevaba unos días sin preguntarme qué sucedía en la ciudad, estaba demasiado inmersa en lo que pasaba aquí.

—¿Los leales? —pregunto—. ¿La gente liderada por... Johanna Reyes... ha atacado un almacén?

Antes de marcharnos estaba segura de que estaba a punto de estallar otro conflicto en la ciudad. Parece que ya ha estallado. Sin embargo, me siento muy alejada de él porque casi todas las personas que me importan están aquí.

—Liderados por Johanna Reyes y Marcus Eaton —dice Caleb—. Pero Johanna estaba allí y llevaba un arma. Ha sido absurdo. Los del Departamento parecen muy inquietos con ese tema.

—Vaya —comento, sacudiendo la cabeza—. Supongo que era cuestión de tiempo.

Guardamos silencio de nuevo y nos alejamos el uno del otro a la vez: Caleb vuelve a su catre y yo me alejo por el pasillo, siguiendo sus indicaciones.

Veo la sala de los árboles genealógicos a lo lejos. Las paredes de bronce parecen despedir una luz cálida. De pie en el umbral me siento como dentro de un amanecer, el resplandor me rodea. Los dedos de Tobias recorren las líneas de su árbol (supongo), aunque lentamente, como si en realidad no les prestara atención.

Creo distinguir la vena obsesiva a la que se refería Amar. Sé que Tobias ha estado observando a sus padres en las pantallas, y ahora está contemplando sus nombres, aunque no hay nada en esta habitación que no sepa ya. Yo tenía razón cuando dije que estaba desesperado, desesperado por encontrar una conexión con Evelyn, desesperado por no ser defectuoso, aunque no se me ocurrió que ambas cosas estuvieran relacionadas. No sé cómo me sentiría yo si odiara mi historia y, a la vez, ansiara el amor de las personas responsables de esa historia. ¿Cómo es que nunca me había fijado en ese cisma dentro de su corazón? ¿Cómo es que nunca me había dado cuenta de que, además de su lado fuerte y de su lado amable, también había un lado dolido y roto?

Caleb me contó que nuestra madre le había explicado que todos tenemos una parte mala, y que el primer paso para amar a alguien es reconocer esa misma maldad dentro de nosotros, para así perdonar. Entonces ¿cómo voy a echarle en cara a Tobias su desesperación, como si yo fuera mejor que él, como si yo nunca hubiera dejado que mi parte defectuosa me cegara?

—Hola —lo saludo, haciendo una pelota con las indicaciones de Caleb al metérmelas en el bolsillo de atrás.

Él se vuelve, serio, con esa expresión que tan bien conozco. Es la misma que tenía cuando lo conocí, las primeras semanas, como un centinela que protege sus pensamientos más íntimos.

—Mira —le digo—, creía que debía averiguar si podía perdonarte o no, pero ahora estoy pensando que no me has hecho nada que deba perdonar, salvo quizá acusarme de estar celosa de Nita...

Abre la boca para interrumpirme, pero levanto una mano para detenerlo.

—Si seguimos juntos, tendré que perdonarte una y otra vez,

y si todavía estás interesado, también tendrás que perdonarme una y otra vez. Así que la clave está en el perdón. Lo que de verdad debería estar intentando averiguar es si todavía somos buenos el uno para el otro.

Durante todo el camino de vuelta he estado pensando en lo que me ha dicho Amar, en que todas las relaciones tienen problemas. He pensado en mis padres, que discutían más a menudo que los demás padres abnegados que yo conocía y, a pesar de ello, pasaron juntos cada uno de sus días hasta que murieron.

Entonces he pensado en lo fuerte que soy ahora, en lo segura que me siento y en que durante todo el camino él me ha repetido que soy valiente, que me respeta, que me ama y que merezco que me amen.

—¿Y? —pregunta, y tanto su voz como sus ojos vacilan un poco.

—Lo somos —respondo—. Creo que sigues siendo la única persona lo bastante fuerte como para darme fuerzas.

—Lo soy —responde con voz ronca.

Y lo beso.

Sus brazos me rodean y me sostienen, levantándome hasta dejarme de puntillas. Entierro la cara en su hombro y cierro los ojos para centrarme en respirar únicamente su perfume a limpio, el aroma del viento.

Antes pensaba que, cuando la gente se enamoraba, aterrizaban donde aterrizaban y después no tenían más elección en el asunto. Y puede que sea cierto al principio, pero no lo es después, ahora.

Me enamoré de él, pero no me quedo con él por inercia, como si no hubiera nada más a mi disposición. Me quedo con él porque así lo decido todos los días al despertarme, todos los días que nos peleamos, nos mentimos o nos decepcionamos. Lo elijo a él una y otra vez, y él me elige a mí.

CAPÍTULO
TREINTA Y SIETE

TRIS

Llego al despacho de David para mi primera reunión del consejo justo cuando mi reloj da las diez, y él sale rodando al pasillo poco después. Está más pálido que la última vez que lo vi, y los círculos oscuros alrededor de sus ojos están más pronunciados, como si fueran moratones.

—Hola, Tris —me saluda—. ¿Impaciente? Has llegado a la hora en punto.

Todavía me pesan un poco las extremidades después de que Cara, Caleb y Matthew probaran conmigo el suero de la verdad hace un rato, como parte de nuestro plan. Intentan desarrollar un suero al que ni siquiera los GP resistentes a los sueros, como yo, seamos inmunes. Hago caso omiso de la sensación y digo:

—Claro que estoy impaciente, es mi primera reunión. ¿Necesitas ayuda? Pareces cansado.

—Está bien.

Me pongo detrás de él y empujo los mangos de la silla de ruedas para impulsarla.

Él suspira.

—Supongo que estoy cansado. He pasado despierto toda la noche encargándome de nuestra última crisis. Gira aquí, a la izquierda.

—¿Qué crisis?

—Oh, te vas a enterar dentro de un momento, no adelantemos acontecimientos.

Maniobramos por el pasillo en penumbra de lo que, según un cartel, es la terminal 5 (su antiguo nombre, según David). No tiene ventanas, así que no hay ni rastro del mundo exterior. Casi percibo la paranoia que emana de las paredes, como si a la misma terminal le dieran miedo los ojos desconocidos. Si supieran lo que buscan los míos...

Mientras camino, observo las manos de David, que se aferran a los reposabrazos. La piel que le rodea las uñas está en carne viva y roja, como si se la hubiera mordido esta noche. Las uñas están dentadas. Recuerdo cuando mis manos tenían ese aspecto, cuando los recuerdos de las simulaciones del miedo se me colaban en los sueños y en la mente cada vez que estaba ociosa. A lo mejor son los recuerdos del ataque lo que le hacen esto a David.

«No me importa —pienso—. Recuerda lo que hizo. Lo que volvería a hacer».

—Ya hemos llegado —me avisa.

Lo empujo a través de unas puertas dobles abiertas y sujetas con topes. Casi todos los miembros del consejo parecen estar aquí, removiendo con un palito diminuto sus diminutos cafés. La mayoría son hombres y mujeres de la edad de David. Hay algunos miembros más jóvenes: Zoe está aquí y me dedica una sonrisa forzada, aunque educada.

—¡Vamos a dar inicio a la reunión! —dice David mientras maniobra la silla él solo hasta la presidencia de la mesa.

Me siento en una de las sillas del borde de la sala, al lado de Zoe. Está claro que se supone que no debemos estar a la mesa, con las personas importantes, y me parece bien: será más fácil cabecear si se pone aburrida, aunque si esta nueva crisis es tan seria como para mantener a David despierto toda la noche, lo dudo.

—Anoche recibí una llamada urgente de la gente de la sala de control —explica David—. Resulta evidente que la violencia está a punto de estallar de nuevo en Chicago. Los fieles al sistema de facciones, que se hacen llamar leales, se han rebelado contra los abandonados y han atacado los depósitos de armas. Lo que no saben es que Evelyn Johnson ha descubierto un arma nueva: ocultas reservas de suero de la muerte en la sede de Erudición. Como sabemos, nadie es capaz de resistirse al suero de la muerte, ni siquiera los divergentes. Si los leales atacan al Gobierno y Evelyn Johnson se venga, las bajas serán catastróficas.

Me quedo mirando el suelo mientras todos se ponen a hablar a la vez.

—Silencio —pide David—. Los experimentos ya corren peligro si no somos capaces de demostrar a nuestros superiores que podemos controlarlos. Otra revolución en Chicago solo serviría para afianzar la idea de que este trabajo ya no resulta útil, algo que no podemos permitir si queremos seguir luchando contra el daño genético.

En algún lugar, detrás de la cara de cansancio y las ojeras de David, se oculta algo más duro, más fuerte. Me creo lo que dice. Me creo que no permitirá que suceda.

—Ha llegado el momento de utilizar el virus del suero de la memoria para un reinicio en masa. Y creo que deberíamos usarlo en todos los experimentos.

—¿Reiniciarlos? —pregunto, porque no puedo evitarlo.

De repente, todos me miran. Al parecer, habían olvidado que tenían en la habitación a un antiguo miembro de los experimentos a los que se referían.

—Cuando hablamos de reiniciar nos referimos a un borrado general de memoria —responde David—. Es lo que hacemos cuando los experimentos que incorporan modificación del comportamiento están en peligro de desmoronarse. Lo hicimos cuando creamos por primera vez cada experimento con dicho componente, y él último de Chicago fue unas cuantas generaciones antes de la tuya. —Esboza una sonrisa extraña—. ¿A qué creías que se debe la devastación física del sector abandonado? Se produjo un levantamiento y tuvimos que sofocarlo de la forma más limpia posible.

Me quedo en la silla, pasmada, imaginándome las calles destrozadas, las ventanas hechas añicos y las farolas tumbadas del sector abandonado de la ciudad, una destrucción que no resulta evidente en ninguna otra zona, ni siquiera al norte del puente, donde los edificios están vacíos, pero parecen haberse evacuado en paz. Siempre consideré como algo normal los destrozos de esos sectores de Chicago, creía que era la prueba de lo que pasaba cuando la gente vive sin una comunidad. Nunca se me ocurrió que fueran el resultado de un levantamiento... y el consiguiente reinicio.

Estoy ciega de rabia. Que quieran detener una revolución no

para salvar vidas, sino para salvar su preciado experimento, bastaría para cabrearme. Pero ¿por qué creen tener derecho a arrancarle los recuerdos a la gente, su identidad, solo porque les resulta conveniente?

Por supuesto, ya conozco la respuesta: para ellos, los habitantes de nuestra ciudad no son más que contenedores de material genético; nada más que GD, valiosos por los genes corregidos que heredan sus descendientes, y no por sus cerebros ni sus corazones.

—¿Cuándo? —pregunta uno de los miembros del consejo.

—En las próximas cuarenta y ocho horas —responde David.

Todos asienten como si fuera algo razonable.

Recuerdo lo que me dijo en su despacho: «Si queremos ganar esta batalla contra el daño genético, si queremos salvar los experimentos para que no los cierren, tendremos que sacrificarnos. Lo entiendes, ¿verdad?». Debí de haberme imaginado que sería capaz de borrar alegremente la memoria a miles de GD (borrar miles de vidas) con tal de controlar los experimentos. Que haría el trueque sin tan siquiera pensar en las alternativas, sin considerar necesario molestarse en salvarlos.

Al fin y al cabo, son defectuosos.

CAPÍTULO
TREINTA Y OCHO

TOBIAS

Apoyo el zapato en el borde de la cama de Tris y aprieto los cordones. A través de las enormes ventanas veo la luz de la tarde parpadeando en los paneles laterales de los aviones aparcados en la pista de aterrizaje. GD con trajes verdes caminan por las alas y se arrastran bajo los morros para comprobar los aparatos antes de su despegue.

—¿Cómo va tu proyecto con Matthew? —pregunto a Cara, que está a dos camas de mí.

Tris dejó que Cara, Caleb y Matthew probaran con ella su nuevo suero de la verdad esta mañana, pero no la he visto desde entonces.

Cara se está cepillando el pelo. Antes de responder, mira a su alrededor por si hay alguien más.

—No demasiado bien. Por ahora, Tris es inmune a la nueva versión del suero que hemos creado: no ha surtido ningún efecto en ella. Es muy raro que los genes de una persona la hagan tan resistente a la manipulación mental de cualquier tipo.

—A lo mejor no son sus genes —respondo, encogiéndome

de hombros mientras paso al otro pie—. A lo mejor es una tozudez sobrenatural.

—Ah, ¿hemos llegado a la fase de los insultos en la ruptura? —pregunta—. Porque tengo mucha práctica después de lo que le sucedió a Will. He recopilado bastantes comentarios ofensivos sobre su nariz.

—No hemos roto —respondo, sonriendo—, pero me alegra saber que te cae tan bien mi novia.

—Mis disculpas, no sé por qué me he apresurado a sacar conclusiones —dice Cara, que se pone roja—. Tu novia me despierta sentimientos encontrados, sí, aunque, en general, la respeto mucho.

—Lo sé, estaba de broma. De vez en cuando me gusta ver cómo te pones colorada.

Cara me lanza una mirada asesina.

—Además —añado—, ¿qué tiene de malo su nariz?

Entonces se abre la puerta del dormitorio y entra Tris con el pelo revuelto y la mirada desbocada. Me inquieta verla tan alterada, como si el suelo bajo mis pies ya no fuera sólido. Me levanto y le acaricio el pelo para ponérselo en su sitio.

—¿Qué ha pasado? —pregunto mientras apoyo una mano en su hombro.

—La reunión del consejo —responde Tris.

Me tapa brevemente la mano con la suya y se sienta en una de las camas, con las manos colgándole entre las rodillas.

—Odio ser repetitiva, pero... ¿qué ha pasado? —pregunta Cara.

Tris sacude la cabeza como si intentara sacudirse polvo de encima.

—El consejo tiene planes. Grandes planes.

Nos cuenta entrecortadamente lo del plan del consejo para reiniciar los experimentos. Mientras habla, se mete las manos bajo las piernas y avanza por debajo hasta que las muñecas se le ponen rojas.

Cuando termina, me pongo a su lado y le echo un brazo por el hombro. Miro por la ventana los aviones posados en la pista de aterrizaje, relucientes y listos para volar. En menos de dos días, seguramente esos mismos aviones lanzarán el virus del suero de la memoria sobre los experimentos.

—¿Qué piensas hacer al respecto? —pregunta Cara a Tris.

—No lo sé, es como si ya no supiera qué está bien y qué está mal.

Cara y Tris se parecen, son dos mujeres forjadas por la pérdida. La diferencia reside en que el dolor de Cara hace que esté segura de todo, mientras que Tris ha mantenido su incertidumbre, la ha protegido a pesar de todo por lo que ha pasado. Todavía se plantea cada asunto como una pregunta, no como una respuesta. Es algo que admiro; algo que, probablemente, debería admirar más.

Lo rumiamos unos segundos en silencio, y yo sigo el hilo de mis pensamientos, que no dejan de dar vueltas y de solaparse.

—No pueden hacerlo —digo—. No pueden borrarlos a todos. No deberían tener ese poder. —Hago una pausa—. Solo se me ocurre que esto sería mucho más fácil si tratáramos con otra gente completamente distinta, capaz de atender a razones. Entonces podríamos encontrar un equilibrio entre la protección de los experimentos y la aceptación de otras posibilidades.

—A lo mejor deberíamos importar un grupo de científicos nuevo —responde Cara, suspirando—. Y deshacernos del antiguo.

Tris hace una mueca y se lleva la mano a la frente, como si se la restregara para espantar un breve dolor molesto.

—No —dice—, ni siquiera tenemos que hacer eso.

Me mira, y sus ojos relucientes me mantienen clavado en el sitio.

—El suero de la memoria —continúa—. Alan y Matthew encontraron el modo de hacer que los sueros se comporten como virus, así que podrían propagarlo por una población sin inyectar a nadie. Así piensan reiniciar los experimentos. Pero nosotros también podríamos reiniciarlos a ellos.

Cuanto más se materializa la idea en su mente, más deprisa habla, y su entusiasmo es contagioso; me burbujea dentro como si la idea fuera mía y no suya. Sin embargo, no es como si sugiriera la solución a nuestro problema, sino como si sugiriera provocar otro problema distinto.

—Reiniciar el Departamento y reprogramarlo sin la propaganda, sin el desprecio por los GD. Así nunca volverían a arriesgar los recuerdos de la gente de los experimentos. El peligro desaparecería para siempre.

Cara arquea las cejas.

—¿Y borrar su memoria no borraría también todo su conocimiento? Porque así no servirían para nada.

—No lo sé. Creo que hay formas de seleccionar recuerdos específicos, según dónde se almacene el conocimiento en el cerebro. Si no, los primeros miembros de las facciones no habrían sabido hablar ni atarse los cordones de los zapatos, ni nada. —Tris se pone de pie—. Deberíamos preguntárselo a Matthew, él sabe mejor que yo cómo funciona.

Yo también me levanto y me interpongo en su camino. Los rayos de luz solar reflejados en el avión me ciegan, así que no le veo la cara.

—Tris, espera, ¿de verdad quieres borrar los recuerdos de una población entera en contra de su voluntad? Es lo mismo que ellos planean hacer con nuestros amigos y familiares.

Me protejo los ojos del sol y consigo ver su expresión: es una expresión fría, la misma que me había imaginado antes de mirarla. Nunca me ha parecido tan mayor, tan seria, tan dura y tan curtida por el paso del tiempo. Yo me siento igual.

—Esta gente no respeta la vida humana —responde—. Están a punto de borrar los recuerdos de todos nuestros amigos y vecinos. Son responsables de la muerte de una gran parte de nuestra antigua facción. —Me esquiva y se dirige a la puerta—. Creo que tienen suerte de que no los mate a todos.

CAPÍTULO
TREINTA Y NUEVE

TRIS

Matthew junta las manos detrás de la espalda.

—No, no, el suero no borra todos los conocimientos —explica—. ¿Crees que diseñaríamos un suero que hiciera a la gente olvidar cómo hablar o caminar? —Sacude la cabeza—. Ataca a recuerdos específicos, como tu nombre, dónde te criaste o el nombre de tu primer profesor, pero deja intactos los recuerdos implícitos, como hablar, atarse los cordones o montar en bicicleta.

—Interesante —dice Cara—. ¿Y funciona de verdad?

Tobias y yo nos miramos: no hay nada comparable a una conversación entre un erudito y alguien que bien podría ser un erudito. Cara y Matthew hablan muy pegados y, cuanto más hablan, más gestos hacen con las manos.

—Es inevitable que se pierdan algunos recuerdos importantes —responde Matthew–, pero si contamos con un registro de los descubrimientos científicos y las historias de la gente, pueden volver a aprenderlos en el periodo de confusión que tiene lugar justo después del borrado. Es un momento en el que son muy receptivos.

Me apoyo en la pared.

—Espera un momento —digo—, si el Departamento va a cargar todos esos aviones del virus del suero de la memoria para reiniciar los experimentos, ¿quedará algo de suero para que lo usemos contra el complejo?

—Tendremos que quitárselo primero —responde Matthew—. En menos de cuarenta y ocho horas.

Cara no parece haber oído lo que he dicho.

—Después de borrar los recuerdos, ¿no habría que programarlos con recuerdos nuevos? ¿Cómo funciona eso?

—Solo hay que volver a educarlos. Como he dicho, la gente suele estar desorientada unos días después del reinicio, lo que significa que son más fáciles de controlar. —Matthew se sienta y da una vuelta sobre su silla—. Podemos limitarnos a darles una nueva clase de historia, una que enseñe los hechos, y no solo propaganda.

—Podríamos utilizar las diapositivas de la periferia para complementar una lección de historia básica —añado—. Tienen fotografías de una guerra provocada por GP.

—Genial —responde Matthew, asintiendo—. Pero hay un gran problema: el virus del suero de la memoria está en el laboratorio de armamento, en el que Nita intentó entrar... sin éxito.

—Se suponía que Christina y yo teníamos que hablar con Reggie —dice Tobias—, pero creo que, dado el nuevo plan, deberíamos hablar con Nita.

—Me parece que tienes razón —respondo—. Vamos a averiguar en qué se equivocó.

Cuando llegué aquí por primera vez, el complejo me pareció enorme y misterioso. Ahora ni siquiera tengo que mirar los carteles para recordar cómo llegar al hospital, ni tampoco Tobias, que me sigue el ritmo. Es curioso cómo el tiempo hace que un lugar encoja, que convierta su rareza en algo normal.

No decimos nada durante el camino, aunque noto que la conversación se va cociendo por dentro. Al final me decido a preguntar.

—¿Qué pasa? Apenas has dicho nada durante la reunión.

—Es que... —empieza a decir, pero sacude la cabeza—. No sé si esto es lo más correcto. Quieren borrar la memoria de nuestros amigos ¿y nosotros decidimos borrarles la suya?

Me vuelvo hacia él y le toco los hombros.

—Tobias, tenemos cuarenta y ocho horas para detenerlos. Si se te ocurre otra idea, cualquier cosa para salvar a nuestra ciudad, adelante.

—No se me ocurre nada —responde, y en sus ojos azul oscuro aparece una mirada de derrota, de tristeza—. Pero estamos actuando llevados por la desesperación por salvar algo que nos parece importante, igual que el Departamento. ¿Cuál es la diferencia?

—La diferencia reside en lo que está bien y lo que está mal —respondo rotundamente—. La gente de la ciudad, en su conjunto, es inocente. La gente del Departamento, la que suministró a Jeanine la simulación del ataque, no lo es.

Frunce los labios, y me doy cuenta de que no se lo cree del todo.

—No es una situación perfecta —sigo diciendo, suspirando—, pero cuando tienes que elegir entre dos opciones malas, eliges la que salva a la gente a la que quieres y en la que más confías. Lo haces y punto. ¿Vale?

Él me coge la mano; la suya es cálida y fuerte.

—Vale.

—¡Tris!

Es Christina, que atraviesa las puertas batientes del hospital y corre hacia nosotros. Peter va detrás, con el pelo oscuro bien repeinado a un lado.

Al principio creo que está emocionada y noto una chispa de esperanza: ¿y si Uriah ha despertado?

Pero, cuanto más se acerca, más obvio resulta que no está emocionada, sino frenética. Peter se queda rezagado y cruza los brazos.

—Acabo de hablar con uno de los médicos —dice ella, sin aliento—. Asegura que Uriah no se va a despertar. No hay... ondas cerebrales o algo así.

Un peso me cae sobre los hombros. Por supuesto, sabía que era posible que Uriah no despertara, pero la esperanza que había mantenido a raya la tristeza se marchita, se desvanece con cada palabra que pronuncia Christina.

—Iban a quitarle el soporte vital ahora mismo, pero les he suplicado. —Se seca ferozmente uno de los ojos con el dorso de la mano, atrapando una lágrima antes de que caiga—. Al final, el médico ha dicho que me daría cuatro días para contárselo a su familia.

Su familia. Zeke sigue en la ciudad, igual que su madre osada.

Hasta ahora no había caído en que no saben lo que le ha pasado y que no nos molestamos en contárselo porque estábamos demasiado concentrados en...

—Van a reiniciar la ciudad dentro de cuarenta y ocho horas —digo de repente, y cojo a Tobias por el brazo. Él está aturdido—. Si no podemos detenerlos, Zeke y su madre se olvidarán de Uriah.

Se olvidarán de él antes de tener la oportunidad de despedirse. Será como si nunca hubiese existido.

—¿Qué? —pregunta Christina, con ojos como platos—. Mi familia está allí dentro, ¡no pueden reiniciarlos a todos! ¿Cómo van a poder hacerlo?

—La verdad es que no les costaría nada —responde Peter; se me había olvidado que estaba presente.

—¿Y qué haces tú aquí? —le pregunto.

—He venido a ver a Uriah, ¿va contra la ley?

—Ni siquiera te importaba —le espeto—. ¿Qué derecho tienes...?

—Tris —me interrumpe Christina, negando con la cabeza—. Ahora no, ¿de acuerdo?

Tobias vacila y se le abre la boca como si tuviera las palabras esperándole en la lengua.

—Tenemos que entrar en la ciudad —dice—. Matthew dijo que podríamos inocular a la gente para inmunizarla contra el suero, ¿no? Pues entramos, inoculamos a la familia de Uriah, por si acaso, y los llevamos de vuelta al complejo para que se despidan. Eso sí, tendríamos que hacerlo mañana. Si no, llegaremos demasiado tarde. —Hace una pausa—. Y tú también puedes inocular a tu familia, Christina. De todos modos, yo debería ser el que se lo cuente a Zeke y a Hana.

Christina asiente. Le aprieto el brazo en un intento de consolarla.

—Yo también voy —dice Peter—. A no ser que queráis que le cuente a David vuestros planes.

Todos nos callamos y lo miramos. No sé para qué quiere Peter volver a la ciudad, pero no puede ser para nada bueno. Por otro lado, no podemos permitir que David descubra lo que estamos haciendo, no tenemos tiempo.

—Vale —responde Tobias—, pero, como causes problemas, me reservo el derecho a dejarte inconsciente y encerrarte en un edificio abandonado.

Peter pone los ojos en blanco.

—¿Cómo volvemos allí? —pregunta Christina—. Por aquí no prestan coches sin más.

—Seguro que podéis conseguir que Amar os lleve —digo—. Hoy me ha dicho que siempre se presenta voluntario para las patrullas, así que conoce a la gente correcta. Seguro que aceptaría para ayudar a Uriah y a su familia.

—Debería ir a pedírselo ahora mismo. Y alguien debería quedarse con Uriah... para asegurarse de que los médicos no incumplan su palabra. Christina, no Peter —dice Tobias, restregándose el cuello, donde está el tatuaje de Osadía, como si quisiera arrancárselo—. Y después debería averiguar cómo contarle a la familia de Uriah que, en vez de cuidar de él, he conseguido que lo maten.

—Tobias... —empiezo a decir, pero él levanta una mano para detenerme y comienza a alejarse.

—De todos modos, seguramente a mí no me dejarán visitar a Nita —asegura.

A veces cuesta saber cómo cuidar de los demás. Mientras observo cómo se alejan Peter y Tobias (manteniendo las distancias), pienso que es posible que Tobias necesite que alguien corra tras él, porque la gente ha estado permitiendo que se aleje, que se ensimisme, toda la vida. Pero tiene razón: necesita hacer esto por Zeke y yo necesito hablar con Nita.

—Vamos —dice Christina—. Las horas de visita casi han terminado. Voy a sentarme otra vez con Uriah.

Antes de ir a la habitación de Nita (identificable porque hay un guardia de seguridad sentado junto a la puerta), me paso por la de Uriah con Christina. Ella se sienta en la silla que hay al lado, en la que ya se ven las arrugas del contorno de sus piernas.

Hace mucho que no hablo con ella como una amiga, hace mucho que no reímos juntas. Me había perdido en la niebla del Departamento, en la promesa de pertenecer a este lugar.

Me pongo a su lado y miro a Uriah. En realidad ya no parece herido; quedan algunos moratones y cortes, pero nada lo bastante serio como para matarlo. Ladeo la cabeza para ver el tatuaje de serpiente que le rodea la oreja. Sé que es él, pero no parece Uriah sin la amplia sonrisa y los ojos relucientes y alerta.

—En realidad no estábamos tan unidos —dice Christina—. Solo empezamos a estarlo... al final. Porque él había perdido a alguien y yo...

—Lo sé, lo ayudaste mucho.

Arrastro una silla para sentarme a su lado. Ella coge la mano de Uriah, que se queda flácida sobre las sábanas.

—A veces me siento como si hubiera perdido a todos mis amigos.

—No has perdido a Cara —le digo—. Ni a Tobias. Y no me has perdido a mí, Christina. No me perderás nunca.

Ella se vuelve hacia mí y, en algún lugar, entre la bruma de la tristeza, nos abrazamos con la misma desesperación con la que lo hicimos cuando me dijo que me había perdonado por matar a Will. Nuestra amistad ha sobrevivido a un peso increíble, el peso de haber disparado a alguien a quien ella amaba, el peso de tantas pérdidas. Otros vínculos se habrían roto en una situación semejante, pero, por algún motivo, este no.

Nos quedamos abrazadas un rato, hasta que la desesperación se pasa.

—Gracias —dice—. Tú tampoco me perderás a mí.

—Estoy bastante segura de que, si eso fuese a suceder, ya lo habría hecho —respondo, sonriendo—. Mira, tengo que contarte algunas cosas.

Le hablo de nuestro plan para evitar que el Departamento reinicie los experimentos. Mientras hablo, pienso en las personas que ella puede perder (su padre, su madre y su hermana), en todas las conexiones que se verán alteradas o eliminadas para siempre en nombre de la pureza genética.

—Lo siento —digo al terminar—. Sé que seguramente querrás ayudarnos, pero...

—No lo sientas —me interrumpe, mirando a Uriah—. Me

alegro de volver a la ciudad —dice, asintiendo unas cuantas veces—. Tú evitarás que reinicien el experimento. Lo sé.

Espero que esté en lo cierto.

Solo quedan diez minutos para que terminen las horas de visita cuando llego a la habitación de Nita. El guardia levanta la mirada de su libro y arquea las cejas.

—¿Puedo entrar? —pregunto.

—En realidad, se supone que no debo dejar entrar a nadie.

—Yo soy la que le disparó —respondo—. ¿Cuenta para algo?

—Bueno —dice, encogiéndose de hombros—, siempre que prometas no volver a dispararle. Y salir dentro de diez minutos.

—Trato hecho.

Me pide que me quite la chaqueta para demostrarle que no llevo armas, pero después me deja entrar en la habitación. Nita se endereza de golpe..., en la medida de lo posible, ya que tiene medio cuerpo escayolado y una mano esposada a la cama, como si pudiera escapar si quisiera. Está despeinada, con el pelo enmarañado, pero, claro, sigue siendo muy guapa.

—¿Qué haces tú aquí? —me pregunta.

No respondo. Compruebo las esquinas por si hay cámaras, y sí que hay una delante de mí, apuntando a la cama de Nita.

—No hay micrófonos —dice—. Aquí no hacen esas cosas.

—Bien —respondo, y acerco una silla para sentarme a su lado—. Estoy aquí porque necesito que me des una información importante.

—Ya les he contado todo lo que quería contarles —responde, lanzándome una mirada asesina—. No tengo nada más que decir, y menos a la persona que me disparó.

—Si no te hubiera disparado, ahora no sería la preferida de David y no sabría todo lo que sé —respondo, mirando a la puerta, más por paranoia que porque de verdad me preocupe que alguien nos escuche—. Tenemos un plan nuevo. Matthew y yo. Y Tobias. Y necesitamos entrar en el laboratorio de armamento.

—¿Y has pensando que yo podría ayudarte? —pregunta, negando con la cabeza—. No pude entrar la primera vez, ¿recuerdas?

—Necesito saber qué medidas de seguridad tienen. ¿Es David la única persona que conoce el código de entrada?

—No la única persona del mundo —responde—. Sería una estupidez. Sus superiores lo conocen, pero David es la única persona del complejo con ese dato, sí.

—Vale, entonces ¿cuál es la medida de seguridad auxiliar? ¿La que se activa si revientas las puertas?

Aprieta los labios hasta hacerlos casi desaparecer y se queda mirando la escayola de medio cuerpo.

—Es el suero de la muerte —dice—. En aerosol es prácticamente imposible detenerlo. Aunque te pongas un traje protector o algo así, al final se abre paso, solo sirve para que tarde un poco más. Es lo que decían los informes del laboratorio.

—Entonces ¿mata automáticamente a cualquiera que entre en esa habitación sin el código?

—¿Te sorprende?

—Supongo que no —respondo, apoyando los codos en las rodillas—. Y no hay otra forma de entrar que no sea con el código de David.

—Y, como habrás comprobado, no está dispuesto a decírselo a nadie.

—¿No hay ninguna posibilidad de que un GP se resista al suero de la muerte?

—No, sin duda.

—La mayoría de los GP tampoco pueden resistirse al de la verdad —comento—, pero yo sí.

—Si quieres coquetear con la muerte, adelante —responde, reclinándose sobre las almohadas—. Yo me rindo.

—Una última pregunta. Digamos que quisiera coquetear con la muerte: ¿dónde consigo los explosivos para reventar las puertas?

—Como que te lo voy a contar.

—Creo que no lo entiendes: si este plan tiene éxito, ya no pasarás la vida en la cárcel, sino que te recuperarás y serás libre. Así que te conviene ayudarme.

Se me queda mirando como si me sopesara. Su muñeca tira de las esposas lo justo para que el metal le deje una marca en la piel.

—Reggie tiene los explosivos —dice— y puede enseñarte a usarlos, pero no se le da bien entrar en acción, así que, por Dios, no lo lleves contigo a no ser que te apetezca hacer de niñera.

—Tomo nota.

—Dile que hará falta el doble de potencia con esas puertas que con las demás. Son muy resistentes.

Asiento. Mi reloj pita para dar la hora, avisándome de que se me ha acabado el tiempo. Me levanto y devuelvo la silla a la esquina donde la encontré.

—Gracias por la ayuda.

—¿Cuál es el plan? Si no te importa contármelo.

Hago una pausa, vacilante.

—Bueno —respondo al fin—, digamos que borrará la frase «genéticamente defectuoso» del vocabulario de todo el mundo.

El guardia abre la puerta, seguramente para chillarme por pasarme de la hora, pero yo ya me dispongo a salir. Vuelvo la vista atrás un segundo, y veo que Nita esboza una leve sonrisa.

CAPÍTULO CUARENTA

TOBIAS

No nos cuesta demasiado convencer a Amar para que nos ayude a entrar en la ciudad; él siempre tiene ganas de aventura, como yo ya sabía. Acordamos encontrarnos por la noche para cenar y hablar del plan con Christina, Peter y George, que nos conseguirá un vehículo.

Después de hablar con Amar, me voy al dormitorio y me tumbo un buen rato con una almohada sobre la cabeza, repasando el guion de lo que le contaré a Zeke cuando lo vea. «Lo siento, hice lo que creía que debía hacer, y todos los demás estaban pendientes de Uriah, así que creí que no...».

La gente entra y sale del cuarto, se enciende la calefacción y el aire caliente sale por las rejillas. Después vuelve a apagarse. Mientras tanto, no dejo de pensar en ese guion, urdiendo excusas que a continuación descarto, eligiendo el tono y los gestos adecuados. Al final me frustro, me quito la almohada de la cara y la lanzo contra la pared contraria. Cara, que está alisándose la camisa limpia que lleva puesta, da un respingo.

—Creía que estabas dormido —comenta.

—Lo siento.

Ella se lleva la mano al pelo para asegurarse de que cada mechón está en su sitio. Sus movimientos son tan cuidadosos y precisos que me recuerdan a los músicos cordiales tocando el banjo.

—Tengo una pregunta —le digo mientras me siento—. Es bastante personal.

—Vale —responde, y toma asiento frente a mí, en la cama de Tris—. Hazla.

—¿Cómo conseguiste perdonar a Tris después de lo que le hizo a tu hermano? Suponiendo que la hayas perdonado, claro.

—Mmm —responde Cara, que pega un poco más los brazos al cuerpo—. A veces creo que la he perdonado. Otras veces no estoy segura. No sé decirte, es como si me preguntaras cómo se sigue viviendo después de que alguien muera. Lo haces y punto, y al día siguiente vuelves a hacerlo.

—¿Podría Tris... habértelo puesto más fácil? ¿O lo hizo?

—¿Por qué me lo preguntas? —dice, poniéndome una mano en la rodilla—. ¿Es por Uriah?

—Sí —respondo, muy firme, y muevo un poco la pierna para librarme de su mano.

No necesito que me den palmaditas ni que me consuelen como si fuera un niño. No necesito que arquee las cejas ni que me hable con voz dulce para sacarme una emoción que yo preferiría contener.

—Vale —dice, y se endereza antes de volver a hablar como si no pasara nada, como es habitual en ella—. Creo que, aunque seguro que lo hizo sin querer, lo esencial fue que confesó. Hay una diferencia entre reconocer y confesar. Reconocer supone suavizarlo, poner excusas para algo que no puede excusarse; confesar solo menciona el delito en toda su crudeza. Era lo que yo necesitaba.

Asiento con la cabeza.

—Y después de que te confieses con Zeke —dice—, creo que ayudaría que lo dejaras solo todo el tiempo que quiera. Es lo único que puedes hacer.

Asiento de nuevo.

—Pero, Cuatro —añade—, tú no mataste a Uriah. No detonaste la bomba que lo hirió, ni urdiste el plan que conllevó la explosión.

—Pero participé en ese plan.

—Venga ya, cierra el pico de una vez —dice con amabilidad, sonriéndome—. Sucedió. Fue horrible. No eres perfecto. Se acabó. No confundas tu pena con culpabilidad.

Guardamos silencio en el dormitorio vacío durante unos cuantos minutos más, e intento asimilar sus palabras.

Ceno con Amar, George, Christina y Peter en la cafetería, entre la barra de las bebidas y una fila de cubos de basura. El cuenco de sopa se me queda frío antes de poder terminarlo, y todavía hay galletas saladas flotando en el caldo.

—¿Qué es esto? —pregunta Christina—. No pienso inyectármelo sin saber lo que es.

—Vale —responde Amar, entrelazando los dedos de las manos—. Existe la posibilidad de que sigamos dentro de la ciudad cuando se propague el virus del suero de la memoria. Tendrás que inocularte el antídoto si no quieres olvidar todo lo que recuerdas ahora. Es lo mismo que les vas a inyectar a tus familiares, así que no te preocupes.

Christina gira el brazo y se da golpecitos en la parte interior del codo hasta que le sobresale una vena. Por costumbre, yo me pincho a un lado del cuello, como cada vez que entraba en mi paisaje del miedo... Es decir, varias veces a la semana, en una época pasada. Amar hace lo mismo.

Sin embargo, me doy cuenta de que Peter solo finge inyectarse; cuando empuja el émbolo, el líquido le resbala por el cuello, y se lo seca discretamente con la manga.

Me pregunto qué se sentirá al presentarse voluntario para olvidarlo todo.

Después de la cena, Christina se me acerca y dice:

—Tenemos que hablar.

Bajamos el largo tramo de escaleras que conduce al espacio subterráneo de los GD; nuestras rodillas rebotan al unísono en cada escalón, y siguen haciéndolo al bajar por el pasillo multicolor. Al final, Christina cruza los brazos, y una luz morada le da vueltas por la nariz y la boca.

—Amar no sabe que vamos a intentar detener el reinicio, ¿no? —pregunta.

—No, es fiel al Departamento. No quiero involucrarlo.

—Sabes que en la ciudad está a punto de empezar una revolución —dice, y la luz se vuelve azul—. El Departamento solo quiere reiniciar a nuestros amigos y familiares para evitar que se maten entre ellos. Si detenemos el reinicio, los leales atacarán a Evelyn, Evelyn soltará el suero de la muerte y mucha gente morirá. Puede que siga cabreada contigo, pero no creo que desees que muera tanta gente en la ciudad. En concreto, tus padres.

—¿Quieres saber la verdad? —replico, suspirando—. Lo cierto es que mis padres no me importan.

—No lo dirás en serio —dice con el ceño fruncido—. Son tus padres.

—Pues sí que lo digo en serio. Quiero contarles a Zeke y a su madre lo que le hice a Uriah. Aparte de eso, me da igual lo que les pase a Evelyn y a Marcus.

—Puede que no te importe ese desastre continuo que tienes por familia, pero ¡deberían importarte los demás! —exclama. Entonces me coge con fuerza del brazo y tira de mí para que la mire—. Cuatro, mi hermana pequeña sigue allí. Si Evelyn y los leales tienen un enfrentamiento, podría resultar herida, y yo no estaré allí para protegerla.

Vi a Christina con su familia en el Día de Visita, cuando para mí no era más que una bocazas trasladada de Verdad. Vi a su madre arreglarle el cuello de la camisa mientras sonreía, orgullosa. Si propagan el virus del suero de la memoria, ese recuerdo desaparecerá de la mente de su madre. Si no, su familia acabará atrapada en medio de otra batalla por el control de la ciudad.

—Entonces ¿qué sugieres que hagamos? —pregunto.

—Tiene que haber un modo de evitar un estallido enorme sin borrarle a todo el mundo la memoria —responde, soltándome.

—Puede —admito. No había pensado en ello porque no parecía necesario, pero sí que lo es, claro que lo es—. ¿Tienes alguna idea para evitarlo?

—Básicamente, se trata del enfrentamiento de uno de tus progenitores contra el otro. ¿Se te ocurre algo que puedas decirles para que dejen de intentar matarse entre ellos?

—¿Algo que yo pueda decirles? ¿Me tomas el pelo? No escuchan a nadie. No hacen nada que no les beneficie directamente.

—Entonces te rindes. Te vas a limitar a dejar que la ciudad se haga pedazos.

Me miro los zapatos, que están bañados en una luz verde, y le doy vueltas al tema. De tener unos padres distintos (padres razonables, menos influidos por el dolor, la rabia y el deseo de venganza), quizá funcionara. Quizá estuvieran dispuestos a escuchar a su hijo. Por desgracia, no tengo unos padres distintos.

Pero podría tenerlos si quisiera: solo hacen falta unas gotas de suero de la memoria en el café del desayuno o en el agua de la cena para convertirlos en personas nuevas, pizarras en blanco, sin una historia previa que las mancille. Incluso habría que enseñarles que tienen un hijo; tendrían que aprenderse mi nombre de nuevo.

Es la misma técnica que vamos a utilizar para arreglar el complejo: yo podría utilizarla para arreglarlos a ellos.

Miro a Christina.

—Consígueme un poco de suero de la memoria —le pido—. Mientras Amar, Pete y tú buscáis a tu familia y a la de Uriah, yo me encargaré de eso. Seguramente no tenga tiempo de llegar hasta los dos, pero tendrá que bastar con uno de mis padres.

—¿Cómo te las vas a apañar para alejarte del grupo?

—Necesito... No lo sé, necesito inventarme un problema. Algo que requiera que uno de nosotros se aparte del resto.

—¿Un pinchazo? —sugiere Christina—. Iremos por la noche, ¿no? Puedo pedirle a Amar que pare para ir al baño o lo que sea y así pincho las ruedas. Entonces tendremos que dividirnos para que puedas ir a buscar otro camión.

Me lo pienso un momento. Podría contarle a Amar lo que de verdad está pasando, pero para eso tendría que desenmarañar la prieta red de propaganda y mentiras que el Departamento le ha metido en la cabeza. Suponiendo que lograra hacerlo, no tenemos tiempo suficiente.

Pero sí que tenemos tiempo para una mentira bien contada. Amar sabe que mi padre me enseñó a poner en marcha un coche haciendo un puente cuando era pequeño, así que no cuestionaría que me presentara voluntario para buscar otro vehículo.

—Eso funcionaría —digo.

—Bien —responde, ladeando la cabeza—. Entonces ¿de verdad vas a borrar la memoria de uno de tus padres?

—¿Qué se hace cuando tus padres son malvados? Te buscas unos nuevos. Si uno de ellos no arrastrara el pasado que tanto les pesa, a lo mejor los dos son capaces de negociar un acuerdo de paz o algo parecido.

Ella me mira durante unos segundos con el ceño fruncido, como si deseara decir algo; pero al final se limita a asentir con la cabeza.

CAPÍTULO
CUARENTA Y UNO

TRIS

El olor a lejía me hace cosquillas en la nariz. Estoy al lado de una fregona en el almacén del sótano, sufriendo las consecuencias de lo que acabo de contarles a todos: que entrar en el laboratorio de armamento es una misión suicida porque el suero de la muerte es imparable.

—La pregunta es si estamos dispuestos a sacrificar una vida por eso —dice Matthew.

Este es el cuarto en el que Matthew, Caleb y Cara estaban desarrollando el nuevo suero antes de que el plan cambiara. Hay frascos, matraces y cuadernos con garabatos repartidos por toda la mesa del laboratorio, frente a Matthew. Se ha metido en la boca el cordón que siempre lleva al cuello y se dedica a masticarlo, distraído.

Tobias está apoyado en la puerta, con los brazos cruzados. Recuerdo haberlo visto en la misma postura durante la iniciación, mientras nos observaba pelear, tan alto y tan fuerte que jamás soñé en que se fijara en mí.

—No estamos hablando de venganza —digo—. Esto no es

por lo que hicieron en Abnegación, sino para evitar que hagan algo igual de malo con la gente de todos los experimentos, para arrebatarles el poder de controlar miles de vidas.

—Merece la pena —añade Cara—. ¿Una muerte para salvar a miles de personas de un destino terrible? ¿Y para poner de rodillas al complejo, por así decirlo? ¿Acaso os lo tenéis que pensar?

Sé lo que está haciendo: está comparando la pérdida de una vida con la de muchas y sacando una conclusión obvia. Así funciona la mente erudita y la mente abnegada, aunque no estoy tan segura de que esas sean las mentes que necesitamos ahora mismo. Una vida frente a miles de recuerdos, claro que la respuesta es fácil, pero ¿tiene que ser una de nuestras vidas? ¿Debemos ser nosotros los que actúen?

Sin embargo, como sé mi respuesta a esa pregunta, me concentro en otra distinta: si tiene que ser uno de nosotros, ¿quién?

Miro a Matthew y a Cara, que están detrás de la mesa, y después a Tobias y a Christina, que ha echado un brazo sobre el mango de una escoba, hasta llegar a Caleb.

Él.

Un segundo después, me doy asco.

—Venga, suéltalo ya —dice Caleb, mirándome a los ojos—: quieres que lo haga yo. Es lo que queréis todos.

—Nadie ha dicho eso —replica Matthew, que por fin escupe el cordón que lleva al cuello.

—Todos me estáis mirando, no penséis que no me he dado cuenta. Yo soy el que escogió el bando equivocado, el que trabajó con Jeanine Matthews, el que no le importa a nadie. Así que soy el que debería morir.

—¿Por qué crees que Tobias se ofreció a sacarte de la ciudad antes de que te ejecutaran? —pregunto con voz fría y tranquila. La peste de lejía me revolotea en la nariz—. ¿Porque no me importa si vives o mueres? ¿Porque no me importas nada?

«Debería ser él», piensa parte de mí.

«No quiero perderlo», me discute la otra parte.

No sé en cuál de las dos confiar ni a cuál de las dos creer.

—¿Crees que no reconozco el odio cuando lo veo? —pregunta Caleb, negando con la cabeza—. Lo veo cada vez que me miras. En las raras ocasiones en las que me miras.

Tiene los ojos brillantes de lágrimas. Es la primera vez desde mi intento de ejecución que lo veo arrepentido, en vez de a la defensiva o lleno de excusas. Puede que también sea la primera vez desde entonces que lo veo como a mi hermano, en vez de como al cobarde que me vendió a Jeanine Matthews. De repente, me cuesta tragar saliva.

—Si lo hago... —dice.

Sacudo la cabeza, pero él levanta una mano.

—Para. Beatrice, si lo hago... ¿podrás perdonarme?

En mi opinión, cuando alguien te agravia, los dos compartís esa carga, el dolor de esa carga pesa sobre los dos. Por tanto, el perdón supone decidir cargar con el peso tú sola. La traición de Caleb es algo con lo que cargamos los dos y, como fue él quien lo hizo, lo único que yo deseaba era que me quitara el peso de encima. No estoy segura de ser capaz de soportarlo yo sola; no estoy segura de ser lo bastante fuerte ni lo bastante buena.

Sin embargo, lo veo prepararse para este destino y sé que

tengo que ser lo bastante fuerte y lo bastante buena, si él está dispuesto a sacrificarse por todos nosotros.

Asiento con la cabeza.

—Sí —respondo, atragantándome—, pero no es una buena razón para hacerlo.

—Tengo muchas razones. Lo haré. Claro que lo haré.

No sé bien qué acaba de pasar.

Matthew y Caleb se quedan atrás para probarle el traje de protección a Caleb, el traje que lo mantendrá vivo en el laboratorio de armamento el tiempo suficiente para soltar el virus del suero de la memoria. Espero a que los demás se vayan antes de marcharme yo. No quiero más compañía que la de mis pensamientos.

Hace unas semanas, me habría presentado voluntaria para ir en una misión suicida. De hecho, lo hice: me presenté voluntaria para ir a la sede de Erudición sabiendo que allí me esperaba la muerte. Pero no fue por altruismo ni por valentía, sino porque me sentía culpable y parte de mí quería olvidarlo todo; una parte afligida y débil que deseaba morir. ¿Es eso lo que motiva a Caleb ahora? ¿De verdad debería permitirle morir para que dé por pagada su deuda conmigo?

Recorro el pasillo con su arcoíris de luces y subo las escaleras. Ni siquiera soy capaz de pensar en la alternativa: ¿estaría más dispuesta a perder a Christina, a Cara o a Matthew? No; la verdad es que estaría menos dispuesta a perderlos porque han sido buenos amigos, mientras que Caleb, no. Incluso antes de traicionarme, me abandonó por los eruditos y no miró atrás. Fui yo la que tuvo que ir a visitarlo durante mi iniciación, y él se pasó todo el tiempo preguntándose por qué había ido a verlo.

Y ya no quiero morir. Estoy dispuesta a asumir el desafío de soportar la culpa y la pena, de enfrentarme a las dificultades que la vida ha puesto en mi camino. Algunos días son más complicados que otros, pero estoy lista para vivirlos todos. Esta vez no puedo sacrificarme.

Si soy realmente sincera, debo reconocer que fue un alivio que Caleb se presentase voluntario.

De repente no puedo seguir pensando en ello. Llego a la entrada del hotel y entro en el dormitorio con la esperanza de dejarme caer en la cama y dormir, pero Tobias me espera en el pasillo.

—¿Estás bien? —me pregunta.

—Sí, pero no debería estarlo —respondo, llevándome brevemente una mano a la frente—. Es como si ya estuviera de duelo por él. Como si hubiese muerto en cuanto lo vi en la sede de Erudición, estando allí, ¿sabes?

Poco después de aquello, confesé a Tobias que había perdido a toda mi familia. Y Tobias me aseguró que, a partir de ese momento, él era mi familia.

Así me siento, como si, entre nosotros, todo estuviese mezclado, amistad, amor y familia, de modo que no logro diferenciar una cosa de la otra.

—Los abnegados tienen su opinión sobre el tema, ya lo sabes —dice Tobias—. Sobre lo de permitir que otros se sacrifiquen por ti, aunque sea por motivos egoístas. Dicen que si el sacrificio es la única forma que le queda a esa persona de demostrarte que te quiere, debes permitírselo. —Apoya un hombro en la pared—. En esa situación, es el mejor regalo que puedes hacerle. Igual que cuando tus padres murieron por ti.

—No estoy segura de que sea el amor lo que lo motiva —respondo, cerrando los ojos—. Más bien parece la culpa.

—Puede —reconoce Tobias—, aunque ¿por qué iba a sentirse culpable por traicionarte si no te quisiera?

Asiento con la cabeza. Sé que Caleb me quiere, que siempre me ha querido, incluso cuando me hacía daño. Sé que yo también lo quiero. Pero, de todos modos, esto no está bien.

Sin embargo, soy capaz de tranquilizarme por un momento porque sé que mis padres lo habrían comprendido si estuvieran aquí.

—Puede que sea un mal momento —dice Tobias—, pero tengo que decirte una cosa.

Me pongo tensa al instante, temiendo que vaya a sacar a colación algún crimen mío del que no sea consciente, que vaya a confesar algo que lo reconcoma por dentro u otra historia igual de complicada. No logro descifrar su expresión.

—Solo quería darte las gracias —dice en voz baja—. Un grupo de científicos te dijo que mis genes eran defectuosos, que yo tenía algo malo, y te enseñaron los resultados de las pruebas que lo demostraban. Incluso yo empecé a creérmelo.

Me toca la cara, acariciándome el pómulo con el pulgar sin dejar de mirarme a los ojos con insistencia.

—Tú nunca te lo creíste —sigue diciendo—. Ni por un segundo. Siempre insististe en que yo era... No sé, una persona completa.

Le tapo la mano con la mía.

—Es que lo eres.

—Nadie me lo había dicho nunca —responde en voz baja.

—Te mereces oírlo —afirmo con los ojos vidriosos de lágrimas—. Te mereces oír que eres una persona completa, que mereces ser amado, que eres la mejor persona que he conocido.

Tobias me besa nada más decir la última palabra.

Le devuelvo el beso con tanta intensidad que duele, y le retuerzo la camiseta con los dedos. Lo empujo por el pasillo hasta una habitación apenas amueblada cerca del dormitorio. Cierro la puerta con un golpe de talón.

Igual que yo he insistido en lo mucho que vale, él siempre ha insistido en lo fuerte que soy, en que mis habilidades son mucho mayores de lo que creo. Y, sin que me lo digan, sé que así funciona el amor cuando es de verdad: te convierte en algo mejor, en más de lo que creías poder llegar a ser.

Y este amor es de verdad.

Tobias desliza los dedos entre mi cabello y se aferra a él. Me tiemblan las manos, pero me da igual que se dé cuenta o no, no me importa que sepa que estoy asustada o lo intenso que es este momento. Tiro de su camiseta para acercarlo más a mí y suspiro su nombre contra su boca.

Se me olvida que es otra persona; es como si fuera una parte de mí, tan esencial como un corazón, un ojo o un brazo. Le levanto la camiseta y se la quito por la cabeza para poder acariciarle la piel desnuda como si fuera mía.

Sus manos tiran de mi camiseta, y empiezo a quitármela,

pero entonces lo recuerdo, recuerdo que soy pequeña, de pecho plano y paliducha, y me aparto.

Él me mira, no como si esperase una explicación, sino como si yo fuera lo único de este cuarto que merece la pena mirar.

Yo también lo miro, pero todo lo que veo me hace sentir peor: es tan guapo que incluso la tinta negra que le recorre la piel lo convierte en una obra de arte. Hace un instante estaba convencida de que éramos la pareja perfecta, y puede que sigamos siéndolo, pero solo con la ropa puesta.

Sin embargo, él sigue mirándome igual.

Sonríe un poco, con timidez. Después me pone las manos en la cintura y tira de mí hacia él. Se inclina para besarme entre sus dedos y susurra sobre mi estómago:

—Eres preciosa.

Y me lo creo.

Se endereza y aprieta sus labios contra los míos con la boca abierta, las manos sobre mis caderas desnudas y los pulgares deslizándose bajo la cintura de mis vaqueros. Le toco el pecho, me apoyo en él, y su suspiro me vibra en los huesos.

—Ya sabes que te quiero, ¿verdad? —digo.

—Lo sé.

Con un movimiento de cejas, se agacha, me pone un brazo bajo las piernas y me echa sobre su hombro. Se me escapa una carcajada, mitad de alegría, mitad de nervios, y él me lleva por el cuarto hasta soltarme sin miramientos sobre el sofá.

Se tumba a mi lado, y yo recorro con los dedos las llamas que le envuelven las costillas. Es fuerte, ágil y seguro.

Y es mío.

Pego mis labios a los suyos.

Me daba mucho miedo que, de seguir juntos, no dejáramos de enfrentarnos una y otra vez, y que, al final, eso acabara conmigo. Sin embargo, ahora sé que yo soy como una espada y él, como una piedra de afilar...

Soy demasiado fuerte para romperme con facilidad, y él me convierte en alguien mejor, más perfecto, cada vez que me toca.

CAPÍTULO CUARENTA Y DOS

TOBIAS

Lo primero que veo al despertarme, todavía en el sofá de la habitación del hotel, son los pájaros que vuelan por encima de su clavícula. Su camiseta, que recuperamos del suelo en plena noche porque hacía frío, se le ha subido por el lado sobre el que está tumbada.

Ya habíamos dormido juntos antes, pero esta vez parece distinta. Las demás lo hicimos para consolarnos o protegernos; esta vez estamos aquí porque queremos... y porque nos quedamos dormidos antes de poder volver al dormitorio.

Alargo una mano y le acaricio los tatuajes con la punta de los dedos. Ella abre los ojos.

Me echa un brazo por encima y se impulsa sobre los cojines para quedar justo contra mí, cálida, suave y amoldable.

—Buenos días —le digo.

—Chisss, si no les haces caso, a lo mejor se van.

La aprieto contra mí, con la mano en su cadera. Tiene los ojos muy abiertos, alerta, a pesar de acabar de abrirlos. Le beso la mejilla, la mandíbula y el cuello, donde me demoro unos segundos. Ella me rodea la cintura con fuerza y me susurra al oído.

Voy a perder el control en cinco, cuatro, tres...

—Tobias —susurra—. Odio tener que decirlo, pero... creo que hoy hay muchas cosas en la agenda.

—Pueden esperar —respondo sobre su hombro, y le beso el primer tatuaje muy despacio.

—¡No, no pueden!

Me dejo caer de espaldas sobre los cojines y siento frío al no tener su cuerpo paralelo al mío.

—Sí, sobre eso, estaba pensando en que a tu hermano no le vendría mal un poco de prácticas de tiro. Por si acaso.

—Puede que sea buena idea —responde en voz baja—. Solo ha disparado un arma... ¿Cuántas veces? ¿Una? ¿Dos?

—Puedo enseñarle. Ya sabes que tengo buena puntería. Y quizá se sienta mejor si hace algo.

—Gracias.

Toma asiento y se mete los dedos por el pelo para peinarlo. A la luz de la mañana, parece más brillante, como si tuviera hilos de oro.

—Sé que no te gusta, pero... —añade.

—Pero si tú eres capaz de perdonarle lo que hizo, yo intentaré hacer lo mismo —concluyo, cogiéndole la mano.

Ella sonríe y me da un beso en la mejilla.

Me paso la palma de la mano por el cuello para secarme los restos del agua de la ducha. Tris, Caleb, Christina y yo estamos en la sala de entrenamiento de la zona subterránea de los GD. Es fría, oscura y está llena de equipos, armas de entrenamiento, colchonetas, cascos y dianas, todo lo que podamos necesitar. Selecciono el arma de práctica más adecuada, que es más o menos del tamaño de una pistola, pero más voluminosa, y se la ofrezco a Caleb.

Tris desliza sus dedos entre los míos. Esta mañana todo parece más sencillo, cada sonrisa y cada risa, cada palabra y cada movimiento.

Si tenemos éxito en lo que pretendemos hacer esta noche, mañana Chicago estará a salvo, el Departamento cambiará para siempre, y Tris y yo podremos vivir nuestras vidas en alguna parte. Puede que incluso en un lugar en el que yo pueda cambiar mis armas y cuchillos por herramientas más productivas, como destornilladores, clavos y palas. Esta mañana creo que podría tener esa suerte. Podría.

—No dispara balas de verdad —digo—, pero parece que lo diseñaron para que fuese lo más similar posible a una de las armas que usarás. Al menos, parece real.

Caleb sostiene la pistola con la punta de los dedos, como si temiera que se le deshiciera entre las manos.

Me río.

—Primera lección: no le tengas miedo. Agárrala bien. Ya has sostenido una antes, ¿recuerdas? Nos sacaste del complejo de Cordialidad con aquel disparo.

—Fue pura suerte —responde Caleb mientras le da vueltas al arma para observarla desde todos los ángulos. Se empuja el interior del carrillo con la lengua, como si intentara resolver un problema—. No tuvo nada que ver con la habilidad.

—Tener suerte es mejor que no tenerla. Ahora trabajaremos con tus habilidades.

Miro a Tris, y ella me sonríe y se inclina para susurrarle algo a Christina.

—¿Has venido a ayudar o qué, estirada? —pregunto, y oigo que utilizo la voz que cultivé como instructor de iniciación, aunque esta vez lo haga de broma—. Si no recuerdo mal, te vendría bien practicar con ese brazo derecho. Y a ti también, Christina.

Tris hace una mueca, pero después Christina y ella cruzan la sala para recoger sus armas.

—Vale, ahora ponte frente a la diana y quita el seguro —digo. Al otro lado de la sala hay una diana más sofisticada que los blancos de madera de las salas de entrenamiento de Osadía. Tiene tres anillos de distintos colores, verde, amarillo y rojo, para que resulte más fácil saber dónde han acertado las balas—. A ver cómo disparas sin ayuda.

Él sujeta la pistola con una mano, cuadra los pies y los hombros frente al blanco, como si estuviera a punto de levantar un peso, y dispara. La pistola da un salto atrás y hacia arriba, de modo que la bala acaba cerca del techo. Me tapo la mano con la boca para disimular una sonrisa.

—Tampoco hace falta reírse —comenta Caleb, irritado.

—Los libros no lo enseñan todo, ¿eh? —dice Christina—. Tienes que sostenerla con las dos manos. No se ve tan guay, pero tampoco impresiona mucho atacar al techo.

—No intentaba parecer guay.

Christina se pone de pie, con las piernas algo desequilibradas, y levanta ambos brazos. Observa el blanco un momento y dispara. La bala de entrenamiento acierta en el círculo exterior de la diana y rebota, para acabar rodando por el suelo. Deja un círculo de luz en el blanco para marcar el punto de impacto. Ojalá hubiera tenido esta tecnología durante el entrenamiento de la iniciación.

—Ah, bien —le digo—. Has disparado al aire que rodea el cuerpo de tu objetivo. Muy útil.

—Estoy un poco oxidada —reconoce Christina, sonriendo.

—Creo que te resultará más sencillo aprender si me imitas —le digo a Caleb.

Me coloco como siempre, en una postura cómoda y natural, levanto los dos brazos, aprieto el gatillo con una mano y mantengo firme el arma con la otra.

Caleb intenta imitarme, empieza con los pies y sigue hacia arriba. Aunque Christina parecía muy dispuesta a burlarse de él, Caleb triunfa gracias a su capacidad de análisis: lo veo cambiar ángulos, distancias y tensión mientras me examina, intentando copiarlo todo.

—Bien —lo felicito cuando acaba—. Ahora, céntrate en el blanco, solo en el blanco.

Me quedo mirando el centro de la diana e intento dejar que me trague. La distancia no me preocupa, ya que la bala irá recta, igual que si estuviera más cerca. Tomo aire, me preparo, suelto el aire y disparo, y la bala acierta justo donde pretendía: en el círculo rojo, en el centro de la diana.

Doy un paso atrás para ver cómo lo intenta Caleb. Se coloca en posición, sostiene bien la pistola, pero está rígido, como una estatua con un arma en la mano. Toma aire y contiene la respiración al disparar. Esta vez el retroceso no lo sorprende tanto y la bala roza la parte superior de la diana.

—Bien —le felicito de nuevo—. Creo que lo que más necesitas es sentirte cómodo con ella. Estás muy tenso.

—¿Te extraña? —pregunta.

Le tiembla la voz, pero solo al final de cada palabra. Tiene el aspecto de alguien que reprime el terror. He tenido a dos clases llenas de iniciados con esa misma expresión, aunque ninguno de ellos se enfrentaba a lo que Caleb se enfrenta ahora.

Niego con la cabeza y digo en voz baja:

—Claro que no, pero tienes que ser consciente de que, si no liberas esa tensión esta noche, quizá no llegues al laboratorio de armamento. ¿Y de qué le serviría eso a nadie?

Él suspira.

—La técnica física es importante —le explico—, pero sobre todo se trata de un juego mental, lo cual te viene bien, porque ya sabes cómo funciona eso. No te puedes limitar a practicar el tiro, también debes practicar con la concentración. Así, cuando te encuentres en una situación en la que luches por tu vida, la concentración será algo tan arraigado que te saldrá de forma natural.

—No sabía que los osados estuvieran tan interesados en entrenar el cerebro —comenta Caleb—. ¿Puedo ver cómo lo haces tú, Tris? Creo que nunca te he llegado a ver disparar sin una herida de bala en el hombro.

Tris sonríe levemente y se pone frente a la diana. Cuando la vi disparar por primera vez en el entrenamiento de Osadía, parecía incómoda, como un pajarillo. Pero su figura delgada y frágil se ha vuelto esbelta y musculosa y, cuando sujeta el arma, hace que parezca fácil. Entorna un poco un ojo, reparte su peso y dispara. Su bala no acierta en el centro, pero por escasos centímetros. Caleb, claramente impresionado, arquea las cejas.

—¡No pongas esa cara de sorpresa! —exclama Tris.

—Lo siento, es que... antes eras muy patosa, ¿recuerdas? No sé cómo no me di cuenta de que habías cambiado.

Tris se encoge de hombros, pero, al apartar la mirada, veo que se ha ruborizado y que está contenta. Christina dispara otra vez y ahora sí que se acerca más al centro del blanco.

Retrocedo para dejar que Caleb practique, y observo a Tris disparar de nuevo, lo firme que mantiene el arma cuando tira. Le toco el hombro y me acerco a su oreja.

—¿Recuerdas en la iniciación, cuando la pistola casi te da en la cara?

Ella asiente con una sonrisa.

—¿Recuerdas en la iniciación, cuando hice esto? —añado, y la rodeo con un brazo para apoyar la mano en su estómago.

Ella contiene el aliento.

—No creo que vaya a olvidarlo en el futuro próximo —masculla.

Se da la vuelta y acerca mi cara a la suya mientras apoya las puntas de los dedos en mi barbilla. Nos besamos y oigo a Christina decir algo al respecto, pero, por primera vez, no me importa en absoluto.

No hay mucho que hacer después de las prácticas de tiro, salvo esperar. Tris y Christina consiguen los explosivos de Reggie y enseñan a Caleb a usarlos. Después, Matthew y Cara examinan un plano para analizar las distintas rutas que llevan al laboratorio de armamento. Christina y yo nos reunimos con Amar, George y Peter para repasar el camino por el que iremos a la ciudad por la noche. A Tris la llaman para una reunión de última hora del consejo. Matthew se pasa el día inoculando a la gente para inmunizarla contra el suero de la memoria, y también inocula a Cara, Caleb, Tris, Nita, Reggie y a mí.

No queda tiempo para pensar en la importancia de lo que intentamos hacer: detener una revolución, salvar los experimentos y cambiar el Departamento para siempre.

Mientras Tris está fuera, voy al hospital a ver a Uriah por última vez antes de traer a su familia.

Cuando llego, no consigo entrar. Desde aquí, a través del cristal, puedo fingir que está dormido y que, si lo toco, se despertará, sonreirá y bromeará. Ahí dentro me daría cuenta de que no le queda vida, de que la conmoción cerebral le ha arrebatado todo lo que lo convertía en Uriah.

Cierro los puños para disimular lo mucho que me tiemblan las manos.

Matthew se acerca por el pasillo. Lleva las manos dentro de los bolsillos de su uniforme azul oscuro y camina relajado, con pasos certeros.

—Hola.

—Hola —respondo.

—Acabo de inocular a Nita. Hoy está de mejor humor.

—Bien.

Matthew da unos golpecitos en el cristal con los nudillos.

—Entonces... ¿vas a ir después a por su familia? Es lo que me ha contado Tris.

—A por su hermano y a por su madre —respondo.

Conozco a la madre de Zeke y Uriah: es una mujer bajita con porte enérgico, una de las pocas osadas que hace las cosas con tranquilidad y sin ceremonias. Me gustaba y la temía a partes iguales.

—¿No tiene padre?

—Murió cuando eran pequeños. No es raro entre los osados.

—Claro.

Guardamos silencio un rato, y yo agradezco su presencia, que evita que me abrume la tristeza. Sé que Cara estaba en lo cierto cuando me dijo ayer que yo no había matado a Uriah, que en realidad no había sido yo, pero todavía tengo esa sensación y quizá siempre la tenga.

—Quería preguntarte una cosa —digo al cabo de un momento—. ¿Por qué nos ayudas con esto? Parece demasiado arriesgado para alguien que no tiene un interés personal en el resultado.

—Es que sí lo tengo. Es una larga historia.

Cruza los brazos y tira con el pulgar del cordoncillo que lleva al cuello.

—Había una chica —dice—. Era genéticamente defectuo-sa, y eso significaba que se suponía que no debía salir con ella, ¿sabes? Se supone que debemos emparejarnos con compañe-ros «óptimos» para producir descendencia genéticamente superior, o algo así. Bueno, pues yo tenía ganas de rebelarme y, además, eso de que estuviera prohibido me atraía, así que empezamos a salir. No pretendía que se convirtiera en algo serio, pero...

—Pero pasó.

—Pasó. Más que ninguna otra cosa, fue ella la que me convenció de que la postura del complejo con respecto al daño genético era incorrecta. Era mejor persona que yo, mejor persona de lo que yo nunca seré. Y, entonces, la atacaron. Un grupo de GP le dio una paliza. Era un poco bocazas, nunca se contentaba con quedarse «en su sitio». Creo que eso tuvo algo que ver, o puede que no, puede que la gente haga cosas como esa porque sí, e intentar encontrarle un sentido solo sirva para frustrarse.

Me quedo mirando la cuerda con la que juega. Siempre me había parecido negra, pero, al mirarla más de cerca, me doy cuenta de que es verde: el color de los uniformes del personal auxiliar.

—En fin, el caso es que resultó gravemente herida, pero uno de los GP era hijo de un miembro del consejo. Afirmó que el ataque había sido provocado, y utilizaron esa excusa para soltarlos a todos a cambio de realizar trabajos para la comunidad. Pero yo sabía la verdad —añade, asintiendo mientras habla—: y la verdad es que los habían soltado porque consideraban que ella era peor que ellos. Como si los GP hubieran apaleado a un animal.

Un escalofrío me recorre la columna vertebral.

—¿Qué...?

—¿Que qué le pasó? —pregunta Matthew, mirándome—. Murió un año después, durante un procedimiento quirúrgico para restañar las heridas. Fue cuestión de mala suerte, una infección. —Deja caer las manos—. El día que murió fue el día que empecé a ayudar a Nita. Sin embargo, su último plan no me gustó, por eso no la ayudé. Pero tampoco puse demasiado empeño en evitarlo.

Repaso la lista de frases que pueden decirse en un momento como este, las disculpas y las condolencias, pero no encuentro nada que me resulte apropiado. Así que dejo que se alargue el silencio; es la única respuesta correcta a lo que acaba de contarme, lo único que hace justicia a semejante tragedia en vez de limitarse a remendarla para pasar a otro tema.

—Aunque sé que no lo parece, los odio —afirma Matthew.

Tiene los músculos de la mandíbula apretados. Nunca me ha parecido una persona cariñosa, pero tampoco fría. Ahora sí que lo parece, es como un hombre envuelto en hielo, de ojos duros y voz de aliento gélido.

—Y me habría presentado voluntario en lugar de Caleb..., de no ser porque estoy deseando verlos sufrir las repercusiones. Quiero verlos balbucear bajo los efectos del suero de la memoria, sin saber quiénes son. Porque eso es lo que me pasó a mí cuando murió ella.

—Suena como un castigo a la altura.

—Más que matarlos —responde Matthew—. Y, además, no soy un asesino.

Estoy incómodo. No es habitual encontrarse con la persona

real detrás de la máscara de la afabilidad, con las partes más oscuras de una persona. Y, cuando ocurre, no es agradable.

—Siento lo que le pasó a Uriah —dice Matthew—. Te dejaré con él.

Se vuelve a meter las manos en los bolsillos y sigue caminando por el pasillo, silbando.

CAPÍTULO CUARENTA Y TRES

TRIS

La reunión de emergencia del consejo es más de lo mismo: confirmación de que soltarán los virus sobre las ciudades esta noche, debates sobre los aviones que se emplearán y a qué hora. David y yo intercambiamos palabras amistosas cuando termina la reunión, y después me largo al hotel mientras los demás todavía beben café.

Tobias me lleva al patio interior, cerca del dormitorio, y pasamos allí un buen rato, hablando y besándonos mientras observamos las plantas más raras. Son las cosas que hace la gente normal: salir juntos, hablar de cosas sin importancia, reír... Hemos tenido muy pocos momentos como este. Casi todo nuestro tiempo en pareja lo hemos pasado huyendo de amenazas o corriendo hacia ellas. Sin embargo, puedo vislumbrar un momento en el futuro en el que no tengamos que seguir haciéndolo. Reiniciaremos a la gente del complejo y trabajaremos juntos para reconstruir este lugar. A lo mejor entonces logramos descubrir si se nos dan tan bien los momentos de tranquilidad como los de acción.

Estoy deseándolo.

Por fin llega el momento de que se vaya Tobias. Me subo al escalón más alto del patio y él se coloca en el más bajo para que estemos a la misma altura.

—No me gusta la idea de dejarte sola esta noche —dice—. No me gusta dejarte sola con algo tan gordo.

—¿Qué pasa? ¿Crees que no seré capaz de manejarlo? —pregunto, a la defensiva.

—Obviamente, no es por eso —me asegura, y me toca la cara para después apoyar su frente en la mía—. Es que no quiero que tengas que encargarte de eso tú sola.

—Y yo no quiero que tengas que enfrentarte solo a la familia de Uriah —respondo en voz baja—, pero creo que debemos hacerlo así, por separado. Me alegro de poder estar con Caleb antes de... Ya sabes. Me vendrá bien no tener que preocuparme también por ti.

—Sí —dice, y cierra los ojos—. Estoy deseando que llegue mañana: yo habré vuelto, tú habrás terminado lo que vas a hacer y decidiremos juntos el siguiente paso.

—Te aviso de que en ese paso va a haber mucho de esto —respondo, y lo beso con ganas en los labios.

Sus manos pasan de mis mejillas a mis hombros, y de ahí van bajando poco a poco por mi espalda. Sus dedos descubren el borde de mi camiseta y se meten por debajo, cálidos e insistentes.

Soy consciente de todo a la vez, de la presión de su boca, del sabor de su beso, de la textura de su piel, de la luz naranja que brilla al otro lado de mis párpados cerrados y del olor a verde, a naturaleza viva en el aire. Cuando me aparto y él abre los ojos, me fijo en todos sus detalles: en la chispa azul claro de su ojo izquierdo, en el azul oscuro que me hace sentir segura en su interior, como si soñara.

—Te quiero.

—Yo también te quiero —responde—. Nos vemos pronto.

Me besa de nuevo, dulcemente, y sale del patio. Me quedo quieta bajo el rayo de luz hasta que el sol desaparece.

Ha llegado el momento de ir con mi hermano.

CAPÍTULO
CUARENTA Y CUATRO

TOBIAS

Compruebo las pantallas antes de reunirme con Amar y George. Evelyn está refugiada en la sede de Erudición con sus partidarios abandonados y observa un mapa de la ciudad. Marcus y Johanna están en un edificio de Michigan Avenue, al norte del edificio Hancock, en una reunión.

Espero que los dos sigan donde están dentro de unas horas, cuando decida a cuál de ellos reiniciar. Amar nos ha dado poco más de una hora para encontrar e inocular a la familia de Uriah, y después regresar al complejo sin que nadie se entere, así que solo tengo tiempo para uno de ellos.

La nieve se arremolina sobre las aceras y flota con el viento. George me ofrece un arma.

—La ciudad se ha vuelto peligrosa con todo el tema de los leales —comenta.

Acepto el arma sin tan siquiera mirarla.

—¿Conoces bien el plan? —me pregunta George—. Yo os

vigilaré desde aquí, desde la sala de control pequeña. Pero ya veremos si os resulto útil esta noche, teniendo en cuenta que la nieve está interfiriendo en la imagen de las cámaras.

—¿Dónde estará el resto del personal de seguridad?

—¿Bebiendo? —sugiere George, encogiéndose de hombros—. Les dije que podían tomarse la noche libre. Nadie se fijará en que falta el camión. No pasará nada, lo prometo.

Amar sonríe.

—De acuerdo, arriba todo el mundo.

George aprieta el brazo de Amar y nos despide a los demás con un gesto de la mano. Mientras los demás siguen a Amar al camión que hay aparcado fuera, cojo a George por el brazo y lo retengo. Él me lanza una mirada extraña.

—No me hagas preguntas sobre lo que voy a decirte porque no las responderé —le digo—, pero inocúlate contra el suero de la memoria, ¿vale? Matthew puede ayudarte.

Él frunce el ceño.

—Tú hazlo —insisto, y salgo hacia el camión.

Los copos de nieve se me pegan al pelo y el vapor forma espirales alrededor de mis labios cada vez que respiro. Tropiezo con Christina de camino al camión y me mete algo en el bolsillo: una ampolla.

Veo que Peter nos mira cuando me subo al asiento del copiloto. No estoy seguro de por qué estaba tan empeñado en venir con nosotros, pero sí sé que no puedo perderlo de vista.

Hace calor en el interior del camión, así que no tardamos en acabar cubiertos de gotitas de agua, en vez de nieve.

—Eres un tipo con suerte —comenta Amar, que me entrega

una pantalla de cristal repleta de líneas brillantes, como si fueran venas. La miro de cerca y me doy cuenta de que son calles, y que la línea más brillante indica nuestra ruta a través de ellas—. Vas a guiar al conductor.

—¿Necesitas un mapa? —pregunto, arqueando las cejas—. ¿No se te ha ocurrido simplemente... dejarte guiar por esos edificios gigantes?

Amar hace una mueca.

—No nos arriesgaremos a entrar directamente en la ciudad, tendremos que seguir una ruta segura. Ahora cierra el pico y lee el mapa.

Encuentro un punto azul en el mapa que sirve para marcar nuestra posición. Amar se mete entre la nieve, que ahora cae tan deprisa que mi campo de visión se reduce a pocos metros.

Los edificios junto a los que pasamos parecen figuras oscuras asomadas a través de un velo blanco. Amar conduce deprisa, confiando en que el peso del camión nos mantenga estables. Entre los copos de nieve veo las luces de la ciudad a lo lejos. Es todo tan diferente al otro lado que se me había olvidado lo cerca que estamos.

—No puedo creerme que vayamos a volver —comenta Peter en voz baja, como si no esperase respuesta.

—Ni yo —digo, porque es cierto.

La distancia a la que el Departamento ha mantenido al resto del mundo es una maldad más, como la guerra que pretenden batallar contra nuestros recuerdos: más sutil, pero, en cierto modo, igual de siniestra. Tenían los medios para ayudarnos mientras nosotros nos marchitábamos en nuestras facciones, pero decidieron dejar que nos desmoronáramos. Que muriéramos. Que nos matáramos entre nosotros. Solo cuando estamos a punto de llegar a una destrucción de material genético que no les resulta aceptable, se han decidido a intervenir.

Rebotamos de un lado a otro del camión mientras Amar conduce por las vías de tren, manteniéndose cerca del alto muro de cemento situado a nuestra derecha.

Miro a Christina por el retrovisor: no deja de mover la rodilla derecha.

Todavía no sé a quién borraré la memoria, si a Marcus o a Evelyn.

Normalmente intentaría decidirme por la opción menos egoísta, pero, en este caso, cualquiera de los dos me lo parece. Reiniciar a Marcus significaría eliminar al hombre que más temo y odio. Significaría liberarme de su influencia.

Reiniciar a Evelyn significaría convertirla en una madre nueva, una que no me abandonara ni tomara decisiones por un deseo de venganza, ni que quisiera controlar a todos con tal de no verse obligada a confiar en ellos.

En cualquier caso, perdiendo a cualquiera de los dos me iría mejor. Pero ¿cómo le iría mejor a la ciudad?

Ya no lo sé.

Pongo las manos sobre las rejillas de ventilación para calentarlas mientras Amar sigue conduciendo por encima de las vías y deja atrás el vagón de tren abandonado que vimos en el camino de ida al complejo; nuestros faros se reflejan en los paneles plateados del vagón. Llegamos al lugar en el que acaba el mundo exterior y empieza el experimento, un cambio tan abrupto como si alguien hubiera dibujado una línea en el suelo.

Amar pasa por encima de esa línea como si no estuviera. Supongo que para él se ha desdibujado con el tiempo, a medida que se acostumbra a su nuevo mundo. Para mí es como pasar de la verdad a una mentira, de la madurez a la infancia. Me quedo mirando cómo el reino del pavimento, el vidrio y el metal se transforma en un campo vacío. La nieve cae ahora más despacio, así que puedo vislumbrar la silueta de los edificios del fondo, tan solo un tono más oscuros que las nubes.

—¿Adónde vamos a buscar a Zeke? —pregunta Amar.

—Zeke y su madre se unieron a la revuelta —respondo—, así que la mejor opción es ir a donde esté la mayoría.

—La gente de la sala de control me dijo que casi todos se han alojado al norte del río, cerca del edificio Hancock —dice Amar—. ¿Te apetece un poco de tirolina?

—Por supuesto que no.

Amar se ríe.

Tardamos otra hora en acercarnos. Solo cuando veo el edificio Hancock a lo lejos empiezo a ponerme nervioso.

—Estooo... ¿Amar? —dice Christina desde atrás—. Odio tener que decirlo, pero necesito que pares. Y..., ya sabes: hacer pis.

—¿Ahora? —pregunta él.

—Sí, ha sido de repente.

Amar suspira, pero aparca el camión a un lado de la calle.

—Quedaos aquí, chicos, ¡y no miréis! —nos advierte Christina al salir.

Veo que su silueta se acerca a la parte trasera del camión y espero. Cuando pincha las ruedas, solo noto que el camión rebota un poco, pero es un movimiento tan insignificante que solo lo he notado porque me lo esperaba. Cuando regresa Christina, sacudiéndose los copos de nieve de la chaqueta, esboza una sonrisita.

A veces solo hace falta una persona bien dispuesta para salvar a alguien de un destino horrible. Aunque lo que esté dispuesta a hacer sea fingir que tiene que hacer pis.

Amar conduce durante unos cuantos minutos más antes de que pase nada. Entonces, el camión se estremece y empieza a dar botes, como si hubiera baches.

—Mierda —dice, frunciendo el ceño mientras mira el indicador de velocidad—. No me lo puedo creer.

—¿Un pinchazo? —pregunto.

—Sí —responde con un suspiro, y frena hasta detenerse a un lado de la calle.

—Voy a ver —me ofrezco.

Bajo de un salto del asiento del copiloto y rodeo el camión. Las ruedas traseras están completamente desinfladas, rajadas con el cuchillo que llevaba Christina. Me asomo por las ventanas de atrás para asegurarme de que solo queda una rueda de repuesto y regreso a mi puerta abierta para informar de las noticias.

—Las dos ruedas traseras están pinchadas, y solo tenemos una de repuesto. Vamos a tener que abandonar el camión y buscar uno nuevo.

—¡Mierda! —exclama Amar, dando un tortazo en el volante—. No tenemos tiempo para esto. Hay que asegurarse de que Zeke, su madre y la familia de Christina estén vacunados antes de que liberen el suero de la memoria, o no servirá de nada.

—Tranquilízate —le digo—. Sé dónde encontrar otro vehículo. ¿Por qué no seguís a pie mientras yo voy en busca de transporte?

A Amar se le ilumina el rostro.

—Buena idea.

Antes de abandonar el camión, me aseguro de tener balas suficientes, aunque no sé si las necesitaré. Todos salen del interior. Amar tiembla de frío y se pone a dar saltitos de puntillas.

Consulto mi reloj de pulsera.

—¿A qué hora tienen que estar vacunados?

—Según el programa de George, tenemos una hora antes de que reinicien la ciudad —responde Amar, que también consulta su reloj para asegurarse—. Si prefieres que ahorremos sufrimiento a Zeke y a su madre, y dejemos que los reinicien, no te culparé. Si quieres, lo hago.

—No podría hacerlo —respondo, negando con la cabeza—. No sufrirían, pero no sería real.

—Como siempre he dicho, los estirados siempre serán estirados.

—¿Puedes... esperar para contarles lo que ha pasado? Solo hasta que llegue. Los inoculas y ya está. Quiero contárselo yo.

Amar pierde un poco la sonrisa.

—Claro, por supuesto.

Tengo los zapatos empapados del rato que he pasado comprobando los neumáticos, y me duelen los pies cuando vuelvo a pisar el suelo. Estoy a punto de alejarme del camión cuando Peter dice:

—Voy contigo.

—¿Qué? ¿Por qué?

—Puede que necesites ayuda para encontrar un camión. Es una ciudad grande.

Miro a Amar, que se encoge de hombros.

—El tío tiene razón —comenta.

Peter se me acerca un poco y habla en voz baja para que solo lo oiga yo.

—Y si no quieres que le cuente lo que planeas hacer, mejor no te opongas.

Lanza una mirada al bolsillo de mi chaqueta, donde está el suero de la memoria.

Suspiro.

—De acuerdo, pero haz lo que te diga.

Me quedo mirando a Amar y Christina, que se alejan de nosotros camino del edificio Hancock. Cuando están demasiado lejos para vernos, doy unos pasos atrás y meto la mano en el bolsillo para proteger la ampolla.

—No voy a buscar un camión —digo—. Será mejor que lo sepas ahora. ¿Me vas a ayudar con lo que hago o tendré que dispararte?

—Depende de lo que hagas.

Cuesta dar una respuesta cuando ni siquiera yo estoy seguro.

Frente a mí se encuentra el edificio Hancock. A la derecha están los abandonados, Evelyn y su colección de suero de la muerte. A mi izquierda, los leales, Marcus y el plan de sublevación.

¿Dónde será mayor la influencia? ¿Dónde puedo lograr el efecto más importante? Es lo que debería preguntarme. En vez de eso, me pregunto a quién estoy más desesperado por destruir.

—Voy a detener una revolución —digo.

Me vuelvo hacia la derecha y Peter me sigue.

CAPÍTULO
CUARENTA Y CINCO

TRIS

Mi hermano está detrás del microscopio, con el ojo pegado al ocular. La luz de la base del microscopio le proyecta extrañas sombras en la cara que hacen que parezca varios años mayor.

—Este es, sin duda —dice—. Me refiero al suero de la simulación del ataque. Seguro.

—Siempre es bueno que una segunda persona lo verifique —responde Matthew.

Estoy de pie al lado de mi hermano, a pocas horas de su muerte. Y él está analizando sueros. Qué estupidez.

Sé por qué Caleb quería venir aquí: para asegurarse de que daba la vida por un buen motivo. No lo culpo. Por lo que sé, una vez que mueres por algo, no existe una segunda oportunidad.

—Repíteme el código de activación —dice Matthew.

El código de activación activará el arma del suero de la memoria, mientras que otro botón la disparará al instante. Desde que llegamos aquí, Matthew le ha estado pidiendo a Caleb que repita ambas cosas cada pocos minutos.

—¡No me cuesta tanto memorizar secuencias de números! —exclama Caleb.

—No lo dudo, pero no sabemos en qué estado mental te encontrarás cuando el suero de la muerte empiece a hacer efecto, así que estos códigos se te tienen que quedar bien grabados.

Caleb hace una mueca al oír las palabras «suero de la muerte». Yo me miro los zapatos.

—080712 —dice—. Y después pulso el botón verde.

En este preciso instante, Cara está con la gente de la sala de control para condimentar sus bebidas con suero de la paz y apagar las luces del complejo mientras están demasiado borrachos para darse cuenta, igual que hicieron Nita y Tobias hace unas semanas. En cuanto acabe, nosotros correremos al laboratorio de armamento sin que nos vean las cámaras en la oscuridad.

En la mesa del laboratorio, frente a mí, están los explosivos que nos ha pasado Reggie. Parecen muy normales dentro de su caja negra con unas pinzas metálicas en los bordes y un detonador remoto. Las pinzas unirán la caja a las puertas interiores del laboratorio. Las de fuera no se han reparado desde el ataque.

—Creo que ya está —dice Matthew—. Ahora solo tenemos que esperar un rato.

—Matthew, ¿podrías dejarnos a solas un momento? —le pregunto.

—Claro —responde, sonriendo—. Volveré cuando sea la hora.

Sale y cierra la puerta. Caleb acaricia el traje protector, los explosivos y la mochila en la que los transportará. Lo pone todo en línea recta, recolocando alguna esquina que otra.

—No dejo de pensar en cuando éramos pequeños y jugábamos a «Verdad» —dice—. Te sentaba en una silla del salón y te hacía preguntas, ¿recuerdas?

—Sí —respondo, apoyando la cadera en la mesa—. Me tomabas el pulso en la muñeca y me avisabas de que, si mentía, te darías cuenta, porque los de Verdad siempre saben cuando alguien miente. No era demasiado agradable.

Caleb se ríe.

—Una vez confesaste haber robado un libro de la biblioteca del colegio justo cuando mamá llegaba a casa...

—¡Y tuve que ir a hablar con la bibliotecaria para pedirle perdón! —exclamo entre risas—. Aquella mujer era horrible, llamaba a todo el mundo «jovencita» o «jovencito».

—Bueno, a mí me adoraba. ¿Sabías que cuando fui voluntario de la biblioteca y se suponía que debía colocar los libros durante la hora de la comida, en realidad me quedaba entre los pasillos para leer? Me pilló unas cuantas veces, pero nunca me dijo nada.

—¿En serio? —pregunto, notando una punzada en el pecho—. No lo sabía.

—Había muchas cosas que no nos contábamos, supongo —comenta, tamborileando con los dedos en la mesa—. Ojalá hubiésemos sido más sinceros entre nosotros.

—Sí.

—Y ahora es demasiado tarde, ¿no? —pregunta mientras levanta la mirada.

—No para todo —respondo, sacando una silla de la mesa para sentarme—. Vamos a jugar a Verdad. Yo responderé una pregunta y después te toca a ti. Con sinceridad, obviamente.

Él parece algo irritado, pero me sigue el juego.

—Vale. ¿Qué hiciste para romper aquellos vasos en la cocina cuando me aseguraste que los estabas sacando para quitarles las manchas de agua?

Pongo los ojos en blanco.

—¿Y esa es la pregunta para la que quieres una respuesta sincera? Venga ya, Caleb.

—Vale, de acuerdo. —Se aclara la garganta y me clava la mirada, muy serio—. ¿De verdad me has perdonado o solo lo dices porque estoy a punto de morir?

Me quedo mirándome las manos, que descansan sobre mi regazo. He sido amable y simpática con él porque procuro quitarme de la cabeza lo que pasó en la sede de Erudición. Sin embargo, eso no puede ser perdón; si lo hubiera perdonado, sería capaz de pensar en ello sin sentir un nudo de odio en las tripas, ¿no?

O quizá el perdón sea ese empeño en dejar a un lado los recuerdos desagradables hasta que el tiempo alivie el dolor y la rabia, y se te olvide el agravio.

Por el bien de Caleb, decido creer esto último.

—Sí, te he perdonado —respondo, y hago una pausa—. O, al menos, es lo que deseo desesperadamente, y creo que quizá las dos cosas sean lo mismo.

Él parece aliviado. Me aparto para que pueda ocupar mi lugar en la silla. Sé lo que quiero preguntarle, lo que he deseado preguntarle desde que se presentó voluntario para sacrificarse.

—¿Cuál es el principal motivo para que hagas esto? —pregunto—. El más importante.

—No me preguntes eso, Beatrice.

—No es una trampa. Respondas lo que respondas, no me arrepentiré de perdonarte. Pero necesito saberlo.

Entre nosotros, sobre el acero cepillado, están en fila el traje protector, los explosivos y la mochila. Son los instrumentos que utilizará para marcharse y no volver jamás.

—Supongo que lo veo como la única forma de escapar de la culpa por todas las cosas que he hecho. No hay nada que desee más en el mundo que deshacerme de ella.

Sus palabras me duelen, ya que temía que dijera eso. Sabía que lo diría. Ojalá no lo hubiera dicho.

Entonces se oye una voz por el intercomunicador de la esquina.

—Atención a todos los residentes del complejo: comenzamos el procedimiento de cierre de emergencia, que dará fin a las cinco de la mañana. Repito: comenzamos el procedimiento de cierre de emergencia, que dará fin a las cinco de la mañana.

Caleb y yo nos miramos, alarmados. Matthew abre la puerta de un empujón.

—Mierda —dice, y después repite más alto—: ¡Mierda!

—¿Cierre de emergencia? —pregunto—. ¿Es igual que el simulacro de ataque?

—Básicamente. Quiere decir que tenemos que irnos ahora, mientras todavía reine el caos en los pasillos, antes de que aumenten las medidas de seguridad.

—¿Por qué lo hacen? —pregunta Caleb.

—Puede que solo quieran aumentar la seguridad antes de soltar el virus —responde Matthew—. O puede que hayan supuesto que vamos a intentar algo... Aunque, si lo supieran, seguramente habrían aparecido para detenernos.

Miro a Caleb. Los minutos que me quedaban con él se alejan como hojas secas barridas por el viento.

Cruzo la habitación y recojo nuestras armas del mostrador, pero no dejo de pensar en lo que me contó Tobias ayer: que los abnegados dicen que solo debes permitir que alguien se sacrifique por ti si es su única forma de demostrarte su amor.

Y, para Caleb, ese no es el motivo.

CAPÍTULO
CUARENTA Y SEIS

TOBIAS

Me resbalo en la acera cubierta de nieve.

—Ayer no te inmunizaste —le digo a Peter.

—No.

—¿Por qué?

—¿Y por qué te lo iba a contar a ti?

Acaricio la ampolla con el pulgar y respondo:

—Has venido conmigo porque sabes que tengo el suero de la memoria, ¿verdad? Si quieres que te lo dé, no te vendría mal ofrecerme un motivo.

Él me mira de nuevo el bolsillo, como hizo antes. Ha debido de ver cómo me lo daba Christina.

—Preferiría quitártelo.

—Por favor —respondo, elevando la mirada al cielo. La nieve se acumula en los bordes de los edificios. Es de noche, pero la luna proyecta suficiente luz para ver por dónde vamos—. Por muy bueno que te creas peleando, no eres lo bastante bueno para vencerme, te lo prometo.

Entonces, sin previo aviso, me empuja con fuerza, y yo res-

416

balo en la nieve y me caigo. El arma cae al suelo con estrépito y se queda medio enterrada en la nieve. «Eso me pasa por creído», pienso, y me pongo en pie como puedo. Peter me agarra por el cuello de la camisa y tira de mí, de modo que resbalo de nuevo, solo que esta vez logro mantener el equilibrio y le propino un codazo en el estómago. Él me da una buena patada en la pierna, dejándomela entumecida, y me coge del frontal de la chaqueta para tirar de mí hacia él.

Intenta meterme la mano en el bolsillo donde guardo el suero. Aunque lo empujo para apartarlo, él está bien plantado en el suelo, mientras que mi pierna sigue entumecida. Gruño de frustración, subo un brazo hasta mi cara y le estrello el codo en la boca. El dolor se me extiende por el brazo (es doloroso golpear a alguien en los dientes), pero ha merecido la pena: Peter chilla y cae al suelo, agarrándose la cara con ambas manos.

—¿Sabes por qué ganabas las peleas cuando eras iniciado? —le pregunto después de ponerme en pie—. Porque eres cruel. Porque te gusta hacerle daño a la gente. Y crees que eres especial, crees que los que te rodean son un puñado de blandengues incapaces de tomar decisiones difíciles, como haces tú.

Empieza a levantarse, y le doy una patada en el costado que lo tira al suelo otra vez. Después le pongo un pie sobre el pecho, justo bajo el cuello, y nos miramos a los ojos; los suyos están muy abiertos y parecen inocentes, no revelan lo que esconde dentro.

—No eres especial —le digo—. A mí también me gusta hacerle daño a la gente y soy capaz de tomar la decisión más cruel.

La diferencia es que yo a veces no lo hago, mientras que tú lo haces siempre, y eso te convierte en una persona malvada.

Paso por encima de él y sigo bajando por Michigan Avenue. Sin embargo, cuando solo llevo unos cuantos pasos, lo oigo hablar.

—Por eso lo quiero —dice con voz temblorosa.

Me detengo, aunque no me vuelvo: ahora mismo no quiero verle la cara.

—Quiero el suero porque estoy cansado de ser así. Estoy cansado de hacer cosas malas y que me guste, y después preguntarme qué me pasa. Quiero acabar con esto y empezar de nuevo.

—¿Y no te parece que es la salida más cobarde? —le pregunto, volviendo la vista atrás.

—Me parece que eso me da igual.

La rabia que se me acumulaba en el interior se desinfla como un globo mientras manoseo la ampolla dentro del bolsillo. Lo oigo ponerse de pie y limpiarse la nieve de la ropa.

—No intentes jugármela otra vez —le advierto— y te prometo que dejaré que te reinicies cuando acabe todo. No tengo ninguna razón para impedírtelo.

Él asiente y seguimos caminando por la nieve virgen hacia el edificio en el que vi a mi madre por última vez.

CAPÍTULO
CUARENTA Y SIETE

TRIS

Aunque hay gente por todas partes, en el pasillo reina un silencio nervioso. Una mujer me golpea con el hombro y después murmura una disculpa; me acerco más a Caleb para no perderlo de vista. A veces solo desearía ser unos centímetros más alta para que el mundo no me pareciera una tupida colección de torsos.

Avanzamos deprisa, aunque no demasiado. Cuantos más guardias de seguridad veo, más presión se me acumula dentro. La mochila de Caleb, donde lleva el traje protector y los explosivos, le rebota en la parte baja de la espalda mientras caminamos. La gente se mueve en todas direcciones, pero pronto llegaremos a un pasillo en el que no debería haber nadie.

—Debe de haberle pasado algo a Cara —comenta Matthew—. Se suponía que las luces ya estarían apagadas.

Asiento con la cabeza. Noto el bulto del arma en la espalda, oculto bajo una blusa amplia. Esperaba no tener que usarla, pero parece que no quedará más remedio, y puede que ni siquiera así consigamos entrar en el laboratorio de armamento.

Les toco el brazo a los dos, a Caleb y a Matthew, y nos detenemos en medio del pasillo.

—Tengo una idea —les cuento—. Nos dividimos: Caleb y yo vamos al laboratorio, y Matthew crea una distracción.

—¿Una distracción?

—Tienes un arma, ¿no? Dispara al aire.

Él vacila.

—Hazlo —le ordeno entre dientes.

Matthew saca su arma. Yo agarro a Caleb por el brazo y lo empujo por el pasillo. Vuelvo la vista atrás y veo que Matthew levanta el arma por encima de la cabeza y dispara arriba, a uno de los paneles de cristal del techo. Cuando resuena el disparo, salgo corriendo y arrastro a Caleb conmigo. Empiezan a oírse gritos y ruido de cristales rotos, y los guardias de seguridad pasan corriendo junto a nosotros sin darse cuenta de que nos alejamos de la zona de dormitorios y nos dirigimos a un lugar en el que no deberíamos estar.

Es curioso comprobar cómo entran de nuevo en acción mi instinto y mi entrenamiento osado. Mi respiración se hace más profunda y regular mientras seguimos la ruta que hemos decidido esta mañana. Pienso con más claridad. Miro a Caleb con la esperanza de ver lo mismo en él, pero se ha quedado pálido y jadea. Lo mantengo bien sujeto por el codo para estabilizarlo.

Doblamos una esquina, los zapatos chirrían sobre las baldosas y nos encontramos en un pasillo vacío con un techo de espejo. Momento triunfal: conozco este sitio, ya no queda mucho, lo vamos a conseguir.

—¡Deteneos! —nos grita alguien por detrás.

Los guardias de seguridad nos han encontrado.

—¡Deteneos o disparamos!

Caleb se estremece y levanta las manos. Yo también lo hago, y lo miro.

Noto que todo se ralentiza en mi interior: mis pensamientos y los latidos de mi corazón.

Cuando lo miro no veo al joven cobarde que me vendió a Jeanine Matthews, ni oigo las excusas que me dio después. Cuando lo miro veo al chico que me sostuvo las manos en el hospital cuando mi madre se rompió la muñeca y me dijo que no pasaría nada. Veo al hermano que me aconsejó tomar mis propias decisiones la noche antes de la Ceremonia de la Elección. Pienso en sus rasgos más notables: es listo, entusiasta y observador, tranquilo, formal y amable.

Él es parte de mí y siempre lo será, y yo soy parte de él. No pertenezco a Abnegación ni a Osadía, ni siquiera a los divergentes. No pertenezco al Departamento, ni al experimento, ni a la periferia. Pertenezco a la gente que amo, y ellos me pertenecen; ellos y el amor y la lealtad que les debo es lo que forma mi identidad más allá de lo que pueda hacerlo cualquier palabra o grupo.

Quiero a mi hermano. Lo quiero, y él se estremece de miedo ante la idea de morir. Lo quiero y lo único que oigo, lo único que me viene a la cabeza, son las palabras que le dije hace unos días: «Jamás te entregaría para que te ejecutaran».

—Caleb, dame la mochila.

—¿Qué?

Me meto la mano por la espalda de la blusa y agarro el arma para apuntarle con ella.

—Dame la mochila.

—Tris, no —responde, sacudiendo la cabeza—. No, no te permitiré hacerlo.

—¡Baja el arma! —me grita el guardia desde el final del pasillo—. ¡Baja el arma o disparamos!

—Puede que sobreviva al suero de la muerte —digo—. Se me da bien luchar contra los sueros, tengo una posibilidad de sobrevivir. Tú no tienes ninguna. Dame la mochila o te dispararé en la pierna y te la quitaré.

Entonces levanto la voz para que me oigan los guardias.

—¡Es mi rehén! ¡Si os acercáis, lo mato!

En estos momentos me recuerda a mi padre, con sus ojos cansados y tristes. Le veo una sombra de barba en la cara. Le tiemblan las manos cuando se pone la mochila delante y me la ofrece.

La cojo y me la echo al hombro. Sin dejar de apuntarle, me muevo para que bloquee mi vista de los soldados del final del pasillo.

—Te quiero, Caleb.

A él se le llenan los ojos de lágrimas y responde:

—Yo también te quiero, Beatrice.

—¡Al suelo! —chillo, para que me oigan los guardias.

Caleb se deja caer de rodillas.

—Si no sobrevivo —añado antes de marcharme—, dile a Tobias que no quería abandonarlo.

Retrocedo apuntando a uno de los guardias por encima del hombro de Caleb. Después tomo aire, mantengo la mano firme, dejo escapar el aire y disparo. Oigo un chillido de dolor y corro en dirección contraria mientras las balas me resuenan en los oídos. Corro haciendo eses para que les cueste más acertarme y después doblo una esquina. Una bala se clava en la pared, junto a mí, y abre un agujero.

Mientras corro, me pongo la mochila delante y abro la cremallera. Saco los explosivos y el detonador. Oigo gritos y gente corriendo detrás de mí. No tengo tiempo, no tengo tiempo.

Corro más deprisa, más deprisa de lo que creía ser capaz de correr. El impacto de cada pisada me recorre el cuerpo cuando doblo la siguiente esquina y veo a dos guardias junto a las puertas que reventaron Nita y los suyos. Mientras me aprieto los explosivos y el detonador contra el pecho con la mano libre, disparo a uno en la pierna y al otro en el pecho.

El de la pierna va a coger su arma, así que disparo de nuevo, cerrando los ojos después de apuntar. No se mueve más.

Cruzo las puertas rotas y entro en el pasillo que hay detrás. Empujo los explosivos contra la barra metálica que une las dos puertas y cierro las pinzas alrededor del borde de la barra para que no se mueva. Después corro al final del pasillo, rodeo la esquina y me agacho, de espalda a las puertas, mientras pulso el botón del detonador y me protejo los oídos con las manos.

El ruido me hace vibrar los huesos cuando detona la bomba, y la fuerza del estallido me tira de lado, de modo que se me cae el arma. Trozos de cristal y metal vuelan por el aire y aterrizan en el suelo a mi alrededor. Estoy atontada. A pesar de haberme tapado las orejas con las manos, todavía me pitan cuando las aparto. Me pongo de pie, tambaleante.

Al final del pasillo, los guardias me han alcanzado. Disparan, y una bala me da en la parte carnosa del brazo. Grito, me tapo la herida con la mano y veo manchas en los bordes de mi campo visual mientras corro para doblar la esquina de nuevo, medio andando, medio trastabillando, camino de las puertas abiertas con el explosivo.

Al otro lado hay un pequeño vestíbulo con varias puertas selladas y sin cerradura al otro extremo. A través de las ventanas de las puertas veo el laboratorio de armamento, las filas regulares de maquinaria, dispositivos oscuros y ampollas de suero, todo iluminado por debajo, como si estuviera en exposición. Oigo un ruido como de aerosol y sé que el suero de la muerte flota en el aire, pero los guardias siguen detrás y no tengo tiempo de ponerme el traje que retardará el efecto.

También sé, estoy convencida, de que puedo sobrevivir a esto.

Entro en el vestíbulo.

CAPÍTULO
CUARENTA Y OCHO

TOBIAS

La sede de los abandonados (aunque este edificio siempre será para mí la sede de Erudición, pase lo que pase) guarda silencio bajo la nieve, y lo único que delata la existencia de vida en su interior son las ventanas iluminadas. Me detengo frente a las puertas y hago un ruido con la garganta.

—¿Qué? —pregunta Peter.

—Odio este sitio.

Él se aparta el pelo empapado de los ojos.

—Entonces ¿cómo vamos a entrar? ¿Rompemos una ventana? ¿Buscamos una puerta trasera?

—Voy a entrar sin más, soy su hijo.

—También la traicionaste y abandonaste la ciudad cuando ella lo prohibió. Y envió gente a detenerte, gente armada.

—Puedes quedarte aquí, si quieres.

—Yo voy donde vaya el suero —responde—. Pero, si te disparan, lo cojo y me largo.

—No esperaría menos de ti.

Es una persona extraña.

425

Entro en el vestíbulo, donde alguien ha colgado de nuevo, el retrato de Jeanine Matthews, aunque tachándole los ojos con sendas equis rojas y escribiendo debajo: «Las facciones son escoria».

Varias personas con brazaletes abandonados avanzan hacia nosotros con las armas en alto. Reconozco a algunas del tiempo que pasé junto a Evelyn como líder osado. Otras me son desconocidas, lo que me recuerda que la población de abandonados es mucho mayor de lo que sospechábamos.

Levanto las manos.

—He venido a ver a Evelyn.

—Claro —responde uno de ellos—, porque dejamos entrar a cualquiera que pida verla.

—Tengo un mensaje para ella de la gente del exterior. Seguro que querrá escucharlo.

—¿Tobias? —dice una mujer sin facción.

La reconozco, aunque no de uno de los refugios abandonados, sino del sector de Abnegación: era mi vecina, Grace.

—Hola, Grace. Solo quiero hablar con mi madre.

Ella se muerde el interior del carrillo y me examina. La mano que sostiene el arma vacila.

—Bueno, se supone que no debemos dejar entrar a nadie.

—Por amor de Dios —dice Peter—. ¡Ve a decirle que estamos aquí y a ver qué decide ella! Podemos esperar.

Grace retrocede entre la gente que se ha reunido mientras hablábamos, baja el arma y se aleja corriendo por un pasillo cercano.

Esperamos durante lo que nos parece un buen rato, hasta

que me duelen los hombros de tener los brazos en alto. Entonces regresa Grace y nos llama. Bajo las manos cuando los otros bajan las armas, y atravieso el vestíbulo, pasando entre la gente como un hilo por el ojo de una aguja. Ella nos conduce a un ascensor.

—¿Qué haces con un arma, Grace? —le pregunto. Nunca había visto a un abnegado con un arma.

—Ya no existen las costumbres de las facciones —responde—. Ahora puedo defenderme, tengo derecho a mi instinto de supervivencia.

—Bien —respondo, y lo digo en serio.

Abnegación estaba igual de deteriorada que el resto de las facciones, aunque sus males no eran tan obvios, ya que se ocultaban bajo el disfraz del altruismo. Sin embargo, pedirle a una persona que desaparezca, que se funda con el paisaje allá donde vaya, no es mejor que animarla a pelearse con los demás.

Subimos a la planta en la que estaba el despacho administrativo de Jeanine, pero no es ahí donde nos lleva Grace. Nos conduce a una gran sala de reuniones con mesas, sofás y sillas colocadas formando cuadrados estrictos. Las enormes ventanas de la pared trasera dejan entrar la luz de la luna. Evelyn está sentada a una mesa de la derecha, mirando por la ventana.

—Puedes irte, Grace —dice—. ¿Tienes un mensaje para mí, Tobias?

No me mira. Lleva la tupida melena recogida en un moño y viste una camisa gris con un brazalete abandonado encima. Parece agotada.

—¿Te importa esperar en el pasillo? —le pido a Peter.

Sorprendentemente, no me lo discute: se limita a salir y cerrar la puerta.

Mi madre y yo estamos solos.

—La gente de fuera no tiene ningún mensaje para nosotros —respondo, acercándome—. Querían borrar la memoria de todos los habitantes de la ciudad. Creen que no se puede razonar con nosotros, ni apelar a nuestros corazones. Decidieron que era más sencillo borrarnos que hablar con nosotros.

—A lo mejor están en lo cierto —responde Evelyn.

Por fin se vuelve hacia mí, apoyando el pómulo entre las manos entrelazadas. Se ha tatuado un círculo vacío en uno de los dedos, como si fuera una alianza.

—Entonces ¿qué has venido a hacer?

Vacilo con la mano en la ampolla que guardo en el bolsillo. La miro, y veo que el paso del tiempo la ha raído como si fuera un trozo de tela, dejando las fibras expuestas y deshilachadas. Y también veo a la mujer que conocí de pequeño, la boca que se estiraba en una sonrisa, los ojos que brillaban de alegría. Sin embargo, cuanto más la miro, más convencido estoy de que la mujer feliz nunca existió. Aquella mujer no era más que una pálida versión de mi madre real, vista a través de los ojos egocéntricos de un niño.

Me siento frente a ella a la mesa y dejo la ampolla de suero de la memoria entre nosotros.

—Venía para que te bebieras esto.

Ella mira la ampolla, y me parece ver lágrimas en sus ojos, aunque puede que solo sea la luz.

—Creía que era el único modo de evitar la destrucción total

—digo—. Sé que Marcus, Johanna y los suyos van a atacar, y sé que harás lo que haga falta para detenerlos, incluido utilizar ese suero de la muerte que guardas. ¿Me equivoco? —pregunto, ladeando la cabeza.

—No. Las facciones son malvadas y no pueden restaurarse. Preferiría destruirnos a todos.

Aprieta el borde de la mesa con la mano y los nudillos se le ponen blancos.

—Las facciones eran malvadas porque no había forma de salir de ellas —respondo—. Nos ofrecían la ilusión de que podíamos decidir sin, en realidad, dejarnos elección. Es lo mismo que estás haciendo tú al abolirlas. Es como si dijeras: «Venga, elegid lo que queráis. ¡Pero que no sean las facciones si no queréis que os haga pedazos!».

—Si es lo que pensabas, ¿por qué no me lo dijiste? —pregunta en voz más alta, evitando mirarme, evitándome—. ¿Por qué no me lo dijiste en vez de traicionarme?

—¡Porque te tengo miedo!

Las palabras me salen sin querer, y me arrepiento, pero también me alegro de haberlo soltado, me alegro de ser sincero con ella antes de pedirle que renuncie a su identidad.

—¡Me... me recuerdas a él! —añado.

—No te atrevas —responde, cerrando los puños, casi escupiéndome—. No te atrevas.

—Me da igual que no quieras oírlo —digo, y me pongo en pie—. Él era un tirano en nuestra casa y ahora tú eres una tirana en esta ciudad, ¡y ni siquiera te das cuenta de que es lo mismo!

—Entonces, por eso has traído esto —concluye, y coge la

ampolla para mirarla—. Porque crees que es la única forma de arreglar las cosas.

—Creo...

Iba a decir que es la forma más sencilla, la mejor, puede que la única manera de que confíe en ella.

Si le borro los recuerdos puedo crearme una nueva madre, pero...

Pero ella es más que mi madre, es una persona por derecho propio y no me pertenece.

No puedo elegir su destino solo porque no sea capaz de aceptarla como es.

—No —respondo—. No, he venido para ofrecerte la posibilidad de elegir.

De repente, estoy aterrado, tengo las manos entumecidas y el corazón a cien.

—Pensé en ir a ver a Marcus esta noche, pero no lo he hecho —explico, tragando saliva—. He preferido venir a verte a ti porque..., porque creo que todavía podemos reconciliarnos. No ahora ni pronto, pero sí algún día. Con él no hay esperanza, no hay reconciliación posible.

Se me queda mirando con ojos fieros, aunque empiezan a llenársele de lágrimas.

—No es justo por mi parte pedirte que elijas, pero tengo que hacerlo —sigo diciendo—. Si quieres liderar a los abandonados y luchar contra los leales, tendrás que hacerlo sin mí, para siempre. O puedes abandonar esta cruzada y... recuperar a tu hijo.

Es una oferta pobre y lo sé, por eso tengo miedo: tengo miedo de que se niegue a elegir, de que elija el poder antes que a mí, de que me llame chiquillo ridículo, que es lo que soy. Soy un chiquillo. Mido sesenta centímetros y le pregunto cuánto me quiere.

Los ojos de Evelyn, oscuros como la tierra mojada, examinan los míos durante un buen rato.

Entonces rodea la mesa y me abraza con rabia, formando a mi alrededor una jaula de alambre sorprendentemente fuerte.

—Que se queden la ciudad y todo lo que hay en ella —dice, con la boca pegada a mi pelo.

No puedo moverme, no puedo hablar. Me ha elegido a mí. Me ha elegido a mí.

CAPÍTULO
CUARENTA Y NUEVE

TRIS

El suero de la muerte huele a humo y a especias, y mis pulmones lo rechazan con el primer aliento. Toso y escupo, y la oscuridad me traga.

Caigo de rodillas. Es como si alguien hubiera sustituido toda la sangre de mi cuerpo por melaza, y los huesos, por plomo. Un hilo invisible tira de mí, me arrastra hacia el sueño, pero quiero estar despierta. Es importante que quiera estar despierta. Me imagino esa intención, ese deseo, ardiéndome en el pecho como una llama.

El hilo tira con más fuerza, y yo alimento la llama con nombres: Tobias, Caleb, Christina, Matthew, Cara, Zeke, Uriah.

Sin embargo, no aguanto el peso del suero. Mi cuerpo cae de lado, y mi brazo herido se aplasta contra el frío suelo. Me voy...

«Sería agradable alejarse flotando —dice una voz en mi cabeza—. Ver adónde iré...».

Pero el fuego, el fuego.

El deseo de vivir.

Todavía no he terminado, no.

Es como si excavara un túnel través de mi mente. Cuesta recordar por qué he venido y por qué debería deshacerme de este peso tan agradable. Entonces, mis manos lo encuentran: el recuerdo del rostro de mi madre, los extraños ángulos de sus extremidades sobre el pavimento y la sangre que manaba del cuerpo de mi padre.

«Pero están muertos —dice la voz—. Podrías unirte a ellos».

«Murieron por mí», respondo. Y sé que tengo algo que hacer a cambio: tengo que evitar que otras personas lo pierdan todo; tengo que salvar la ciudad y a la gente a la que mis padres amaban.

Si me voy para reunirme con ellos, quiero llevarme conmigo un buen motivo, no esto, esta forma tan absurda de derrumbarse cuando me queda tan poco.

El fuego, el fuego. Arde con furia dentro de mí, primero es una fogata y después un horno, y mi cuerpo es su combustible. Lo noto recorrerme, consumir el peso. Ahora nada puede matarme, soy poderosa, invencible y eterna.

Noto que el suero se me pega a la piel como si fuera aceite, pero la oscuridad retrocede. Apoyo la palma de una mano en el suelo y me doy impulso para ponerme de pie.

Doblada por la cintura, empujo las puertas dobles con el hombro, y las puertas chirrían sobre el suelo al romperse el sello. Respiro aire limpio y me enderezo. Estoy aquí, estoy aquí.

Pero no estoy sola.

—No te muevas —ordena David, levantando su arma—. Hola, Tris.

CAPÍTULO CINCUENTA

TRIS

—¿Cómo te has vacunado contra el suero de la muerte? —me pregunta.

Sigue en la silla de ruedas, aunque no hace falta caminar para disparar un arma.

Parpadeo, todavía aturdida.

—No lo he hecho.

—No seas estúpida, no puedes sobrevivir al suero sin una vacuna, y yo soy la única persona del complejo que posee esa sustancia.

Me quedo mirándolo sin saber bien qué decir. No me vacuné. Que siga en pie en estos momentos es imposible. No hay más que añadir.

—Supongo que ya da igual —dice—. Estamos aquí.

—¿Qué haces tú aquí? —mascullo.

Noto los labios más grandes de lo normal, me cuesta hablar con ellos. Todavía noto la misma pesadez aceitosa en la piel, como si la muerte se aferrara a mí, a pesar de haberla vencido.

Soy vagamente consciente de que he dejado mi arma en el

pasillo, detrás de mí, segura de que no la necesitaría si llegaba tan lejos.

—Sabía que ocurría algo —responde David—. Llevas toda la semana corriendo de un lado a otro con gente genéticamente defectuosa, Tris, ¿creías que no me daría cuenta? —pregunta, sacudiendo la cabeza—. Y entonces pillamos a tu amiga Cara intentando manipular las luces, aunque fue muy lista y procuró desmayarse para no contarnos nada. Así que vine aquí, por si acaso. Siento decir que no me sorprende verte.

—¿Has venido solo? No es muy inteligente por tu parte.

Él entorna los ojos.

—Bueno, verás, tengo la resistencia al suero de la muerte y un arma, y tú no tienes forma de enfrentarte a mí. No conseguirás robar cuatro dispositivos con el virus mientras te apunto con un arma. Me temo que llegar tan lejos no te ha servido para nada y te costará la vida. Aunque el suero de la muerte no te haya matado, lo haré yo. Seguro que lo entenderás: oficialmente, no aprobamos la pena de muerte, pero no puedo permitir que sobrevivas.

Cree que he venido a robar las armas que reiniciarán los experimentos, no a liberar una de ellas. Era de esperar.

Procuro que mi expresión no revele nada, aunque estoy segura de que, de todos modos, todavía tengo el rostro flácido. Recorro el cuarto con la mirada en busca del dispositivo que liberará el virus del suero de la memoria. Estaba allí cuando Matthew se lo describió a Caleb con todo lujo de detalles: una caja negra con un teclado plateado, marcada con una tira de cinta azul con un número de modelo escrito en ella. Es uno de los pocos objetos que hay en el mostrador de la izquierda, a pocos metros de mí, pero no puedo moverme sin que David me mate.

Tendré que esperar al momento oportuno y ser rápida.

—Sé lo que hiciste —le suelto.

Empiezo a retroceder con la esperanza de que la acusación lo distraiga.

—Sé que diseñaste la simulación del ataque —añado—. Sé que eres el responsable de la muerte de mis padres..., de la muerte de mi madre. Lo sé.

—¡No soy el responsable de la muerte de tu madre! —exclama David; de repente, las palabras brotan demasiado altas—. Le dije lo que ocurriría justo antes de que comenzara el ataque, para que tuviera tiempo de llevar a sus seres queridos a un lugar seguro. Si se hubiera quedado donde estaba, habría sobrevivido. Pero era estúpida y no comprendía que había que sacrificarse por el bien común. ¡Eso fue lo que la mató!

Lo miro con el ceño fruncido. Algo en su reacción, en sus ojos vidriosos, algo que masculló cuando Nita le inyectó el suero del miedo... Algo sobre ella.

—¿La querías? —le pregunto—. Durante todos los años que te envió cartas... La razón por la que no te gustó que se quedara allí, por la que le dijiste que no podías seguir leyendo sus informes después de que se casara con mi padre...

David se queda inmóvil como una estatua, como un hombre de piedra.

—La quería. Pero ya forma parte del pasado.

Por eso me dio la bienvenida a su círculo de confianza, por

eso me ofreció tantas oportunidades: porque formo parte de ella, porque tengo su pelo y hablo con su voz; porque se ha pasado la vida intentando aferrarse a mi madre, sin conseguirlo.

Oigo pisadas en el pasillo de fuera: llegan los soldados. Bien, los necesito, necesito que se expongan al virus que flotará en el aire y lo propaguen al resto del complejo. Espero que no entren hasta que el aire se limpie del suero de la muerte.

—Mi madre no era estúpida —le aseguro a David—. Ella entendía algo que tú no entiendes: que si la vida que sacrificas no es la tuya, sino la de otra persona, no es sacrificio, sino maldad.

Retrocedo otro paso y añado:

—Me enseñó muy bien lo que es un sacrificio de verdad. Que debe nacer del amor, no de un rechazo equivocado a la genética de otra persona. Que debe partir de la necesidad, tras haber descartado todas las demás opciones. Que debe hacerse por las personas que necesitan tu fuerza porque ellas no tienen la suficiente. Por eso no puedo permitir que «sacrifiques» a esa gente y sus recuerdos. Por eso tengo que librar al mundo de ti de una vez por todas.

Sacudo la cabeza.

—No he venido a robar, David.

Me giro y me lanzo sobre el dispositivo. Oigo un disparo, y el dolor me recorre el cuerpo. Ni siquiera sé dónde me ha acertado la bala.

Todavía oigo a Caleb repetir el código de Matthew. Con una mano temblorosa, escribo los números en el teclado.

La pistola suena de nuevo.

Más dolor, y una aureola negra envuelve mi campo visual, aunque oigo de nuevo la voz de Caleb decir: «El botón verde».

Duele mucho.

Pero ¿cómo, si no siento nada en el cuerpo?

Aunque empiezo a caer, golpeo el teclado con la mano mientras lo hago. Se enciende una luz detrás del botón verde.

Oigo un pitido y un ruido parecido al de un engranaje.

Me deslizo hasta el suelo. Algo caliente me resbala por el cuello y por la mejilla. Es rojo. La sangre tiene un color extraño. Es oscura.

Con el rabillo del ojo veo a David desmayado en su silla.

Y a mi madre detrás de él, caminando hacia mí.

Lleva puesta la misma ropa que la última vez que la vi: gris abnegado manchado de sangre, con los brazos al descubierto para enseñar su tatuaje. Todavía hay agujeros de bala en su camisa; a través de ellos veo la piel herida, roja, aunque ya no sangra, como si estuviera paralizada en el tiempo. Lleva el pelo recogido en un moño, aunque unos cuantos mechones sueltos le forman un halo dorado alrededor del rostro.

Sé que no puede estar viva, pero no sé si la veo ahora porque estoy delirando por la pérdida de sangre, porque el suero de la muerte me ha aturdido o por algún otro motivo.

Se arrodilla a mi lado y me toca la mejilla con una mano fría.

—Hola, Beatrice —saluda, y sonríe.

—¿He terminado ya? —pregunto, y no sé bien si lo he dicho en voz alta o si solo lo he pensado y ella lo ha oído de todos modos.

—Sí —responde con los ojos llenos de lágrimas—. Mi querida niña, lo has hecho muy bien.

—¿Y los demás? —pregunto, ahogándome en un sollozo cuando la imagen de Tobias me viene a la cabeza, sus ojos oscuros y tranquilos, su mano fuerte y cálida cuando estuvimos frente a frente por primera vez—. ¿Tobias, Caleb y mis amigos?

—Cuidarán los unos de los otros —responde—. Es lo que hace la gente.

Sonrío y cierro los ojos.

Noto de nuevo un hilo que tira de mí, pero, esta vez, sé que no es una fuerza siniestra que me arrastra hacia la muerte.

Esta vez sé que es la mano de mi madre, que me lleva hasta sus brazos.

Y yo me refugio en ellos de buena gana.

¿Me perdonarán por todo lo que he hecho aquí?

Me gustaría.

Sé que es posible.

Es lo que creo.

CAPÍTULO
CINCUENTA Y UNO

TOBIAS

Evelyn se seca las lágrimas de los ojos con el pulgar. Estamos junto a las ventanas, hombro con hombro, contemplando los remolinos de nieve. Algunos de los copos se acumulan en el alféizar de fuera, formando montículos en los rincones.

Vuelvo a sentir las manos. Mientras observo el mundo salpicado de blanco, es como si todo hubiera empezado de cero, y esta vez será mucho mejor.

—Creo que puedo ponerme en contacto con Marcus por radio para negociar un acuerdo de paz —dice Evelyn—. Me escuchará; sería una estupidez por su parte no hacerlo.

—Antes de eso, hice una promesa que debo cumplir —respondo.

La toco en el hombro y, aunque temo ver que fuerza la sonrisa, no es así.

Noto una punzada de culpa. No vine para pedirle que se rindiera por mí, para que renunciase a todo su trabajo solo por recuperarme. Sin embargo, tampoco vine para darle una elección. Supongo que Tris estaba en lo cierto: cuando hay que elegir entre dos opciones malas, escoges la que salva a la gente que quieres. Si le hubiera dado el suero a Evelyn, no la habría salvado, sino que la habría destruido.

Peter está sentado en el suelo del pasillo, con la espalda apoyada en la pared. Me mira cuando me agacho. La nieve derretida le ha pegado el pelo a la frente.

—¿La has reiniciado? —pregunta.

—No.

—Suponía que no serías capaz.

—No se trata de eso. En fin, da igual. —Niego con la cabeza y le ofrezco el suero de la memoria—. ¿Todavía estás decidido a hacerlo?

Él asiente con la cabeza.

—Podrías hacerlo sin inyectarte, ¿sabes? —le sugiero—. Podrías empezar a tomar mejores decisiones y construirte una vida mejor.

—Sí, podría, pero no lo haré. Los dos lo sabemos.

Sí que lo sé. Sé que los cambios son difíciles y lentos, y que es un trabajo que supone muchos días seguidos en una larga fila de días, hasta que el origen del problema se olvide. Tiene miedo de no ser capaz de soportar ese trabajo, de malgastar todos esos días y acabar peor que ahora. Y comprendo el sentimiento, comprendo lo de tener miedo de uno mismo.

Así que permito que se siente en uno de los sofás y le pregunto qué quiere que le cuente de él cuando sus recuerdos desaparezcan como el humo. Él sacude la cabeza: nada, no quiere acordarse de nada.

Peter coge la ampolla con una mano temblorosa y le quita la

punta. El líquido se agita en el interior, a punto de derramarse. Se lo pone bajo la nariz para olerlo.

—¿Cuánto debo beber? —pregunta, y me parece que le castañetean los dientes.

—Diría que da lo mismo.

—Vale. Bueno, allá vamos.

Levanta la ampolla hacia la luz como si brindara conmigo.

—Sé valiente —le digo cuando se la lleva a la boca.

Se traga el líquido.

Y yo soy testigo de la desaparición de Peter.

El aire de fuera sabe a hielo.

—¡Eh! ¡Peter! —le grito mientras mi aliento se convierte en vapor.

Peter está de pie junto a la puerta de la sede de Erudición, completamente perdido. Al oír su nombre (que le he enseñado ya al menos diez veces desde que se bebió el suero), arquea las cejas y se señala el pecho. Matthew nos contó que la gente se queda desorientada un tiempo después de beberse el suero, pero no se me ocurrió pensar que «desorientada» significara «estúpida».

Suspiro.

—¡Sí, tú! ¡Por enésima vez! Venga, vamos.

Creía que, al mirarlo después de beberse el suero, seguiría viendo al iniciado que clavó un cuchillo de untar mantequilla en el ojo de Edward, al chico que intentó matar a mi novia, y todas las otras cosas que ha hecho desde que lo conozco. Sin embargo, ahora resulta más sencillo de lo que imaginaba ver que no tiene ni idea de quién es. Todavía conserva esos ojos grandes e inocentes, pero, esta vez, me los creo.

Evelyn y yo caminamos hombro con hombro, y Peter trota detrás de nosotros. Ha dejado de nevar, pero se ha acumulado bastante nieve como para que el suelo cruja bajo nuestros zapatos.

Caminamos hasta el Millennium Park, donde la gigantesca escultura con forma de alubia refleja la luz de la luna. Después bajamos por unas escaleras. Mientras lo hacemos, Evelyn me coge del codo para guardar el equilibrio, y nos miramos. Me pregunto si está tan nerviosa como yo ante la perspectiva de enfrentarnos de nuevo a mi padre. Me pregunto si se pone nerviosa cada vez que sucede.

Al pie de las escaleras hay un pabellón con dos bloques de cristal a cada extremo, ambos unas tres veces más altos que yo. Aquí es donde les dijimos a Marcus y a Johanna que nos reuniríamos; las dos partes vamos armadas, para ser realistas y justos.

Ya están aquí. Johanna no lleva armas, pero Marcus sí, y apunta con ella a Evelyn. Yo lo apunto a él con la que me ha dado mi madre, por si acaso. Me fijo en las líneas rectas de su cráneo, que asoman por debajo de la cabeza afeitada, y en la ruta irregular que su nariz torcida le dibuja en la cara.

—¡Tobias! —exclama Johanna. Lleva un abrigo rojo de Cordialidad salpicado de copos de nieve—. ¿Qué estás haciendo aquí?

—Intentar evitar que os matéis los unos a los otros —respondo—. Me sorprende que lleves un arma.

Señalo con la cabeza el bulto de su bolsillo, el que tiene la inconfundible forma de una pistola.

—A veces es necesario tomar medidas difíciles para asegurar la paz —responde Johanna—. Creo que estarás de acuerdo con ese principio.

—No hemos venido a charlar —nos interrumpe Marcus, mirando a Evelyn—. Dijiste que querías hablar de un tratado.

Las últimas semanas le han pesado. Lo veo en las comisuras tristes de los labios y en la piel morada bajo los ojos. Veo mis ojos incrustados en su cráneo y recuerdo mi reflejo en el paisaje del miedo, lo aterrado que estaba al ver que su piel se extendía sobre la mía como un sarpullido. La idea de convertirme en él sigue poniéndome nervioso, incluso ahora, enfrentado a él con mi madre al lado, como siempre había soñado de pequeño.

Sin embargo, creo que ya no tengo miedo.

—Sí —dice Evelyn—. He preparado unas condiciones para que las aceptéis. Creo que os parecerán justas. Si las aceptáis, me rendiré y entregaré todas las armas que tenga mi gente y que no se estén usando para protección personal. Abandonaré la ciudad y no regresaré.

Marcus se ríe. No estoy seguro de si es una risa burlona o incrédula. Es capaz de ambas cosas, ya que se trata de un hombre arrogante e increíblemente suspicaz.

—Déjala terminar —le pide Johanna en voz baja, metiéndose las manos dentro de las mangas.

—A cambio, no atacaréis la ciudad ni intentaréis controlarla. Permitiréis que los que deseen marcharse a buscarse la vida en otro lado, lo hagan. Permitiréis a los que deseen quedarse votar a nuevos líderes y un nuevo sistema social. Y, lo más importante: tú, Marcus, no podrás presentarte a esas elecciones.

Es la única condición puramente egoísta del acuerdo de paz. Me dijo que no podía soportar la idea de que Marcus engañara a más gente, y yo no se lo discutí.

Johanna arquea las cejas. Me doy cuenta de que se ha apartado el pelo de ambos lados de la cara, de modo que la cicatriz queda al descubierto. Está mejor así, parece más fuerte cuando no esconde su identidad detrás de una cortina de pelo.

—No hay trato —responde Marcus—. Soy el líder de esta gente.

—Marcus —intenta interrumpirlo Johanna, pero él no hace caso.

—¡No puedes decidir si los lidero o no solo porque tengas algo contra mí, Evelyn!

—Perdona —insiste Johanna en voz más alta—. Marcus, lo que nos ofrece es demasiado bueno para ser cierto: ¡conseguimos todo lo que queremos sin recurrir a la violencia! ¿Cómo puedes negarte?

—¡Porque soy el legítimo líder de esta gente! —exclama Marcus—. ¡Soy el líder de los leales! ¡Soy...!

—No, no lo eres —afirma Johanna, muy tranquila—. Yo soy la líder de los leales, y tú vas a aceptar este acuerdo si no quieres que les cuente a todos que te ofrecieron la oportunidad de sacrificar tu orgullo a cambio de acabar con este conflicto sin derramar sangre, y tú contestaste que no.

La máscara pasiva de Marcus ha desaparecido para dejar al descubierto el rostro maligno que se esconde debajo. Sin embargo, ni siquiera él puede discutir con Johanna: esa amenaza perfecta realizada con calma perfecta ha podido con él. Marcus sacude la cabeza, pero no replica.

—Acepto tus condiciones —dice Johanna, y alarga la mano mientras camina sobre la nieve.

Evelyn se quita el guante dedo a dedo y le estrecha la mano.

—Por la mañana deberíamos reunirlos a todos para contarles el nuevo plan —dice Johanna—. ¿Puedes garantizarnos una reunión segura?

—Haré lo que pueda.

Miro el reloj: ha pasado una hora desde que Amar y Christina se separaron de nosotros cerca del edificio Hancock, lo que significa que seguramente ya sabe que el virus del suero no ha funcionado. O puede que no lo sepa. En cualquier caso, tengo que hacer lo que he venido a hacer: tengo que encontrar a Zeke y a su madre para contarles lo que le pasó a Uriah.

—Tengo que irme —le digo a Evelyn—. Debo solucionar otro asunto, pero te recogeré en los límites de la ciudad mañana por la tarde, ¿de acuerdo?

—Suena bien —responde, y me frota el brazo vigorosamente con la mano enguantada, como hacía cuando yo era pequeño y tenía frío al llegar de la calle.

—Supongo que no volverás —me dice Johanna—. ¿Has encontrado una nueva vida en el exterior?

—Sí —respondo—. Buena suerte. La gente de fuera... intentará clausurar la ciudad. Deberíais prepararos.

—Seguro que podemos negociar con ellos —afirma Johanna, sonriendo.

Me ofrece su mano, y se la estrecho. La mirada de Marcus es como un peso que me oprime y amenaza con aplastarme. Me obligo a mirarlo.

—Adiós —me despido de él, y lo digo en serio.

Hana, la madre de Zeke, tiene unos pies pequeños que no tocan el suelo cuando se sienta en el sillón de su salón. Lleva puesta una bata y unas zapatillas negras raídas, pero tiene un porte tan digno con las manos entrelazadas en el regazo y las cejas arqueadas que es como encontrarse frente a una líder mundial. Miro a Zeke, que se restriega la cara con los puños para despertarse.

Amar y Christina los han encontrado, no entre los demás revolucionarios cerca del edificio Hancock, sino en su piso familiar de la Espira, sobre la sede de Osadía. He conseguido dar con ellos porque a Christina se le ocurrió dejarnos a Peter y a mí una nota en el camión averiado para avisarnos de su paradero. Peter espera en la nueva furgoneta que Evelyn nos buscó para volver al Departamento.

—Lo siento, no sé por dónde empezar —les digo.

—Puedes empezar por lo peor —responde Hana—. Como con qué le ha pasado exactamente a mi hijo.

—Quedó malherido durante un ataque. Estalló una bomba, y él estaba muy cerca.

—Dios mío —dice Zeke, que se mece como si su cuerpo deseara volver a la infancia y consolarse con ese movimiento.

Sin embargo, Hana se limita a inclinar la cabeza y esconder el rostro.

Su salón huele a ajo y cebolla, puede que sean los restos de la cena. Apoyo el hombro en la pared blanca, junto al umbral. Junto a mí hay colgada una foto torcida en la que aparece toda la familia: Zeke, que apenas sabe andar; Uriah de bebé, sobre el regazo de su madre. La cara de su padre tiene varios *piercings* en la nariz, la oreja y el labio, aunque me resultan familiares su amplia sonrisa reluciente y su piel oscura, ya que sus hijos heredaron ambos rasgos.

—Lleva en coma desde entonces —añado—. Y...

—Y no va a despertar —concluye Hana con voz cansada—. Eso es lo que has venido a contarnos, ¿verdad?

—Sí. He venido a recogeros para que podáis tomar una decisión por él.

—¿Una decisión? —pregunta Zeke—. ¿Si lo desconectamos o no, quieres decir?

—Zeke —interviene Hana, sacudiendo la cabeza.

Él se deja caer de nuevo en el sofá. Los cojines parecen envolverlo.

—Claro que no queremos mantenerlo con vida en ese estado —sigue diciendo su madre—. Él habría querido avanzar en su viaje. Pero sí que nos gustaría verlo.

—Por supuesto —respondo, asintiendo con la cabeza—. Pero debo contaros algo más. El ataque... fue una especie de revuelta en la que estaban involucradas algunas personas del lugar en el que nos encontrábamos. Y yo participé en la revuelta.

Me quedo mirando la grieta de los tablones del suelo que tengo delante, el polvo que se ha acumulado dentro con el tiempo, y espero una reacción, la que sea. Sin embargo, solo recibo silencio.

—No hice lo que me pediste —le digo a Zeke—: no cuidé de él como debería haberlo hecho. Y lo siento.

Me arriesgo a mirarlo, y está sentado muy quieto, contemplando el jarrón vacío de la mesa de centro. El jarrón tiene pintadas unas rosas de color rosa algo desvaídas.

—Creo que necesitamos un tiempo para digerirlo —interviene Hana. Se aclara la garganta, pero eso no la ayuda a evitar el temblor de la voz.

—Ojalá pudiera concedéroslo, pero hay que volver al complejo pronto y tenéis que venir con nosotros.

—De acuerdo —responde—. Si esperáis fuera, saldremos dentro de cinco minutos.

El camino de vuelta al complejo es lento y oscuro. Veo cómo desaparece la luna para después volver a aparecer detrás de las nubes cada vez que damos con un bache. Cuando llegamos a los límites de la ciudad, empieza a nevar de nuevo; son copos grandes y ligeros que forman remolinos frente a los faros. Me pregunto si Tris los verá volar sobre el pavimento y acumularse junto a los aviones. Me pregunto si vivirá en un mundo mejor del que dejamos, entre personas que ya no recuerdan lo que es tener genes puros.

Christina se inclina hacia delante para susurrarme al oído:

—Entonces ¿lo has hecho? ¿Ha funcionado?

Asiento. Por el retrovisor veo que se lleva ambas manos a la cara y sonríe. Sé cómo se siente: a salvo. Todos estamos a salvo.

—¿Vacunaste a tu familia? —le pregunto.

—Sí. La encontramos con los leales, en el edificio Hancock. Pero ya ha pasado la hora del reinicio, así que parece que Tris y Caleb lo han detenido.

Hana y Zeke se pasan el camino hablando entre murmullos, maravillados ante el mundo extraño por el que avanzamos a oscuras. Amar les ofrece explicaciones básicas sobre la marcha, volviendo la vista atrás en vez de mantenerla fija en la carretera, cosa que no me tranquiliza demasiado. Intento centrarme en la nieve y no hacer caso de mis ataques de pánico cuando está a punto de estrellarse contra las farolas o las barreras de la calle.

Siempre he odiado el vacío que trae consigo el invierno, el paisaje anodino y la acusada diferencia entre el cielo y el suelo, la manera en que transforma los árboles en esqueletos y la ciudad en un páramo. A lo mejor este invierno me persuade de lo contrario.

Pasamos las vallas y nos detenemos frente a las puertas principales, donde ya no hay guardias. Salimos, y Zeke le da la mano a su madre para que se apoye en él mientras camina arrastrando los pies por la nieve. Cuando entramos en el complejo, sé con certeza que Caleb ha tenido éxito, porque no se ve a nadie. Eso solo puede significar que los han reiniciado, que han alterado para siempre sus recuerdos.

—¿Dónde están todos? —pregunta Amar.

Pasamos por el control de seguridad sin detenernos. Al otro lado veo a Cara. Tiene muy amoratado un lado de la cara y lleva una venda en la cabeza, pero no es eso lo que me preocupa. Lo que me preocupa es su expresión de tristeza.

—¿Qué ocurre? —le pregunto.

Cara niega con la cabeza.

—¿Dónde está Tris?

—Lo siento, Tobias.

—¿Que sientes el qué? —pregunta Christina bruscamente—. Dinos lo que ha pasado.

—Tris entró en el laboratorio de armamento en lugar de Caleb —responde Cara—. Sobrevivió al suero de la muerte y liberó el suero de la memoria, pero... le dispararon. Y no sobrevivió. Lo siento mucho.

Casi siempre soy capaz de distinguir cuando alguien miente, y esto debe de ser mentira, porque Tris sigue viva, con sus ojos brillantes, sus mejillas ruborizadas y su cuerpo diminuto lleno de energía y fuerza, de pie bajo un rayo de luz en el patio interior. Tris sigue viva, no me abandonaría aquí, solo, no iría al laboratorio de armamento para ocupar el lugar de Caleb.

—No —dice Christina, negando con la cabeza—. No puede ser, es un error.

A Cara se le llenan los ojos de lágrimas.

Entonces me doy cuenta: claro que Tris iría al laboratorio en lugar de Caleb.

Claro que sí.

Christina chilla algo, pero su voz suena lejana, como si mi cabeza estuviera bajo el agua. También me cuesta distinguir los detalles del rostro de Cara, el mundo se emborrona y pierde su color.

No puedo hacer nada más que permanecer inmóvil; es como si así impidiera que sea cierto, como si fingiera que todo va bien. Christina se dobla por la mitad, incapaz de soportar su propia pena, Cara la abraza y...

lo único que puedo hacer yo es permanecer inmóvil.

CAPÍTULO
CINCUENTA Y DOS

TOBIAS

Cuando su cuerpo cayó en la red, solo vi un borrón gris. La saqué de allí y comprobé que su mano era pequeña, pero cálida, y entonces se puso de pie frente a mí, baja, delgada y plana, sin nada destacable..., salvo que fue la que saltó primero. La estirada fue la que saltó primero.

Ni siquiera yo hice eso.

Su mirada era tan severa, tan insistente.

Tan bella.

CAPÍTULO
CINCUENTA Y TRES

TOBIAS

Pero esa no era la primera vez que la veía. Ya la había visto por los pasillos del instituto, durante el falso funeral de mi madre y caminando por las aceras del sector abnegado. La veía sin verla; nadie vio cómo era de verdad hasta que saltó.

Supongo que un fuego que arde con tanta fuerza no puede durar.

CAPÍTULO
CINCUENTA Y CUATRO

TOBIAS

Voy a ver su cadáver... en algún momento. No sé cuánto tiempo ha pasado desde que Cara me contó lo sucedido. Christina y yo caminamos hombro con hombro detrás de Cara. No recuerdo la ruta desde la entrada hasta el depósito, en realidad, solo unas cuantas imágenes borrosas y los sonidos que logran penetrar la barrera que se ha levantado dentro de mi cabeza.

Está tumbada en una mesa y, por un instante, creo que está dormida, que cuando la toque se despertará, me sonreirá y me besará en la boca. Pero, cuando la toco, está fría, y su cuerpo, rígido e inflexible.

Christina se sorbe la nariz y solloza. Yo aprieto la mano de Tris y rezo para hacerlo lo bastante fuerte como para insuflarle la vida, devolverle el color y despertarla.

No sé cuánto tardo en darme cuenta de que no va a pasar, de que se ha ido. Sin embargo, cuando lo hago, pierdo toda la fuerza que me queda, caigo de rodillas junto a la mesa y creo que entonces lloro, o, al menos, deseo hacerlo, y todo lo que tengo dentro grita que solo quiero un beso más, una palabra más, una mirada más, una más.

CAPÍTULO
CINCUENTA Y CINCO

En los días siguientes, lo que me ayuda a mantener la tristeza a raya es el movimiento, no la inmovilidad, así que recorro los pasillos del complejo en vez de dormir. Observo cómo todos se recuperan del suero de la memoria que los ha alterado para siempre, pero lo hago como si estuviera muy lejos de ellos.

A los que se perdieron en la bruma del suero de la memoria se les reúne en grupos y se les cuenta la verdad: que la naturaleza humana es compleja, que todos nuestros genes son distintos y que eso no significa que sean defectuosos o puros. También se les cuenta una mentira: que perdieron la memoria en un extraño accidente y que estaban a punto de presionar al Gobierno para lograr la igualdad entre los GD y los GP.

Me sigue agobiando la compañía de los demás, aunque también me paraliza la soledad cuando me alejo de ellos. Estoy aterrado y ni siquiera sé de qué, porque ya lo he perdido todo. Me tiemblan las manos cuando me paso por la sala de control para observar la ciudad a través de las pantallas. Johanna está preparando el transporte para los que desean marcharse. Vendrán aquí para descubrir la verdad. No sé qué pasará con los que se queden en Chicago, ni tampoco creo que me importe.

Me meto las manos en los bolsillos y observo unos minutos. Después me alejo de nuevo e intento acompasar mis pies y mi corazón o evitar las grietas entre las baldosas. Al pasar junto a la entrada veo a un grupito de personas reunidas junto a la escultura de piedra; una de ellas va en silla de ruedas: es Nita.

Dejo atrás la inútil barrera de seguridad y los contemplo desde lejos. Reggie se mete en el bloque de piedra y abre una válvula que hay al fondo del tanque de agua. La gota se convierte en un chorro de agua que no tarda en salir en tromba del tanque y salpicar toda la piedra, empapando de camino los bajos de los pantalones de Reggie.

—¿Tobias?

Me estremezco un poco. Es Caleb. Le doy la espalda a la voz mientras busco una vía de escape.

—Espera, por favor —me pide.

No quiero mirarlo, no quiero calcular lo mucho o lo poco que llora por ella. Y no quiero pensar en que Tris murió por un cobarde como él, que dio la vida por alguien que no lo merecía.

Sin embargo, al final lo miro y me pregunto si veo algo de ella en su rostro; sigo sediento de ella aunque sepa que se ha marchado para siempre.

Lleva el pelo sucio y despeinado, tiene los ojos verdes inyectados en sangre y los labios fruncidos.

No se parece a ella.

—No quiero molestarte —dice—, pero tengo que decirte una cosa. Algo... que ella me pidió que te dijera antes de...

—Suéltalo ya —respondo antes de que intente terminar la frase.

—Me dijo que, si no sobrevivía, te dijera que... —Caleb se ahoga, pero después se endereza y lucha por contener las lágrimas—. Que no quería abandonarte.

Debería sentir algo al escuchar sus últimas palabras, ¿no? No siento nada. Me siento más lejos que nunca.

—¿Ah, sí? —respondo en tono seco—. Entonces ¿por qué lo hizo? ¿Por qué no te dejó morir?

—¿Crees que no me hago la misma pregunta? —pregunta a su vez Caleb—. Ella me quería. Me quería lo bastante como para apuntarme con un arma para poder morir por mí. No tengo ni idea de por qué, pero así es.

Se aleja sin darme opción a responder, y quizá sea lo mejor, porque no se me ocurre nada capaz de expresar mi ira. Parpadeo para espantar las lágrimas y me siento en el suelo, justo en el centro del vestíbulo.

Sé por qué quería decirme que no deseaba abandonarme. Quería que yo supiera que no había sido igual que en la sede de Erudición, que no era una mentira para hacerme dormir mientras ella se encaminaba a la muerte, ni un acto de sacrificio innecesario. Me aprieto los ojos con las manos como si así pudiera volver a introducirme las lágrimas en el cráneo. «No llores», me ordeno. Si dejo escapar parte de mis emociones, saldrá todo afuera y no acabará nunca.

Un rato después oigo voces cerca de mí: Cara y Peter.

—Esta escultura era un símbolo del cambio —le explica ella—. Del cambio gradual, pero ahora la van a derribar.

—¿En serio? —pregunta Peter, ansioso—. ¿Por qué?

—Bueno... Te lo explicaré después, si no te importa. ¿Recuerdas el camino de vuelta al dormitorio?

—Sí.

—Pues vuelve y quédate allí un rato. Habrá alguien esperándote para ayudarte.

Cara se me acerca, y yo me encojo, anticipándome a su voz. Sin embargo, se limita a sentarse a mi lado, en el suelo, con las manos entrelazadas sobre el regazo y la espalda recta. Alerta, pero relajada, contempla la escultura, donde Reggie sigue de pie bajo el chorro de agua.

—No tienes por qué quedarte —le digo.

—No tengo ningún otro sitio al que ir —responde—. Y me gusta el silencio.

Así que seguimos sentados mirando el agua, en silencio.

—Ahí estáis —dice Christina, corriendo hacia nosotros. Tiene la cara hinchada y la voz lánguida, como un profundo suspiro—. Venga, es la hora. Van a desconectarlo.

Aunque la palabra me estremece, me pongo de pie de todos modos. Hana y Zeke han estado junto al cuerpo de Uriah desde que llegamos, cogiéndole de la mano y buscando signos de vida en sus ojos. Pero no queda vida en ellos, no hay nada salvo una máquina que late por él.

Cara camina detrás de Christina y de mí de camino al hospital. Llevo varios días sin dormir, pero no estoy cansado, no como normalmente, aunque me duele el cuerpo al andar. Christina y yo no hablamos, a pesar de que sé que nuestros pensamientos se concentran en lo mismo, en Uriah, en su último aliento.

Llegamos a la ventana de observación del cuarto de Uriah, y Evelyn está ahí; Amar la recogió en mi lugar hace unos días. Intenta tocarme el hombro y yo lo aparto: no quiero que me consuelen.

Dentro de la habitación, Zeke y Hana están cada uno a un lado de Uriah. Hana le sostiene una mano y Zeke, la otra. Hay un médico al lado del monitor cardiaco, con un portapapeles abierto para enseñárselo no a Hana ni a Zeke, sino a David. Que está sentado en su silla de ruedas. Encorvado y aturdido, como todos los demás que han perdido la memoria.

—¿Qué hace él aquí? —pregunto mientras noto que todos mis músculos, huesos y nervios echan fuego.

—Técnicamente, sigue siendo el líder del Departamento, al menos hasta que lo sustituyan —responde Cara, que está detrás de mí—. Tobias, no recuerda nada. El hombre que conocías ya no existe, es como si hubiera muerto. Este hombre no recuerda haber matado a...

—¡Cállate! —le suelto.

David firma en el portapapeles y se vuelve para empujar su silla hacia la puerta. La abre y no puedo contenerme: me abalanzo sobre él, y solo la nervuda figura de Evelyn consigue evitar que le retuerza el cuello. David me lanza una mirada extraña y sigue bajando por el pasillo mientras yo forcejeo con el brazo de mi madre, que es como un barrote que me cruza los hombros.

—Tobias, tranquilízate —me dice Evelyn.

—¿Por qué no lo ha encerrado nadie? —exijo saber; tengo los ojos tan empañados que no veo nada.

—Porque todavía trabaja para el Gobierno —responde Cara—. Solo porque hayan decidido que se trata de un desafortunado accidente, no quiere decir que vayan a despedir a todo el mundo. Y el Gobierno no va a encerrarlo solo porque matara a una rebelde bajo coacción.

—Una rebelde —repito—. ¿Eso es ahora?

—Era —me corrige en voz baja—. Y no, ella era mucho más, pero así es como la ve el Gobierno.

Estoy a punto de replicar, pero Christina me interrumpe.

—Chicos, lo están haciendo.

En la habitación de Uriah, Zeke y Hana se dan la mano libre por encima del cuerpo de Uriah. Veo que Hana mueve los labios, pero no distingo lo que dice. ¿Los osados tienen plegarias para los moribundos? Los abnegados reaccionan ante la muerte con silencio y servicio, no con palabras. Mi rabia se disipa poco a poco y vuelvo a perderme en la misma tristeza embotada, aunque esta vez no es por Tris, sino por Uriah, cuya sonrisa llevo grabada en la memoria. El hermano de mi amigo, que después se convirtió también en amigo, aunque me faltó tiempo para acostumbrarme a su sentido del humor; me faltó tiempo.

El médico, con el portapapeles pegado al estómago, mueve algunos interruptores, y las máquinas dejan de respirar por Uriah.

A Zeke le tiemblan los hombros y Hana le aprieta la mano con fuerza, hasta que se le ponen los nudillos blancos.

Entonces dice algo y abre las manos mientras se aleja del cuerpo de Uriah. Lo deja marchar.

Me aparto de la ventana, primero caminando y luego corriendo, abriéndome paso a empujones por los pasillos, sin importarme nada; ciego, vacío.

CAPÍTULO
CINCUENTA Y SEIS

Al día siguiente saco un camión del complejo. La gente sigue recuperándose de la pérdida de memoria, así que nadie intenta detenerme. Conduzco por las vías del tren hacia la ciudad mientras paseo la mirada por el horizonte, sin prestarle demasiada atención.

Cuando llego a los campos que separan la ciudad del mundo exterior, piso el acelerador. El camión aplasta la hierba muerta y la nieve con los neumáticos, y pronto la tierra se convierte en el pavimento del sector abnegado, y yo apenas noto el paso del tiempo. Las calles son las mismas, y mis manos y pies saben adónde ir, aunque mi mente no se moleste en guiarlos. Paro al lado de la casa cercana a la señal de stop, la del muro agrietado.

Mi casa.

Atravieso la puerta principal y subo las escaleras, todavía con esa sensación de embotamiento en los oídos, como si me alejara cada vez más del mundo. La gente habla del dolor de la pérdida, pero no sé a qué se refieren. Para mí, la pérdida es un aturdimiento devastador que atonta todas las sensaciones.

Apoyo la palma de la mano en el panel que cubre el espejo

de arriba y lo empujo a un lado. Aunque la luz de la puesta de sol es naranja y se arrastra por el suelo para iluminarme el rostro desde abajo, jamás había estado tan pálido ni había tenido unas ojeras tan pronunciadas. He pasado los últimos días en un punto intermedio entre el sueño y la vigilia, incapaz de llegar a ninguno de los dos extremos.

Enchufo el cortapelo en la toma que hay al lado del espejo. Ya tiene seleccionado el largo correcto, así que solo tengo que pasármelo por la cabeza, doblando las orejas para protegerlas de la cuchilla y girándome para comprobar que no me he saltado ningún punto de la nuca. El pelo cortado me cae en los pies y en los hombros, y hace que me pique la piel que entra en contacto con él. Me paso la mano por el cuero cabelludo para asegurarme de que haya quedado regular, aunque en realidad no me hace falta, ya que aprendí a hacerlo cuando era pequeño.

Me paso un buen rato quitándome el pelo de los hombros y de los pies y barriéndolo. Cuando termino, me pongo de nuevo delante del espejo y veo los bordes de mi tatuaje, el de la llama osada.

Me saco la ampolla de suero de la memoria del bolsillo. Sé que una sola ampolla borrará casi toda mi vida, pero atacará recuerdos concretos, no hechos. Seguiré sabiendo escribir, hablar y montar un ordenador, porque los datos se almacenan en distintos lugares de mi cerebro. Sin embargo, no recordaré nada más.

El experimento ha terminado. Johanna ha conseguido negociar con el Gobierno (con los superiores de David) un acuerdo que permite a los antiguos miembros de las facciones permanecer en la ciudad siempre que sean autosuficientes, se sometan a la autoridad del Gobierno y permitan que los forasteros entren y se unan a ellos, lo que convierte a Chicago en otra zona metropolitana como Milwaukee. El Departamento, que antes estaba a cargo del experimento, ahora mantendrá el orden en los límites de la ciudad de Chicago.

Será la única zona metropolitana del país gobernada por gente que no cree en el daño genético. Una especie de paraíso. Matthew me dijo que espera que la gente de la periferia acuda para llenar los espacios vacíos y encuentre aquí una vida más próspera que la que deje atrás.

Yo solo quiero convertirme en una persona nueva. En mi caso, seré Tobias Johnson, hijo de Evelyn Johnson. Puede que Tobias Johnson haya tenido una vida aburrida y vacía, pero al menos es una persona completa, no este fragmento de persona que soy yo, demasiado anulado por el dolor para resultar de utilidad.

—Matthew me avisó de que habías robado suero de la memoria y un camión —dice una voz desde el final del pasillo. Es Christina—. Reconozco que no me lo creía.

Seguramente no la he oído entrar en casa por lo del embotamiento. Hasta su voz suena como si viajara a través del agua, y tardo unos segundos en entender lo que dice. Cuando lo hago, la miro y respondo:

—Entonces, si no te lo creías, ¿por qué has venido?

—Por si acaso —contesta, acercándose—. Además, quería ver la ciudad una vez más antes de que todo cambie. Dame esa ampolla, Tobias.

—No —respondo, rodeándola con los dedos para protegerla de ella—. La decisión es mía, no tuya.

Ella abre mucho los ojos, y su cara se ilumina con la luz del sol. Hace que cada mechón de su tupido pelo oscuro brille en un tono naranja, como si ardiera.

—No es decisión tuya —replica—: es la decisión de un cobarde, y tú eres muchas cosas, Cuatro, pero no un cobarde. Nunca lo has sido.

—A lo mejor lo soy ahora —respondo, pasivo—. Las cosas han cambiado. Lo acepto.

—No, no es verdad.

Estoy tan cansado que solo soy capaz de poner los ojos en blanco.

—No puedes convertirte en una persona que ella odiaría —dice Christina, esta vez en voz más baja—. Y ella habría odiado todo esto.

La rabia me recorre en estampida, ardiente y fuerte, y la sensación de embotamiento de los oídos desaparece y hace que esta silenciosa calle abnegada me parezca ruidosa. El impacto me estremece.

—¡Cállate! —chillo—. ¡Cállate! Tú no sabes lo que ella odiaría; no la conocías, no...

—¡La conocía lo suficiente! —me suelta ella—. ¡Sé que ella no habría querido que la borrases de tu memoria como si nunca te hubiera importado nada!

Me abalanzo sobre ella, la sujeto por los hombros contra la pared y me acerco a su cara.

—Como te atrevas a insinuar eso de nuevo, te...

—¿Me qué? —responde ella, dándome un buen empujón—.

¿Me harás daño? Hay una palabra que describe muy bien a los hombres grandes y fuertes que atacan a las mujeres. ¿Sabes cuál es? Cobarde.

Recuerdo los gritos de mi padre por toda la casa, su mano en el cuello de mi madre, golpeándola contra las paredes y las puertas; recuerdo observarlos desde la puerta de mi cuarto, con la mano agarrada al marco. Y recuerdo oír sollozos ahogados a través de la puerta de su dormitorio, y que mi madre la cerraba con pestillo para que yo no pudiera entrar.

Doy un paso atrás y me dejo caer contra la pared.

—Lo siento —le digo.

—Lo sé.

Guardamos silencio unos segundos y nos limitamos a mirarnos. Recuerdo que la odié cuando la conocí, porque venía de Verdad, porque las palabras le brotaban de los labios sin control, sin cautela. Sin embargo, con el tiempo, me ha demostrado la persona que es en realidad: una amiga indulgente, fiel a la verdad, lo bastante valiente como para entrar en acción. Ahora no puedo evitar que me caiga bien, no puedo evitar ver lo mismo que Tris veía en ella.

—Sé lo que es desear olvidarlo todo —me dice—. También sé lo que se siente cuando alguien a quien quieres muere sin ningún motivo, y sé lo que es desear renunciar a todos los recuerdos de esa persona a cambio de un momento de paz.

Me coge la mano en la que yo sostengo la ampolla.

—No estuve mucho tiempo con Will —sigue diciendo—, pero cambió mi vida. Me cambió a mí. Y sé que Tris te cambió aún más.

Entonces se derrite la expresión severa con la que llegó y me toca con cariño los hombros.

—Merece la pena que siga existiendo la persona en la que te convertiste gracias a ella —dice—. Si te bebes ese suero, no lograrás volver a ser lo que eres ahora.

Lloro de nuevo, como cuando vi el cuerpo de Tris, y, esta vez, con ellas llega el dolor, un dolor caliente y agudo que se me clava en el pecho. Aprieto la ampolla dentro del puño, desesperado por conseguir el alivio que ofrece, la protección contra el dolor de todos los recuerdos que me desgarran las entrañas, como si fuera un animal.

Christina me rodea los hombros con los brazos, y eso hace que el dolor empeore, porque me recuerda todas las veces que los delgados brazos de Tris me rodearon, primero vacilantes, después más fuertes, más confiados, más seguros de ella y de mí. Me recuerda que ningún abrazo volverá a ser igual porque ninguno será como los suyos, porque ella se ha ido.

Se ha ido y, aunque llorar me parece inútil y absurdo, estúpido, es lo único que puedo hacer. Christina me mantiene erguido y no dice palabra durante un buen rato.

Al final me aparto, pero ella deja sus manos sobre mis hombros, cálidas y llenas de callos. A lo mejor con las personas pasa como con la piel de las manos: que se endurecen después de sufrir mucho dolor. Sin embargo, no quiero convertirme en un hombre endurecido y frío.

Hay otros tipos de personas en este mundo. Hay personas como Tris que, después del sufrimiento y la traición, son capaces de encontrar el suficiente amor como para dar la vida por su hermano. O como Cara, que fue capaz de perdonar a la chica que disparó a su hermano en la cabeza. O como Christina, que ha perdido a un amigo tras otro, pero sigue decidida a permanecer abierta, a hacer amigos nuevos. Ante mí aparece otra elección, una elección más luminosa y fuerte que las que me había ofrecido yo mismo.

Abro los ojos y le entrego la ampolla. Ella la coge y la guarda.

—Sé que Zeke todavía no te trata como antes —me dice mientras me pasa un brazo por el hombro—, así que, mientras tanto, yo puedo ser tu amiga. Incluso podemos intercambiar pulseras, si quieres, como hacían las chicas cordiales.

—No creo que sea necesario.

Bajamos las escaleras y salimos juntos a la calle. El sol se ha ocultado detrás de los edificios de Chicago y, a lo lejos, oigo un tren corriendo por las vías, pero nos vamos de este lugar y de todo lo que ha significado para nosotros, y eso está bien.

En este mundo hay muchas formas de ser valiente. A veces, la valentía implica dar la vida por algo más importante que tú o darla por alguien. A veces implica renunciar a todo lo que has conocido o a todos los seres queridos por un bien mayor.

Pero no siempre es así.

A veces no es más que apretar los dientes para soportar el dolor y el trabajo de cada día, y así caminar poco a poco hacia una vida mejor.

Y esa es la valentía que necesito ahora.

EPÍLOGO

DOS AÑOS Y MEDIO DESPUÉS

Evelyn se encuentra en el punto en que se unen dos mundos. Ahora se ven marcas de neumáticos en el suelo, ya que la gente de la periferia entra y sale continuamente, igual que los del antiguo Departamento, que van y vienen de trabajar. Tiene la bolsa apoyada en la pierna, en uno de los huecos del terreno. Cuando me acerco, levanta una mano para saludarme.

Después de meterse en el camión me da un beso en la mejilla y yo se lo permito. No reprimo la sonrisa que se me empieza a dibujar en el rostro.

—Bienvenida de nuevo —le digo.

El acuerdo, cuando se lo ofrecí hace ya más de dos años y cuando ella lo aceptó de nuevo ante Johanna poco después, era que abandonara la ciudad. Ahora han cambiado tantas cosas en Chicago que no veo nada malo en que regrese, ni ella tampoco. Aunque han pasado dos años, la veo más joven, con el rostro menos demacrado y la sonrisa más amplia: el tiempo que ha pasado fuera le ha sentado bien.

—¿Cómo estás? —me pregunta.

—Estoy... bien —respondo—. Hoy vamos a esparcir sus cenizas.

Echo un vistazo a la urna que he dejado en el asiento trasero, como si fuera un pasajero más. Las cenizas de Tris se pasaron mucho tiempo en el depósito de cadáveres del Departamento, porque yo no acababa de decidir qué clase de funeral le habría gustado, ni me veía del todo capaz de soportar uno. Sin embargo, hoy sería el Día de la Elección si todavía tuviéramos facciones, y ha llegado el momento de dar un paso adelante, aunque sea uno pequeño.

Evelyn me pone una mano en el hombro y contempla los campos. Los cultivos que antes se limitaban a las zonas cercanas a la sede de Cordialidad se han extendido y continúan haciéndolo por todos los espacios verdes que rodean la ciudad. A veces echo de menos la tierra inhóspita y vacía, pero ahora mismo no me importa conducir a través de las hileras de maíz o trigo. Entre las plantas hay personas comprobando el estado de la tierra con unos dispositivos portátiles diseñados por antiguos científicos del Departamento. Van vestidas de rojo, azul, verde y morado.

—¿Cómo es vivir sin facciones? —pregunta Evelyn.

—Es muy normal, te encantará —respondo con una sonrisa.

Llevo a Evelyn a mi piso, al norte del río. Está en una de las plantas inferiores, aunque por las numerosas ventanas veo una amplia extensión de edificios. Fui uno de los primeros residentes de la nueva Chicago, así que pude elegir vivienda. Zeke, Shauna, Christina, Amar y George decidieron vivir en las plantas más altas del edificio Hancock, y Caleb y Cara se mudaron a los pisos cercanos al Millennium Park, pero yo vine aquí porque era precioso y porque no estaba cerca de ninguno de mis antiguos hogares.

—Mi vecino es un experto en historia, vino de la periferia —comento mientras busco las llaves en los bolsillos—. Llama a Chicago «la cuarta ciudad», porque dice que la destruyó un incendio hace años, y después la Guerra de la Pureza, y ahora estamos en el cuarto intento de asentarnos aquí.

—La cuarta ciudad —repite Evelyn mientras abro la puerta—. Me gusta.

Apenas tengo muebles, solo un sofá, una mesa con unas cuantas sillas y una cocina. La luz del sol parpadea en las ventanas del edificio del otro lado del río pantanoso. Algunos de los científicos del extinto Departamento intentan devolverle su antigua gloria al río y al lago, pero tardarán una temporada. Los cambios, como la curación, llevan tiempo.

Evelyn se deja caer en el sofá.

—Gracias por dejar que me quede aquí unos días. Te prometo que me buscaré otro sitio lo antes posible.

—No hay problema.

Me pone nervioso que esté aquí, curioseando mis escasas pertenencias y caminando por mis pasillos, pero no podemos mantenernos alejados para siempre, sobre todo porque le prometí que intentaría salvar la distancia que nos separa.

—George dice que necesita ayuda para entrenar al cuerpo de policía —dice Evelyn—. ¿Tú no te ofreciste?

—No, ya te lo conté: no quiero más armas.

—Es verdad, ahora usas las palabras —responde, arrugando la nariz—. Ya sabes que no confío en los políticos.

—Confiarás en mí porque soy tu hijo. De todos modos, no soy un político. Al menos, todavía no. Solo soy un ayudante.

Se sienta a la mesa y mira a su alrededor, nerviosa y ágil como un gato.

—¿Sabes dónde está tu padre? —me pregunta.

—Alguien me dijo que se había ido —respondo, encogiéndome de hombros—. No pregunté adónde.

Ella apoya la barbilla en la mano.

—¿No hay nada que quisieras decirle? ¿Nada en absoluto?

—No —contesto mientras jugueteo con las llaves—. Solo quería dejarlo atrás, que es donde pertenece.

Hace dos años, cuando me puse ante él en el parque mientras la nieve caía a nuestro alrededor, me di cuenta de que, igual que atacarlo delante de los osados en el Mercado del Martirio no sirvió para aliviar el dolor que me había causado, gritarle e insultarle tampoco serviría de nada. Solo quedaba una opción: superarlo.

Evelyn me lanza una mirada extraña y curiosa; después cruza la habitación y abre la bolsa que ha dejado en el sofá, de la que saca un objeto de cristal azul. Es como agua que cae, suspendida en el tiempo.

Recuerdo cuando me lo dio. Yo era pequeño, pero no tanto como para no darme cuenta de que era un objeto prohibido en la facción abnegada, un objeto inútil y, por lo tanto, autocomplaciente. Le pregunté para qué servía, y ella me respondió: «No hace nada obvio, pero quizá pueda hacer algo aquí dentro —explicó, tocándome el pecho—. Es el poder de las cosas bellas».

Durante muchos años fue el símbolo de mi desafío, de mi pequeño gesto de rechazo a convertirme en un niño obediente y respetuoso de Abnegación, y también un símbolo del desafío de mi madre, aunque la creyera muerta. Lo escondía bajo la cama, y el día que decidí abandonar Abnegación lo puse sobre mi escritorio para que mi padre lo viera, y así comprendiera mi fuerza y la de ella.

—Cuando te fuiste, esto me recordaba a ti —explica, pegándose el cristal al estómago—. Me recordaba lo valiente que eras, lo valiente que has sido siempre —añade, y esboza una sonrisa—. Se me ocurrió que podrías guardarlo aquí. Al fin y al cabo, te pertenece.

Como temo que me tiemble la voz, me limito a devolverle la sonrisa y asentir con la cabeza.

El aire de primavera es frío, pero dejo las ventanas del camión abiertas para sentirlo en el pecho y en las puntas de los dedos, a modo de recuerdo del final del invierno. Me detengo junto al andén cerca del Mercado del Martirio y saco la urna del asiento de atrás. Es plateada y sencilla, sin grabados. No la elegí yo, sino Christina.

Camino por el andén hacia el grupo que ya se ha reunido. Christina está al lado de Zeke y Shauna, que va sentada en la silla de ruedas con una manta sobre el regazo. Ahora tiene una silla mejor, una sin mangos detrás, de modo que pueda maniobrarla más fácilmente. Matthew está al borde del andén, con las puntas de los pies hacia fuera.

—Hola —saludo mientras me coloco al lado del hombro de Shauna.

Christina me sonríe y Zeke me da una palmada en el hombro.

Uriah murió días después que Tris, pero Zeke y Hana se despidieron de él unas semanas más tarde y esparcieron sus cenizas por el abismo, entre el estruendo de amigos y familiares. Gritamos su nombre en la cámara de eco del Pozo. Aun así, sé que hoy Zeke se acuerda de él, igual que los demás, aunque este último acto de valentía osada sea para Tris.

—Tengo que enseñarte una cosa —comenta Shauna, y aparta la manta para dejar al descubierto un complicado armazón metálico que le rodea las piernas. Le llega hasta las caderas y le envuelve el vientre como si fuera una jaula. Me sonríe y, con un acompañamiento de engranajes chirriantes, coloca los pies en el suelo y se levanta entre sacudidas.

A pesar de lo serio de la ocasión, sonrío.

—Bueno, bueno, mírate —digo—. Se me había olvidado lo alta que eras.

—Caleb y sus colegas del laboratorio lo han fabricado para mí. Todavía no me he acostumbrado, pero dicen que algún día podré correr.

—Genial. ¿Dónde está Caleb, por cierto?

—Amar y él se reunirán con nosotros al final de la línea. Tiene que haber alguien allí para recoger a la primera persona.

—Sigue siendo un poco tarta de fresa —comenta Zeke—, pero empiezo a tolerarlo.

—Mmm —respondo sin comprometerme demasiado.

La verdad es que he hecho las paces con Caleb, pero sigo sin poder soportarlo durante demasiado tiempo. Sus gestos, su entonación y sus modos me recuerdan demasiado a ella. Lo convierten en un susurro de lo que era Tris y, aunque eso no basta, para mí es demasiado.

Añadiría algo más, pero se acerca el tren. Avanza hacia nosotros sobre las lustrosas vías y frena con un chirrido para detenerse frente al andén. Una cabeza se asoma por la ventana del primer vagón, donde están los controles: es Cara, con el pelo recogido en una trenza tirante.

—¡Arriba! —nos grita.

Shauna se sienta de nuevo en la silla y atraviesa la entrada rodando. Matthew, Christina y Zeke la siguen. Yo subo el último, le entrego la urna a Shauna para que la sujete y me quedo en la puerta, agarrado al asidero. El tren arranca de nuevo, aumentando de velocidad con cada segundo que pasa, y lo oigo traquetear y silbar sobre las vías, mientras su energía crece en mi interior. El aire me azota el rostro y me pega la ropa al cuerpo, y observo la ciudad que se extiende ante mí, con sus edificios iluminados por el sol.

No es como antes, aunque superé eso hace tiempo. Todos hemos encontrado nuestro sitio. Cara y Caleb trabajan en los laboratorios del complejo, que ahora son un pequeño grupo que pertenece al Departamento de Agricultura y se dedica a desarrollar métodos de cultivo más eficaces y capaces de alimentar a más personas. Matthew trabaja en investigación psiquiátrica en algún lugar de la ciudad; la última vez que le pregunté estaba estudiando algo sobre la memoria. Christina trabaja en un despacho que ayuda a reubicar a la gente de la periferia que quiere mudarse a

477

la ciudad. Zeke y Amar son policías, y George entrena al cuerpo policial: trabajos de osados, como yo los llamo. Por mi parte, soy el ayudante de uno de los representantes de la ciudad en el Gobierno: Johanna Reyes.

Alargo el brazo para agarrarme al otro asidero y asomarme por la puerta del vagón cuando gira y queda prácticamente colgando sobre la calle, dos plantas más abajo. Noto la emoción en el estómago, la mezcla de miedo y entusiasmo que adoran los verdaderos osados.

—Oye, ¿cómo está tu madre? —me pregunta Christina, que se ha puesto a mi lado.

—Bien. Supongo que ya veremos.

—¿Vas a lanzarte en tirolina?

Me quedo mirando las vías que tenemos por delante y que bajan hasta el nivel de la calle.

—Sí, creo que a Tris le habría gustado que probara al menos una vez.

Decir su nombre todavía me produce una punzada de dolor, un pellizco que me hace saber que su recuerdo todavía es un bien preciado.

Christina contempla las vías y apoya su hombro en el mío unos segundos.

—Creo que tienes razón.

Mis recuerdos de Tris, algunos de los recuerdos más intensos que poseo, se han apagado un poco con el tiempo, como suele suceder con los recuerdos, y ya no duelen tanto como antes. A veces incluso disfruto repasándolos, aunque no a menudo. A veces los comparto con Christina, y resulta que se le da mejor escuchar de lo que yo creía, por muy bocazas veraz que sea.

Cara detiene el tren, así que bajo de un salto. En lo alto de las escaleras, Shauna deja la silla y baja los escalones con el armazón metálico, de uno en uno. Matthew y yo bajamos su silla vacía, que es engorrosa y pesada, pero no imposible de manejar.

—¿Alguna novedad de Peter? —pregunto a Matthew mientras bajamos los escalones.

Cuando salió de la niebla del suero de la memoria, Peter recobró algunos de los aspectos más duros y bruscos de su personalidad, aunque no todos. Después perdí el contacto con él. Ya no lo odio, aunque eso no quiere decir que tenga que caerme bien.

—Está en Milwaukee —responde Matthew—, pero no sé a qué se dedica.

—Está trabajando en una oficina —responde Cara desde el pie de las escaleras. Lleva la urna en los brazos, ya que la ha cogido del regazo de Shauna antes de bajar del tren—. Creo que le va bien.

—Siempre pensé que se uniría a los rebeldes GD de la periferia —dice Zeke—. Eso no dice mucho de mis poderes de deducción.

—Ha cambiado —responde Cara, encogiéndose de hombros.

Todavía quedan rebeldes GD en la periferia que creen que la única forma de conseguir el cambio es iniciar otra guerra. Yo soy más partidario del bando que cree en trabajar por el cambio sin violencia. He vivido violencia de sobra para toda una vida, y todavía la llevo conmigo, no en las cicatrices de la piel, sino en los recuerdos que brotan de mi cerebro cuando menos lo deseo: el puño de mi padre contra mi mandíbula, mi pistola en alto para ejecutar a Eric, los cadáveres abnegados tirados por las calles de mi antiguo hogar...

Recorremos las calles hasta la tirolina. Ya no hay facciones, pero en esta parte de la ciudad hay más osados que en las demás, y se les reconoce por los *piercings* de la cara y por los tatuajes, aunque ya no por los colores de la ropa, que a veces son hasta chillones. Algunos pasean por las aceras junto a nosotros, pero la mayoría está trabajando; ahora todos los habitantes de Chicago deben trabajar si no están impedidos.

Delante de mí, el edificio Hancock se inclina hacia el cielo, la base más ancha que la cima. Las vigas negras se persiguen las unas a las otras hasta llegar al tejado, cruzándose, apretándose y expandiéndose. Hacía tiempo que no me acercaba tanto a él.

Entramos en el vestíbulo, con sus suelos relucientes y sus paredes manchadas de brillantes grafitis osados, que los residentes del edificio han mantenido a modo de reliquia del pasado. Es un lugar osado porque los osados son los que lo recibieron con los brazos abiertos por su altura y, sospecho, por su soledad. A los osados les gustaba llenar de ruido los espacios vacíos. Y a mí me gustaba eso de ellos.

Zeke pulsa el botón del ascensor con el índice. Entramos todos, y Cara pulsa el número 99.

Cierro los ojos mientras el ascensor sale disparado hacia arriba. Casi puedo ver el espacio que se abre a mis pies, un pozo de oscuridad, con tan solo unos centímetros de suelo firme entre mis pies y la caída en picado. El ascensor se detiene con un temblor, y yo me aferro a la pared para recuperar el equilibrio mientras las puertas se abren.

Zeke me toca en el hombro.

—No te preocupes, tío, hacíamos esto continuamente, ¿recuerdas?

Asiento con la cabeza. El aire entra a borbotones por el hueco del techo y, sobre mí, está el cielo, de un azul intenso. Arrastro los pies hacia la escalera, como los demás, demasiado aturdido para moverme más deprisa.

Palpo la escalera con la punta de los dedos y me concentro en cada uno de los peldaños. Sobre mí, Shauna sube torpemente utilizando, sobre todo, la fuerza de los brazos.

Una vez, mientras me tatuaba los símbolos de la espalda, le pregunté a Tori si creía que éramos los últimos seres vivos del mundo. «Puede», fue lo único que respondió. Me parece que no le gustaba pensar en el tema. Sin embargo, aquí arriba, en el tejado, es posible creer que somos los últimos seres vivos sobre la tierra.

Me quedo mirando los edificios de la orilla del pantano, y el pecho se me comprime, como si estuviera a punto de implosionar.

Zeke corre por el tejado hacia la tirolina y engancha una de las lonas de tamaño natural al cable de acero. La bloquea para que no se deslice y nos mira, expectante.

—Christina, es todo tuyo —le dice.

Ella se coloca cerca de la lona, dándose golpecitos en la barbilla con un dedo.

—¿Qué decís? ¿Boca arriba o hacia atrás?

—Hacia atrás —responde Matthew—. Yo quería ir boca arriba para no mearme en los pantalones, y no quiero que me imites.

—Tienes más probabilidades de mearte si vas boca arriba —dice Christina—. Así que, adelante, que me apetece apodarte Meón.

Christina se mete en la tirolina con los pies por delante, boca abajo, para poder observar cómo el edificio se va haciendo cada vez más pequeño. Me estremezco.

No puedo mirar. Cierro los ojos mientras Christina se aleja cada vez más, y sigo con los ojos cerrados cuando lo hacen Matthew y después Shauna. Oigo sus gritos de alegría al viento, como si fueran cantos de pájaro.

—Te toca, Cuatro —dice Zeke.

Sacudo la cabeza.

—Venga —me anima Cara—. Mejor acabar cuanto antes, ¿no?

—No, ve tú, por favor.

Ella me pasa la urna y respira hondo. Sostengo la urna contra el estómago. El metal está caliente después de pasar por tantas manos. Cara se sube a la lona, algo inestable, y Zeke la sujeta a la tirolina. Ella cruza los brazos sobre el pecho, y Zeke la lanza por el cable, por encima de Lake Shore Drive, por encima de la ciudad. Cara no grita, no deja escapar ni un suspiro.

Entonces solo quedamos Zeke y yo, mirándonos.

—Creo que no soy capaz de hacerlo —digo, y, aunque no se me quiebra la voz, me tiembla todo el cuerpo.

—Claro que puedes. Eres Cuatro, ¡la leyenda osada! Eres capaz de enfrentarte a cualquier cosa.

Cruzo los brazos y me acerco un poco al borde del tejado. Aunque estoy a varios metros de distancia, siento como si fuera a caer en picado; sacudo la cabeza una y otra vez.

—Eh —dice Zeke, poniéndome las manos en los hombros—. Esto no es por ti, ¿recuerdas? Es por ella. Por hacer algo que a ella le habría gustado, algo que la hiciera sentir orgullosa de ti, ¿no?

Ya está. No puedo evitar esto, no puedo retroceder, no cuando todavía recuerdo su sonrisa al trepar por la noria conmigo, o cómo cuadraba la mandíbula cada vez que se enfrentaba a uno de sus miedos en las simulaciones.

—¿Cómo lo hacía ella?

—De cara.

—De acuerdo —acepto, pasándole la urna—. Pon esto detrás de mí, ¿vale? Y abre la tapa.

Me subo a la lona; me tiemblan tanto las manos que apenas logro agarrarme a los bordes. Zeke me aprieta las correas sobre la espalda y las piernas y encaja la urna detrás de mí, mirando hacia fuera para que las cenizas se dispersen. Me quedo mirando Lake Shore Drive mientras me trago la bilis y empiezo a deslizarme.

De repente quiero echarme atrás, pero es demasiado tarde, ya estoy desplomándome hacia el suelo. Entonces grito tan fuerte que me dan ganas de taparme los oídos. Noto el grito vivo en mi interior, llenándome el pecho, la garganta y la cabeza.

El viento me irrita los ojos, pero me obligo a abrirlos y, en un momento de terror ciego, entiendo por qué Tris se tiraba de este modo, con la cara por delante: porque era como volar, como si fuera un pájaro.

Todavía noto ese vacío debajo de mí, y es como el vacío que llevo dentro, como una boca que está a punto de tragarme.

Entonces me doy cuenta de que he dejado de moverme. Los últimos restos de las cenizas flotan en el viento como copos de nieve grises, hasta que desaparecen.

El suelo está a pocos metros, lo bastante cerca como para saltar. Los demás han formado un círculo con los brazos unidos para recogerme, como si fueran una red de hueso y músculo. Aprieto la cara contra la lona y me río.

Les lanzo la urna vacía, retuerzo los brazos detrás de la espalda para desenganchar las correas y me dejo caer como una piedra en brazos de mis amigos. Ellos me cogen, sus huesos me pinchan en la espalda y en las piernas, y me bajan al suelo.

Guardamos un incómodo silencio mientras contemplo el edificio Hancock, maravillado, y nadie sabe qué decir. Caleb me sonríe con cautela.

Christina parpadea para librarse de las lágrimas y dice:

—¡Oh! Ahí viene Zeke.

Zeke baja como una bala en su lona negra. Al principio parece un punto, después una mancha y luego una persona envuelta en negro. Cacarea de alegría mientras se detiene, y yo me aferro al antebrazo de Amar. Por el otro lado, sujeto un brazo pálido que pertenece a Cara. Ella me sonríe, y es una sonrisa que trasluce un poco de tristeza.

El hombro de Zeke nos golpea con fuerza en los brazos, y

él sonríe como loco mientras lo acunamos como si fuera un niño.

—Ha estado bien. ¿Quieres repetir, Cuatro? —pregunta.

No vacilo ni un segundo:

—Ni en broma.

Caminamos muy juntos de camino al tren. Shauna sigue andando con su armazón, mientras que Zeke empuja su silla y charla con Amar. Matthew, Cara y Caleb hablan de algo que los tiene muy emocionados, como los espíritus afines que son. Christina se pone a mi lado y apoya una mano en mi hombro.

—Feliz Día de la Elección —dice—. Te voy a preguntar cómo estás de verdad. Y tú me vas a dar una respuesta realmente sincera.

A veces hablamos así, dándonos órdenes. No sé cómo, pero se ha convertido en una de mis mejores amigas, a pesar de que no dejamos de pelearnos.

—Estoy bien. Es difícil. Siempre lo será.

—Lo sé.

Estamos a la cola del grupo, cruzando el puente sobre el río pantanoso mientras dejamos atrás los edificios que siguen abandonados, con sus ventanas oscuras.

—Sí, a veces la vida es un asco —responde ella—, pero ¿sabes por qué la aguanto?

Arqueo las cejas.

Ella también las arquea, imitándome.

—Por los momentos que no son un asco —explica—. El truco es fijarse en ellos cuando aparecen.

Entonces sonríe, le devuelvo la sonrisa, y los dos subimos juntos las escaleras que dan al andén.

Hay una cosa que he sabido desde pequeño: que la vida nos hace daño a todos sin que podamos evitarlo.

Pero ahora estoy aprendiendo algo nuevo: que podemos sanarnos. Sanarnos los unos a los otros.

AGRADECIMIENTOS

Para mí, la página de agradecimientos es el lugar perfecto para decir, con toda sinceridad, que tanto en la vida como en los libros me sería imposible prosperar solo con mi propia fuerza y habilidades. Puede que esta serie tenga una única autora, pero esta autora no habría sido capaz de hacer gran cosa sin las siguientes personas. Así que, con eso en mente: gracias, Señor, por haberme concedido a la gente que me sana.

Y aquí están.

Gracias a:

Mi marido, no solo por quererme de una forma extraordinaria, sino por las difíciles sesiones de tormenta de ideas, por leerse todos los borradores de este libro y por enfrentarse con toda la paciencia del mundo a su mujer, la autora neurótica.

A Johanna Volpe, por manejarlo todo COMO UNA CAMPEONA, con sinceridad y amabilidad. A Katherine Tegen, por sus excelentes notas y por demostrarme que tiene un corazón tierno dentro de esa fachada de dura editora (no se lo contaré a nadie; vaya, ya lo he hecho). A Molly O'Neill, por todo su tiempo y su trabajo, y por tener la vista de encontrar *Divergente* entre lo que estoy segura que era una montaña de manuscritos. A Casey McIntyre, por sus proezas publicitarias y por demostrarme una amabilidad asombrosa (y unos movimientos de baile alucinantes).

A Joel Tippie, y a Amy Ryan y Barb Fitzsimmons, por convertir estos tres libros en algo simplemente maravilloso. A los asombrosos Brenna Franzitta, Josh Weiss, Mark Rifkin, Valerie Shea, Christine Cox y Joan Giurdanella, por cuidar tan bien de mis palabras. A Lauren Flower, Alison Lisnow, Sandee Roston, Diane Naughton, Colleen O'Connell, Aubry Parks-Fried, Margot Wood, Patty Rosati, Molly Thomas, Megan Sugrue, Onalee Smith y Brett Rachlin, por su trabajo de marketing y publicidad, tan importante que me es imposible enumerarlo todo. A Andrea Pappenheimer, Kerry Moynagh, Kathy Faber, Liz Frew, Heather Doss, Jenny Sheridan, Fran Olson, Deb Murphy, Jessica Abel, Samantha Hagerbaumer, Andrea Rosen y David Wolfson, expertos en ventas, por su entusiasmo y apoyo. A Jean McGinley, Alpha Wong y Sheala Howley, por colocar mis palabras en tantas estanterías de todo el mundo. Y, ya puestos, a todos mis editores extranjeros, por creer en estas historias. A Shayna Ramos y Ruiko Tokunaga, magos de la producción; a Caitlin Garing, Beth Ives, Karen Dziekonski y Sean McManus, que hicieron unos audiolibros fantásticos; y a Randy Rosema y Pam Moore, de contabilidad, por todo su trabajo y su talento. A Kate Jackson, Susan Katz y Brian Murray por pilotar tan bien el barco de la editorial Harper. Tengo una editorial entusiasta y que me apoya en todo momento, y eso significa mucho para mí.

A Pouya Shahbazian, por encontrarle a *Divergente* un buen hogar cinematográfico, y por todo su trabajo, su paciencia, su amistad y sus horribles bromas de bichos. A Danielle Barthel, por su mente organizada y paciente. Al resto del personal de New Leaf Literary, por ser gente maravillosa que hace un trabajo igualmente maravilloso. A Steve Younger, por cuidar siempre de mí, tanto en el trabajo como en la vida. A todos los involucrados en «las cosas de la peli» (sobre todo a Neil Burger, Doug Wick, Lucy Fisher, Gillian Bohrer y Erik Feig), por manejar mi trabajo con tanto cuidado y respeto.

A mamá, Frank, Ingrid, Karl, Frank Jr., Candice, McCall, Beth, Roger, Tyler, Trevor, Darby, Rachel, Billie, Fred, la abuela, los Johnson (tanto los de Rumanía como los de Missouri), los Krauss, los Paquette, los Fitch y los Rydz, por todo su amor. Jamás elegiría a mi facción antes que a vosotros. Nunca.

A todos los miembros pasados, presentes y futuros de la YA Highway and Write Night, por ser unos compañeros de escritura tan considerados y comprensivos. A todos los escritores más experimentados que me han incluido y ayudado en los últimos años. A todos los escritores que se han puesto en contacto conmigo a través de Twitter o correo electrónico para ofrecerme su amistad. Escribir puede ser un trabajo solitario, pero no para mí, porque os tengo a vosotros. Ojalá pudiera nombraros a todos. A Mary Katherine Howell, Alice Kovacick, Carly Maletich, Danielle Bristow y todos mis amigos no escritores, por ayudarme a no perder la cabeza.

A todas las páginas de fans de *Divergente*, por ese entusiasmo tan alucinante en internet (y en la vida real).

A mis lectores, por leer, pensar, chillar, tuitear, hablar, prestar y, sobre todo, por enseñarme lecciones muy valiosas sobre la escritura y la vida.

Toda la gente que he mencionado ha convertido esta serie en lo que es, y conocerlos me ha cambiado la vida. Soy muy afortunada.

Lo diré por última vez: sed valientes.

AGRADECIMIENTOS ESPECIALES

En la primavera de 2012, cincuenta blogs ayudaron a divulgar su amor por la serie *Divergente* apoyando la publicación de *Insurgente* a través de una campaña en línea basada en las facciones. ¡Todos los participantes fueron esenciales para el éxito de la serie! Gracias a:

Abnegación: Amanda Bell (líder de facción), Katie Bartow, Heidi Bennett, Katie Butler, Asma Faizal, Hafsah Faizal, Ana Grilo, Kathy Habel, Thea James, Julie Jones y HD Tolson.

Cordialidad: Meg Caristi, Kassiah Faul y Sherry Atwell (líderes de facción), Kristin Aragon, Emily Ellsworth, Cindy Hand, Melissa Helmers, Abigail J., Sarah Pitre, Lisa Reeves, Stephanie Su y Amanda Welling.

Verdad: Kristi Diehm (líder de facción), Jaime Arnold, Harmony Beaufort, Damaris Cardinali, Kris Chen, Sara Gundell, Bailey Hewlett, John Jacobson, Hannah McBride y Aeicha Matteson.

Osadía: Alison Genet (líder de facción), Lena Aisnworth, Stacey Canova y Amber Clark, April Conant, Lindsay Cummings, Jessica Estep, Ashley Gonzales, Anna Heinemann, Tram Hoang, Nancy Sanchez y Yara Santos.

Erudición: Pan van Hylckama Vlieg (líder de facción), James Booth, Mary Brebner, Andrea Chapman, Amy Green, Jen Hamflett, Brittany Howard, O'Dell Hutchison, Benji Kenworthy, Lyndsey Lore, Jennifer McCoy, Lisa Parkin y Lisa Roecker.

Querido Atticus
Karen Harrington

Seguro que nunca has conocido a nadie como Sarah Nelson. Mientras sus amigos se obsesionan con Harry Potter, ella pasa el tiempo escribiendo cartas a Atticus Finch. Recoge palabras problemáticas en su diario. Mantiene una gran amistad con Planta. Y no conoce a su madre, que se fue cuando ella tenía dos años. Desde entonces, Sarah se ha mudado de ciudad en ciudad con su problemático padre y nunca ha sentido un hogar. Pero todo cambia cuando Sarah elude la visita a los abuelos en vacaciones e inicia una investigación sobre el gran secreto de su familia.

En lugar del "típico verano aburrido de Sarah Nelson", este verano podría resultar… un verano extraordinario.

Mentes poderosas
Alexandra Bracken

Ruby nunca pensó que sus padres podrían darle la espalda hasta que se encontró encerrada en Thurmond, un campo de concentración para los niños que sobrevivieron a la enfermedad que diezmó la población infantil de Norteamérica. Cuando se le presenta la ocasión de escapar, no duda en huir y partir en busca de East River: el remoto lugar donde se rumorea que los jóvenes conviven en armonía con sus poderes mentales; independientes y con sus propias reglas.

La batalla de Ruby continúa en *Nunca olvidan*.

Los adivinos
Libba Bray

Evie O'Neill ha dejado su aburrido pueblo natal para vivir en la fascinante Nueva York. El único inconveniente es que tiene que vivir con su tío Will, un hombre obsesionado con las fuerzas ocultas. La mayor preocupación de Evie es que alguien descubra su extraño don, aunque, cuando encuentran a una chica asesinada marcada con un símbolo críptico y llaman a Will para ayudar, se da cuenta de que su habilidad podría atrapar a un asesino. Sin embargo, de espaldas a todos ellos, algo oscuro y diabólico ha despertado.

Sumérgete en la Nueva York de los años veinte más oscura y sobrenatural.

Soy el Número Cuatro
Pittacus Lore

Vinimos nueve a la Tierra. Tenemos el mismo aspecto que vosotros, hablamos como vosotros, vivimos entre vosotros. Pero no somos como vosotros. Tenemos poderes con los que solo podéis soñar. Nuestro plan era crecer, entrenar y fortalecernos para enfrentarnos unidos a ellos. Pero ellos nos encontraron antes y empezaron a cazarnos. Ahora vivimos huyendo. Atraparon al Número Uno en Malasia. Al Número Dos en Inglaterra. Al Número Tres en Kenia. A todos ellos los mataron. Soy el Número Cuatro. Y soy el siguiente.

Sigue con el poder de los números en
El poder de Seis, El ascenso de Nueve y *La caída de Cinco.*

Divergente
Veronica Roth
www.sagadivergente.com

En el Chicago distópico de Beatrice Prior, la sociedad está dividida en cinco facciones, cada una de ellas se dedica a cultivar una virtud concreta: Verdad, Abnegación, Osadía, Cordialidad y Erudición. En una ceremonia anual, todos los chicos de dieciséis años deben decidir a qué facción dedicarán el resto de sus vidas. Entonces Beatrice deberá elegir entre quedarse con su familia... o ser quien realmente es. No puede tener ambas cosas.

Descubre el futuro de las facciones en *Insurgente* y *Leal.*

La voz del viento
Shannon Messenger

Vane Weston debería haber muerto en el terrible tornado que mató a sus padres. Sin embargo, él despertó sin recuerdos y con una imagen en el cerebro: una hermosa niña de pelo oscuro en medio de la tormenta. Audra es real, pero no humana: es una sílfide, un elemento de aire que puede caminar en el viento, traducir su voz y dominarlo para convertirlo en un arma. Pero también es una guardiana y ha jurado proteger a Vane. Cuando quienes provocaron el tornado vuelven a por él, Audra deberá enseñarle a controlar sus habilidades.

Rotos por su pasado. Divididos por su futuro. Atados por amor.